Niel Hancock:
Die Saga von Atlanton –
Bis zum wilden Meer

Fantasy-Roman

Aus dem Amerikanische

Knaur

ISBN 3-426-01251-0 980

Für meine
gute Freundin und Gefährtin,
Flobird,
wo immer auch sie
in den Wiesen Windameirs
sein mag.

Inhalt

ATLANTON

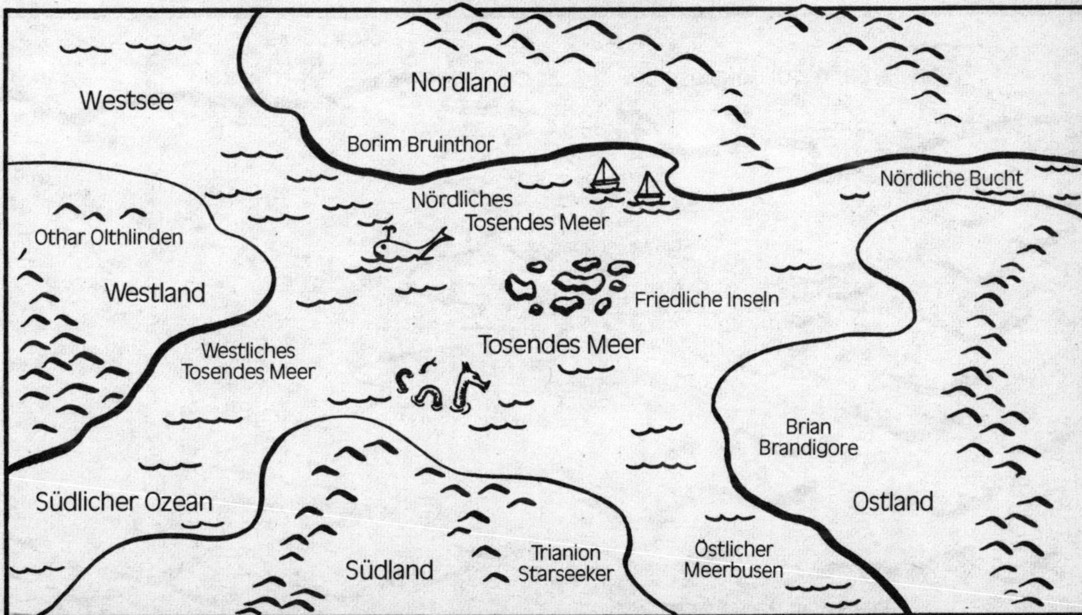
Westsee
Nordland
Borim Bruinthor
Nördliche Bucht
Nördliches Tosendes Meer
Othar Olthlinden
Westland
Friedliche Inseln
Tosendes Meer
Westliches Tosendes Meer
Brian Brandigore
Ostland
Südlicher Ozean
Südland
Trianion Starseeker
Östlicher Meerbusen

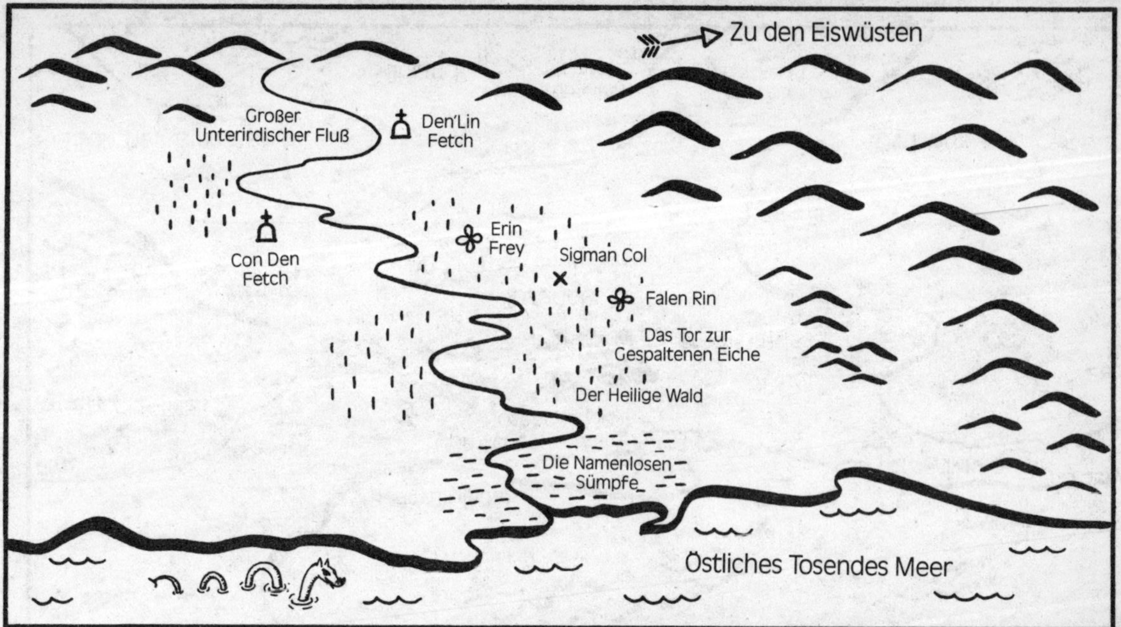
Zu den Eiswüsten
Großer Unterirdischer Fluß
Den'Lin Fetch
Con Den Fetch
Erin Frey
Sigman Col
Falen Rin
Das Tor zur Gespaltenen Eiche
Der Heilige Wald
Die Namenlosen Sümpfe
Östliches Tosendes Meer

Vorspiel

Im tiefen Schweigen der eisbedeckten Ewigen Wildnis wuchsen allmählich Horden von Ungeheuern heran – Geschöpfe der Finsteren Königin Dorini, der Schwester Königin Lorinis von Windameir. Ihre Schatten überzogen das Land und verhüllten das Licht und pflanzten den eisigen Dorn der Furcht in die Herzen der Bewohner Atlantons.
Und als die Finsternis sich verdichtete, wurden alle jene zu den Waffen gerufen, die die Flamme Windameirs in ihrem Herzen trugen.
Aus den tiefen unterirdischen Behausungen Den'Lin Fetchs kam der Zwerg Brian Brandigore, auch er ein Hüter des Lichts.
Diese Erzählung spielt in den Jahren kurz nach dem Goldenen Zeitalter, viele Jahrhunderte vor dem Beginn des »Rings des Lichts«.

Erster Teil

Auf der Suche nach dem Dunklen Heim

1. Den'Lin Fetch

Der Zwerg saß in der Dunkelheit. Die Beine bequem gekreuzt, lauschte er dem Gesang des Steins: der uralten Weise der Tiefen, fern jeden Sonnenlichts und den Bewohnern der Erde.
Der Zwerg Brian war tiefer in den Berg vorgedrungen, als je einer seines Volkes es gewagt hatte. Die Warnungen älterer und erfahrener Zwerge, diese längst vergessenen Höhlen und Kavernen nicht auszukundschaften, hatte er nicht beachtet. Es wäre unvernünftig und wider jeden gesunden Zwergenverstand, hatten die Alten behauptet, der Erde ihre Geheimnisse entreißen zu wollen und sie sich somit zum Feind zu machen.
Denn dort unten lägen die Gefängnisse der Bestien, die Zwergenzauber seit Jahrhunderten da gefangenhielt; mit feingeschmiedeten Ketten aus dem Atem des Berges und dem Lied des Meeres hätten die Urväter sie dort an den Fels gebunden.
Doch gerade für diese Vorväter interessierte sich Brian am meisten, und er hatte die alten *Bücher der Weisheit* wieder und wieder gelesen und wurde es nie müde, sich von einem der Ältesten Geschichten und Legenden erzählen zu lassen.
Brian war kein junger, unerfahrener Zwerg mehr, und trotzdem paßte er sich nur schlecht den Lebensgewohnheiten und der sozialen Ordnung seines Volkes an. Die Zwerge lebten tief unter einer Gebirgskette, am Rande eines unterirdischen Flusses, dessen Plätschern und Murmeln einen in den Schlaf wiegte und dessen fröhliche Lieder und Geschichten einen morgens wieder weckten. Nicht weit von der Stelle, wo Brian jetzt lauschend in der Dunkelheit saß, sei der Quell des Flusses, ehe er sich auf seine lange Reise zum Meer begibt, so wurde behauptet.
Brian vermutete, daß das nicht stimmte, aber über das Meer oder über die Quelle des Flusses wußten die Zwerge nur wenig. Sehr sel-

ten hatte es ein Zwerg gewagt, so lange über der Erde zu leben, um diese große Reise zu machen – und das war schon seit Urzeiten nicht mehr geschehen. Also kannten sie das Meer nur vom Hörensagen, und die Erzählungen darüber wurden immer bunter, um sie aufregender zu machen, so daß eigentlich niemand die Wahrheit darüber kannte.

Brians Siedlung wurde Den'Lin Fetch genannt. Sie war diejenige, die der Grenze zum öden Ostland und den unendlichen Eiswüsten, die es dort gab, am nächsten lag. Vor langer, langer Zeit, das wußte Brian, hatte der erste Zwergenälteste in diesem schrecklichen Ödland gelebt, und den Namen dieses Ältesten trugen alle Zwerge.

Brians Nachname war Brandigore, aber an hohen Festtagen – von denen es viele bei den Zwergen gab – wurde Brian mit seinem vollen Namen angesprochen, der lautete: Brian Brandigore Rundhut vom Dunklen Heim. An diesen Festtagen versammelte sich die ganze Siedlung im Großen Dom, dann wurde zum Tanz aufgespielt, und es fand auch jedesmal eine Ausstellung der schönsten Kunst- und Gebrauchsgegenstände wie Schmuck, Gürtelschnallen, Äxte, Töpfe, Pfannen bis zu den bunten und reichverzierten Kleidungsstücken statt, die das Volk der Zwerge so vortrefflich anzufertigen verstand.

Brians Mutter war eine der geschicktesten Näherinnen, und sie hatte ihrem Sohn und Mann die elegantesten Mäntel geschneidert. Dazu trugen sie buntschillernde Mützen, und die Weste von Brians Vater war eine Kostbarkeit, wie nur wenige Zwerge sie je besessen hatten, und er galt als der bestgekleidete Älteste der Zwerge.

An diese Dinge mußte Brian denken, während er auf eine Antwort auf sein ständiges Klopfen lauschte. Dieses Klopfen – es war eine Gewohnheit der Zwerge zu klopfen, wenn sie sich tief unter der Erde befanden – geschah mittels eines kleinen Meißels und Hammers, die er stets bei sich trug und die ihm vor langer Zeit Chinby, der blinde Weise, geschenkt hatte.

Doch nichts antwortete ihm als das dumpfe Echo seiner Hammerschläge, und er wurde seiner Suche allmählich überdrüssig.

Dies war nun schon das vierte Mal, daß er glaubte, den Weg zu dem

Ursprung des unterirdischen Flusses finden zu können, wo der Legende nach die Eingänge zum Dunklen Heim liegen mußten.
Die Bewohner dieser ersten Siedlung hatten sie damals verlassen müssen, weil die Finsternis wieder übermächtig wurde, wie es von Zeit zu Zeit geschah. Denn die Bestien waren aus ihren Gefängnissen von dem schrecklichen Gefallenen König befreit worden, und jene, die diesen furchtbaren Krieg überlebt hatten, gruben sich noch tiefer in den Berg, bis sie eben jenen Fluß erreichten. Dann zimmerten sie notdürftig Flöße aus alten Fässern zusammen und entkamen auf dem Wasserweg den Bestien, die in den Eiswüsten hausten und derentwegen sie schon lange Zuflucht unter der Erde gesucht hatten.
Jene Zwerge damals hatten dann die unterirdischen Gänge verschlossen, damit niemand ihnen mehr folgen konnte.
Und nur ein paar der ältesten Zwerge kannten das Geheimnis dieser Gänge. Doch entweder hatten sie sich in den Ländern jenseits des Meeres angesiedelt oder waren gestorben, und somit war das Geheimnis bis heute gewahrt geblieben.
Aber Brian suchte unermüdlich weiter. Ein geheimnisvolles Feuer in seinem Herzen trieb ihn zu dieser Suche an. Die anderen lachten über seine Bemühungen, die ihnen töricht erschienen, und rieten ihm, den Beruf seines Vaters – der Schmied war – zu ergreifen und die alten Geschichten von Rundhut und vom Dunklen Heim zu vergessen.
Solche Legenden taugten nur, um sie des Abends am Feuer zu erzählen oder als Gutenachtgeschichten für Zwergenkinder, das war jedenfalls die Meinung derer, die Brian ständig rieten, von seinen Narreteien abzulassen.
Da erregte ein leise summendes Echo seine Aufmerksamkeit, und er konzentrierte seine Gedanken auf diesen Laut. Ja, er fühlte ihn mit jeder Faser seines Körpers und versuchte mit der ihm angeborenen Sensibilität zu ergründen, woher er kam.
Vor Lebzeiten Rundhuts, das wußte Brian, hatten die Zwerge über der Erde gelebt. Doch das war lange bevor irgend jemand begonnen hatte, die Geschichte der Zwerge aufzuschreiben, also war diese Zeit in Dunkel gehüllt, und nur selten noch dachte jemand daran

oder sprach darüber, selbst die Meister der Alten Lehre nicht, deren Aufgabe es war, die Jugend in der ruhmreichen Geschichte der Zwerge zu unterweisen.

In jungen Jahren war Brian von einem blinden Meister unterrichtet worden, der nach Den'Lin Fetch aus einem weitentfernten Land gekommen war, das jenseits des Ostlandes lag. Er hatte seinem Schüler von anderen Völkern und auch vom Leben der Bestien, die in der eisbedeckten Einöde hausten, erzählt und berichtet, daß es eine Zeit gegeben hätte, wo diese Eiswüste einmal fruchtbares Land gewesen sei, mit dichten grünen Wäldern, voller Wildblumen und allen möglichen Früchten.

Brian war von den Erzählungen seines Lehrers fasziniert und lauschte ihnen lange Nachmittage, während die anderen Zwerge geschäftig ihren Tätigkeiten nachgingen.

Es gab keine Bücher, in denen die Geschichte dieser uralten Vergangenheit aufgezeichnet war, und niemand außer dem blinden Zwerg wußte darüber zu berichten. Aber auch er wußte nicht, was aus jenem Zwergengeschlecht geworden war oder warum sie verschwunden waren.

Er machte nur die vage Andeutung, daß einst auch die Zwerge über der Erde gelebt hätten, ganz so wie andere Völker.

Brian kam dieser Gedanke seltsam vor, und er fragte sich, ob er je in der Lage sein würde, ein so ungewöhnliches Leben führen zu können. Er war schon oft auf der Erdoberfläche gewesen, doch hatten ihn diese Ausflüge jedesmal ein wenig erschreckt, aber nachdem er mit dem blinden Zwerg darüber gesprochen hatte, sagte er sich, daß doch vieles, was ihm sein Lehrer erzählt hatte, wahr sein müsse.

Und als Brian seinen Vater über diese alten Legenden befragte, erhielt er nur die mürrische Auskunft, daß sie sicherlich keine Zwerge wären, würden sie auf der Erde leben, und jeder, der ein solches Ansinnen hege, hätte gewiß kein Zwergenblut in sich. Nicht ein achtbares Mitglied der Erdlinge würde auch nur den geringsten Gedanken daran verschwenden, außerhalb der Wärme und Geborgenheit einer unterirdischen Höhle zu leben.

Denn dann gäbe es ja diese wundervollen Dinge, die ein Zwergenleben reich machten, nicht: keine Skulpturen aus behauenem Stein

oder kunstvoll geschmiedete Werkzeuge noch all die anderen schönen Sachen, die jeder unterirdischen Behausung Leben verliehen und sie zu einem Teil der Erde machten.
Das alles wußte Brian, und er war mit ganzem Herzen Zwerg, was weitaus mehr bedeutete, als nur klein von Wuchs und gewandt zu sein. Man konnte guten Gewissens behaupten, es war eine Lebensphilosophie und ein Glaube an sein Zwergsein, das ihn beseelte, genauso wie seine äußeren Attribute ihn als Zwerg auswiesen. Trotzdem ließen ihn die Geschichten seines blinden Lehrers nicht los, und er hatte beschlossen, wenn er erst einmal den Ursprung des alten Flusses und das Land seiner Vorfahren – wo Rundhut einst gelebt – gefunden hatte, würde er das Land über der Erde ebenso erforschen, um herauszufinden, wie diese Geschöpfe dort leben konnten, wo sie doch ständig allen möglichen Gefahren, ganz zu schweigen von den Unbilden der Natur, ausgesetzt waren. Zwerge hingegen kannten solche Probleme nicht: Sie pflanzten zwar alles Nötige zu ihrer Ernährung – und speziell für ihre Zwergenkuchen – auf der Erdoberfläche; doch sie hielten sich nie länger als nötig dort auf. Wasser hatten sie durch den unterirdischen Fluß in Hülle und Fülle. Ja, dank eines ausgeklügelten Systems kleiner Kanäle war es ihnen gelungen, das Wasser dorthin zu leiten, wo sie es benötigten, und jede Zwergenwohnung besaß ihren eigenen kleinen Bach, der durch sie murmelnd und blubbernd strömte, was die tägliche Hausarbeit natürlich beträchtlich erleichterte. Auch war es äußerst angenehm, während der Arbeit oder beim Einschlafen dem Plätschern des Wassers zu lauschen. Beleuchtet wurden die Wohnungen und unterirdischen Gänge von hellen, strahlenden Steinen, die die Zwerge im Herzen des Berges gefunden hatten und die so viel Licht spendeten, als hätte die Sonne einen Weg in die unterirdische Tiefe gefunden.
Natürlich gab es auch Stellen, die sich zur Erdoberfläche hin öffneten und die Sonne hereinließen. Dort hatten die Zwerge mit kunstvoller Hand hohe, gewölbte Hallen aus dem Stein herausgehauen. Und an einer dieser Stellen befand sich die Tür zur Erdoberfläche, und durch diese Tür hatte Brian zum wiederholten Mal die Erde betreten, obwohl er solche Ausflüge natürlich nie allein unternahm.

Immer wurde er von seinem Vater oder einem anderen Zwerg begleitet, oder er gehörte zu der Erntegruppe oder zu den Holzfällern. Es gab unzählige Gelegenheiten, wo die Zwerge sich einfach aus der Notwendigkeit heraus für kurze Zeit über der Erde aufhalten mußten.
Die meisten von Brians Gefährten erledigten diese Aufgaben nur mit Widerwillen, und aus diesem Grund entschied immer das Los über diejenigen, die diese Arbeiten zu erledigen hatten, denn niemand meldete sich dafür freiwillig. Die Zwerge betrachteten diese Aufenthalte über der Erde einfach als eine Pflicht, denn sonst hätten sie weder etwas zu essen noch die anderen Dinge gehabt, die sie zum Leben brauchten.
Solange Brian noch nicht von seinem blinden Lehrer unterrichtet worden war, hatte er dieselben Gefühle gehegt und verließ nur seine unterirdische Behausung, wenn er draußen eine Arbeit zu verrichten hatte. Aber nachdem er alle diese fantastischen Geschichten gehört hatte, war sein Interesse für diese Länder über der Erde geweckt – vor allem für das Land, wo Rundhut gelebt hatte, und ihr ursprüngliches Dunkles Heim.
Rundhut jedoch war nur ein liebevoller Spitzname – denn Rundhuts wirklichen Namen konnte niemand aussprechen, nicht einmal die Gelehrten –, den ihm der Zwerg gegeben hatte, der ihn einst völlig erschöpft an der Grenze der schrecklichen Eiswüste gefunden hatte. Wie es hieß, war jener Zwerg der letzte, der Rundhuts Namen noch korrekt aussprechen konnte – alle anderen waren dazu nicht in der Lage –, und deswegen hatte er ihn ja auch Rundhut genannt, was jeder Zwerg leicht aussprechen und sich merken konnte. Rundhut aber war eine solch herausragende Persönlichkeit, daß die anderen ihn sofort zu ihrem Führer machten, als die Finsternis sich immer weiter ausbreitete und die Kriege begannen. Heute sprachen die Zwerge nicht mehr oft von ihm, außer natürlich die Gelehrten. Aber wie es schien, wollten sie diese Zeiten sogar vergessen, was ihnen jedoch nie ganz glückte, denn jedes Jahr ereignete sich irgendein Zwischenfall, der sie daran erinnerte.
Als Brian noch sehr klein gewesen war, hatten andere Zwerge seinen Vater eines Tages besinnungslos nach Hause gebracht. Ihre

Kleidung war blutbespritzt und zerrissen gewesen. Brian war zu Tode erschrocken, daran konnte er sich noch gut erinnern.
Sein Vater hatte Glück gehabt, er war mit dem Leben davongekommen. Doch die anderen waren von den Bestien erschlagen worden. Vor dem einzigen Ausgang hatten sie den Zwergen aufgelauert.
Danach legten die Zwerge mehrere Ausgänge an, die sie sorgfältig vor ihren Feinden kaschierten. Doch mit der Zeit wuchs die Anzahl der Bestien, und für die Zwerge wurden damit die kurzen Aufenthalte über der Erde immer gefährlicher.
Dann kam der Tag, an dem sechs kräftige Zwerge beim Holzsammeln im Herbst getötet wurden, und die einzelnen Klans taten sich zusammen und gründeten einen Verteidigungsbund. Sie schmiedeten die verschiedensten Waffen, um sich gegen den immer stärker werdenden Feind wirksam schützen zu können.
Brian war im Gebrauch dieser Waffen ebenso geübt wie jeder andere Zwerg, außerdem war er der beste Bogenschütze seines Jahrgangs, und deshalb bat man ihn immer, die Gruppen, die über der Erde zu tun hatten, zu begleiten, denn seine Kühnheit und todbringende Treffsicherheit waren von unschätzbarem Wert für seine Kameraden.
Doch an diese Dinge dachte Brian nicht, während er auf den kalten steinernen Stufen kauerte, die vor einer Wand aus Granit endeten. Seine Öllampe war schon vor Stunden erloschen, und seitdem hatte er sich nicht vom Fleck gerührt, Zoll für Zoll den glatten Stein mit seinem zierlichen Meißel und seinem kleinen Hammer abgetastet, die ihm sein alter blinder Lehrer geschenkt hatte, als er noch klein war.
Brian hatte dem alten Zwerg für das Geschenk gedankt, worauf ihm sein Lehrer geantwortet hatte, er müsse diese Werkzeuge gut für eine spätere Zeit aufbewahren, wo sie dem gesamten Zwergenvolk im Kampf gegen die Bestien noch nützlich sein würden.
»Aber es sind doch nur einfache Werkzeuge«, hatte Brian protestiert. »Welchen Nutzen können sie schon gegen diese Ungeheuer, von denen du immer sprichst, haben?«
»Gegen die Ungeheuer nicht«, hatte der alte Zwerg seinen Schüler berichtigt. »Aber sie werden die Tür öffnen, die die Bestien ver-

schlingt. Mit Hilfe der Werkzeuge kannst du sie wieder in ihre alten Gefängnisse sperren.«
Locker ließ Brian den kleinen Hammer auf den feinziselierten Meißel schwingen und lauschte auf eine Antwort, wo die Tür zu dem alten Fluß liegen könnte, der Eingang zu den unterirdischen Gängen, die zu den alten Behausungen des Dunklen Heims führten.

2. Ein Wandel bahnt sich an

An jenen Tagen, an denen die Zwerge Arbeiten über der Erde zu verrichten hatten, versammelten sie sich in der Großen Halle mit ihrer hochgewölbten Kuppel. Die Wände dieser Halle waren reich mit in Stein gehauenen Ornamenten verziert, die ihre ganze Pracht erst im Schein der Öllampen und leuchtenden Steine – die die Zwerge Elfenmonde nannten – entfalteten. Elfenmonde hießen sie nach jenem seltsamen Volk, das über der Erde lebte; und manchmal trafen die Zwerge auch auf ein paar Elfen, wenn sie im Wald Nahrung oder Holz sammelten.
Brian wußte, daß die Elfen einst ein mächtiges Volk gewesen waren, doch die Finsternis hatte ihr Land überzogen, und jetzt lebten sie in geringer Zahl an den verschiedensten Orten und waren untereinander zerstritten.
Schon früh hatte man ihn gelehrt, niemals einem Elfen zu trauen, und sein blinder Lehrer, Chinby, hatte ihm viele Geschichten über diese verschlagenen Geschöpfe und ihre Listen erzählt. Sie waren außerordentlich geschickt darin, andere zu übervorteilen, und die Zwerge hatten mehr als einmal den kürzeren gezogen, wenn sie mit ihnen Handel trieben.
Sein Vater hatte ihm berichtet, die Elfen hätten es vor noch gar nicht langer Zeit verstanden, die Zwerge zu betrügen, indem sie Stoff, den sie gegen Erz eintauschten, auf so geschickte Weise falteten, daß nur die Hälfte der vereinbarten Menge vorhanden gewesen sei.
Wegen dieser Gaunereien liebten die Zwerge die Elfen nicht beson-

ders, sie waren ihnen aber auch nicht feindlich gesinnt, sondern zogen es vor, wann immer sie ihnen zufällig begegneten – auf den Feldern, im Wald oder am Fluß –, sie einfach zu ignorieren und ihren eigenen Geschäften nachzugehen.

Dieses Verhalten hatte die Elfen zuerst in Erstaunen versetzt, aber dann begannen sie die Zwerge zu necken, so daß die Zwerge es höchst unangenehm empfanden, den Elfen zu begegnen, denn diese listigen Geschöpfe besaßen einen scharfen Verstand und eine spitze Zunge, und manches, was sie sagten, beleidigte die Zwerge zutiefst.

Denn von Natur aus ist der Zwerg ein langsamer Denker; er liebt es, ein Problem oder Ereignis von allen Seiten zu betrachten und immer wieder zu überdenken, bis er eine Entscheidung trifft.

Der Elf hingegen muß sofort eine Antwort auf seine Frage haben und ist von sehr ungeduldigem Charakter, ausgenommen die Rätsel, die sie sich ständig untereinander stellen. Dann sind sie sogar in der Lage, unbeweglich stundenlang darüber nachzusinnen, die hellen blauen Augen ganz dunkel vom Denken.

Alle Elfen haben diese leuchtend blauen Augen, die jedesmal die Farbe wechseln, wenn sie sprechen. Und man kann sofort an ihren Augen sehen, in welcher Gemütsverfassung sie sind.

Brian konnte nicht glauben, daß die Elfen nur zu Schabernack aufgelegt waren – sicherlich besaßen sie auch eine ernsthafte Seite –, aber ihre Vorliebe für Rätsel fand er einfach lächerlich.

Einmal hatte Brian einer solchen Unterhaltung zwischen zwei Elfen zugehört, die ihm wie dummes Geschwätz erschien, da seine Gedanken sich in ganz anderen Bahnen bewegten.

Er schnaubte verächtlich, als er daran denken mußte.

Nur einen Dummkopf konnte es doch interessieren, wie viele Blätter zwischen zwei Atemzügen des Berges fielen!

Aber so sahen alle ihre Denkspiele und Rätsel aus, und es war kein Wunder, daß die Zwerge nicht darauf erpicht waren, viel Zeit mit den faulen Elfen zu verbringen, denn die Zwerge waren fleißig und hatten immer alle Hände voll zu tun.

Brian wußte, daß die Elfen trotz alledem geschickte Handwerker waren. Denn wenn sie einmal ihre törichten Spiele unterbrachen

und sich herabließen zu arbeiten, brachten sie die kunstvollsten Dinge zustande.
Die Stoffe, die sie webten, waren so leicht, daß sie sich wie ein Lufthauch anfühlten, und die Farben so schön wie ein Regenbogen, der sich im Wasser spiegelt.
Seine Mutter hatte ihm aus einem dieser Stoffe eine Weste von derartiger Schönheit genäht, daß er sie manchmal im Schein der Öllampe oder eines Elfenmondes nur voller Entzücken betrachtete und das Farbenspiel im flackernden Licht bestaunte.
Brian bewunderte die Elfen neidlos für diese Kunstfertigkeit, und er war nur froh, daß die Zwerge bei ihrem letzten Tauschgeschäft genug dieser wundervollen Stoffe eingehandelt hatten, um viele Mäntel, Westen und Hosen nähen zu können. Denn alle Zwerge hegten eine sehr große Liebe für schöne bunte Kleider.
Ein Zwerg, der niemanden hatte, ihm solche prächtigen Kleidungsstücke zu nähen, war ein armer Kerl, fand Brian. Solche Zwerge endeten dann meistens als Lehrer oder Schmiede, denn die ersteren bekleckerten sich laufend mit Tinte – was ein prächtiges Gewand sofort ruinierte –, und die letzteren hatten einen schmutzigen Beruf, der ihnen das Tragen solch schöner Kleider unmöglich machte – außer an Festtagen natürlich.
Brian selbst war aufs feinste gekleidet, da seine Mutter eine ausgezeichnete Schneiderin war und auch für die Ältesten der Siedlung nähte.
Die zweite große Liebe der Zwerge galt dem Essen, vor allem dem Backen. Mit Fug und Recht kann man behaupten, daß die Liebe eines Zwerges durch den Magen geht.
Überall in der Siedlung hatten sie große Öfen installiert, in denen das Feuer nie ausging. Und manchmal buken sie darin auf der einen Seite, und auf der anderen schmolz ein Schmied sein Erz, oder ein Töpfer brannte darin seine Tonwaren.
Brian konnte sich erinnern, wie er als Kind seiner Mutter immer beim Backen zusah: Wie sie den Teig knetete und die verschiedensten Zwergenkuchen formte, die ihm so gefielen, Zwergenhammer und Äxte. Und jedesmal, wenn er sich zu Tisch setzte, stiegen die alten Bilder seiner Jugend wieder in ihm auf, obwohl sie in letzter Zeit beträchtlich von ihrem Zauber verloren hatten.

Nicht daß er unglücklich gewesen wäre, nein, davon konnte keine Rede sein, aber er spürte eine ungewohnte Rastlosigkeit in sich, und wenn er mit seinen Freunden über diese innere Unruhe sprach, hatte er das Gefühl, daß sie ihm nur aus Höflichkeit zuhörten und ihn gar nicht richtig verstanden.
»Ich weiß nicht, was ich davon halten soll, Jeral. Ich bin völlig durcheinander, wenn ich mir vorstelle, eines Tages wirklich den Eingang zum Dunklen Heim zu finden, wo einst unsere Vorfahren lebten.«
Jeral, ein mürrischer Schmied, starrte nur in sein Feuer.
»Nichts als Grillen hast du in deinem Kopf«, brummte er. »Ergreif lieber einen anständigen Beruf und tritt in die Fußstapfen deines Vaters.«
Jaran, Jerals Bruder, drückte sich noch unverblümter aus.
»Das ist nur Zeitverschwendung, Brian. Deine ganze Jugend hast du damit verbracht, auf die Hirngespinste dieses alten blinden Zwerges zu hören, der es noch nie im Leben zu etwas anderem gebracht hat, als Narren wie dir Märchen zu erzählen.«
Und obwohl Brian dann stundenlang mit seinen beiden Freunden über diesen strittigen Punkt diskutierte, war er schließlich fast geneigt, ihnen recht zu geben, denn er war jetzt erwachsen und hatte sich noch nicht einmal für einen Beruf entschieden.
Jedenfalls war das die Meinung der anderen, obwohl sie es ihm nie direkt ins Gesicht sagten, aber doch so laut über ihn sprachen, daß er ihre Kommentare nicht überhören konnte.
»Es ist eine Schande. Er ist jetzt alt genug, seinen eigenen Hausstand zu gründen, und könnte ein anständiges Mädchen zur Frau nehmen. Aber er hat ja nur die Geschichten im Kopf, die der verrückte alte Chinby ihm erzählt hat.«
Solche Reden schmerzten Brian um so mehr, da er wußte, daß sie stimmten.
»Eines Tages wird er schon merken, was ihm entgangen ist. Aber dann ist es zu spät, und niemand will ihn mehr haben.«
Brian kannte ein Mädchen, das ihm gut gefiel. Es besaß viel Humor, und gleichzeitig hatte es viel Sinn für Geschichte und fand auch den alten Chinby nicht lächerlich wie viele andere Zwerge.

Seltsamerweise jedoch umsorgten die Zwerge den alten Märchenerzähler. Sie achteten darauf, daß er immer gut und reichlich zu essen hatte, kleideten ihn und gewährten ihm Unterkunft. Wie immer man über Zwerge denken mochte, sie kümmerten sich stets um ihre eigenen Leute. Es gab keine Zwerge, die vor Hunger oder vor Kälte starben, geschweige denn, daß sie einander umbrachten.
Der Name des Mädchens war Senja, und es lebte in der Nachbarsiedlung.
Senja konnte ebenso gut backen und nähen wie Brians Mutter. Außerdem webte sie wundervolle Stoffe. Alle diese Fähigkeiten machten sie zu einer begehrten Partie. Sie hatte mindestens ein Dutzend Verehrer, und obwohl Brian nie zu ihr darüber gesprochen hatte, war er sehr eifersüchtig. Seine Gefühle behielt er für sich; und da er fürchtete, leiden zu müssen, falls er sie in Begleitung eines anderen sah, besuchte er sie auch nicht mehr. Nur manchmal traf er sie noch zufällig bei den verschiedensten Gelegenheiten.
Im Gegensatz zu Brian war Senja nicht schüchtern wie viele ihrer Altersgenossinnen. Sie hatte in ihrer Siedlung Con Den Fetch sogar einen gewissen Ruf erworben, da sie sich nicht scheute, ihre Meinung in der Ratsversammlung kundzutun.
Und nicht allein dieser Umstand überraschte die Ältesten, sondern vielmehr die Tatsache, daß ihre Vorschläge von großer Klugheit und logisch durchdacht waren. Deshalb waren manche überzeugt, Senja würde nie einen passenden Mann finden, weil sie nicht nur gescheit, sondern auch außerordentlich hübsch war.
Jeral und Jaran neckten Brian oft wegen seiner Zuneigung für Senja und prophezeiten ihm, daß er sie, noch ehe das Jahr um war, heiraten würde.
»Ja, dann wird er recht dick werden, und sie muß ihm neue Kleider nähen«, spottete Jeral.
»Und jeder wird darüber reden, wie viele Knöpfe sie an sein Wams hat nähen müssen, weil sie doch so gut bäckt«, spann Jaran den Faden weiter.
Brian schwieg zu diesen Scherzen und schmollte. Er gab vor, davon nicht berührt zu sein, doch im Innersten wünschte er sich gerade

ein solches Leben: ruhig und gesetzt, mit einem Ziel, das er stetig verfolgen würde.
Er sah, wie sein Vater fröhlich – so fröhlich, wie es einem Zwerg eben möglich war – seinen täglichen Geschäften nachging und auch seine Mutter ihre Aufgaben mit derselben Fröhlichkeit und Zufriedenheit erledigte.
Nicht, daß Zwerge von Natur aus mürrisch oder übellaunig gewesen wären, aber man schrieb ihre Ernsthaftigkeit jenen schrecklichen Erlebnissen, als sie noch im Ostland lebten, zu. Und obwohl die Zwerge es zur Zeit von Brians Geburt zu Wohlstand gebracht hatten und jene furchtbaren Zeiten nur noch in Erzählungen und Legenden lebendig wurden – ausgenommen einige seltene Angriffe der Bestien über der Erde –, war diese Ernsthaftigkeit ihnen doch geblieben.
Brian, der noch nie gegen eines dieser Ungeheuer hatte kämpfen müssen, fragte sich oft, wie er sich verhalten würde, sollte es zu einer solchen Begegnung kommen, denn er konnte sich einfach nicht vorstellen, auf ein lebendes Wesen zu schießen, selbst auf eine Bestie nicht.
Als man ihm diese schrecklichen Geschöpfe beschrieb, glaubte er, kaum richtig zu hören, und noch heute war er der Meinung, daß die Schilderungen übertrieben waren, damit die Geschichten spannender klangen.
Jeral und Brian kannten die Bestien nur vom Hörensagen, aber Jaran – der wesentlich älter war – hatte sie mit eigenen Augen gesehen. Eines Tages wurde die Gruppe Erntearbeiter, unter der er sich befand, von ihnen überfallen, und sie waren nur mit dem Leben davongekommen, weil ihnen eine zweite Gruppe aus Con Den Fetch zu Hilfe gekommen war und die Ungeheuer vertrieben hatte.
Sollte Jaran über dieses Abenteuer sprechen, so runzelte er nur die buschigen Brauen, räusperte sich und – schwieg.
Aber am linken Arm hatte er noch immer eine häßliche Narbe von einem Biß, die vom Handgelenk bis zum Ellbogen reichte.
Jeral behauptete, die Narbe stamme von einem einzigen Biß, und allein daran könne man schon sehen, wie groß diese Bestien gewesen wären.

»Wenn das Ungeheuer nur etwas größer gewesen wäre, hätte es dich glatt verschlungen, und dann hättest du uns noch weniger darüber erzählen können«, sagte Jeral lachend.
Er fand seine Bemerkung witzig, doch Jaran amüsierte sie nicht.
»Es schickt sich nicht, auf Kosten anderer Späße zu machen, kleiner Bruder. Allein die Tatsache, daß ich bei diesem Abenteuer mein Leben hätte lassen können, läßt mich heute noch erschauern. Hoffentlich hast du genausoviel Glück, wenn dir dieser Abschaum eines Tages über den Weg läuft.«
»Ach laß mich doch mal einen Spaß machen, Jaran. Mußt du denn immer alles so ernst nehmen?«
Brian, den die Angelegenheit sehr interessierte, fragte: »Waren die Bestien denn wirklich so groß?«
»Groß genug, mein Freund. An jenem Tag wäre deine Kunst als Bogenschütze wirklich vonnöten gewesen. Nur auf diese Weise können wir uns erfolgreich gegen die Bestien verteidigen.«
»Vergiß unsere Kettenhemden nicht«, sagte Jeral. »Sie haben schon manchem das Leben gerettet.«
»Ja, ich weiß. Es ist heutzutage mehr als töricht, sich ohne Schutz an die Erdoberfläche zu wagen.«
Bei diesen Worten mußte Brian daran denken, daß in den Ratsversammlungen schon des öfteren gefordert worden war, nur noch in Begleitung von bewaffneten Abteilungen draußen zu arbeiten.
»Glaubst du, daß es so weit kommen wird, Jaran?«
»Es ist schon so weit, mein lieber Brian. Wie kann man denn arbeiten, wenn man ständig vor diesem Abschaum auf der Hut sein muß? Aber ein zweites Mal möchte ich nicht überfallen werden.«
»Wahrscheinlich werden sie dich bald brauchen«, sagte Jeral zu Brian. »Jedenfalls ist es sinnvoller, als ständig nach diesen alten Schächten zu suchen.«
»Diese alten Schächte könnten uns noch sehr nützlich sein, wenn die Dinge draußen so schlecht stehen, wie du behauptest.«
»Zu wissen, wie man einen Pfeil an die richtige Stelle plaziert, ist auf jeden Fall nützlicher«, murmelte Jaran. »Und mit Hammer und Amboß umgehen zu können hat auch noch niemandem geschadet.«

Er setzte mit kraftvollen Schwüngen den Blasebalg in Gang, wobei Brian und Jeral ihm halfen. Die Ärmel hatte er bis über die Ellbogen aufgerollt, so daß man deutlich die lange, weiße Narbe auf seinem linken Arm sehen konnte.
»Was schmiedest du da eigentlich?« fragte Brian, während Jaran mit schnellen, geschickten Hammerschlägen das rotglühende Metall auf dem Amboß bearbeitete, wo es langsam Gestalt annahm.
»Manchmal findet man in den alten Büchern etwas sehr Nützliches, Brian. So entdeckte ich darin eine Abbildung von Rundhuts altem Schwert, dem Drachentöter.«
Und mit diesen Worten hielt er die noch glühende Klinge in die Höhe und tauchte sie dann in einen Kübel kalten Wassers.
Zischend schoß der Dampf empor, und Brian betrachtete voller Bewunderung die fertige Waffe, als Jeral sie aus dem Wasser holte.
»Ein Drachentöter«, murmelte er und starrte auf die gebogene Klinge, die matt im Licht der Elfenmonde schimmerte.
»Ein Drachentöter«, wiederholte Jaran. »Damit werden wir jetzt die Patrouillen draußen bewaffnen.«
Viel später, als Brian in seinem Bett lag, konnte er lange nicht einschlafen, und er wälzte sich unruhig hin und her.
Jarans Mitteilung, daß sie jetzt stets unter dem Schutz von Patrouillen würden arbeiten müssen, beunruhigte ihn nicht sehr, denn er hatte bisher immer sein Volk verteidigt.
Mehr machte ihm die plötzliche Gewißheit zu schaffen, daß irgend etwas in sein Leben getreten war, das es von Grund auf ändern würde.
Als er die tödliche Klinge des Drachentöters gesehen hatte, wußte er, daß die Stunde gekommen war, von der Chinby immer gesprochen hatte, und jetzt endgültig die unbeschwerte Zeit seiner Jugend vorbei war.
Seine Gedanken wanderten zu Senja, und sein Herz füllte sich mit Trauer. Dann wanderten sie zu dem Hammer und Meißel – den Geschenken seines Lehrers –, die immer neben seinem Bett hingen.
Es würde der Tag kommen, wo sich die Gefängnistüren der Bestien öffneten, und vielleicht auch der Tag, wo der Weg zum Dunklen Heim gefunden wurde.

Mit diesem Gedanken schlief Brian ein. Er träumte von Dingen, die ihm ehrfürchtige Scheu einflößten und ihn im Traum die Wahrheit erkennen ließen.

3. Chinbys Freund

Wenn Brian aufstand, enthüllte er als erstes den Elfenmond in seinem Zimmer und kleidete sich dann sorgfältig an. Während er damit beschäftigt war, wanderten seine Gedanken zu den Pflichten und Aufgaben, die dieser Tag mit sich bringen würde.
Heute war Ratsversammlung, an der dieses Mal jeder Zwerg teilnehmen mußte, denn die Höhe der Abgabe des Zehnten wurde festgesetzt, eine Steuer, die dem Unterhalt der Siedlung diente.
Danach würde er mit seinen Eltern essen. Manchmal verköstigte er sich auch in der Gemeinschaftsküche, eine Einrichtung, die fast alle Junggesellen besuchten, da niemand für sie kochte. Und jeden zwölften Tag wurde dort ein Bankett abgehalten.
Dieses Bankett unterlag strengen gesellschaftlichen Regeln und wurde schon zur Zeit Rundhuts zelebriert, der wahrscheinlich diese Tradition ins Leben gerufen hatte.
Alle Einwohner der Siedlung versammelten sich zu diesem Anlaß im Großen Speisesaal, wo sich die Zwerge, streng getrennt nach Geschlecht und Alter, jeder an den für ihn bestimmten Platz setzte.
Als erstes spielte eine Gruppe Musikanten zum Tanz auf: Rohrflöten, von Lautenklängen untermalt, und die kleinen Gestalten wiegten sich in ihren prächtigsten Kleidern anmutig zum Takt der Melodien. Dann setzten sich alle zu einem fröhlichen und reichlichen Mahl nieder.
Alle Zwerge waren dem Essen sehr zugetan, und Brian stellte darin keine Ausnahme dar. Jedesmal freute er sich auf das Bankett, denn das war die einzige Gelegenheit, wo er etwas Zerstreuung fand, da ihn seit einiger Zeit eine unerklärliche Langeweile überfallen hatte.
Jaran und Jeral führten seinen Gemütszustand einzig und allein auf den alten blinden Zwerg zurück, der, wie sie glaubten, Brian Flau-

sen in den Kopf gesetzt hatte. Und sie machten ihrem Unmut darüber gebührlich Luft.
»Du solltest davon ablassen, Brian. Du bist kein Gelehrter. Überlaß solche Dinge denen, die ohnehin nichts anderes zustande bringen.«
»Jaran meint es ernst, Brian. Du bist doch ein fähiger junger Bursche und solltest deine Zeit nicht mit Tagträumen über diese alten Erinnerungen verbringen. Sie taugen nur als Gutenachtgeschichten für Kinder, aber du bist jetzt ein erwachsener Zwerg und solltest einen Beruf ergreifen.«
»Und sicherlich würde es dir nicht schaden, eine Frau zu nehmen«, neckte Jaran ihn. »Senja wartet doch nur darauf, daß du ihr einen Antrag machst.«
Brian errötete tief, behauptete aber, daß er weder an Senja noch einem soliden bürgerlichen Zwergenleben interessiert sei.
»Ich möchte einfach nicht in die Fußstapfen meines Vaters treten oder mit Senja einen eigenen Hausstand gründen«, platzte er heraus. »Mein Problem ist, daß ich nicht weiß, welchen Weg ich gehen soll. Ich bin mir über meine Gefühle im unklaren.«
»Das wird sich ändern, Brian. Jeder macht diese schwierige Phase durch, wenn er eine wichtige Entscheidung treffen muß.«
»Du auch, Jaral?«
»Natürlich. Und mein halsstarriger Bruder auch, obwohl er es niemals zugeben würde.«
»Ich wußte immer, welchen Weg ich einzuschlagen hatte«, berichtigte ihn Jaran. »Merk dir das.«
Brian lächelte – was höchst ungewöhnlich für einen Zwerg war.
»Das will ich dir gern glauben. Du scheinst nie irgendwelche Zweifel zu hegen. Ich wünschte, ich wäre genauso.«
»Das bist du auch«, beharrte Jeral. »Diese Zweifel gehen vorüber. Solche Gefühle gehören zum Erwachsenwerden.«
»Dann wünsche ich mir, daß es bald so weit ist«, murmelte Brian.
»Ich schlage mich schon lange genug damit herum.«
»Hab Geduld. Abwarten, so muß deine Devise lauten. Kümmere dich um deine täglichen Arbeiten, und schon bald wirst du herausfinden, daß alles andere Unsinn ist.«

»Wie gern würde ich dir glauben, Jaran. Ich hasse diese Rastlosigkeit in mir.«
»Ergreife ein Handwerk, Brian. Normalerweise kümmere ich mich nicht um Klatsch, aber es gehen Gerüchte um, die besagen, daß du vielleicht gar nicht so einen guten Ehemann abgeben würdest. Ich weiß, dein Vater und deine Mutter sind darüber sehr besorgt, denn sie haben vor kurzem mit mir über dich gesprochen.«
Brian reagierte sehr zornig auf diese Worte, denn es gefiel ihm überhaupt nicht, daß über ihn geredet wurde, und es irritierte ihn, daß sein Vater mit Jaran über seine Zukunft sprach.
»Wir wollen dir doch nur klarmachen, daß der Weg, den du im Augenblick einschlägst, nicht der richtige ist, Brian. Er wird dich nirgendwohin führen. Außerdem wäre es bei deinen Anlagen viel zu schade, wenn du sie mit diesen Hirngespinsten verschwenden würdest. Das tun nur die Bewahrer der Alten Lehre, weil sie nichts anderes gelernt haben.«
So ähnlich klangen die Gespräche, die er fast täglich mit seinen Freunden führte, außer, er hielt sich zum Schutz einer der Arbeitsgruppen über der Erde auf. Er liebte diese Aufgabe, denn sie ließ ihm viel Zeit, über sich und seine Zukunft nachzudenken.
Trotzdem war er nicht richtig zufrieden. Er machte sich Sorgen, wie das Leben unter dieser ständigen Bedrohung weitergehen würde.
Seine freie Zeit verbrachte er jedoch immer noch in den Tiefen des Berges und suchte mit seinem Hammer und seinem Meißel nach der verborgenen Tür zum Dunklen Heim, was seinen Vater nach und nach erzürnte.
»Was soll das eigentlich«, schalt er Brian. »Willst du das Klopfen mit diesen lächerlich kleinen Werkzeugen etwa als Arbeit bezeichnen? Ich glaube, du kannst damit nicht einmal eine Nuß öffnen.«
Zuerst hatte Brian versucht, seine Tätigkeit zu rechtfertigen, wurde dessen aber bald müde, als er merkte, daß niemand seinen Argumenten Beachtung schenkte. So zog er es nun vor zu schweigen, verbrachte aber nach wie vor jede freie Minute auf der Suche nach der geheimen Tür.
Und an einem Spätnachmittag, während er mit einer Gruppe

Zwerge draußen war, die Axtschäfte sägten, wurde diese Routine unterbrochen.
Brian stand unter einer mächtigen Eiche und hielt Wache, als ein leises Geräusch über ihm ihn aufschreckte. Er blickte hoch und hatte dabei automatisch seinen Bogen schußbereit gespannt.
Zuerst konnte Brian nichts als Sonnenflecken im dichten Blätterwerk der Eiche entdecken. Doch da hörte er das leise Geräusch wieder, ganz in der Nähe des dicken Stamms.
Irgend etwas hatte sich dort bewegt, doch ehe er noch überlegen konnte, wer dieses Geräusch verursacht haben mochte, begrüßte ihn eine fremde, wohlklingende Stimme.
»Sei gegrüßt, Erdling, Brian Brandigore. Du hast heute lange gebraucht, bis du mich endlich gefunden hast.«
Die Stimme klang sehr hell, so ganz anders als das sonore Brummen der Zwerge.
»Tritt vor, wer immer du auch bist! Selbst wenn du meinen Namen kennst, bedeutet es nicht, daß wir Freunde sind, und mein Pfeil ist schnell.«
»Oh, ich bin kein Feind deines Volkes, Brian. Tatsächlich habe ich eine weite Reise unternommen, um euch im Kampf gegen die Finsternis beizustehen.«
»Wenn du kein Feind bist, dann zeige dich, damit ich dich sehen kann.«
»Das geht nicht, Brian. Deine Freunde besitzen weniger Skrupel als du und würden mich schnell mit einem ihrer Pfeile durchbohren. Ich bleibe lieber in meinem Versteck in dem Baum. Und es wäre ratsam, wenn du nicht immer nach oben blicktest, so als würdest du mit jemandem reden.«
»Wer bist du, wenn du fürchtest, einer der Meinen könnte auf dich schießen!«
»Du kennst mich nicht, Brian. Aber ich weiß, wer du bist.«
»Woher hast du dieses Wissen?«
»Du kennst einen guten Freund von mir, den blinden Zwerg Chinby.«
Brian runzelte verwundert die Stirn.
»Chinby ist auch mein Freund. Aber wie hast du ihn kennenge-

lernt? Jedenfalls bist du kein Zwerg, das kann ich aus deiner Stimme schließen.«
»Nein, wahrhaftig. Ein Zwerg bin ich nicht«, entgegnete die Stimme übermütig lachend.
Das Lachen verstummte jedoch sofort, als eine Gruppe Holzfäller auftauchte und auf den Baum zumarschierte, unter dem Brian stand.
»Sieh schnell in eine andere Richtung, Brian. Wir haben jetzt keine Zeit mehr, uns zu unterhalten. Komm heute abend in deinen alten Keller, neben dem dritten Treppenabsatz.«
Brians Verwirrung wuchs.
»Woher kennst du meinen alten Keller?«
Seine Hand umklammerte den Bogen fester, und Argwohn erfüllte ihn.
»Ich kenne deine Behausung und ebenso deinen Keller, weil ich schon da gewesen bin und dich dort gesehen habe«, antwortete die Stimme. »Wenn du mehr erfahren willst, komm heute nacht, nach dem Abendessen.«
»Wie willst du dorthin kommen?« fragte Brian. »Nur ein Zwerg aus Den'Lin Fetch kann diesen Ort betreten, da am Abend die Türen zur Siedlung verschlossen werden.«
»Ich brauche die Türen nicht, Brian.«
»Ja, wie willst du dann in den Keller gelangen?«
»Du trägst die Schlüssel, die meine Türen öffnen, bei dir«, sagte die helle Stimme. »Deshalb erscheinen diese Elfenwerkzeuge – der Hammer und der Meißel, die du immer bei dir hast – deinen Kameraden auch so lächerlich.«
»Du kennst die Tür zu den alten unterirdischen Gängen!« sagte Brian atemlos vor Erstaunen. »Wie kannst du nur davon wissen? Du bist doch kein Zwerg!«
»Ja, ich weiß, wo die alten Gänge sind, denn vor langer Zeit bin ich einmal zufällig auf sie gestoßen. Chinby war dabei, als ich sie fand. Und meine Familie war mit dem Zwergenvolk befreundet, das damals dort lebte. Doch das ist eine lange Geschichte, Brian, und ich habe jetzt keine Zeit mehr. Heute nacht werde ich dir alles darüber erzählen. Doch sprich mit niemandem über das, was du vorhast.«

Brian wollte schon protestierend den Mund aufmachen, aber ein Gefühl sagte ihm, daß der Fremde verschwunden war. Nur der Wind strich sanft durch die Blätter des Baumes und ließ sie leise rascheln.
»Wir sind mit unserer Arbeit fertig«, rief der Vorarbeiter der Holzfäller, ein dicker Zwerg namens Clamor, »und wollen jetzt heimgehen.«
Brian wartete, bis seine Gefährten alle vorausgegangen waren, und studierte noch einmal sorgfältig das Geäst der mächtigen Eiche. Ihm war unerklärlich, wie der Fremde ungesehen zu dem Baum hatte kommen und wieder gehen können. Aber selbst wenn es gefährlich sein sollte, war er doch fest entschlossen, dieses seltsame Wesen heute abend zu treffen, denn er brannte vor Neugier, endlich das Geheimnis der Tür zum Dunklen Heim zu lüften.
Das Wort »Elf« war gefallen, und Brian ahnte, daß der Fremde zu diesem Volk gehörte, doch welche Bedeutung er dieser Tatsache beimessen sollte – falls sie überhaupt von Bedeutung war –, das wußte er nicht.
Er war derart in Gedanken versunken, daß Clamor ihn mehrmals rufen mußte, damit endlich die Tür verschlossen werden konnte. Er hastete auf den Eingang zu und half, die große Steintür zu schließen, die den Bestien den Weg zur Siedlung versperrte. Dann folgte er langsam seinen Kameraden, in Gedanken noch immer mit der mysteriösen Unterhaltung beschäftigt.
Dieser Elf – Brian war jetzt ganz sicher, daß es sich um einen Elfen handeln mußte – war ein guter Freund Chinbys, seines blinden Lehrers, der ihm alle diese Geschichten über Rundhut und das Dunkle Heim erzählt hatte. Aber Elfen konnte man nicht trauen; sie waren diebisch und unzuverlässig, wie jedermann wußte, und man tat besser daran, den Umgang mit ihnen zu vermeiden.
Gedanken solcher Art gingen Brian durch den Kopf, doch als er seine Gefühle dem Fremden gegenüber näher untersuchte, merkte er, daß er keine Angst, sondern nur eine große Neugierde empfand, denn der Elf hatte versprochen, das Geheimnis zu enthüllen, nach dem Brian nun schon so lange suchte. Und sicherlich war er auch ein Freund der Zwerge, denn Chinby würde sich nie mit Tauge-

nichtsen einlassen, das wußte Brian, was auch immer die anderen Zwerge über den Blinden denken mochten.
Chinby hatte vor langer Zeit im Kampf gegen die Bestien sein Augenlicht verloren. Damals hatte man ihn als Helden gefeiert, aber das war vor so vielen Jahren geschehen, daß niemand ihn noch als Helden betrachtete, was Chinby aber nicht weiter störte.
Wenn der Elf wirklich ein Freund Chinbys war, dann war er auch sein Freund, überlegte Brian und eilte hinter seinen Kameraden her. Er half ihnen, das Holz aufzuschichten, und ging dann zum Abendessen zu seinen Eltern. Er aß so wenig und derart hastig, daß seine Mutter ihm Vorhaltungen machte.
Normalerweise nahm sich Brian immer die Zeit, seine Mutter zu beruhigen. Aber heute stammelte er nur eine Entschuldigung hervor und behauptete, er müsse nach seltenen Steinen als Geschenk für Senja suchen.
Er eilte zu der Treppe, die tiefer in den Berg führte. Sein Herz klopfte wild, und er wußte, daß jetzt das Ereignis eintreten würde, das sein Leben für immer verändern sollte.
Hammer und Meißel hielt er mit festem Griff gepackt, während er tiefer in den Bergen eindrang, um endlich das Geheimnis seiner Vorfahren zu lüften.

4. Shanon

In der dunklen Stille saß der Elf Shanon wartend da, die Gedanken in sich gekehrt, die Lider über durchdringend blauen Augen geschlossen.
Schon seit vielen Tagen beobachtete er den jungen Brian Brandigore und versuchte, dessen innerstes Wesen zu ergründen.
Sein Freund Chinby hatte im Laufe seines langen Lebens unter den verschiedensten Zwergenstämmen gelebt, und Shanon hatte Chinbys Urteil vertraut, da er als Elf außerstande war, zu dem eher mürrischen und verschlossenen Charakter der Zwerge Zugang zu finden.
Chinby hatte ihn auch mit der Geschichte der Zwerge vertraut ge-

macht und Rundhuts Taten und Träumen von einer riesigen unterirdischen Siedlung, in der alle Zwergenvölker wieder vereint leben würden.

Shanon hatte Chinbys Ausführungen mit großem Interesse zugehört, denn ein ähnliches Schicksal war auch seinem Volk widerfahren. Das einst starke Elfengeschlecht war in zwei Völker gespalten: die Wasserelfen und die Waldelfen.

In früheren Zeiten hatten sie noch in Frieden miteinander gelebt, doch als die Überfälle der Bestien häufiger wurden und damit das Leben gefährlicher, hatten sie sich innerlich immer weiter voneinander entfernt, trieben keinen Handel mehr miteinander und besuchten sich nicht einmal mehr.

Shanon, der ein Wasserelf war, betrübte dieser Zwist, und eine ständige Trauer überschattete seine sonst so fröhliche Natur. Er hatte noch die früheren, glücklicheren Zeiten erlebt, als die beiden Elfenvölker untereinander heirateten und gemeinsam wunderschöne Siedlungen bauten.

Diese Siedlungen stellten wahre Kunstwerke dar, und selbst einem sprachgewandten Elfen wie Shanon war es unmöglich, ihre Schönheit mit Worten zu beschreiben.

Natürlich hatte er nicht die Blütezeit jener Siedlungen erlebt; er kannte nur einen schon längst verlassenen Ort namens Erin Frey, in dem sowohl Wasser- als auch Waldelfen gelebt hatten, und jedesmal, wenn er diese Ruinenstadt betrat, wurde er von großem Kummer ergriffen.

Deshalb besuchte er Erin Frey auch nicht oft. Der Anblick der Ruinen war zu schmerzhaft für ihn. Und doch hatte er an diesem traurigen Ort einst den blinden Zwerg Chinby getroffen. Er saß neben einem der Singenden Brunnen, schweigend, und fuhr mit seiner knotigen Hand über den feinbehauenen Stein.

»Sei gegrüßt, Elf. Vielleicht kannst du mir mehr über die Schönheit dieser Reliefs erzählen. Was sie bedeuten. Und wohin das Volk verschwunden ist, das einst hier lebte.«

Shanon war derart über die Anwesenheit eines Zwerges in Erin Frey erschrocken gewesen, daß er zunächst sprachlos blieb. Und erst später merkte er, daß der alte Zwerg blind war.

»Habe ich etwa eine heilige Stätte entweiht, Elf? Falls ich es tat, bitte ich um Entschuldigung. Manchmal ist es schwierig, nur mit den Händen zu sehen. Verzeih mir.«

Shanon gewann seine Fassung wieder und sagte schnell beruhigend: »Es ist keine heilige Stätte in dem Sinn, wie du glaubst, Fremder. Trotzdem ist dieser Ort heilig für jene, die die Schönheit einer vergangenen Zeit in ihm sehen.«

Plötzlich wurde Shanon bewußt, daß der Zwerg ihn als Elfen erkannt hatte, obwohl er nicht sehen konnte.

»Woher weißt du, daß ich ein Elf bin, Alter?«

»Nur Elfen gehen so leichtfüßig«, erklärte Chinby. »Seit meiner Erblindung haben meine übrigen Sinne an Schärfe zugenommen.«

»Ich hätte doch jemand sein können, der sich leise an dich heranschleicht.«

»Das hört sich ganz anders an, mein guter Elf. Jemand, der schleicht, klingt auffälliger als jemand, der ganz normal geht.«

»Wie heißt du, Alter? Mein Name ist Shanon.«

»Ich heiße Chinby. Komm näher, Shanon. Damit ich dich mit meinen alten Händen sehen kann.«

Ein scharfes Gefühl des Mißtrauens durchzuckte Shanon, und er blieb wie angewurzelt stehen, aber da der alte Zwerg keine Feindseligkeit ausströmte, trat er zu ihm.

»Du zögerst, Shanon. Wegen dieser angeblichen Unverträglichkeit zwischen Elf und Zwerg?«

Shanon lachte, um seine Verlegenheit zu verbergen.

»Ja. Das stimmt wohl, Chinby.«

»Es gab jedoch eine Zeit, wo unsere Völker befreundet waren. Wußtest du das?«

Shanon schüttelte den Kopf. Dann fiel ihm wieder ein, daß der Zwerg ja nicht sehen konnte, und er sagte schnell: »Nein. Davon habe ich nie gehört.«

»Das will ich dir gern glauben. Aber wenn man den Geschichten heute Glauben schenken will, könnte man meinen, daß Elfen und Zwerge immer verfeindet waren, was jedoch nicht stimmt. Es kam zu gewissen Mißverständnissen, die die Kluft zwischen unseren Völkern immer mehr vertiefte. Aber es ist höchste Zeit, daß wir unsere Freundschaft wieder erneuern, wenn wir uns gegen die Mächte der Finsternis behaupten wollen.«

Shanon kämpfte gegen seine Vorurteile dem Zwergenvolk gegenüber an, deswegen fiel es ihm nicht leicht, Chinby Glauben zu schenken.

»Da ich ein Zwerg bin, fällt es dir wohl schwer, mir zu glauben. Nicht wahr, Shanon?«

Der Elf errötete, wagte jedoch nicht, Chinbys Frage zu verneinen.

»Das ist ja die Schande. Hier sitzen wir beide und haben uns erst vor wenigen Augenblicken kennengelernt, und schon tut sich eine Kluft zwischen uns auf, nur weil wir Elf und Zwerg sind.« Chinby lachte freudlos. »Es ist wirklich schade, denn wir haben allein noch einen weiten Weg zurückzulegen, wenn wir ihn nicht gemeinsam gehen.«

»Vom Gehen habe ich nichts gesagt, Chinby. Aber was du eben behauptet hast, stimmt. Mein ganzes Leben habe ich nur gehört, was für bornierte Leisetreter Zwerge sind und daß man den Umgang mit ihnen auf jeden Fall vermeiden soll.«

»Nun, dasselbe behaupten die Zwerge von den Elfen. Aber es gab eine Zeit, wo diese beiden Völker eins waren.«

»Wie ist das möglich?« fragte Shanon ungläubig.

»Sehr einfach, mein guter Shanon. Denn früher gab es weder Zwerge noch Elfen oder Bestien. Wir alle stammen von dem Einen und gehören sozusagen zur selben Familie.«

Shanons Augen verengten sich. »Das kann nicht stimmen.«

»Aber es ist wahr, mein Freund, ob du mir nun glaubst oder nicht. In jenen alten Tagen gab es keinen Kummer und auch keine Not. Doch dann kamen wir alle vom rechten Weg ab, und es bildeten sich die verschiedensten Völker, und jeder verfolgte sein eigenes Ziel. Und jetzt sitzen wir hier und streiten uns um nichts. Vielleicht zeige ich dir morgen die Ruinen einer unterirdischen Zwergensiedlung. Sie ist nicht weit von hier entfernt und muß einmal sehr schön gewesen sein.«

Shanon war sehr still und nachdenklich geworden. »Ich glaube, das würde mir gefallen.«

Und dann waren die beiden, der Zwerg Chinby und der Elf Sha-

non, zu der Siedlung aufgebrochen, von der Brian schon so lange träumte: Dunkles Heim, der Ort, den Rundhut gegründet hatte und der jetzt genauso dem Verfall preisgegeben war wie Erin Frey. Als sie den alten Stollen betreten wollten, hatte der Zwerg warnend die Hand gehoben.
»Sage mir ehrlich, Shanon, hast du Angst?«
»Ein wenig schon«, gestand der Elf wahrheitsgemäß.
»Dann wird dir nichts geschehen. Deine Aufrichtigkeit schützt dich, denn es gibt Wächter hier unten, die jene nicht passieren lassen, deren Herz falsch ist. Falls du mir bisher nicht die ganze Wahrheit gesagt hast, so ist jetzt die Stunde dafür gekommen.«
»Ich brauche deine Wächter nicht zu fürchten, Chinby. Ich frage mich nur, was ich überhaupt hier unten zu suchen habe.«
»Du begibst dich von nun an auf einen Weg, der wahrscheinlich der längste deines Lebens werden wird, Shanon, und wohl auch der schwerste und bitterste. Denn du mußt versuchen, unsere beiden Völker wieder zu vereinen. Es wird die Zeit kommen, wo wir gemeinsam gegen unseren übermächtigen Feind kämpfen müssen, sonst werden wir alle untergehen.«
»Das ist etwas zu hoch für mich, Chinby. Für abstraktes Denken habe ich nur wenig übrig. Ich eigne mich mehr für konkrete Tätigkeiten wie Bauen und Weben.«
»Dann werden wir deine Aufgabe unter diesem Gesichtswinkel betrachten, so einfach ist das. Doch jetzt komm, wir haben noch einen langen Marsch vor uns.«
Die beiden waren durch schmale, gewundene Tunnels gegangen in völliger Dunkelheit, die für den blinden Chinby jedoch kein Problem darstellte. Ohne auch nur einmal zu zögern, schritt der Zwerg stetig voran, immer tiefer in den Berg hinein, so daß Shanon Mühe hatte, seinen schnellen Schritten zu folgen, und keuchend nach Luft rang.
Und gerade in dem Augenblick, als der Elf glaubte, die ihm ungewohnte Enge und Dunkelheit nicht mehr ertragen zu können, roch er, daß die fade, abgestandene Luft frischer wurde, und fühlte, daß der Gang sich verbreiterte, was ihn unendlich erleichterte, denn er hatte jedes Zeitgefühl verloren.

Außerdem hatte er seltsame Laute vernommen, worauf der Zwerg ein paar Worte murmelte und sie zum Verstummen brachte.
Chinby zupfte Shanon am Ärmel, damit der Elf stehenblieb, und plötzlich erstrahlte die riesige Halle, in der sie sich befanden, in hellem Licht, denn Chinby hatte einen Elfenmond enthüllt, der wiederum alle anderen Elfenmonde zum Leuchten brachte, bis alles in ein sanftes, goldenes Licht getaucht war.
Und hier, in der alten Halle Rundhuts, unterrichtete Chinby Shanon in der Zwergengeschichte, und er brachte ihm bei, wie Shanon Hammer und Meißel zu schmieden hatte, die dann die Gefängnistüren der Bestien öffnen könnten, und ebenso die Gänge, die zu dieser Halle führten. Chinby machte sehr präzise Angaben hinsichtlich der Größe und des Gewichts der Werkzeuge.
»Denn siehst du, Shanon, das alles steht in den *Büchern der Weisheit* geschrieben. Und vergiß nicht, die Szenen, die ich dir beschrieben habe, auf dem Meißel einzugravieren.«
»Ich bin kein Schmied«, klagte Shanon. »Ich kenne viele Schmiede, die diese Arbeit besser als ich erledigen könnten, Chinby.«
»Aber allein du bist dazu ausersehen, diese Werkzeuge zu schmieden, denn du hegst keinen Groll gegen das Zwergenvolk und bist reinen Herzens. Selbst wenn eure Schmiede schönere Werkzeuge herstellen können, sind sie wertlos.«
Nur zögernd hatte sich Shanon dann an die Arbeit gemacht. Und auf das Drängen des alten Zwerges hin hatten sie viele Tage unter der Erde verbracht, im Dunklen Heim, dem Zuhause Rundhuts, bis Shanon schließlich resigniert sagte: »Besseres bringe ich nicht zustande, Chinby. Und ich halte es hier unten nicht mehr aus. Mir fehlen der Fluß und der Wald!«
»Entschuldige bitte, Shanon. Ich habe ganz vergessen, daß du ja kein Zwerg bist und die Sonne und frische Luft brauchst.«
Shanon wußte nicht recht, ob er die Bemerkung des Zwerges als Kompliment oder Tadel auffassen sollte, doch er lachte.
»Nun, wenn das kein Lob ist, da du mich schon für einen Zwerg hältst. Aber ich bin *kein* Zwerg. Selbst nach dieser langen Zeit nicht, die ich hier unten im Berg verbracht habe.«
Und daraufhin führte Chinby den Elfen in ein enges Tal auf der Erde, das in der Nähe des Flusses gelegen war.

Dort gab es einen kristallklaren Teich, der von Wasserfällen gespeist wurde, und ein dichter Wald erstreckte sich bis weit hinauf auf die Bergkuppen. Der Ort war von unbeschreiblicher Schönheit und gleichzeitig einer der geheimsten. Nur noch wenige Zwerge wußten von seiner Existenz.
Chinby erzählte Shanon, er sei der erste Elf, der je dieses Tal betreten habe, und deshalb müsse er auch das Geheimnis für sich bewahren.
»Aber jetzt kann doch niemand mehr hier leben. Überall droht uns Gefahr von den Bestien«, entgegnete Shanon, der trotzdem über das Vertrauen, das Chinby ihm schenkte, gerührt war.
»Eines Tages wird hier wieder alles voller Leben sein. Und du wirst deinen Teil dazu beitragen, daß dieser Tag kommt.«
»Du sprichst oft in Rätseln, Chinby. Ich kann mir nicht vorstellen, wie du oder ich eine Veränderung herbeiführen könnten. Was geschehen ist, ist geschehen. Alles geht einmal zu Ende. Erin Frey gehört der Vergangenheit an, ebenso wie euer Dunkles Heim. Damit müssen wir uns eben abfinden.«
Der alte Zwerg schüttelte langsam den Kopf.
»Ich verstehe wohl, daß du dieser Ansicht bist, mein Freund. Aber wir können etwas ändern, wenn wir nur das tun, was uns auferlegt wurde zu tun. Ich habe einen jungen Zwerg aus der Siedlung Den'Lin Fetch auserwählt, der den Weg gemeinsam mit dir gehen wird, wenn ich nicht mehr da bin. Ihr beide werdet das Werk vollenden, zusammen mit denen, die über das Tosende Meer kommen. Vielleicht bin sogar ich noch dabei.«
»Das Tosende Meer? Niemand lebt auf der anderen Seite dieses Meeres. Das weiß doch jeder!«
»Ja. So wurde es dir erzählt, Shanon. Aber nicht alles, was behauptet wird, muß stimmen. Du solltest mehr auf dein Herz hören.«
»Und wer könnte dort leben?«
»Viele Völker leben dort; sogar Verwandte von uns, die schon vor langer Zeit ein friedliebendes Land gesucht haben. Und jetzt werden alle Völker wieder vereint werden.«
»Wer ist dieser Zwerg, von dem du gesprochen hast? Und wo liegt Den'Lin Fetch?«

»Der Zwerg heißt Brian Brandigore, und Den'Lin Fetch liegt südlich von hier, an diesem Fluß. Es gibt unterirdische Gänge, die bis zu dieser Siedlung führen. Wenn du dorthin gehst, solltest du sie benutzen, denn das ist der sicherste Weg. Du bist vor den Bestien in Sicherheit, und auch die anderen Zwerge können dich nicht sehen. Denn niemand von ihnen glaubt noch an die alten Geschichten, und deshalb wissen sie auch nichts von der Existenz eines Eingangs zum Dunklen Heim.«
»Warum sollte ich denn nach Den'Lin Fetch gehen? Warum gehst du nicht selbst?«
»Das werde ich, sobald du die Werkzeuge fertiggeschmiedet hast. Ich werde dort eine Zeitlang bleiben und Brian die Werkzeuge geben und ihn ein wenig auf seine Aufgabe vorbereiten. Wenn dann die Zeit gekommen ist, benachrichtige ich dich.«
Und mehr sagte Chinby nicht über Den'Lin Fetch und den Zwerg Brian Brandigore, aber er erteilte Shanon weiter Unterricht in der Alten Zwergenlehre.
Die beiden blieben dann noch so lange zusammen, bis Shanon den kleinen Hammer und den zierlichen Meißel zu Chinbys Zufriedenheit fertiggeschmiedet hatte, bis der Tag kam, an dem der Zwerg den Elfen zu der Tür führte, durch die sie gekommen waren.
Zum Abschied streckte Chinby dem Elfen seine knorrige Hand hin.
»Du bist ein bemerkenswerter Bursche, Shanon. Ich hoffe, daß unsere Werkzeuge eines Tages den Dienst leisten, den ich mir erhoffe.«
»Werde ich dich wiedersehen, Chinby? Du sprichst, als würdest du nicht mehr zurückkommen.«
»Ich muß noch viele Orte aufsuchen, an denen du keinen Gefallen finden würdest. Nein. Bleib hier, in deinem Wald, bei deinem Fluß, bis ich nach dir schicke.«
Und das war das letzte Mal, daß Shanon den alten Zwerg gesehen hatte. Es war nun schon so lange her, er hatte fast vergessen, daß Chinby ihm eine Nachricht schicken wollte.
Die Nachricht erreichte ihn dann eines Tages in Gestalt eines Flußelfen, der Shanon am Ufer eines Nebenarms des Flusses aufsuchte und ihm ein kleines, zusammengerolltes Bündel aus Elfenstoff gab. Überrascht entrollte Shanon den Stoff und fand darauf mit unge-

lenken Buchstaben, wie nur ein Blinder sie schreiben konnte, ein einziges Wort geschrieben.
Er suchte nach weiteren Hinweisen, konnte jedoch nichts mehr finden.
Dann fragte Shanon den Elfen, wie er zu dem Bündel gekommen sei, doch der Elf gab ihm nur die vage Auskunft, er hätte es von einem Freund erhalten, der ihn gebeten hätte, es an Shanon weiterzuleiten.
Und so machte sich Shanon auf die weite unterirdische Reise zu der Siedlung Den'Lin Fetch, obwohl er nicht einmal genau wußte, warum er das tun sollte.
Nur sehr widerstrebend betrat er die dunklen Zwergenschächte, aber er war noch nicht weit gegangen, als er an einer Wand das erste, sorgfältig von Chinby geschriebene Zeichen fand, das ihm den Weg wies.

5. Elf und Zwerg

Obwohl Shanon an die Dunkelheit gewohnt war und seine Sinne sich beträchtlich geschärft hatten, tauchte Brian plötzlich überraschend vor ihm auf.
Das tiefe Schweigen unter der Erde verwirrte den Elfen, und während er auf den Zwerg wartete, hatte er darüber nachgedacht, welche Schicksalsschläge die Zwerge hatten hinnehmen müssen, um ein solch isoliertes Leben zu führen. Chinby hatte ihn mit der Geschichte der Zwerge vertraut gemacht und der Prophezeiung, daß die Erdlinge eines Tages in der Lage sein würden, in ihre alte, angestammte Heimat zurückzukehren, wenn auch nicht alle von dieser Möglichkeit Gebrauch machen würden.
Chinby hatte ihm ebenfalls von der schrecklichen Eiswüste im Osten erzählt, wo, wie es hieß, die Finstere Königin eine Armee von Ungeheuern zusammenstellte, die dann eines Tages ihr Land überfluten und alles niedermetzeln würde.
Mehr jedoch wollte der blinde Zwerg über diese Dinge nicht verraten, obwohl Shanon vermutete, daß er noch viel mehr darüber wußte.

»Andere werden dir sagen, was du wissen mußt. Und ein neues Volk wird euch im Kampf gegen die Bestien zur Seite stehen.«
»Was für ein Volk, Chinby? Andere Elfen- und Zwergenstämme?«
»Nein. Alle möglichen Wesen und auch Tiere. Sie alle kommen von dem Einen«, antwortete Chinby.
»Du meinst Arlen Zephus?«
»Das ist der Eine«, erwiderte der Zwerg.
»Aber was hat das alles mit Brian Brandigore zu tun?«
»Es wird die Zeit der großen Ungeheuer kommen, und ihr müßt gegen sie kämpfen.«
»Kannst du dich nicht deutlicher ausdrücken? Ich bin nur ein einfacher Elf und habe wenig Geduld mit deinen Rätseln.«
Zu Shanons maßloser Verblüffung lachte der alte Zwerg nur.
»Du wirst die Antworten auf deine Fragen alle zur rechten Zeit bekommen, mein guter Elf.«
»Das hoffe ich sehr.«
Mehr hatte Shanon Chinby nicht entlocken können, und noch immer nagte eine bohrende Ungewißheit in ihm.
»Sei gegrüßt, Elf.«
»Auch ich grüße dich, Brian.«
»Woher kennst du die Keller unserer Behausungen?«
»Von Chinby.«
»Von Chinby?« fragte Brian verblüfft.
»Chinby sagte mir, er würde dich über Elfen informieren, so daß du nicht allzu unvorbereitet bist, wenn wir zusammentreffen.«
Brian schwieg und sah nur nachdenklich das scharfgeschnittene Gesicht des Elfen an.
»Die Werkzeuge, die ich einst schmiedete, sind in deinem Besitz, Brian.«
Und Shanon beschrieb dem Zwerg genau die Szenen, die er in den Meißel eingraviert hatte, und erwähnte auch sein eigenes Siegel, das der Hammer trug.
Niemand als er selbst konnte Kenntnis von diesem Siegel haben, das wußte Brian. Wieder verfiel er in ein langes, nachdenkliches Schweigen und rief sich die vielen Gespräche mit Chinby ins Ge-

dächtnis zurück und versuchte, sich irgendeinen Anhaltspunkt für dieses seltsame Treffen zu vergegenwärtigen.
Obwohl Shanon voller Ungeduld war, besaß er doch die Höflichkeit, Brians Gedankengänge nicht zu unterbrechen.
Über Elfen waren viele Gerüchte im Umlauf, aber wie bei allen Dingen gab es auch hier zwei verschiedene Betrachtungsweisen, soviel hatte Brian jedenfalls von Chinby gelernt, und er bemühte sich, immer objektiv zu sein.
Seines Wissens gab es sogar Zwerge, die ihre traditionelle Lebensweise aufgegeben hatten und über der Erde lebten. Von diesen Geschöpfen wurde ebenso verächtlich wie von den Elfen gesprochen. Natürlich gab es welche, die behaupteten, es handele sich gar nicht um *richtige* Zwerge, da sie nur tief im Wald und keineswegs unter der Erde lebten.
Chinby hatte sie immer als eine Art entfernte Verwandte bezeichnet und Carben genannt.
Brian wußte nicht, ob sie wirklich bösartig oder schlecht waren, denn Chinby hatte nie in verächtlichem Ton über sie gesprochen, sondern nur gesagt, sie hätten einfach ihr altes Leben aufgegeben und lebten wieder auf der Erde.
Während Shanon weiter wartete, rief auch er sich die Dinge ins Gedächtnis zurück, die er von Chinby über die Zwerge gelernt hatte. Aber eines stand schon jetzt für ihn fest: Sie trafen nur außerordentlich langsam eine Entscheidung und schienen von Gefühlsausbrüchen überhaupt nichts zu halten.
Das Warten dauerte an, bis Shanon fast die Geduld verlor, aber da räusperte Brian sich plötzlich und machte den Mund auf.
»So. Du hast also Chinby gekannt? Und er sagte dir, daß du dich mit mir in Verbindung setzen sollst?«
»Ja. Und daß wir zusammen eine Reise machen werden«, fügte Shanon hinzu.
»Eine Reise?« wiederholte Brian. »Wohin sollten wir denn schon zusammen gehen?«
»Er sagte nur, wir würden das zur gegebenen Zeit wissen. Dann erwähnte er noch andere, die übers Meer kämen, um uns zu helfen.«
Der Zwerg schüttelte den Kopf.

»Meine Freunde sagen mir schon lange, daß es völliger Unsinn ist, mich so mit den alten Geschichten zu beschäftigen, die Chinby mir erzählte. Vielleicht haben sie damit recht. Und ich glaube nicht, daß eine Reise mir im Augenblick besonders guttun würde. Damit will ich dich nicht beleidigen, mein guter Elf. Doch ich halte es kaum ohne Unbehagen während der kurzen Arbeitsstunden über der Erde aus, deshalb kann ich mir nicht vorstellen, so lange Zeit draußen zu leben, wie man für eine Reise zum Meer braucht.«
»Trotzdem hat Chinby das alles gesagt. Aber vielleicht bist du der falsche Zwerg.«
Brian fühlte sich in seiner Ehre gekränkt und murmelte: »Zweifelsohne bin ich der richtige Zwerg. Aber ich hätte gern noch mehr Beweise von dir, damit ich weiß, ob ich dir auch wirklich trauen kann.«
»Du hast meine Geschichte gehört und bist im Besitz der Werkzeuge, die ich nach Chinbys Angaben geschmiedet habe. Auch ich habe nicht die leiseste Idee, warum ich hier bin, aber irgendwie gefällt mir meine Aufgabe, denn ich finde kein Vergnügen daran, das Leben zu führen, das mein Volk führt. Ich war immer ein Einzelgänger und habe schon früher ausgedehnte Reisen unternommen, um andere Klans kennenzulernen. Aber sie beschäftigen sich alle mit denselben Dingen, und ich weiß nicht recht, wie ich da hineinpasse. Doch Chinby schien überzeugt davon, daß ich der einzige Elf sei, der für diese Aufgabe geeignet ist, genauso wie du der einzige Zwerg dafür bist.«
»Du sprichst mir aus dem Herzen, Elf. Wir könnten Brüder sein, wären wir nicht so verschieden.«
»Sind wir das denn wirklich?«
»Du bist ein seltsamer Elf«, sagte Brian und sah sein Gegenüber neugierig an, »sitzt in einer Zwergenhöhle und redest über Dinge, die mich schon seit langem beschäftigen.«
Shanon lachte hell auf.
»Wir beide scheinen gut zusammenzupassen, obwohl wir dazu erzogen wurden, uns zu meiden.«
»Ja. Da hast du wohl recht. Aber vielleicht wäre es trotzdem am besten, die ganze Geschichte zu vergessen und unseren gewohnten

Geschäften nachzugehen. Noch bin ich jung genug, um den Beruf meines Vaters zu ergreifen. Und du kannst wahrscheinlich dasselbe tun.«

Shanon überlegte sorgfältig die Worte Brians, ehe er antwortete.

»Das könnte schon stimmen. Wahrscheinlich dienen wir unseren Völkern am besten, wenn wir bei ihnen bleiben und unser Leben der Gemeinschaft widmen.«

»Und außerdem mache ich einem Mädchen den Hof«, platzte Brian plötzlich mit hochroten Ohren heraus.

»Ja. Lassen wir die Geschichte zumindest eine Weile ruhen«, bestätigte Shanon Brians Meinung. Er fühlte sich beklommen in dem finsteren Keller und sehnte sich nach frischer Luft, und der Gedanke, bald wieder frei atmen zu können, stimmte ihn fast heiter.

»Wahrscheinlich war das Ganze ein Fehler, und Chinby könnte sich getäuscht haben oder wurde falsch informiert. Warten wir einfach ab, wie die Dinge sich entwickeln.«

Brian, der es nicht gewohnt war, schnelle Entscheidungen zu treffen, stimmte nach einer Weile zu.

»An eine so schwierige Aufgabe sollte man nicht überstürzt herangehen. Außerdem wissen wir viel zuwenig darüber. Unsere Informationen sind, gelinde gesagt, ziemlich dünn.«

»Eigentlich besitzen wir überhaupt keine«, entgegnete Shanon. »Ich weiß nicht einmal, warum ich Chinbys Aufforderung nachgekommen bin und dich aufgesucht habe. Er schickte mir nur ein Stück Stoff, auf den er seinen Namen geschrieben hatte. Und mit diesen anderen Pergamentrollen, die er mir gab, kann ich nichts anfangen.«

»Hast du sie noch?« fragte Brian.

»Ja, natürlich. Ich wollte dich fragen, ob du sie entziffern kannst.« Shanon suchte in seinem Reisesack nach den Pergamenten. »Aber wir müßten etwas Licht haben.«

»Hier«, erwiderte Brian und gab Shanon einen der kleinen Steine, die er aus seiner Tasche hervorgezogen hatte.

»Oh, diese Steine kenne ich aus einer der alten unterirdischen Zwergenbehausungen.«

»Welche alten Behausungen?« fragte der Zwerg aufgeregt.

»Nun, jene, wo ich die Werkzeuge schmiedete. Chinby führte mich dorthin.«
»Sprach er darüber?«
»Er sagte nur, daß sie sehr alt sei und für sein Volk große Bedeutung habe.«
»Laß mich diese Pergamente anschauen«, bat Brian, dessen Herz plötzlich wild klopfte.
Und im Licht der kleinen Elfenmonde, die Brian auf den Boden gelegt hatte, studierte er sorgfältig die Pergamentrollen. Als der Zwerg eine der Rollen nahe ans Licht hielt, stieß Shanon einen Ruf der Überraschung aus.
»Halt sie noch näher ans Licht. Hier, sieh nur! Das war vorher nicht zu erkennen.«
»Was?«
»Das hier«, entgegnete der Elf und deutete auf die Runen, die den gesamten Rand des Pergaments bedeckten. »Vorher konnte ich nur den in Elfensprache geschriebenen Text in der Mitte lesen. Diese Runen waren unsichtbar.«
»Ich kann sie zwar nicht entziffern, aber ich weiß, daß es sich dabei um eine sehr alte Zwergenschrift handelt. Doch einige der Worte lehrte Chinby mich.«
»Chinby ist sehr klug. Er richtete es so ein, daß ich nur lesen konnte, was für mich bestimmt war. Aber auch dir erteilt er auf diesem Pergament Anweisungen, oder ich fresse meinen Hut.«
Mit gerunzelten Brauen studierte Brian die Runen. Dann weiteten sich seine Augen vor Erstaunen.
»Das ist eine Karte, wie man zu einer von Rundhuts alten Siedlungen gelangt! Es ist zwar nicht das Dunkle Heim, aber eine ebenso alte Siedlung.« Und dann fragte er Shanon voller Ehrfurcht: »Dort bist du gewesen?«
»Dort schmiedete ich deine Werkzeuge.«
»Chinby hat mir nie erzählt, wo diese Siedlungen sind. Ich dachte immer, er hätte darüber nur in einem der alten *Bücher der Weisheit* gelesen.«
»Ja. Chinby ist ein Zwerg, der trotz seiner Blindheit über große Weitsicht verfügt.«

»Sind das alle Pergamente, die du besitzt?«

»Ja. Sie lagen in den Gängen, die zu jener Siedlung führten«, erwiderte Shanon. »Es war für Chinby nicht ganz leicht, mich in der Kunst, den richtigen Weg einzuschlagen, zu unterweisen.«

»Willst du behaupten, er zeigte dir den Weg, der bis ins Zentrum der Siedlung führte?«

»Ja. Es war ein schwieriges Unterfangen, denn er mußte mir genau beschreiben, wie alles aussah und wo ich in den Gängen nach den Markierungen suchen mußte und wie ich sie an ihren verschiedenen Gerüchen erkennen konnte. Man kann sofort riechen, wenn ein Gang als Sackgasse endet. Dann riecht er nach Schmutz.«

»Du kannst dir überhaupt nicht vorstellen, welches Geschenk Chinby dir gemacht hat«, sagte Brian. »Er hat dir den geheimen Plan einer unterirdischen Siedlung enthüllt. Du kannst dich jetzt auch ohne weiteres in Den'Lin Fetch zurechtfinden.«

»Wenigstens finde ich immer wieder auf die Erde zurück«, stimmte Shanon zu.

»Und dieses Geheimnis war bis jetzt allein Zwergen bekannt«, sagte Brian anklagend. »Ich weiß nicht, was ich jetzt von Chinby halten soll. Wenn er so leichtfertig mit unserem bestgehüteten Geheimnis umgeht, wem mag er noch davon erzählt haben?«

Brian rang nervös die Hände.

»Jedenfalls muß ich das sofort dem Rat melden. Die anderen müssen wissen, daß uns allen Gefahr droht.«

»Gefahr von wem? Von mir?« sagte Shanon lachend. »Ich glaube nicht, daß Chinby unüberlegt gehandelt hat. Er mußte mir das Geheimnis anvertrauen, sonst hätte ich nicht gefahrlos zu dir kommen können und wäre von deinen Kameraden gefangengenommen oder von einer dieser Bestien gefressen worden.«

»Ich muß es trotzdem melden«, beharrte der Zwerg. »Sie haben mich schon aller möglichen Dinge bezichtigt, aber keiner soll je sagen dürfen, ich hätte nicht die Interessen meines eigenen Volkes gewahrt oder alles in meiner Kraft Stehende getan, es vor Unheil zu bewahren.«

»Ich sehe für dein Volk nur eine Bedrohung, und die besteht in eurer sprichwörtlichen Dickköpfigkeit. Vielleicht hat die lange Zeit,

die ihr schon unter der Erde lebt, eure Sinne benebelt und euren Verstand geschwächt.«
»Nimm dich in acht! Ich bin ein Zwerg!« rief Brian erzürnt. »Du redest von Dingen, die du nicht verstehst.«
»Das mag schon sein«, entgegnete der Elf. »Durch meine Gespräche mit Chinby war ich zu der Überzeugung gelangt, daß das Zwergsein noch etwas anderes beinhaltet, als sich in selbstgegrabenen Löchern zu verstecken. Er redete immer über die großen Taten, die Zwerge vollbracht hätten oder noch vollbringen würden und wie praktisch und vernunftbegabt sie wären. Vielleicht habe ich mich getäuscht, aber ich hatte den Eindruck, daß Zwerge nicht gleich beim geringsten Anlaß in die Luft gehen.«
Shanon hatte sich in eine gewisse Erregung geredet, und außerdem bewunderte er rückhaltlos die Klugheit, mit der Chinby bei seinen Instruktionen für sie beide vorgegangen war.
»Was steht sonst noch auf dem Pergament?« fragte Shanon. »Oder glaubst du, daß ich dieses kostbare Geheimnis ebenfalls verraten könnte?«
»Du behandelst diese schwerwiegende Angelegenheit nicht mit dem nötigen Respekt, Freund Elf. Wenn der Fall umgekehrt läge, würdest du ganz anders darüber denken.«
»Da hast du recht, Brian«, stimmte der Elf zu. »Entschuldige bitte. Es wird nicht wieder vorkommen. Doch Chinby hat mich sicher nicht ohne Grund mit dieser Aufgabe betraut, obwohl sie mir immer weniger gefällt. Aber ich mußte in gewisse Dinge eingeweiht werden, sonst wären wir nie zusammengetroffen. Das siehst du doch sicher ein?«
Brian hatte sich wieder beruhigt und studierte die Pergamentrollen noch einmal sorgfältig.
»Auf diesem Pergament stehen nur ein paar Zwergennamen, die mir alle unbekannt sind. Damit kann ich nichts anfangen.«
»Wie lauten sie?«
»Gim, Marin, Clarin, Dram, Leim, Ramkin, Aurel und Glin. Ich habe die Namen noch nie gehört. Sie kommen auch nicht in den *Büchern der Weisheit* vor, die ich gelesen habe. Und da steht etwas über das Meer.«

Bei diesen Worten blickte Brian Shanon an.
»Was steht dort?« fragte der Elf ruhig.
»Daß wir an der Küste des Tosenden Meeres auf andere Völker sowie viele Zwergen-Klans treffen, um gemeinsam gegen die Bestien zu kämpfen.«
»Was noch?«
»Der Weg zum Meer ist dort beschrieben«, sprach Brian weiter. »Und der Fluß, der vom Dunklen Heim zum Tosenden Meer führt, eingezeichnet.«
»Sonst noch etwas? Ich bekam von Chinby nur die Instruktionen, wie ich dich finden könnte.«
Brian studierte noch einmal die anderen Pergamente, und seine Stirn umwölkte sich.
»Dort steht geschrieben, daß wir zu unserer Reise am ersten Tag des Goldenen Blattes aufbrechen sollen.«
»Und welcher Tag ist das?«
»Morgen. Die Bäume verlieren schon ihre Blätter.«
»Morgen?«
»Da steht es. Und hier hat Chinby etwas mit eigener Hand vermerkt!«
»Was?«
»Er wünscht uns viel Glück und wird uns am Tosenden Meer treffen.«
»Falls wir uns dorthin begeben«, wandte der Elf ein.
»Ich gehe«, sagte Brian mit Entschiedenheit.
»Was hat deinen plötzlichen Sinneswandel herbeigeführt? Noch eben warst du ganz anderer Meinung.«
»Senja wird auch dort sein.«
»So?«
»Wenn sie dort ist, werde ich auch dorthin gehen. Ich darf sie nicht allein das Tosende Meer überqueren lassen.«
»Das ist für mich kein Grund, ebenfalls die Reise zu machen«, argumentierte Shanon. »Und zum erstenmal höre ich, daß wir das Meer *überqueren* sollen.«
»Nein, du hast wirklich keinen Grund für diese Reise.«
Der Elf blickte Brian eine ganze Weile prüfend an.

»Also ist es entschieden: Ich gehe. Gerade weil ich keinen Grund dazu habe. Das ist für einen Elfen immer Grund genug.« Nach diesen Worten lachte er wieder sein helles Elfenlachen. »Außerdem wollte ich schon immer das Meer kennenlernen.«
»Sieht so die verquere Denkungsweise eines Elfen aus?«
»Eine bessere gibt es überhaupt nicht!« entgegnete Shanon abschließend.

6. Senja

Chinby war in Con Den Fetch – der Siedlung, wo Senja lebte – ein häufiger, wenn auch nicht immer gern gesehener Besucher. Und genau wie Brian, hatte sich auch Senja seit frühester Jugend von Chinbys Erzählungen fesseln lassen.
Der Blinde war fast ständig von einer Schar Kinder umringt, die ihn bat, noch mehr Geschichten zu erzählen, die sie faszinierten. Aus diesem Grund konnte man ihn nur selten allein antreffen, und jedesmal, wenn sich die Gelegenheit dazu ergab, ging Senja zu ihm. Viele Kinder und auch Erwachsene lauschten Chinby jedoch nur, weil sie sich langweilten – denn das Leben in Con Den Fetch verlief in äußerst geregelten Bahnen und bot kaum Zerstreuung –, und hinter dem Rücken des Meisters der Alten Lehre machten sich viele Zwerge über ihn lustig.
Ja, man behandelte ihn oft wie einen armen, harmlosen Irren. Senja spürte jedoch, daß Chinby die Wahrheit sagte. Sie tat seine Erzählungen nicht als Hirngespinste ab, und aus diesem Grund verteidigte sie ihn, wann immer sich eine Gelegenheit dazu bot. Wäre sie nicht das Mitglied einer achtbaren Familie gewesen, hätte ihr dieses Verhalten sicher geschadet, denn sie verteidigte Chinby dann mit lauter, zorniger Stimme; ein Verhalten, das für eine bescheidene Zwergin als äußerst unpassend betrachtet wurde.
Senjas Vater hatte sie deswegen zurechtgewiesen. »Er ist in der Lage, auf sich selbst aufzupassen. Du brauchst ihn nicht zu verteidigen«, beharrte er immer wieder.
»Schlechte Manieren kann man niemals entschuldigen«, pflegte sie

dann zornig zurückzugeben, wobei ihre Augen förmlich Blitze schossen.
So waren also Senja und Brian Schüler Chinbys, und im Gegensatz zu den anderen Zwergen schenkten beide dem alten Mann ihr blindes Vertrauen.
Und genau wie Brians Freunde, so lachte auch Senjas Familie ungeniert über ihre seltsamen Ideen und neckte sie ständig deswegen, bis sie nur noch mit Chinby über das sprach, was sie zutiefst bewegte. Er war der einzige, dem sie Vertrauen schenkte, und sie hatte eine große Sehnsucht nach ihm, wenn er für längere Zeit abwesend war. Plötzlich und wie aus dem Nichts tauchte er dann wieder auf, und niemand wußte, wo er solange gewesen war.
Chinby erzählte Senja jedoch, er wäre den alten unterirdischen Fluß entlanggekommen, der vom Ostland geradewegs ins Tosende Meer flösse, und sie glaubte ihm. Er sagte ihr auch, daß er ihr eines Tages den Weg dorthin zeigen würde, wenn die Zeit dafür reif sei, und daß das schon bald sei. Denn er würde sie mit einer wichtigen Aufgabe betrauen, von der das Schicksal aller Zwergenvölker abhinge.
Senja war eine ungewöhnliche Zwergin, klug und selbstbewußt hielt sie mit ihrer Meinung nie hinter dem Berg, was jedoch das Mißfallen der anderen Zwerginnen in der Siedlung erregte, die behaupteten, sie würde nie heiraten, denn welcher Zwerg wollte schon eine solch neunmalkluge Frau nehmen? Das bekümmerte Senja jedoch wenig, da sie das Leben ihrer Mutter zu Hause langweilig fand. Sie zog es vor, eine mehr aktive Rolle wie die Männer zu spielen.
Und dies war auch einer der Gründe, warum Brian sich sofort zu ihr hingezogen fühlte, als er sie anläßlich eines Verwandtenbesuchs in Con Den Fetch kennenlernte.
Damals fand ein Fest statt, und Brian hatte zweimal mit ihr getanzt. Er war überrascht, sie so aufgeschlossen und wißbegierig zu finden. Sie stellte ihm viele Fragen über das Leben in Den'Lin Fetch und seinen Tagesablauf.
Selbst über die alten Geschichten fragte sie ihn aus und wollte seine Meinung darüber hören. Er antwortete ihr sehr vorsichtig, da er

nicht wußte, ob sie es ernst meinte oder sich nur über ihn lustig machen wollte.
»Ich habe gehört, daß einst im Dunklen Heim Zwerge gelebt haben, deren Ältester der legendäre Rundhut gewesen sein soll. Kennst du diese Legende?«
Widerstrebend gab Brian das zu.
»Du scheinst nicht viel dazu zu sagen haben. Interessiert dich unsere Geschichte nicht?«
»O ja. Wie es heißt, waren das unsere gloriosesten Zeiten. Feste dauerten damals eine ganze Woche, und es wird berichtet, Rundhut habe einmal einen ganzen Tag lang getanzt.«
»Das habe ich auch gehört«, sagte Senja zustimmend. »Und es soll eine Straße geben, die den Fluß entlang vom Dunklen Heim bis zum Tosenden Meer führt.«
Brian war völlig überrascht, jemanden getroffen zu haben, der ebenso wie er an alter Geschichte interessiert war, denn ebenso wie bei Senja war Chinby der einzige Zwerg, dem er seine geheimsten Gedanken anvertraute. Trotzdem blieb er ihr gegenüber wegen seiner Schüchternheit sehr zurückhaltend.
Aber er zeigte ihr seinen Hammer und seinen Meißel, die er ständig bei sich trug.
»Dies hier sind die Schlüssel, die die Tür zu jener Straße öffnen können«, vertraute er ihr klopfenden Herzens an.
Er glaubte schon, sie würde über seine Worte lachen, und wappnete sich dagegen, aber sie reagierte ganz anders als erwartet.
»Diese Werkzeuge möchte ich näher betrachten. Laß uns Platz nehmen. Ich habe vom Tanzen genug.«
Wieder war Brian verblüfft, aber er folgte Senja zu einem der langen Tische, die voller köstlicher Speisen und Getränke waren, und gab Senja Hammer und Meißel.
Ein leises Lächeln huschte über ihr Gesicht, und dann gab sie ihm seine Werkzeuge nach sorgfältiger Betrachtung und offensichtlich zufrieden wieder zurück.
»Ich habe von diesen Gegenständen gehört. Und wie es heißt, ist einer von uns ihr Besitzer, ein Zwerg, der noch große Taten vollbringen wird.«

Brian wollte Chinbys Namen nicht erwähnen, weil er nicht wußte, ob er Senja vertrauen konnte, und steckte seine Werkzeuge wieder fort.

»Ja. Sie könnten sich eines Tages als nützlich erweisen«, gab er zu, »obwohl meine Freunde immer behaupten, sie wären für richtige Arbeit viel zu klein.«

»Das kommt wohl ganz auf die Arbeit an«, entgegnete Senja. »Zur Steinbearbeitung taugen sie sicher nicht.« Sie lächelte Brian geheimnisvoll an und sagte dann: »Aber vielleicht sind sie dafür gemacht, eine Geheimtür zu öffnen.«

Jetzt war Brian völlig verstört, und er verfiel in ein verlegenes Schweigen, da er nicht wußte, ob er schon zuviel geredet hatte. Wäre doch Chinby hier und könnte mir raten, dachte er. Oder sollte er sich einfach verabschieden? Aber dieser Gedanke gefiel ihm auch nicht, denn er fühlte sich in der Gesellschaft Senjas sehr wohl, die unerklärlicherweise seine Gedanken lesen zu können schien.

Weder Brian noch Senja hatte Chinby erwähnt, denn das wäre Brian wie ein Vertrauensbruch seinem alten Lehrer gegenüber vorgekommen. Auch war er es müde, den Blinden immer verteidigen zu müssen, und Senja kannte er erst seit kurzer Zeit, er wollte ihr keine langatmigen Erklärungen abgeben.

Aber trotz alledem schienen er und die junge Zwergin viele gemeinsame Interessen zu haben, nur hielt ihn seine angeborene Scheu davor zurück, sich einer praktisch Fremden zu offenbaren.

Am nächsten Morgen kehrte Brian mit seinem Vater nach Den'Lin Fetch zurück und erlebte zum erstenmal in seinem Leben das seltsame Gefühl, sich nach jemandem zu sehnen.

Senja wußte jedoch von Chinby alles über Brian, selbst die Tatsache, daß er in Zukunft eine wichtige Rolle im Kampf gegen die Bestien, die immer häufiger in die Zwergenländer einfielen, spielen würde.

Chinby hatte ihr alles über diese schrecklichen Kriege, die in regelmäßigen Abständen immer wieder ausbrachen, erzählt. Wie gebannt hatte sie den Berichten des alten Lehrers gelauscht. Aber das alles schien so fern in der sicheren Geborgenheit der Siedlung.

Con Den Fetch war ein sehr provinzieller Ort. Nur wenige Besucher kamen aus anderen Siedlungen, außer manchmal Reisende aus Den'Lin Fetch, die aber eine ziemlich andere Lebensweise hatten und auch andere Ansichten vertraten, da Den'Lin Fetch viel näher an der Grenze lag und deswegen auch öfter von den Bestien heimgesucht wurde.

So glaubten die Zwerge in Con Den Fetch, jene aus Den'Lin Fetch würden die Gefahr lieben, und sie hielten ihre Verwandten für risikofreudig und leichtsinnig.

Insgeheim hatte sich Senja immer gewünscht, dort zu leben, und des öfteren ihren Vater gebeten, Den'Lin Fetch einen Besuch abstatten zu dürfen.

»Nie wirst du deinen Fuß an einen derart schrecklichen Ort setzen«, erwiderte er zornig.

Wohlweislich sprach sie nicht von Brian noch von ihrem Wunsch, ihn wiederzusehen, sondern behauptete nur, sie habe gehört, was für ein schöner Ort Den'Lin Fetch sein müsse.

»Was soll denn daran schrecklich sein, Vater? Die Architektur dort muß bemerkenswert sein, wie man sich erzählt.«

»Unsinn, Senja. Es ist eine höchst gewöhnliche Siedlung, gemessen an deinem Heimatort. Ich weiß nicht, wer dir diese Flausen in den Kopf gesetzt hat. Das kann doch nur dieser alte blinde Narr gewesen sein.«

»Er ist kein Narr, Vater. Er ist einer unserer Helden. Du solltest dich schämen!«

»Held oder kein Held, er übt einen unguten Einfluß auf dich aus. Falls du auf ihn hören solltest, wirst du über kurz oder lang bis zum Hals in Schwierigkeiten stecken, obwohl ich zugeben muß, daß er sein Lügengarn geschickt zu spinnen versteht.«

»Er spinnt kein Lügengarn! Es ist *unsere* Geschichte, die er lehrt.«

Doch trotz dieses Einwandes wollte Senjas Vater ihr auf keinen Fall gestatten, Den'Lin Fetch einen Besuch zu machen. Und der Gedanke, seine einzige Tochter könnte ihn eines Tages verlassen, um dort zu leben, machte ihn ganz krank, denn sicher würde sie die Gelegenheit nutzen und den jungen Zwerg treffen, mit dem sie auf dem Fest getanzt hatte.

»Vater, ich möchte den Ort doch nur einmal kennenlernen! Brian

und sein Vater haben uns doch auch besucht. Was soll denn an einer solchen Reise gefährlich sein?«
»Diese Dummköpfe erkennen die Gefahr einfach nicht! Wenn sie etwas mehr Verstand besäßen, würden sie im Schutz einer Gruppe reisen. Außerhalb einer Siedlung ist niemand sicher. Die Überfälle der Bestien werden immer häufiger.«
»Ich denke nur, daß die beiden mutig sind!« explodierte Senja. »Wenigstens versauern sie nicht in ihrem Loch so wie wir hier!«
»Jetzt ist es aber genug, Liebes!« griff Senjas Mutter beschwichtigend ein, obwohl sie nicht verstand, warum ihre Tochter sich so aufregte. Aber sie merkte wohl, daß Senja erst so widerspenstig geworden war, seit Chinby zum erstenmal in der Siedlung aufgetaucht war. Ja, dachte sie, mit diesem alten, vertrackten Blinden hatten die Probleme mit ihrer Tochter begonnen.

7. Eine schwierige Entscheidung

Noch einmal nahm Senja das kleine Stück Pergament zur Hand und las gedankenverloren, was darauf in ordentlich geschriebenen Lettern stand: »Komm heute abend zu unserem alten Treffpunkt. Chinby.«
Nie hätte sie sich träumen lassen, daß nun die Zeit gekommen war, wo sie sich entscheiden mußte. Reden und Handeln waren zwei verschiedene Dinge, das wurde ihr jetzt schmerzhaft bewußt, und sie überlegte, ob es nicht das einfachste wäre, zu verschwinden, ohne ihren Eltern irgendeine Erklärung abzugeben. Sie verstand sich mit ihnen schon lange nicht mehr, und die Aussicht, ihr Leben hier in Con Den Fetch zu verbringen, reizte sie überhaupt nicht. Außerdem litt sie schon seit langem unter einem Gefühl der Leere. Sie wußte aber nicht, wie sie diesen Zustand ändern sollte.
Das alles hatte sich jedoch damals geändert, als Chinby in ihr Leben getreten war und sie mit seinen Erzählungen bezaubert hatte. Durch ihn hatte ihr Dasein wieder einen Sinn bekommen, und sie glaubte an seine Worte, daß auch sie dazu ausersehen sei, eine gewichtige Rolle im Schicksal ihres Volkes zu spielen.

Doch als Chinby dann so urplötzlich wieder verschwand, wie er aufgetaucht war, geriet ihre Überzeugung ins Wanken, denn zum erstenmal stand sie vor der schwierigen Aufgabe, eine Entscheidung ganz ohne fremde Hilfe zu treffen.
Chinby war immer sehr offen zu ihr gewesen – im Gegensatz zu ihrem Vater –, und das war auch einer der Gründe, warum sie den alten Zwerg so gut leiden konnte.
Doch jetzt war der Augenblick gekommen, wo Chinby eine Entscheidung von ihr forderte, und sie zögerte, teilweise, weil sie Angst vor der Zukunft hatte, und teilweise, weil sie es nicht liebte, bedrängt zu werden.
Als sie damals seinen Worten lauschte, wie alle Zwergenvölker wieder vereint sein würden, hatte das erhebend und auch sehr romantisch geklungen (er hatte sogar über jene seltsamen Waldzwerge, die Carben, gesprochen, die als verfemt galten).
Der Gedanke, auch mit anderen Völkern in Berührung zu kommen – sogar von Elfen, Menschen und Tieren war die Rede –, hatte sie zunächst verwirrt.
»Was sind das für Menschen, Chinby? Woher stammen sie?«
»Sie sind eine Art Ältester«, hatte Chinby ausweichend geantwortet.
»Sind sie friedliebend?«
»Sie sind eins mit der Schöpfung, Senja. Eins mit dem Leben.«
»Wie kann das möglich sein? Du hast doch gesagt, es sind Menschen.«
»Das stimmt. Aber gleichzeitig sind sie mehr als das. Eines Tages wirst du wissen, wovon ich spreche.«
»Du erzähltest mir aber, daß Menschen sehr böse sein können.«
»Wie wir alle es von Zeit zu Zeit sind, meine Liebe.«
»Zwerge haben doch niemals so schlecht wie Menschen gehandelt.«
»Vergiß den Zwerg Carben nicht, der seine Gefolgsleute ins Unglück führte.«
»Die Carben sind gar keine richtigen Zwerge. Sie leben auf der Erde.«
»Aber sie gehörten einst zu unserem Volk. Und wenn du sie näher

kennenlernst, wirst du herausfinden, daß sie in ihrem Herzen Zwerge geblieben sind.«

»Keiner von uns möchte nach dem Verrat, den sie geübt haben, mit ihnen Umgang pflegen.«

»Ich habe bei ihnen gelebt«, entgegnete Chinby ruhig, »und ich glaube, sie haben für Carbens Anmaßung lange genug bezahlt und wären froh, wieder mit uns vereint zu sein.«

Erstaunt blickte Senja ihren alten Freund an. Sie wußte, daß Chinby alle möglichen Siedlungen besuchte, doch es wäre ihr nie in den Sinn gekommen, dieser gebrechliche, blinde Mann hätte es gewagt, den verrufenen Carben einen Besuch abzustatten.

»Carben ist schon seit langer Zeit tot, und sein Klan ist bis auf ein paar wenige zusammengeschmolzen. In den letzten Jahren ist das Leben für sie recht schwierig geworden, und sie sind von einer großen inneren Unruhe besessen.«

»Das geschieht ihnen nur recht«, entgegnete Senja ärgerlich. »Meinetwegen können sie alle verrotten.«

»Du bist sehr unklug und voreingenommen. Ich hoffe unter den Carben treue Verbündete zu finden, wenn wir uns erst einmal auf unsere Reise begeben haben. Sie können uns bei unserem Auftrag, den wir zu erledigen haben, von großem Nutzen sein.«

»Von welcher Reise und von welchem Auftrag sprichst du, Chinby?«

»Von der Reise, von der ich schon seit langem rede, Senja. Hast du mir nicht richtig zugehört?«

»Doch. Aber welche Reise meinst du?«

»Es kommt die Zeit, wo wir uns an die Küste des Tosenden Meeres begeben werden, um dort andere Völker zu treffen, die uns im Kampf gegen die Bestien beistehen werden.«

Senja schüttelte verwirrt den Kopf, eine steile, nachdenkliche Falte zwischen den Brauen.

»Manchmal weiß ich überhaupt nicht mehr, was ich von dir halten soll, Chinby. Vielleicht bist du schon zu alt und weißt nicht mehr, worüber du sprichst. Jeder rät mir, deine Erzählungen einfach als Gutenachtgeschichten abzutun und ihnen keinen Glauben zu schenken.«

»Und was hältst du nun wirklich von mir?« fragte der alte Zwerg, ein dünnes Lächeln auf den Lippen.
»Ich weiß es nicht.«
»Das ist eine ehrliche Antwort. Du wirst zu gegebener Zeit schon herausfinden, ob ich die Wahrheit gesagt habe oder nicht. Das bringt uns weiter als unnötige Erklärungen, die dich nur verwirren würden. Eines Tages wirst du Antworten auf alle deine Fragen bekommen.«
Und nun war dieser Tag da, als Senja die Nachricht ihres Freundes in den Händen hielt. Seit mehr als sechs Monaten hatte sie den Meister der Alten Lehre nicht mehr gesehen noch von ihm gehört. Sie hatte schon geglaubt, Chinby wäre nun endgültig aus ihrem Leben verschwunden, wie ihr Vater immer behauptete.
»Der Umgang mit ihm schadet dir nur, Senja. Eines Tages macht er sich auf und davon, und du wirst nie wieder von ihm hören.«
Sie hatte vehement gegen die Worte ihres Vaters protestiert, doch mit jedem Tag, der verstrichen war, hatte ihre Unentschlossenheit zugenommen. Trotzdem machte ihr seine Abwesenheit zu schaffen, und schließlich war sie auf ihn wütend geworden, weil er sie verlassen hatte und nichts mehr von sich hören ließ.
Und nun hielt Senja Chinbys Botschaft in den Händen und wünschte sich nichts sehnlicher, als ihm vertrauen zu können. Denn in den langen Monaten seines Fernbleibens war ihr schmerzlich klargeworden, daß sie unter den Zwergen in der Siedlung keine wirklichen Freunde besaß und zutiefst einsam war. Sie kam sich wie eine Fremde in einem unbekannten Land vor.
Senja kehrte nach Hause zurück und half ihrer Mutter das Mittagessen vorzubereiten. In ihr tobten die widersprüchlichsten Gefühle, doch das vorherrschendste war ihre Einsamkeit, und sie war fest entschlossen, koste es, was es wolle, dieser inneren Isolation zu entfliehen. Selbst das liebe alte Gesicht ihrer Mutter bot ihr keinen Trost mehr.
»Glaubst du, daß Vater etwas dagegen hätte, wenn ich heiraten würde«, platzte sie heraus, »und in einer anderen Siedlung lebte?«
»Dazu bist du noch viel zu jung«, entgegnete die weißhaarige Frau ärgerlich. »Und nicht ein anständiger, fleißiger Zwerg hat dir bisher den Hof gemacht.«

»Oh, erinnerst du dich nicht an Brian Brandigore«, entgegnete Senja obenhin. Sie wollte die Reaktion ihrer Mutter auf diese Antwort prüfen.
Die alte Zwergin stieß einen schrillen Schrei aus und warf die Arme in die Luft.
»Das geht mir durch und durch, dich so reden zu hören! Er lebt im Grenzland, in diesem unzivilisierten Loch, das die dort eine Siedlung nennen! Von seinem Benehmen will ich gar nicht erst reden.«
»Und ich glaubte, er hätte dir gefallen.«
»Oh, er gefällt mir auch, ebenso sein Vater. Aber sie gefallen mir nur, wenn sie in Den'Lin Fetch bleiben und ihre Nasen nicht in unsere Angelegenheiten stecken«, sagte sie grimmig und drohte ihrer Tochter mit dem Finger. »Laß bloß deinen Vater das nicht hören. Er hat schon genug Sorgen mit dem Aufspüren dieser neuen Erzmine.«
»Vater sagte mir, daß er Brian mag«, sprach Senja unbeirrt weiter.
»Mögen steht auf einem anderen Blatt als zusammenpassen. Und daß du zu jemandem aus Den'Lin Fetch passen könntest, ist schierer Unsinn! Seit deine Großtante Eula damals mit diesem dahergelaufenen Schmied von dort durchbrannte, ist niemand von uns eine Verbindung mit denen aus Den'Lin Fetch eingegangen. Und ihre Kinder müssen wir behandeln, als ob nie etwas passiert wäre. Das ist wohl auch der einzige Grund, warum wir mit denen noch etwas zu tun haben.«
»Das klingt, als hätte die Tante ein aufregendes Leben geführt«, meinte Senja.
Ihre Mutter griff sich mit einer Hand nach dem Herzen, mit der anderen fuhr sie über ihre Stirn.
»Du bist ein Nagel zu meinem Sarg, Senja. Was geht nur in deinem Kopf vor?« Sie stampfte voller Zorn mit dem Fuß auf den Boden und schrie: »Aufregend ist es wirklich! Wenn man das Leben unter Barbaren aufregend findet. Sie können nicht einmal ohne Wachposten ihren Arbeiten über Tage nachgehen. Ich weiß wirklich nicht, warum sie ein solches Leben überhaupt führen. Ich würde mich dahin flüchten, wo ich in Sicherheit bin und nicht ständig vor diesen Bestien in Todesangst leben muß.«

»Wir haben die Bestien auch hier in der Nähe, Mutter. Sie sind jetzt überall.«
»Aber bei uns sind sie nicht so zahlreich, du vorlautes Ding! Und die wenigen kommen sicher aus Den'Lin Fetch. Ich wäre nicht im geringsten überrascht, wenn sie dem jungen Brandigore und seinem Vater gefolgt sind, als die beiden uns besuchten.«
Da kam Senjas Vater zur Tür herein und ersparte ihr somit eine Antwort.
»Was gibt's zu essen?« fragte er gut gelaunt, merkte aber gleich darauf, daß seine Frau und seine Tochter Streit gehabt hatten.
»Setz dich erst einmal«, befahl Senjas Mutter und machte sich lärmend am Herd zu schaffen.
»Was würdest du davon halten, Vater, wenn ich Brian heiratete?«
Nicht ohne eine gewisse Genugtuung beobachtete Senja, wie ihr Vater erst bleich, dann puterrot wurde.
»Kompletter Unsinn! Wenn du mich ernsthaft fragst. Aber das ist natürlich wieder einer deiner ausgefallenen Späße, denn für mein eigen Fleisch und Blut kommt eine derartige Verbindung niemals in Betracht.«
Nach diesen Worten schlug er so heftig auf den Tisch, daß das Geschirr schepperte, worauf Senjas Mutter die Augen vor Schreck fest zusammenkniff und sich an der Anrichte festhielt.
»Ich habe ihr schon gesagt, dich mit diesen Hirngespinsten nicht zu belästigen«, schimpfte sie. »Aber unsere Tochter scheint entschlossen, uns früh ins Grab zu bringen.«
»Das ist keineswegs meine Absicht, Mutter«, entgegnete Senja und bediente ihren Vater mit dessen Lieblingsspeise, noch dampfendem Zwergenkuchen. Seinen eisigen Blick beachtete sie nicht.
»Du hast doch nicht im Ernst gesprochen!« bellte er schließlich und schlug wieder mit der Faust auf den Tisch, so daß der Zwergenkuchen auf seinem Teller tanzte.
»Es ist mein voller Ernst«, entgegnete Senja. »Und heute abend werde ich mich mit Chinby treffen. Wir brechen dann zu einer langen Reise, die uns bis zum Tosenden Meer führt, auf. Dort werde ich dann Brian wiedersehen.«

Maßloses Erstaunen huschte über das Gesicht von Senjas Vater, machte dann aber einem breiten Lächeln Platz.
»Sie scherzt. Sieh nur, Mutter, was für ein Gesicht sie dabei macht.«
Senja ließ es dabei bewenden. Sie hatte ihr Gewissen beruhigt, indem sie ihren Eltern die Wahrheit erzählte, und es war ihr völlig gleichgültig, ob die beiden ihr nun glaubten oder nicht. Außerdem fühlte sie sich von einer ungeheuren Last befreit, denn sie hatte ihre Entscheidung getroffen: Sie würde Chinby folgen.
Schnell beendete Senja ihre Mahlzeit. Mit ihren Gedanken war sie schon bei den Reisevorbereitungen, und die Aussicht, bald wieder Brian zu treffen, machte sie glücklich, obwohl sie sich überhaupt nicht erklären konnte, warum sie gesagt hatte, daß sie ihn heiraten wolle.
Irgendwie war es ihr jetzt gelungen, ihr Leben in die eigenen Hände zu nehmen, sagte sie sich, und auch dieser Gedanke erfüllte sie mit Zufriedenheit und Glück.

8. Auf dem Weg zum unterirdischen Fluß

Nachdem Brian Brandigore aus Den'Lin Fetch verschwunden war, geriet die ganze Siedlung in helle Aufregung, und es gab nur noch diesen einen Gesprächsstoff. Es wurde gemunkelt, der junge Zwerg sei in Begleitung eines Elfen gewesen, und allein diese Tatsache war unerhört. Auch erzählte man sich, dieser Elf kenne die Geheimgänge, die zu der Siedlung führten, und man müsse sie deshalb schleunigst blockieren, sonst wäre man seines Lebens nicht mehr sicher.
Den'Lin Fetch war in Alarmbereitschaft, und während einer schnell einberufenen Ratsversammlung wurde beschlossen, sofort die unteren Gänge zu verschließen, wo Brian immer so lange Stunden verbracht hatte. Brians Vater erbot sich, diese Arbeit zu erledigen.
Dem alten Zwerg brach über das Verschwinden seines Sohnes fast das Herz, obwohl jedermann ihm versicherte, ihn treffe keine Schuld daran, einzig und allein Chinby, der blinde Meister der Alten Lehre, wäre dafür verantwortlich zu machen.

Brians Mutter weinte stundenlang und traute sich nicht mehr ihre Behausung zu verlassen, da sie sich vor ihren Nachbarinnen schämte.
Es war eine bittere Zeit für die alten Brandigores, und nicht lange nach Brians Verschwinden erfuhren sie, daß auch Senja aus Con Den Fetch ihre Eltern verlassen hatte, was wahrscheinlich gleichfalls Chinbys verhängnisvollem Einfluß zuzuschreiben sei.
Brian wußte nicht, wie er seine Abreise seinen Eltern mitteilen sollte, und diskutierte das Problem ausführlich mit Shanon. Schließlich kam er zu der Überzeugung, es wäre am besten, ohne eine Nachricht zu hinterlassen, einfach zu verschwinden. Doch dann plagten ihn wieder Gewissensbisse.
»Ich sollte sie doch benachrichtigen«, sagte der Zwerg wohl zum zehntenmal.
»Natürlich«, stimmte Shanon zu. »Aber auf keinen Fall darfst du ihnen mitteilen, wohin wir gehen. Das bringt Unglück.«
»Sie dürfen also nicht wissen, daß ich ans Meer reise?«
»Nein. Ich würde es verschweigen«, entgegnete Shanon. »Dann riskieren wir es, verfolgt zu werden.«
»Wie denn nur, mein Freund? Nur du und Chinby kennt die alten Geheimgänge.«
»Der Weg zum Tosenden Meer führt nicht nur durch diese Gänge. Und ich habe auch keine Lust, den ganzen Weg unter der Erde zurückzulegen, selbst wenn das möglich sein sollte.«
»Aber wie sollen wir denn dahin kommen, wenn wir nicht dem Lauf des Flusses folgen?«
»Das weiß ich auch nicht. Aber ich habe da so eine Ahnung, daß ein Besuch in Erin Frey uns weiterhelfen könnte. Ich erinnere mich, dort in der Bibliothek ein paar alte Landkarten gesehen zu haben. Damals interessierten sie mich nicht, aber jetzt können sie uns von Nutzen sein.«
»Wo liegt Erin Frey?«
»Nicht weit von der alten Zwergensiedlung entfernt, wo ich für Chinby die Werkzeuge schmiedete.«
»Trotzdem kann ich nicht, ohne eine Nachricht zu hinterlassen, einfach verschwinden«, sagte Brian zögernd.

»Du kannst einen Brief schreiben«, schlug Shanon vor. »Du brauchst darin ja nicht genau zu erklären, was du vorhast.«
»Wenn ich nur wüßte, was ich eigentlich vorhabe. Aber ich muß meinen Vater benachrichtigen. Sonst verzeiht er mir nie.«
»Gerade dann wird er dir nicht verzeihen. Denn er hat sicher ganz bestimmte Pläne im Hinblick auf dich.«
»Und wie hast du es eigentlich deinem Vater beigebracht?« fragte Brian plötzlich. »Er wollte doch sicher auch wissen, warum du ihn verläßt.«
»Mein Vater ist schon seit langem tot«, entgegnete Shanon.
»Oh, das tut mir leid.«
»Das braucht es nicht. Ich habe meinen Vater kaum gekannt. Immer war er unterwegs und bereiste die verschiedensten Flüsse. Wir bekamen ihn nur selten zu Gesicht.«
»Und wie kam er um?«
»Das weiß ich nicht genau. Meine Mutter erzählte mir, er hätte sich einer Gruppe Waldelfen angeschlossen. Und dann hörten wir nie wieder von ihm.«
Brian konnte sich ein so ungeregeltes Familienleben nur schwer vorstellen, und der Gedanke, sein so ordentliches Dasein jetzt plötzlich aufgeben zu müssen, erschreckte ihn zutiefst; auch konnte er sich nicht dazu durchringen, wenigstens ohne einen Abschiedsgruß Den'Lin Fetch zu verlassen.
Endlich beschloß er, einen kurzen Brief zu schreiben, den er an einen der Bäume heften wollte, wo seine Kameraden ihn sicher finden würden.
Shanon war mit dieser Lösung einverstanden, vorausgesetzt, der Brief enthielte nicht zu viele Informationen.
Und nach dem x-ten Entwurf schrieb Brian schließlich:

»Liebe Mutter und lieber Vater,
bitte macht Euch keine Sorgen, ich habe zusammen mit einem Freund eine wichtige Aufgabe zu erledigen. Zum gegebenen Zeitpunkt wäre es nicht klug, mehr darüber zu sagen, denn ich weiß nicht, wie lange meine Reise dauern wird, noch, wohin sie mich führt. Seid frohen Mutes. Sobald ich kann, kehre ich zurück.

Euer gehorsamer
Brian«

Shanon fand den Brief ziemlich gestelzt, aber Elfen und Zwerge waren eben grundsätzlich verschiedene Wesen, und da er Brians Gefühle nicht verletzen wollte, sagte er nichts darüber, sondern bot sich sogar an, die Botschaft an dem Baum zu befestigen, damit niemand den Zwerg entdeckte.

Während Shanons Abwesenheit saß Brian allein im Dämmerlicht, das ein Elfenmond ausstrahlte, und dachte über seine ungewisse Zukunft nach. Er mußte sich eingestehen, daß ihn die Tatsache, Den'Lin Fetch – vielleicht für immer – zu verlassen, aufs äußerste erschreckte und er nach jeder nur möglichen Ausrede suchte, seine Abreise zu verzögern oder gar zu verhindern.

Dann fiel ihm plötzlich ein, daß er für die Reise ja gar nicht ausgerüstet war – wie immer trug er nur den kleinen Hammer und den kleinen Meißel bei sich –, und er wollte schon aufstehen und sich ins Haus seiner Eltern schleichen, als Shanon wiederkam und ihn erschrocken zusammenfahren ließ.

»Wohin wolltest du gerade gehen, Brian? Ich habe deinen Brief an dem Baum befestigt. Jetzt können wir aufbrechen.«

»Ich muß noch ein paar Sachen holen, Shanon. Ich brauche wenigstens meinen Rucksack und Pfeil und Bogen.«

Shanon schüttelte vehement den Kopf.

»Wenn du jetzt zu deinen Leuten zurückkehrst, Brian, werden wir nie zu dieser Reise aufbrechen. Dann können wir unsere Pläne ebensogut vergessen. Denk doch einmal an Senja, wenn du nicht am Tosenden Meer bist, wo sie dich doch erwartet.«

»Warum bist du plötzlich so daran interessiert, daß ich mitgehe? Noch vor ein paar Stunden warst du bereit, die ganze Geschichte zu vergessen.«

»Elfen ändern oft ihre Entschlüsse, Brian. Wir müssen jetzt aufbrechen. Reizen dich denn nicht die Abenteuer während der Reise? Und außerdem weiß ich, wo wir uns ausrüsten können, wenn du nichts gegen Elfenwaren hast. Die sind von ebenso guter Qualität wie die euren.«

»Da magst du recht haben. Ich weiß gar nicht, was mit mir los ist«, entgegnete Brian. »Dabei habe ich doch voller Ungeduld auf diese Stunde gewartet, ohne zu wissen, was dann passiert. Aber jetzt

weiß ich es: Ich mache mich auf die Reise zusammen mit einem Elfen! Ich höre schon förmlich, wie sich alle darüber die Mäuler zerreißen. Nein, hier brauche ich mich dann nie wieder blicken zu lassen.«
»Um so besser«, entgegnete Shanon fröhlich. »Wahrscheinlich gibt es Hunderte von Orten, die interessanter als dieses finstere Loch sind.«
»Den'Lin Fetch ist immer noch meine Heimat. Vielen Dank. Noch nie habe ich mich abfällig über deine Lebensweise geäußert.«
»Ich wollte dich nicht beleidigen, Brian. Elfen sind eben nicht so bodenständig. Manchmal wechseln wir drei- oder viermal im Jahr unsere Häuser, nur um nicht in eine langweilige Routine zu verfallen. Aber ihr Zwerge seid eben ganz anders.«
»Das sind wir wohl«, brummte Brian.
Nach diesem Geplänkel sah Shanon seinen Freund lange prüfend an. »Wir wissen nicht, ob wir je wieder hierher zurückkehren. Aber ich glaube, daß wir gute Kameraden sind, Brian. Chinby sprach immer voller Achtung von dir und meinte, daß du von allen Zwergen, die hier im Grenzland leben, der einzige seist, der das Zeug hätte, eines Tages ebenso groß wie Rundhut zu werden.« Der Elf streckte seine feingliedrige Hand aus. »Laß es uns per Handschlag besiegeln. Seit langer Zeit marschieren Elf und Zwerg wieder zusammen.«
»Hm«, schnaubte Brian, »das mögen wohl Chinbys und deine Ansichten sein, aber wie meine Leute darüber denken, steht auf einem ganz anderen Blatt. Jeral und Jaran würden mich aus der Siedlung jagen, wenn sie wüßten, was wir vorhaben.«
»Deshalb haben wir ja auch niemanden in unsere Pläne eingeweiht.« Shanon hatte seinen Hut genommen und ließ ihn um einen Finger kreisen. »Aber diese Reise kann ich mir einfach nicht entgehen lassen. Ich würde es mein Leben lang bereuen, sie nicht gemacht zu haben.« Mit diesen Worten stülpte er seinen Hut wieder fest entschlossen über das lange blonde Haar.
»Du läßt dich von merkwürdigen Beweggründen leiten, Shanon. Aber das ist wohl der Unterschied zwischen uns. Aber jetzt wollen wir aufbrechen.«

»Ja. Ich werde dir nun die Geheimtür zeigen, nach der du schon so lange gesucht hast. Wäre dir nur etwas mehr Zeit geblieben, hättest du sie sicher ganz allein entdeckt und mit Chinbys Werkzeugen öffnen können. Aber ich frage mich, was du getan hättest, hättest du sie entdeckt.«
»Ich wäre einfach dem Fluß bis zum Dunklen Heim gefolgt«, erwiderte Brian ohne Zögern.
»Das hättest du sicher getan. Aber es ist nicht schön, allein eine so bedeutsame Entdeckung zu machen. Genauso stieß ich durch Zufall auf Erin Frey, und der Anblick dieser alten Elfenstadt machte mich ganz traurig. Niemand lebt mehr dort.«
»Wohin sind ihre Bewohner gegangen?«
»Wahrscheinlich flohen sie vor den Horden der Finsteren Königin«, entgegnete Shanon kopfschüttelnd. »Aber niemand weiß, was wirklich geschah, nur daß viele Elfen damals schon das Tosende Meer überquerten, weil sie hofften, dort eine neue Heimat zu finden.«
»Ähnliches steht auch in unseren *Büchern der Weisheit* zu lesen. Chinby erzählte mir, daß einige meiner Vorfahren dasselbe getan hätten. Aber damals verstand ich noch nicht, was das zu bedeuten hatte. Jetzt scheint mir, als wären wir dazu ausersehen, zum besseren Verständnis unserer Geschichte eine Reise in die Vergangenheit zu unternehmen.«
»Da hast du recht, Brian. Endlich habe ich das Gefühl, etwas Nützliches zu tun. Wir beide werden alle Schwierigkeiten überwinden, komme, was da wolle.«
Brian war aufgestanden und streckte sich. »Ich schlafe gleich ein, wenn wir uns nicht auf den Weg machen. Außerdem bin ich begierig, die Gänge kennenzulernen, durch die du gekommen bist, ohne daß wir dich entdecken konnten.«
»Ohne Chinby wäre mir das niemals gelungen«, erwiderte der Elf, stand ebenfalls auf und klopfte leicht gegen einen Stein in der Wand. Sofort glitt die Felswand beiseite und gab den Weg zu einem schmalen Gang frei, aus dem den beiden ein starker Geruch nach nassem Gestein und Wasser entgegenschlug. In der Ferne konnten sie das Rauschen des Flusses hören.

»Auf diesen Augenblick habe ich gewartet, seit Chinby mir die Werkzeuge schenkte«, sagte Brian mit wild klopfendem Herzen. »Nie hätte ich mir träumen lassen, daß ein Elf mir die Geheimtür öffnen würde.«

Dann trat er in den schmalen Gang und merkte sofort, daß der noch weiter nach unten führte, tief unter die Erde.

Es roch stark nach altem Wurzelwerk, und der Zwerg spürte, daß dieser Weg seit undenklichen Zeiten nicht mehr benutzt worden war. Er drehte sich um, weil er Shanon eine Frage stellen wollte, und sah zu seinem größten Erstaunen, daß die Tür, durch die er eben getreten war, sich wieder geschlossen hatte. Nichts als eine glatte Felswand war da, als hätte es die Tür nie gegeben.

»Wir sind auf dem richtigen Weg«, sagte Shanon. »Der erste Schritt ist getan.«

Nach diesen Worten eilte er schnell den Gang hinunter, Brian folgte ihm auf den Fersen.

Sie erreichten eine Kreuzung, und der Geruch und das Geräusch des gurgelnden Wassers wurden stärker. Vor ihnen strömte der Fluß dahin, nur ein schmaler Pfad trennte sie noch von dem Wasser, und weil Brian so schnell gegangen war, wäre er fast hineingestürzt.

»Und da sind unsere Transportmittel«, rief Shanon über das Gurgeln des Flusses hinweg und deutete auf zwei am Ufer vertäut liegende Boote, die fröhlich auf den Wellen tanzten.

Brian seufzte. Ihm fielen wieder Chinbys Erzählungen ein und wie die damaligen Bewohner vom Dunklen Heim einst in diesen Booten – die die Zwerge in ihrer Not aus alten Faßdauben gefertigt hatten – entkommen waren. Ihm schien, die Geschichte hätte nun eine lebendige Gestalt angenommen.

Noch einmal erfüllte Trauer sein Herz, aber sie schwand schnell, denn der alte Brian aus Den'Lin Fetch machte einem neuen Brian Platz, einem Zwerg, der auf der Suche nach seinem ureigensten Wesen war.

Und neben ihm stand Shanon, der Elf, der bis an das Ende seines gefahrvollen und ereignisreichen Lebens sein Gefährte bleiben würde.

Zweiter Teil

Alte Elfensiedlungen

Johanna Nilsson

9. Mathiny

Wie versprochen, wollte Shanon mit Brian die alte Elfenstadt Erin Frey aufsuchen, damit sie sich dort für ihre lange Reise ausrüsten konnten.

Der schnell dahinströmende Fluß trug sie mühelos in ihren kleinen Booten fort, nur machte Brian das ungewohnte Steuern Mühe, während Shanon die kleine Barke mit Leichtigkeit handhabte.

Das Ufer wurde von Elfenmonden erleuchtet, die die Zwerge hier vor Ewigkeiten an den Wänden angebracht hatten und deren Licht von der schwarzen Oberfläche des Wassers reflektiert wurde und unheimliche Schatten an die Felswände malte.

Als Brian einmal zurückblickte, bemerkte er seltsame konzentrische Kreise auf der Wasseroberfläche, die seinem Boot zu folgen schienen.

»Ich glaube, hier unten ist noch jemand außer uns«, rief er mit klopfendem Herzen Shanon zu. Der Gedanke, von irgendwelchen unbekannten Wesen in die Tiefen des Flusses gezogen zu werden, war ihm alles andere als angenehm.

»Ich hoffe doch sehr, daß uns jemand folgt«, gab der Elf lachend zurück. »Das sind die Wächter. Sie passen auf, damit sich hier unten kein Gesindel herumtreibt. Du hättest deine *Bücher der Weisheit* etwas genauer studieren sollen. Es ist eigentlich beschämend, daß ein Elf dich über deine Geschichte aufklären muß.«

»Niemals sind mir solche Dinge zu Ohren gekommen«, entgegnete Brian zornig. »Wie es scheint, hat Chinby dich weitaus gründlicher unterrichtet als mich. Ich wußte nur von der Existenz dieser Gänge und der des Flusses. Aber was du da sagst, ist mir völlig neu.«

»Chinby erzählte mir von den Wächtern, eine Art Flußschlangen. Sie leben schon seit Urzeiten hier, und die Zwerge haben sich mit ihnen angefreundet. Da ich ein Wasserelf bin, kenne ich solche Ge-

schöpfe, und ich kann auch mit ihnen reden und ihnen erklären, daß wir ihnen nichts Böses wollen.«
»Sagte Chinby noch mehr über sie?«
»Nur daß eines Tages das Dunkle Heim von Plünderern heimgesucht worden wäre, die ihre Boote mit allen möglichen Schätzen beladen hätten und damit auf dem Fluß entkommen wollten.«
Shanon schwieg und blickte über die Schulter auf die blubbernden Kreise, die ihren Booten noch immer folgten.
»Ja. Und das war dann das Ende der Räuber. Nie fand jemand auch nur die geringste Spur von ihnen oder ihren Schiffen. Wie es scheint, haben die Flußschlangen sie verschlungen. Und deswegen wurden die alten, verlassenen Zwergensiedlungen auch nie wieder geplündert.«
»Ich frage mich, warum sie nicht wieder besiedelt wurden«, meinte Brian.
»Darauf kann ich dir auch keine Antwort geben«, sagte der Elf langsam. »Ich bin oft in Erin Frey gewesen. Aber der Gedanke, dort zu leben, ist mir nie gekommen. Ich habe das Gefühl, es wäre irgendwie verboten. Und die anderen Elfen denken dasselbe.«
»Wie meinst du das?«
»Es ist schwer zu erklären, Brian. Wahrscheinlich wurde Erin Frey verlassen, als das Elfenvolk in seiner Blüte stand. Wasser- und Waldelfen lebten in vollständiger Harmonie zusammen. Aber dann entzweiten sie sich, und heute herrscht überall Krieg. Ich glaube nicht, daß Erin Frey wieder besiedelt wird, ehe unser Volk aufs neue vereint ist.«
»Wir Zwerge stehen vor demselben Problem«, murmelte Brian. »Chinby erzählte mir einmal von Waldzwergen, die es vorziehen, auf der Erde zu leben, und keinen Umgang mehr mit uns pflegen. Selbst untereinander haben wir jetzt Meinungsverschiedenheiten.«
Shanon murmelte eine Zustimmung und sagte dann: »Wir nähern uns jetzt der Stelle, von wo aus wir Erin Frey erreichen können. Dort finden wir sicher Proviant und Waffen.«
»Ich fühle mich ganz schutzlos ohne meinen Zwergenbogen«, klagte Brian. »Aber eure Waffen sind sicher auch nicht übel.«

»Von bester Qualität, Brian. Deine Vorväter haben sie einst geschmiedet.«
»Nun, wir werden ja sehen, was sie taugen«, gab der Zwerg barsch zurück.
Als die beiden Freunde ihre Boote an den in den Fels gehauenen Landeplatz lenkten, merkten sie, daß ihre unsichtbaren Begleiter verschwunden waren.
»Wollen sich deine Freunde nicht vergewissern, ob wir jetzt ihr Reich verlassen?« fragte Brian.
»Ich glaube nicht, daß sie an uns interessiert sind, aber genaus wissen, ob jemand hier unbefugt eindringt. Deshalb sind sie ja auch Wächter.«
Der Zwerg schwieg. Wieder überfiel ihn ein ungutes Gefühl, daß er diese Reise überhaupt angetreten hatte, und noch mehr zürnte er innerlich Chinby, den er für den übereilten Aufbruch verantwortlich machte.
»Und Chinby ist schließlich ein Zwerg!« platzte er plötzlich heraus. »Er hätte mehr Voraussicht walten lassen müssen. Hier sitze ich, halb verhungert und ohne Ausrüstung auf dem Weg zum Meer, das, weiß der Himmel, wie weit entfernt ist. Und ich weiß nicht einmal, was ich dort tun soll, außer Senja und Chinby zu treffen.«
»Was ist daran verkehrt?« fragte der Elf, während er sein Boot auf den Landeplatz zog und umstülpte.
»Nichts!« sagte Brian barsch. »Alles ist perfekt.«
»Wir werden noch allerhand um die Ohren haben, bis wir dort sind.«
»Was denn? Meinst du, die Reise wird gefährlich?«
»Deshalb haben wir ja bisher den unterirdischen Weg genommen.«
»Dann rede doch! Von welchen Gefahren sprichst du?«
»Nun, von den Carben-Zwergen, die tief im Wald leben.«
»Carben? Er ist schon lange tot.«
»Aber seine Gefolgsleute nicht.«
»Warum sollten wir uns vor Zwergen fürchten? Ich bin einer, und du reist in meiner Begleitung. Das allein macht dich schon fast zu einem Zwerg.«
»Welche Ehre«, sagte Shanon spöttisch.

Die beiden hatten jetzt ihre Boote nebeneinander auf den Landeplatz gelegt, und Shanon erklärte, daß nicht weit von hier die Pforte nach draußen wäre.
»Und in der Nähe liegt Erin Frey. Unterwegs stoßen wir sicher auf Chinby und Senja.«
Sie machten sich auf den Weg, wobei Shanon führte und immer wieder prüfend die Luft einsog und nach den geheimen Zeichen tastete, wie Chinby es ihn gelehrt hatte.
Während sie dahinmarschierten, sagte der Elf plötzlich: »Chinby sprach davon, daß wir vielleicht das Tosende Meer überqueren würden.«
»Warum sollten wir das tun? Nicht nur, daß es gefährlich wäre, aber ich bin mir nicht einmal sicher, was uns auf der anderen Seite des Meeres erwartet.«
»Er sprach auch von Völkern, die über das Meer zurückkommen.«
»Nichts als Gutenachtgeschichten!« blaffte Brian.
Die beiden Freunde waren jetzt schon ziemlich nahe an der Erdoberfläche, und die Luft roch nach Blumenduft und Wald.
»Wir sind fast da!« rief Shanon und ging voran, da Brian stehengeblieben war, um ein kunstvolles Relief zu betrachten, das im Licht der Elfenmonde vielfarbig erstrahlte.
Direkt vor ihm war der Ausgang, das wußte Shanon. Er wurde von einem mächtigen Felsblock kaschiert. Niemand, außer vielleicht das geübte Auge eines Zwerges, konnte den Eingang entdecken.
Kurz davor blieb der Elf stehen und wartete auf seinen Freund.
Er wollte gerade nach dem Zwerg rufen, als er das erste Gefahrenzeichen bemerkte, aber es war zu spät, um Brian zu warnen. Mit angespannten Sinnen lief er den Gang schnell zurück und fragte sich, warum sein Instinkt ihn im Stich gelassen hatte. Erst als er gesehen hatte, daß der Felsblock, der den Eingang verschloß, in veränderter Position dalag, war ihm die Gefahr bewußt geworden.
Shanon schalt sich innerlich wegen seines Leichtsinns, aber da ertönte eine Stimme direkt an seinem Ohr, und er wurde ganz kalt vor Zorn.
»Es ist lange her, seit wir einem Elfen in diesen Höhlen begegnet sind«, sagte die Stimme.

»Sollen wir ihn töten?« fragte eine zweite Stimme.
»O nein«, erwiderte die erste Stimme. »Durch ihn haben wir die ausgezeichnete Gelegenheit, uns einmal gründlich in Erin Frey umzusehen. Er wird uns als Führer dienen.«
Shanon blickte gehetzt in alle Richtungen, konnte jedoch niemanden entdecken.
»Wo seid ihr? Zeigt euch, damit ich von Angesicht zu Angesicht mit euch reden kann.«
»Du kennst mich nicht«, sagte die erste Stimme, »dafür dein Freund um so besser.«
Brian, der sie reden gehört hatte, war zu seinem Freund gekommen.
Und dann trat aus dem Schatten, wo das Licht des Elfenmondes nicht hinreichte, eine Gestalt, die weder wie ein Zwerg noch wie ein Elf aussah. Sie hatte langes, dunkles Haar und kantige Gesichtszüge, war aber größer als ein normaler Zwerg.
»Wer bist du?« rief Shanon noch einmal. »Und wie bist du hierhergekommen?«
»Gerade wollte ich dich dasselbe fragen«, entgegnete der Fremde. Und Brian hatte das starke Gefühl, daß der Fremde es nicht gut mit ihnen meinte. Während er noch überlegte, ob er die Wahrheit sagen sollte, traten aus dem Halbdunkel ein Dutzend weiterer Gestalten und blockierten den Ausgang.
»Seht nur, wen wir hier haben!« rief der Fremde seinen Kameraden zu. »Endlich kann uns jemand den Weg in die alte Elfenstadt weisen.«
»Wenn ihr diesen heiligen Ort plündern wollt, werdet ihr das teuer bezahlen!« rief Shanon rasend vor Zorn. »Noch gibt es eine strafende Gerechtigkeit.«
»Spar dir deine Drohungen. Du befindest dich in einer ziemlich üblen Situation, mein Freund«, sagte Anführer des Trupps und entblößte seine Zähne zu einem häßlichen Grinsen. »Du scheinst noch nie einem Waldzwerg begegnet zu sein, wie ich sehe. Mein Name ist Mathiny. Zu Euren Diensten, Elf«, fügte er höhnisch hinzu.
Mathiny schien das Wortgeplänkel außerordentlich zu genießen,

und in einem unbeobachteten Augenblick nickte Shanon Brian unbemerkt zu.
»Wir erwarten Verstärkung von draußen«, sagte Shanon drohend. »Aber vielleicht wollt ihr euch uns anschließen?«
Mathiny schüttelte sich vor Lachen.
»Nein, das Gegenteil ist der Fall. Eure zwei Hübschen sind schon in unserer Gewalt, und ihr beide werdet auch die Güte haben, euch *uns* anzuschließen«, sagte er glucksend vor Vergnügen. »Wir brauchen ein paar starke Hände, die uns beim Roden helfen. Wir bauen eine neue Siedlung.«
Und während der Halbzwerg noch sprach, umrundete Shanon behende seine beiden Wächter, ergriff Brian bei der Hand und floh mit ihm den Gang hinunter, auf den Fluß zu, wo ihre Boote waren und wo die Flußschlangen in den Tiefen des Wassers ihre stummen Kreise zogen.

10. Der Carben-Klan

Während Brian und Shanon davonrannten, so schnell ihre Füße sie trugen, hörten sie hinter sich Schreie und Rufe ihrer Verfolger.
»Tötet sie nicht!« rief Mathiny, ihr Anführer. »Wir brauchen sie lebend.«
»So wie die beiden anderen«, schrie eine zweite Stimme. »Nur wird der Blinde uns nicht viel nützen.«
Ein schmerzhafter Stich durchfuhr Brians Herz, und er fürchtete schon, seine Beine würden unter ihm nachgeben, aber sie trugen ihn weiter, und er keuchte hinter dem flinken Elfen her, der scheinbar mühelos dahineilte und trotz des mörderischen Tempos leicht und unbeschwert atmete.
Brian öffnete den Mund, um seinen Freund zu fragen, ob er die schreckliche Neuigkeit gehört hätte, doch kein Ton kam über seine Lippen. Mit untrüglicher Gewißheit wußte er, daß Senja und Chinby bei diesen Halbblutzwergen gefangengenommen worden waren. Diese Sippe wurde einst von einem gewissen Carben angeführt, der vor langer Zeit mit seinem Klan ein Leben auf der Erde

dem unterirdischen Dasein vorgezogen hatte, und nun lebten seine Nachkommen in halbzwergischer Manier in tiefen Wäldern und unzugänglichen Landstrichen.
Hurtig eilte der Elf dahin und warf von Zeit zu Zeit einen flüchtigen Blick über die Schulter, um zu sehen, ob sein Freund ihm folgte. Als Shanon merkte, daß Brian mit seinen kürzeren Beinen Mühe hatte, mit ihm Schritt zu halten, verlangsamte er das Tempo, bog jedoch unvermittelt in andere Tunnels und Schächte ein, die nicht dieselben waren, denen sie auf dem Weg nach oben gefolgt waren.
Brian, der völlig außer Atem war, befürchtete, daß sich Shanon in diesem Irrgarten aus Schächten und Tunnels verlaufen hatte und daß sie beide unweigerlich irgendwann in einer Sackgasse und damit in der Falle landen würden. Er stolperte blindlings hinter dem Elfen her und wußte nicht, wo sie hinliefen, denn auf dem Weg hinaus hatte er nicht darauf geachtet, welche Richtung sie einschlugen, und nur die zwergische Handwerkskunst in den Steinmauern bewundert. Er bereute nun, daß er einem Elfen zugetraut hatte, sich unter der Erde zurechtzufinden.
Nur ein Zwerg, schalt er sich selbst, kannte sich in diesem komplizierten System einer unterirdischen Zwergenbehausung aus. Selbst der intelligenteste Elf, den ein hochangesehener Meister der Alten Lehre geschult hatte, mußte sich unweigerlich verirren und sie direkt in die Arme des Feindes führen. Dann waren sie so hoffnungslos wie Senja und Chinby gefangen.
Ein Gefühl bitterer Reue schnürte Brian für einen Moment die Kehle zu, als er erkannte, welch trostloses Ende vor ihm lag, so wie es ihm in der Höhle von Den'Lin Fetch vorhergesagt worden war. Unbekümmert hatte er damals alle Warnungen in den Wind geschlagen und steckte nun bis zum Hals in Schwierigkeiten. Vergessen waren die großartigen Pläne, die er gemeinsam mit dem blinden Zwerg geschmiedet hatte, und sein Herz war schwer vor Wut auf Shanon, der ihn nun in die Gefangenschaft führen würde. Vor allem war er wütend auf sich selbst, da er sich überhaupt auf dieses hirnrissige Abenteuer eingelassen hatte.
Derart verblendet von giftigen Selbstvorwürfen, übersah Brian völ-

lig, daß sie ja noch keineswegs Gefangene waren und Shanon sie mit wahrer elfischer List und Schläue geradewegs zum Fluß hinabführte, wobei er klug die Tunnels mied, die sie auf dem Weg nach oben eingeschlagen hatten.
Ächzend und schnaufend rannte Brian weiter und merkte plötzlich, daß sie sich fast auf gleicher Höhe mit dem Fluß befanden, und obwohl das laute Pochen seines Herzens alle anderen Geräusche übertönte, konnte er die Verfolger nicht mehr hören. Die Flucht schien ihnen gelungen zu sein.
»Dort oben, an einer Abzweigung, haben sie unsere Spur verloren«, flüsterte Shanon atemlos. »Sie werden bald ihren Irrtum bemerken. Aber diese Zeitspanne reicht uns, die Boote zu erreichen. Sollten sie versuchen, uns auf dem Fluß zu folgen, so werden die Wächter kurzen Prozeß mit ihnen machen.«
»Sie haben Senja und Chinby«, keuchte Brian und rang mühsam nach Atem. »Wir müssen ihnen helfen!«
Ein Ausdruck des Entsetzens huschte über die hellen Gesichtszüge des Elfen.
»Das ist ein schlimmer Schlag! Die beiden müssen irgendwo dort draußen auf uns gewartet haben und sind dabei deinen Vettern in die Hände gefallen.«
»Mit denen bin ich nicht verwandt«, schnauzte Brian den Elfen an.
»Es sind Zwerge, das kannst du nicht abstreiten.«
»Sie gehören einem uralten Klan an, der vor langer Zeit an die Erdoberfläche ging«, erklärte Brian geduldig. »Es gibt keine Kontakte mehr zwischen ihnen und unseren Siedlungen. Carben war ein übler Bursche, und wie es aussieht, schlagen seine Verwandten ihm nach.«
»Wer immer sie auch sein mögen, jedenfalls sind sie uns nicht wohlgesinnt«, sprach Shanon weiter. »Wenn deine Freunde wirklich in ihrer Gewalt sind, weiß ich nicht, was wir tun sollen, außer zu deiner Siedlung zurückzukehren und Hilfe zu holen.«
»Wir könnten auch nach Con Den Fetch gehen. Es liegt näher.«
»Zuvor sollten wir ausfindig machen, wo diese Vettern von dir lagern und wie zahlreich sie sind.«
»Wie willst du das anstellen? Wir können von Glück reden, daß wir

ihnen überhaupt entkommen sind. Sie würden uns doch sofort entdecken, wenn wir da draußen herumschnüffeln.«
»Du unterschätzt die Fähigkeiten eines Elfen, Brian. Ihr stämmigen Kerle seid ja bestens dafür geeignet, hier unter der Erde herumzukriechen, in euren Höhlen, die ihr Behausungen nennt. Aber ein Elf kann sich frei und ungehindert in der Landschaft bewegen. Und wenn er es nicht will, kann niemand ihn sehen.«
Brian erinnerte sich an sein erstes Zusammentreffen mit dem heimlichtuerischen Elfen und mußte ihm zugestehen, daß er die Wahrheit sprach.
»Was schlägst du also vor?«
Eine der herausstechendsten Eigenschaften der Zwerge ist, daß sie sofort die Vorzüge einer wirksamen Methode erkennen, und diese Erkenntnis erstreckte sich nicht nur auf die Zweckmäßigkeit einer klugen Taktik, sondern auch auf die Herstellung von Geräten, den Bau verborgener Behausungen und das diplomatische Gespür für neue Ideen, die einem zweifelhaften Abenteuer Erfolg bescheren können.
Nicht alle Zwerge besaßen diese weise Voraussicht und Aufgeschlossenheit eines Brian Brandigore, und eben diese Qualitäten unterschieden ihn von seinen Gefährten und hatten ihn dazu veranlaßt, diese abenteuerliche Reise anzutreten. Ein törichtes Unterfangen, wie seine Freunde Jeral und Jaran es bezeichnet hätten, von vornherein zum Scheitern verurteilt, da er sich einen Elfen zum Gefährten gewählt hatte, eines dieser verschlagenen Wesen, denen der Ruf der Unzuverlässigkeit und des Verrats anhaftete.
»Wir gehen jetzt zu den Booten, und du kannst dort warten«, entschied Shanon. »Dort wird dieses Pack dich nicht finden. Falls doch, so bleib einfach im Boot sitzen. Die Wächter werden sich um den Rest kümmern.«
»Ja, das scheint mir ein vernünftiger Vorschlag zu sein. Laß uns doch gemeinsam einfach abwarten, was dann geschieht. Die Wächter werden mit unseren Feinden schon fertig.«
»Mag sein. Aber dann erfahren wir nicht, was Senja und Chinby passiert ist und wo sie sich aufhalten. Doch das müssen wir auf jeden Fall herausfinden, wenn wir ihnen zur Flucht verhelfen wollen.«

Brian errötete verlegen und nickte.
»An die beiden habe ich gar nicht mehr gedacht.«
»Mit solchen Situationen bin ich mehr vertraut als du, mein Freund«, erwiderte Shanon lachend, dem die Röte in Brians Gesicht nicht entgangen war. »Du bist doch ein Anfänger in diesen komplizierten Spielchen. Die Notwendigkeit, Auswege aus den verzwicktesten Situationen zu finden, hat mich mein Leben lang begleitet.«
Der Elf lachte unbeschwert.
»Das hat uns bei euch wohl auch den Ruf der Gerissenheit und Unberechenbarkeit eingetragen.«
»Mir dünkt allmählich, daß ich alles, was ich früher gelernt habe, neu überdenken muß«, gestand Brian aufrichtig. »Ganz offensichtlich hat man mich zu oft Falsches gelehrt. Wenn alle Elfen so redlich und freimütig sind wie du, Shanon, hätte sich wohl nie so eine unüberbrückbare Kluft zwischen unseren beiden Völkern aufgetan.«
»Oh, ich glaube, die meisten Angehörigen unserer Völker empfinden ebenso wie du und ich. Nicht die Mehrheit ist mit der Trennung unserer Völker einverstanden. Das ist nur das Werk weniger alter Narren, die sich anmaßen, immer das Beste für alle im Auge zu haben, und in ihrer Selbstgerechtigkeit nur Haß und Unfrieden säen. Leider ist diese Untugend bei den Elfen ebenso verbreitet wie bei euch Zwergen. Und auch bei anderen Völkern habe ich sie kennengelernt.«
Über ihren Köpfen hörten die beiden plötzlich das Getrampel von schweren Zwergenstiefeln.
»Schnell, lauf weiter zum Boot, Brian! Warte dort, und falls dir Gefahr droht, leg ab und steuere den Treffpunkt an, den Chinby genannt hat. Ich versuche mittlerweile herauszufinden, was mit deinen Freunden geschehen ist, und stoße dann wieder zu dir, wo immer das auch sein mag.«
»Warte!« rief Brian mit gedämpfter Stimme, aber der Elf hatte sich buchstäblich vor seinen Augen in Nichts aufgelöst und war verschwunden. So blieb ihm nichts anderes übrig, als sich auf den Weg zu den Booten zu machen, die sicher vertäut an einem eisernen

Ring am Flußufer lagen. Der Anlegeplatz war von uralten Zwergenklans in längst vergangenen Zeiten in das felsige Ufer geschlagen worden.
Brian schlich leise den abschüssigen Schacht hinunter, noch verwundert über Shanons mysteriöses Verschwinden, und zerbrach sich den Kopf darüber, wie er seine Freunde befreien könnte.
Über die Identität des einen Gefangenen, den die Verfolger den »Blinden« genannt hatten, hegte Brian keinen Zweifel. Es konnte nur Chinby sein, und so folgerte Brian logischerweise, daß es sich bei dem zweiten Gefangenen um Senja handeln mußte. Diese halbzwergischen Kreaturen schätzten sich sicher überaus glücklich, eine so gutaussehende Zwergin und einen Meister der Alten Lehre gefangen zu haben, der sie in die Geheimnisse der unterirdischen Behausungen und die Verteidigungsanlagen einweihen konnte.
Chinby hatte ihm einmal erzählt, daß diese Halbzwerge, die Carben, wie sie nach ihrem Anführer, der sie einst an die Erdoberfläche geführt hatte, genannt wurden, jeden Kontakt zu den wahren Zwergengeschlechtern verloren hatten und sich im Laufe der Zeit eine eigene Geschichte und Sagenwelt zugelegt hatten und bemüht waren, alle Verbindungen zu ihren Vorfahren abzubrechen. Diese Bestrebungen erwiesen sich jedoch als nichtig, denn die Erinnerung an die alte Heimat und die alten Sitten und Gebräuche waren zu tief in den Herzen der Carben verankert, und es gelang ihnen nicht, diese Erinnerungen auszulöschen.
Chinby hatte Brian weiterhin erzählt, daß er einige Meister der Alten Lehre des Carben-Klans kannte, die von einer Siedlung auf der Erde zur nächsten zogen, geheime Versammlungen abhielten und ihren wie gebannt lauschenden Zuhörern die wahre Zwergengeschichte und die Lehre der alten Heimat erläuterten.
Chinby selbst hatte einst eine der Carben-Siedlungen tief im Herzen des Alten Eichenwaldes besucht und vor der Versammlung, die begierig darauf war, die Wahrheit über ihre eigene Vergangenheit zu erfahren, gesprochen. Bei manchen rief sein Vortrag Unglauben, ja sogar Feindseligkeit hervor, andere wiederum empfanden die Geschichten als beunruhigend, denn sie weckten in ihren Herzen ein

störendes Gefühl des Unbehagens und eine schmerzhafte Sehnsucht, in ihre alte Heimat unter der Erde zurückzukehren.
Brian fragte sich, welches wohl die Motive und Absichten dieser Carben-Krieger waren, die es darauf angelegt hatten, sie gefangenzunehmen, die, so wie es aussah, Senja und Chinby bereits irgendwo festhielten.
Er grübelte unablässig darüber nach, stellte die wahnwitzigsten Spekulationen an und verwarf sie wieder, spielte in Gedanken mindestens ein Dutzend Variationen über die Bedrohlichkeit ihrer Lage durch und verstieg sich sogar zu der illusionistischen Vorstellung, er könnte diese Abtrünnigen zur Vernunft bringen, denn sie waren ja zumindest Halbzwerge und somit seiner Sippe wesensverwandt.
Er hatte sich eben zu dem Entschluß durchgerungen, die relative Sicherheit des Bootes, auf das er sich mittlerweile gerettet hatte, zu verlassen und sich auf die Suche nach dem Carben-Anführer zu machen, als er merkte, daß der Fluß um ihn herum zu brodeln begonnen hatte und schaumgekrönte Wellen gegen das Ufer schlugen.
Vor Schreck wie gelähmt starrte er auf eine graue, dolchartige Klaue, die sich über den Rand seines Bootes schob, dann wieder verschwand, und ihm war, als spähten giftgrüne Augen aus den Tiefen des Wassers zu ihm empor. Er konnte den Blick nicht von diesem gräßlichen Wesen lösen, bis die furchterregenden Augen schließlich verschwanden und das Wasser um die vertäuten Boote wieder ruhig dahinplätscherte. Mit wild pochendem Herzen und zitternden Knien klammerte sich Brian am Bootsrand fest.
Sich einem Feind zu stellen, den man sehen und fühlen konnte, war eine Sache, aber diese grausig gespenstischen Gestalten unter der Wasseroberfläche ängstigten ihn zu Tode, und er war heilfroh, daß die Wächter mit untrüglichem Instinkt zu unterscheiden vermochten, wer den unterirdischen Behausungen Schaden zufügen wollte und wer nicht.
Da, plötzlich zerriß ein hoher, gellender Schrei die Stille und brach sich vielfach an den Felswänden. Das verzerrte Echo dröhnte schmerzhaft in den Ohren des Zwerges.
Ein zweiter durchdringender Schrei erklang hinter der Biegung des Flusses, nicht weit von der Anlegestelle entfernt, und Brian ver-

suchte angestrengt, die Dunkelheit mit den Blicken zu durchdringen, um herauszufinden, welch schreckliches Ereignis die Ursache für diese entsetzlichen Schmerzensschreie war.
Im ersten panikartigen Schrecken hatte Brian befürchtet, sein Freund Shanon wäre von den Carben-Zwergen eingefangen oder, noch schlimmer, von einem ihrer Pfeile durchbohrt worden. Aber dieser Schrei stammte nicht von einem Elfen, und er ahnte instinktiv, daß einer der Carben einem der unsichtbaren Wächter des Flusses zum Opfer gefallen war.
Brian sprang auf das glatte, sanft ansteigende Ufer des felsigen Anlegeplatzes und stolperte hastig zur Biegung des Flusses, hinter der ein gräßlicher Kampf stattfinden mußte. Aus den Augenwinkeln erhaschte er einen flüchtigen Blick auf Shanon, der im Schatten der Felswand ebenfalls zum Ort des Geschehens lief. Und gleich darauf stand Brian am Ufer des Flusses und starrte mit weitaufgerissenen Augen in das aufgewühlte Wasser, in dem schemenhafte Gestalten einen erbitterten Todeskampf ausfochten.
Auf der Wasseroberfläche schwamm der Hut eines Carben-Zwerges, daneben ein kurzer Zwergenbogen und ein Köcher. Flach gegen die Felsenwand am anderen Ufer gepreßt, erkannte Brian die Gestalt eines zweiten Carben-Zwerges. Und davor sah er die langen, geschmeidigen Umrisse eines schattenhaften Körpers, die langen grauen Krallen vorgestreckt, um den Zwerg zu ergreifen und in die Tiefe zu zerren.
»Halt!« befahl Brian, ohne zu überlegen.
Er erkannte in der zitternden, zusammengekrümmten Gestalt den Anführer der Carben, Mathiny, der kurz zuvor noch auf den höheren Ebenen der Behausung mit ihnen gesprochen hatte und ihnen die Gefangennahme angedroht hatte.
»Misch dich da nicht ein!« rief Shanon warnend Brian zu. »Sie wissen, was sie tun.«
»Das mag schon sein, aber ich kann nicht untätig zusehen, wie jemand, selbst ein Schurke, auf diese abscheuliche Weise umgebracht wird.«
Als stummer Beweis für den schrecklichen Tod des einen Zwerges schwamm noch immer dessen Hut auf der Wasseroberfläche. Die grünschwarzen Schatten des Flusses hatten ihn verschlungen.

Da Shanon in Brians Stimme einen bis dahin nie gehörten Ton der Entschlossenheit gehört hatte, wagte er keine weiteren Einwände vorzubringen.
»Hört sofort auf!« befahl der Zwerg wieder, stampfte vor Wut mit dem Fuß auf und warf in hilflosem Zorn und aus Verzweiflung seinen eigenen Hut zu Boden.
Halb besinnungslos vor Angst starrte Mathiny mit vor Entsetzen geweiteten Augen auf das gräßliche Wesen vor ihm und warf dann Brian einen flehenden Blick zu.
»Hilf mir!« krächzte er mit versagender Stimme. Die heiser geflüsterten Worte waren kaum zu hören.
»Die Wächter vernichten nur jene, die diesen unterirdischen Behausungen oder ihren Bewohnern Schaden zufügen wollen. Du hast nur eine einzige Chance zu überleben: Gib deine Pläne, uns gefangenzunehmen, auf und lasse die beiden Gefangenen, die Zwergin und den Blinden, frei.«
»Ich tue alles, was du willst«, flüsterte Mathiny, »alles. Nur ruf dieses Ungeheuer zurück.«
Brian, der nur hoffen konnte, daß der Carben-Anführer es ernst meinte, und keine Ahnung hatte, was der gräßliche Wächter tun würde, trat vorsichtshalber einen Schritt zurück.
»O Wächter des Flusses, ich bitte dich, verschone diesen Zwerg. Er wird sich von Grund auf ändern und hat versprochen, wieder den Gesetzen der Alten Lehre zu folgen, wenn du Gnade walten läßt und ihm sein Leben schenkst.«
Mathiny nickte dazu bestätigend. Er schluckte schwer, denn die Klaue des Wächters hielt mit eisernem Griff seinen Knöchel umspannt und zog ihn unbarmherzig näher zu den unergründlichen Tiefen des Flusses.
Shanon stand nun neben Brian und schüttelte zweifelnd den Kopf. »Ich weiß nicht, ob man mit diesen Kreaturen vernünftig reden kann«, sagte er.
»Ich bringe es einfach nicht über mich zuzusehen, wie dieser arme Teufel ins Wasser gezogen und ertränkt wird. Man sollte ihm wenigstens eine Chance geben.«
»Auch mir gefällt das nicht, aber ich bin kein Zwerg und kann die

Gedanken eines Zwerges nicht nachvollziehen. Ich habe keine Ahnung, wie ich die Wächter davon überzeugen sollte, von ihrem Opfer abzulassen, geschweige denn diesen Halbzwerg dazu zu bewegen, seine alten Angewohnheiten abzulegen, also aus einem Feind einen Freund zu machen.«

»Mir scheint, eben dies geschieht gerade jetzt, und es bedarf keiner weiteren Überredungskunst«, sagte Brian. »Wenn es uns gelingt, die Wächter des Flusses zu überzeugen, Mathiny am Leben zu lassen, gewinnen wir dadurch einen mächtigen Verbündeten im Lager der Abtrünnigen. Der Carben-Klan hat sich schon vor undenklichen Zeiten vom Zwergengeschlecht abgesondert und verleugnet seine wahre Abstammung. Wenn wir nur einen von ihnen zum Freund gewinnen, gelingt es uns vielleicht, wieder Verbindung mit den Carben aufzunehmen.«

Shanon runzelte zweifelnd die Stirn und sagte: »Du brauchst also nichts weiter zu tun, als dem Wächter sein Opfer zu entreißen und den Halbzwerg davon zu überzeugen, daß du ihm das Leben gerettet hast?«

Brian schwieg. Dann fügte der Elf mit spöttischem Lächeln hinzu: »Und was passiert, wenn Mathiny dir ewige Freundschaft schwört, nur damit der Wächter von ihm abläßt? Und dann seine Gefährten zu Hilfe ruft? Du hast keine Garantie, daß er sein Versprechen hält, sobald er außer Gefahr ist.«

»Falls Mathiny ein falsches Spiel treibt, wird der Wächter ihn nicht freilassen, und er folgt seinem Freund in die Tiefen des Flusses.«

Mathiny, der diese Worte gehört hatte, schüttelte vehement den Kopf.

»Ich schwöre, daß ich dir und deinem Freund nichts antun werde. Ich werde eure Gefährten freilassen. Ich tue alles, was ihr von mir verlangt.«

Brian nutzte die Gelegenheit und fragte den Carben-Zwerg schnell, wo die beiden Gefangenen festgehalten wurden.

»Im Wachzimmer, am Tor dieser Festung«, platzte Mathiny mit vor Angst hervorquellenden Augen heraus.

Noch immer zerrte der Wächter an dem Halbzwerg, doch seine Bewegungen waren langsamer geworden.

»Sind sie am Leben und wohlauf?« fragte Brian.
»Ja«, schrie der Carben-Zwerg. »Ihnen ist nichts geschehen, obwohl einige in der Truppe keine nützliche Verwendung für den Blinden sehen konnten.«
»Ist der Name der Zwergin Senja?« fragte Brian weiter.
»Das weiß ich nicht«, antwortete Mathiny. »Wir haben sie erst ein paar Stunden, ehe wir auf euch trafen, gefangen. Ich kenne ihre Namen nicht.«
Daraufhin löste der Wächter zögernd seinen Griff und tauchte lautlos in die Fluten zurück. Auf dem gegenüberliegenden Felsenufer lag nun der erbärmlich zitternde Halbzwerg.
Brian löste die Vertäuung eines Bootes und ruderte zum anderen Flußufer. Offensichtlich war der Carben-Anführer in dem weitverzweigten Tunnelnetz einem anderen Schacht gefolgt und deshalb am gegenüberliegenden Ufer angekommen.
Mathiny, der hilflos hatte mitansehen müssen, wie einer seiner Gefolgsleute elend ertrunken war, und demselben gräßlichen Schicksal nur durch das Einschreiten dieses fremden Zwerges entgangen war, griff nach Brians Hand und schüttelte sie zaghaft, wobei er ihm stammelnd dafür dankte, daß er ihm das Leben gerettet hatte.
»Bedanke dich nicht bei mir«, wehrte Brian ab. »Du hast wohl deine Gesinnung geändert, sonst wärst du nicht mit dem Leben davongekommen.«
»Ich habe nur Schauergeschichten über euch Erdzwerge gehört, daß ihr grausam wärt und ein Vergnügen daran fändet, eure Gefangenen zu foltern. Deswegen fand ich nichts dabei, ein paar von eurer Sippe einzufangen und als Sklaven für die harte körperliche Arbeit bei der Verlegung unserer Siedlung einzusetzen. Wir hätten euch nicht getötet.«
»Das mag ja sein«, versetzte Brian grimmig. »Dein Gefährte schien darüber allerdings anderer Meinung zu sein. Die Wächter töten nur jene, die Übles im Sinn haben.«
»Dazu kann ich nichts sagen«, entgegnete Mathiny. Vielleicht hast du recht. Abring war immer sehr verschlossen und eigen. Ich kannte ihn kaum, denn er war erst seit kurzer Zeit mein Stellvertreter.«
»Es bringt uns nicht weiter, sich jetzt noch den Kopf über ihn zu

zerbrechen«, warf Shanon ein. »Wie er auch gewesen sein mag, jetzt ist er jenseits von Gut und Böse. Doch was wird nun aus uns? Wir sollten sofort aufbrechen und dafür sorgen, daß unser lieber Freund hier sein Wort hält und die beiden Gefangenen freiläßt.«

»Folgt mir, ich bringe euch zu ihnen«, sagte Mathiny eifrig.

»Oh, davon bin ich überzeugt«, höhnte Shanon mit schmalen Augen. »Käme es dir sehr ungelegen, einem deiner Gefolgsleute zu befehlen, die Gefangenen hier zum Fluß herunterzubringen? So brauchen wir nicht zu befürchten, daß dich erneut eine Sinnesänderung überkommt und du dein Wort brichst, da du ja außer Gefahr bist.«

Mathiny starrte den Elfen verständnislos an, bis er begriff, was dieser meinte.

»Ja, natürlich. Ihr habt wahrhaftig keinen Grund, mir zu vertrauen. Nach allem, was geschehen ist.«

»Ich warte lieber darauf, daß du deinen guten Absichten auch Taten folgen läßt. Eine reine Vorsichtsmaßnahme«, entgegnete der Elf.

»Der Wächter hat ihn verschont«, wies Brian Shanon zurecht. »Das beweist mir, daß er sich wirklich geändert hat. Sonst wäre er jetzt nicht mehr am Leben.«

Shanon nickte dazu zwar widerstrebend, bestand aber darauf, daß sie hier unten am Fluß warten sollten, nur um ganz sicherzugehen, daß die Carben-Krieger den Befehlen ihres Anführers Folge leisteten. Der Elf erinnerte Brian daran, daß die Wächter einen von Mathinys Gefolgsleuten ertränkt hatten, und da sie beide unbewaffnet waren, konnte es nur von Vorteil sein, einen Verbündeten an ihrer Seite zu haben, der sie vor feindseligen Angriffen schützen konnte. Mathiny war schließlich damit einverstanden, nach den beiden Gefangenen zu schicken und sie hierherbringen zu lassen. Er setzte eine winzige Rohrpfeife an die Lippen, und ein schriller Ton gellte durch die unteren Schächte der alten Festung. Der Pfeifton hallte als vielfältiges Echo zurück, und es dauerte eine Weile, bis Brian und Shanon erkannten, daß der letzte Ton kein Echo, sondern ein anders klingendes Pfeifen als Antwort auf Mathinys Signal war. Im nächsten Moment standen sie einem Dutzend schwerbewaffneter Carben-Zwerge gegenüber, die sich ihnen drohend näherten.

Überzeugt davon, verraten worden zu sein, setzte der Elf zum Sprung in den Fluß an, um so dieser hinterlistigen Falle zu entfliehen, doch Brian hielt ihn zurück.
»Warte doch erst einmal ab, was sie vorhaben«, flüsterte er Shanon ins Ohr. »Und außerdem können wir Senja und Chinby nicht im Stich lassen.«
Einerseits war Shanon schrecklich wütend auf den Zwerg, doch andererseits bewunderte er ihn wegen seiner unverbrüchlichen Treue, die er seinen Freunden gegenüber hegte. Widerstrebend blieb er am Ufer des Flusses stehen und beobachtete mißtrauisch, wie die kriegerische Truppe der Halbzwerge näher kam.
Da hob Mathiny eine Hand und rief mit lauter Stimme: »Mir droht keine Gefahr! Dies hier sind meine Freunde, die mich vor der fürchterlichen Flußschlange gerettet haben. Abring jedoch wurde getötet.«
Verwundertes und erregtes Gemurmel wogte durch die Reihen der Carben-Truppe.
»Wir werden unseren beiden Freunden hier unsere Gefangenen übergeben. Sie scheinen sich zu kennen, und ich habe ihnen im Austausch für mein Leben ihre Freilassung versprochen.«
»An dieses Wort bist du nicht mehr gebunden, Mathiny, denn du hast es unter Zwang gegeben. Ergreift sie und bringt sie zu den anderen!« forderte ein stämmiger, untersetzter Halbzwerg, der ganz in Dunkelgrün gekleidet war.
»Jawohl«, knurrte ein zweiter Carben-Zwerg. »Die beiden geben recht kräftige Arbeiter ab, nicht zu vergessen die Zwergin.«
Shanons Gesicht lief tiefrot an, und er warf seinem Freund einen anklagenden Blick zu.
»Das werdet ihr bleibenlassen!« fuhr Brian scharf dazwischen. »Und wenn ihr mich weiterhin mit eurem verräterischen Geschwätz beleidigt, werde ich die Wächter zu Hilfe rufen, und ihr folgt eurem Freund Abring in den Tod.«
Brians Stimme dröhnte laut durch das Gewölbe, und dem Elfen schien es, als wäre sein Freund ein Stück gewachsen, wie er so hochaufgerichtet vor den feindseligen Halbzwergen stand.

»Werft eure Waffen weg und verbannt jeden bösen Gedanken aus eurem Herzen, sonst seid ihr verloren. Die Wächter dulden keine Gewalttätigkeiten in ihrem Reich.«

Brian wußte zwar nicht, ob sich die Flußbewohner tatsächlich noch in der Nähe aufhielten und ob sie notfalls seine Drohung wahr machen und sich auf seinen Befehl hin aus den Fluten erheben würden. Nichtsdestotrotz wagte er dieses Täuschungsmanöver, um die Carben-Krieger einzuschüchtern. Er legte alle Kraft in seine Stimme und trat festen Schrittes auf die Halbzwerge zu und wies mit einer Hand über die tiefen, unergründlichen Fluten.

Einer der winzigen Elfenmonde an der Tunneldecke begann zu flackern, und die Wasseroberfläche kräuselte sich zu schaumgekrönten Wellen, die gegen das Felsenufer schwappten.

Da ergriff Mathiny das Wort.

»Tut, was ich euch gesagt habe, und befolgt den Befehl meines Freundes«, warnte er seine Gefolgsleute eindringlich. »Die Flußschlangen sind fürchterlich. Vor ihrem tödlichen Zugriff gibt es kein Entrinnen.«

Und als sollte diesen Worten Nachdruck verliehen werden, schlängelte sich da eine grauschwarze Gestalt aus dem Fluß und kroch auf dolchartigen Klauen, den Kopf angriffslustig vorgestreckt, über die felsige Anlegestelle. Sofort legten die Carben-Krieger Pfeile in ihre gespannten Bogen, was die Mordlust der Flußschlange ungeheuer anzustacheln schien, denn mit unvermuteter Behendigkeit glitt sie auf das Dutzend Halbzwerge zu.

»Nicht schießen!« befahl Mathiny. »Werft eure Waffen weg. Schnell! Die Haut dieses Ungeheuers ist dick wie ein Panzer. Abrings Pfeil prallte davon ab wie ein Holzspan.«

Im Zwiespalt gefangen, die Waffen wegzuwerfen oder das Risiko einzugehen, die Flußschlange anzugreifen, heulten die Halbzwerge vor Verzweiflung auf. Doch ihre Angst und der Befehl ihres Anführers ließ sie schließlich zähneknirschend nachgeben, und sie warfen die Waffen von sich und wichen bis an die Felsenwand zurück, um notfalls vor dem Ungeheuer davonlaufen zu können.

Drohend aufgerichtet verharrte die Schlange, und das schimmernde Licht des Elfenmondes brach sich auf ihrer kalten, dunklen Haut.

»Das wird sie zur Vernunft bringen«, meinte Mathiny. »Es ist schwierig, diese hitzigen Waldzwerge in den Griff zu bekommen. Sie sind es nicht gewohnt, von irgend jemandem Befehle entgegenzunehmen.«
»Aber du bist doch ihr Anführer«, sagte der Elf verwundert.
Die Carben hatten nur widerstrebend Mathinys Anordnungen Folge geleistet, und Shanon vermutete, daß er und Brian ohne die tatkräftige Unterstützung der Schlange längst ergriffen und als Gefangene, so wie Chinby und Senja, fortgeschleppt worden wären.
»Mir wurde vom Klan dieser Titel verliehen«, erklärte Mathiny, »doch damit ist keine Machtbefugnis verbunden. Er hat nur Symbolcharakter und ist nicht mehr als ein Ehrentitel. Die Carben-Siedlungen sind eine locker zusammengefügte Gemeinschaft. Jede Siedlung lebt ziemlich abgeschnitten von der Umwelt, und wir haben auch kaum Kontakt zu anderen Siedlungen unseres eigenen Klans.«
Brian runzelte verständnislos die Stirn, ließ dabei jedoch weder die Schlange, die nun reglos wie ein Felsblock am Ufer lag, noch die Carben-Zwerge, die wie zu Stein erstarrt dichtgedrängt an der Felsenwand standen, aus den Augen.
»Wie könnt ihr nur so leben?«
Mathiny lachte verbittert auf.
»Mehr schlecht als recht«, antwortete er. »Wir haben eben keine andere Form der Gemeinschaft kennengelernt, und das Leben wird von Jahr zu Jahr unerträglicher. Die Jungen wachsen heran, und die machthungrigen unter ihnen versammeln Anhänger um sich und ziehen dann fort, um eigene Siedlungen zu gründen. So ist es schon immer gewesen. Die Gefangennahme des armen Zwergenmädchens betrachteten wir als Glückstreffer, denn seit Generationen sind unsere Nachkommen nicht mit Angehörigen der alten Rasse in Berührung gekommen.«
»Der Blinde, den ihr in eure Gewalt gebracht habt, kann dir alles über eure wahre Geschichte erzählen, Mathiny. Er ist ein Meister der Alten Lehre, und wir werden ihn bitten, dich über die Vorgeschichte eurer Stammväter aufzuklären und wie es zur Trennung kam.«

»Darin gleicht eure Geschichte auch der Geschichte der Wasser- und Waldelfen«, fügte Shanon hinzu. »Auch sie trennten sich vor undenklichen Zeiten, und ihnen widerfuhr dasselbe Schicksal wie dem Zwergenvolk. Nun liegen wir im Streit miteinander, und jede Sippe geht ihre eigenen Wege.« Bedrückt nickte der Elf zu diesen Worten mit dem Kopf. »Es ist traurig, von seinen eigenen Brüdern getrennt zu sein.«

»Und von anderen Völkern«, fügte Brian hinzu. »Es bringt nichts Gutes, im Unfrieden zu leben.«

»Dies ist eine Geisteshaltung, die ich bei einem Zwerg nie vermutet hätte«, sagte Shanon und betrachtete seinen Freund verwundert. »Diese Aussage hätte eher aus dem Mund eines Weisen der Elfenlehre stammen können.«

Brian errötete leicht.

»Ich glaube, zutiefst in unseren Herzen fühlen wir alle dasselbe, ganz gleich, ob wir Elfen, Zwerge oder andere Wesen sind.«

Noch während die beiden sprachen, bemerkten sie, wie die Gestalt des Wächters wieder lautlos ins Wasser glitt.

»Er verschwand so schnell, als hätte er sich in Luft aufgelöst«, sagte Shanon. »Ich habe es kaum bemerkt. Du etwa? Und dabei bilde ich mir etwas auf meine scharfen Augen ein.«

»Deswegen sind sie wohl für Feinde so gefährlich«, überlegte Brian laut. »Sie kommen wie aus dem Nichts und verschwinden ebenso schnell und unbemerkt wieder.«

»Nicht schnell genug für meinen Geschmack«, klagte Mathiny und konnte seine Erleichterung nicht verbergen. »Ich fühle mich erst wieder wohl, wenn ich diesen unheimlichen Schacht hier verlassen habe und an der Erdoberfläche frische Luft atmen kann. Weit, weit weg von diesem gräßlichen Fluß voller Ungeheuer.«

»Ganz meine Meinung«, stimmte der Elf zu und vergaß für einen Moment sein Mißtrauen gegen den Halbzwerg.

»Werden deine Gefährten jetzt deine Befehle befolgen?« fragte Brian leise Mathiny.

Die Brauen finster zusammengezogen, musterte der Carben-Anführer seine verängstigten Gefährten.

»Sie wissen nicht, was sie von dir halten sollen. Laß sie einfach in dem Glauben, daß die Flußschlangen euch begleiten werden, jedoch für ihre Augen unsichtbar. Das wird sie davon abhalten, auf dumme Gedanken zu kommen, und sie werden alles tun, was du von ihnen verlangst.«

Brian vernahm einen merkwürdigen Unterton in der Stimme des Halbzwerges.

»Ich will keine Befehlsgewalt über deine Leute«, stellte er sofort richtig. »Sie unterstehen deinem Kommando. Du bist ihr Anführer. Ich verlange nur, daß man mich und meine Freunde in Frieden ziehen läßt und uns nicht wieder behelligt, solange wir durch euer Gebiet reisen.«

Mathinys Augen weiteten sich ungläubig. Brians Worte hatten ihn schockiert.

»Ja, willst du denn nicht bei uns bleiben, jetzt, nachdem du unser Anführer geworden bist?«

»Ich glaube zu verstehen, was er mit seinen Worten ausdrücken will«, sagte Shanon. »Du hast ihn besiegt und dir damit das Amt eines Ältesten verdient. Wahrscheinlich überrascht es ihn, daß du kein Interesse daran hast.«

»Mir liegt nur daran, von eurem Klan als Freund akzeptiert zu werden, Mathiny. Vielleicht kommt einmal der Tag, wo unsere Wege sich wieder kreuzen und wir ein gemeinsames Ziel verfolgen. Doch im Moment bin ich vollauf zufrieden, wenn ihr mich und meine Freunde in Ruhe ziehen laßt.«

Ungläubiges Staunen breitete sich über Mathinys Gesicht aus.

»Ihr habt zu lange außerhalb der Gemeinschaft der gewöhnlichen Zwerge gelebt«, fuhr Brian fort. »Im Grunde genommen sind wir gar nicht so verschieden voneinander, du und ich. Unsere Differenzen ergeben sich aus unserer unterschiedlichen Vergangenheit. Ich wuchs in einer gefestigteren Umgebung auf und wurde in der alten Tradition der Zwergenvölker erzogen.«

»Darüber möchte ich gern mehr wissen«, sagte Mathiny. »Gelegentlich haben auch uns Meister der Alten Lehre besucht, die aus unserer Gemeinschaft ausgestoßen worden waren. Von ihnen erfuhren wir manches über die alten Sitten und Gebräuche. Ich weiß nicht, ob sie die früheren Lebensformen wahrheitsgetreu wiedergegeben haben, aber ihre Erzählungen ähnelten den deinen. Vielleicht waren es doch keine Ammenmärchen, die uns am Lagerfeuer erzählt wurden.«

»Bestimmt nicht«, entgegnete Brian ärgerlich. »Der Kummer mit euch ist, daß ihr keine Geschichte habt, aus der ihr lernen könnt. Ihr seid zur Gewalttätigkeit erzogen worden und kennt keine anderen Werte. Chinby hat oft zu mir darüber gesprochen, und erst jetzt verstehe ich, was er mir damals begreiflich machen wollte. Uneinigkeit schwächt und führt letztendlich immer zur Trennung.«

Schweigend überlegte er eine Weile.

Die Gruppe der Carben-Krieger hatte sich so weit wieder gefaßt, daß sie zum Abmarsch drängte.

Shanon hatte währenddessen die Halbzwerge keinen Moment aus den Augen gelassen und seufzte vor Erleichterung tief auf, denn zumindest waren sie jetzt unbewaffnet, und der Schreck, den der Flußbewohner ihnen eingejagt hatte, saß ihnen noch in allen Gliedern. Insgeheim gestand Shanon sich ein, daß er ebenfalls halb ohnmächtig vor Angst gewesen war, obwohl Chinby ihm wiederholt versichert hatte, daß die Wächter nur jene angriffen, die Böses im Schilde führten.

»Jetzt wollen wir versuchen, den Weg hier durch diesen Wirrwarr von Tunneln und Schächten zurück zur Erdoberfläche zu finden«, schlug Mathiny vor. »Wir waren so in Eile auf dem Weg hier herunter, daß wir hoffentlich nicht vergessen haben, Markierungen anzubringen.«

Brian konnte sein Erstaunen kaum verbergen.

»Heißt das, du könntest dich unter der Erde verirren? Da hat ja mein Elfenfreund einen besseren Orientierungssinn.«

Mathiny erwiderte gleichmütig Brians verblüfften Blick.

»Du vergißt, daß wir Carben keine Höhlenbewohner sind. Wir fühlen uns hier unten so fehl am Platz wie ein Elf oder irgendein anderer Bewohner der Erdoberfläche.«

»Du hast wahrlich einiges an Wissen nachzuholen«, sagte Brian fassungslos. »So kannst du doch nicht weiterleben! Du bist ja hoffnungslos verloren unter der Erde. Chinby wird vollauf damit beschäftigt sein, dir die einfachsten Lebensregeln beizubringen.«

»Oh, das wird man ihm nicht gestatten«, wehrte Mathiny ab. »Sigman Col wird niemandem die Erlaubnis dazu geben.«
»Sigman Col? Wer ist das?« fragte Brian, nun völlig verwirrt.
»Er ist unser ranghöchster Ältester.«
»Sagtest du nicht, ihr alle folgt unterschiedlichen Anführern?« fragte Shanon erstaunt.
»Das stimmt. Aber Sigman Col ist der mächtigste von allen. Er hat die größte Gefolgschaft, und er treibt vierteljährlich bei allen Siedlungen die Steuern ein. Seinen Häschern entgeht niemand.«
Die Neuigkeit nahm Brian mit besorgter Miene auf.
»Du hast mir ja noch allerhand zu erzählen, Mathiny. Mein lieber Freund Chinby hat mir zwar einiges über die Carben berichtet, aber was ich jetzt von dir höre, ist mir neu.«
»Warum zieht ihr nicht fort und siedelt woanders, wenn dieser Sigman Col euch so unterdrückt?« fragte der Elf, dem es manchmal schwerfiel zu verstehen, warum Zwerge mit einer derart halsstarrigen Dickköpfigkeit auch die unerträglichsten Situationen durchstanden, wovor weniger eigensinnige Wesen schon längst die Flucht ergriffen hätten.
Da rief einer der Carben-Krieger: »Wir führen euch gern zu Sigman Col. Dort könnt ihr euch die Antwort selbst holen.«
Der Halbzwerg mit der verdrießlichen Miene fügte noch hinzu: »Keiner kann vor ihm fliehen. Er ist zu mächtig und kennt alle unsere Siedlungen und Schlupfwinkel.«
»Wie lange geht das schon so?« fragte Brian Mathiny.
»Seit ich mich erinnern kann. Es heißt, Sigman Col sei tausend Jahre alt. Ich weiß nicht, ob das stimmt, aber es könnte durchaus sein. Seinem Aussehen nach zu urteilen, lebt er schon seit ewigen Zeiten.«
»Chinby könnte mehr darüber wissen. Wo ist unser Freund? Der blinde Meister der Alten Lehre?«
»Wir haben die Gefangenen oben zurückgelassen, im Wachzimmer des äußeren Tores.«
»Gut. Dann laßt uns schnell dorthin gehen und Chinbys Rat einholen. Vielleicht weiß er, wie ihr euch aus der Herrschaft dieses Tyrannen befreien könnt.«

Ein anderer Carben-Krieger räusperte sich mißbilligend.
»Hüte deine Zunge, wenn wir erst wieder draußen sind. Sigman Col hat seine Spitzel überall.«
Brian warf Shanon einen Blick zu; ein verschmitztes Lächeln stand in seinen Augen.
»Sollen wir vielleicht unsere Freunde, die Flußschlangen, bitten mitzukommen? Mit diesem Sigman Col werden sie im Handumdrehen fertig.«
»Eine ausgezeichnete Idee«, sagte der Elf ernst. »Dieser ungehobelte Kerl wird wohl bald unerwünschten Besuch bekommen, der ihm Manieren beibringt und ihm zeigt, wie man seine Artgenossen behandelt.«
Nach diesen Worten drängte sich die Gruppe der Carben-Zwerge furchtsam noch enger aneinander.
»Nein, ruft die Ungeheuer nicht zurück! Ihr habt von uns nichts zu befürchten.«
»Von euch nicht«, sagte Brian. »Aber wie steht es mit Sigman Col? Ich bin doch kein Narr und betrete schutzlos das Reich dieses skrupellosen Tyrannen. Soll ich denn freiwillig auf meine Leibwächter verzichten?«
Ein verständnisvolles Funkeln glomm in Mathinys dunkelbraunen Augen auf.
»Wir könnten uns ein für allemal von Sigman Col befreien, wenn deine Flußschlangen ihn besiegen. Sie werden in Null Komma nichts mit seiner Armee fertig.«
»Endlich begreifst du«, sagte Brian. »Wenn wir euch aus der eisernen Herrschaft dieses Zwerges befreien, könnt ihr tun und lassen, was ihr wollt. Die Welt stünde euch dann offen, und niemand würde euch mehr daran hindern, die alten Sitten und Gebräuche wieder aufzunehmen. Zu lange habt ihr fern von eurem wahren Volk gelebt, Mathiny. Den Zwergen ist es nicht bestimmt, ein so artfremdes Leben zu führen, wie eure Klans das in der Vergangenheit taten.«
Brians Worte hatten den Carben-Zwerg derart eingeschüchtert, daß er in ein verängstigtes Schweigen verfiel.
Durch das Auftauchen von Brian und Shanon waren Mathinys ur-

sprüngliche Pläne zunichte gemacht worden. Als ihnen die hübsche Zwergin und der alte Blinde in die Hände gefallen waren, hatte Mathiny vorgehabt, mit deren Hilfe die alte Lebensart der Zwerge wieder einzuführen. Seine Gefolgsleute hatten ihm berichtet, daß sie den Blinden für einen Meister der Alten Lehre hielten, und vorgeschlagen, ihn gegen eine Belohnung an Sigman Col auszuliefern. Doch der junge Halbzwerg hegte schon seit langem insgeheim den Wunsch, die Geheimnisse der Zwergenfestung zu erforschen. Unbewußt hatte ihn diese Sehnsucht sein Leben lang begleitet, ohne zu wissen, wie er das anstellen sollte, als plötzlich Brian und Shanon von seinen Kundschaftern entdeckt wurden, die gerade aus den unterirdischen Tiefen der alten Festung auftauchten.
Während der vergangenen Stunden, als er den Reden dieser Fremden zuhörte, wurde Mathiny klar, wonach er unbewußt gestrebt hatte: Er suchte für sich und seinen Klan einen Weg in die Freiheit, weg von Sigman Cols strenger Herrschaft, und dazu brauchte er die Hilfe des alten Meisters und dieser beiden merkwürdigen Geschöpfe.
Und plötzlich fiel es ihm wie Schuppen von den Augen und er erinnerte sich an eine geheime Zusammenkunft, der er beigewohnt hatte und bei der ein Name gefallen war.
Brian Brandigore!
Ein Zwerg, der diesen Namen trug, würde alle Zwergenvölker wieder vereinen und sie aus dem Schatten der dunklen Zeiten zu neuem Ruhm und Ansehen führen, so wie in den alten, siegreichen Tagen. Ganz vage erinnerte sich Mathiny noch an etwas anderes, das damals zur Sprache gekommen war, doch es entschlüpfte ihm wieder. Er entsann sich nur, daß es etwas mit Bestien oder mit einer Finsteren Königin oder ähnlichem zu tun hatte.
Von Bestien hatte er für den Rest seines Lebens genug, dachte er schaudernd und verdrängte jeden Gedanken an die Auseinandersetzung mit den gräßlichen Flußschlangen, die Abring getötet hatten.
Jetzt hatte sich die Truppe der Carben-Zwerge in Bewegung gesetzt und marschierte vor Brian und Shanon, die neben Mathiny gingen, und an jeder Abzweigung rief der Elf ihnen zu, welche Richtung sie

einzuschlagen hatten, und riet ihnen, auf einen Schacht zu achten, der nach Sonnenlicht roch.

»Wie kommt es, daß dieser Elf soviel über diese Zwergenfestung weiß?« fragte Mathiny schließlich, der sich darüber wunderte, daß nicht der Zwerg den Weg durch die unterirdischen Tunnels wies.

»Er ist mehr als ein Elf«, brummte Brian mürrisch. »Der blinde Meister der Alten Lehre, den ihr gefangen habt, hat diesen Leichtfuß alles über Zwergenbehausungen und Zwergenart gelehrt.«

»Dann besteht ja auch Hoffnung für mich«, meinte der Carben. »Schon immer sehnte ich mich danach, in die alte Lebensweise eingeweiht zu werden. Nachdem Sigman Col auch in unserem Teil des Waldes die Herrschaft an sich gerissen hatte, glaubte ich nicht mehr daran, jemals wieder eine Gelegenheit dazu zu haben, mich damit zu beschäftigen. Er verbot strikt jegliche Aktivität in dieser Richtung, und wir wagten uns nicht mehr in die Nähe der alten Festungen, denn Sigman Cols Häscher folgten uns überallhin und informierten ihn über jeden unserer Schritte. So hatten wir keine Möglichkeit, eine dieser Festungen näher zu erkunden.«

»Das scheint ja wirklich ein reizender Kerl zu sein«, stellte der Elf lachend fest.

Mathiny, der übermütiges Gelächter nicht gewöhnt war, wunderte sich über das seltsame Gebaren des Elfen.

»Achte nicht auf ihn«, sagte Brian. »Er bricht bei jeder Gelegenheit in Gelächter aus, obwohl es niemals einen ernsthaften Grund dafür gibt. Das ist eben seine Art. Er ist ja ein Elf. Ich habe vergeblich versucht, ihm die Kunst des ernsten Lachens zu erklären, die wir Zwerge pflegen.«

»Du hast sie mir sehr gut erklärt«, entgegnete Shanon. »Ich weiß jetzt, daß ein Zwerg nur lacht, wenn etwas so traurig ist, daß es eine derartige Anstrengung rechtfertigt. Wahrscheinlich lacht ihr erst auf eurem Totenbett leise in euch hinein, wenn ihr gerade den letzten Atemzug tut.«

»Ja, das könnte einen Zwerg zum Lachen bringen«, stimmte Brian zu. »Das und vielleicht eine Überschwemmung oder eine Gerölllawine, unter der er droht begraben zu werden.«

In gespielter Verzweiflung warf der Elf die Arme hoch.

»Ich brauche unbedingt frische Luft, ich halt's hier unten nicht mehr aus. Wie sehne ich mich nach einem ausgiebigen Nickerchen unter einem schattigen Baum. Und haltet mir die Zwerge, dieses heitere Völkchen, bloß vom Leib. Für eine Weile wenigstens. Diese Schlauberger rauben mir noch den letzten Verstand.«

»Dieses Gefühl beruht auf Gegenseitigkeit, glaube mir«, versetzte Brian verdrießlich. »Es geht mir einfach nicht in den Kopf, wie du jederzeit grundlos in närrisches Gelächter ausbrechen kannst, so als hättest du nicht mehr alle Sinne beisammen. Warum, um alles in der Welt, läßt ein Elf sich überhaupt auf ein derart lächerliches Unterfangen ein, unter der Erde herumzukriechen, seine vorwitzige Nase in eine alte, verstaubte Festung zu stecken, ja, sich sogar in der Kunst des Hämmerns und Schmiedens zu versuchen und dann einem anderen Narren an den Fersen zu kleben, der beschlossen hat, zum Tosenden Meer zu reisen.«

Nach dieser langen, gutgelaunten Tirade, der der Elf mit runden Augen gelauscht hatte, klopfte Shanon seinem Freund herzlich auf den Rücken.

»Eines weiß ich mit Bestimmtheit, Brian. Ich habe einen Freund in dir gefunden, der großzügig Loblieder auf die singt, die er achtet und schätzt, wobei er jedoch aus seinem Herzen niemals eine Mördergrube macht.«

Mathiny, der höchst verwundert diesem Geplauder zugehört hatte, entdeckte weiter vorne im Tunnel einen Streifen hellen Sonnenlichts auf dem dunklen Fels.

»Dort ist der Ausgang!« rief er erleichtert und eilte den beiden Freunden voraus, um nachzusehen, wo der Rest seiner Truppe und die beiden Gefangenen geblieben waren.

Als Brian und der Elf dann neben ihm standen, stieß er einen Schrei des Entsetzens aus.

Dort, wo er seine Gefolgsleute zurückgelassen hatte, war niemand mehr, weder die Halbzwerge noch Chinby und Senja.

»Sie sind alle verschwunden«, brachte Mathiny schließlich mühsam über die Lippen.

»Sie haben die beiden zu Sigman Col gebracht«, verkündete einer der Krieger, der die nähere Umgebung erforscht hatte.

»Und du irrst dich auch nicht?« fragte Brian aufgebracht. »Haben wir denn eine Chance sie einzuholen, ehe sie die Siedlung erreichen?«
»Das kommt darauf an. Wir waren über eine Stunde unter der Erde. Das gibt ihnen einen gewaltigen Vorsprung.«
»Wie wär's, wenn Sigman Col zu uns kommen würde?« formulierte Shanon bedächtig einen Gedanken, der in seinem Kopf Gestalt angenommen hatte. »Vielleicht könnte unser neuer Freund hier Sigman Col die Botschaft schicken, daß er eine wichtige Entdeckung gemacht hat, die der edle Herrscher sich nicht entgehen lassen sollte.«
»Drück dich deutlicher aus. Was meinst du damit?« fragte Brian.
»Daß Sigman Col zu uns hierherkommen soll! Gemeinsam mit den Flußschlangen werden wir ihm einen freundlichen Empfang bereiten.«
»Das ist ein grandioser Einfall, Shanon. Nur hat er leider einen Fehler: Wie willst du diesen Halbzwerg dazu bringen, in die Tiefen des Berges hinabzusteigen?«
»Wir schicken ihm die Nachricht, daß in den Höhlen hier die Geheimnisse der Alten Lehre verborgen liegen, und falls seine Gefolgsleute sie vor ihm entdecken und damit die Wahrheit über ihre Vergangenheit herausfinden, wird es vorbei sein mit seiner Herrschaft.«
Brian wandte sich daraufhin an Mathiny.
»Glaubst du, Sigman Col wird auf so eine fadenscheinige Geschichte hereinfallen?«
»Nein«, wehrte der Carben-Anführer ab. »Er würde einfach den Schacht zuschütten lassen. Aber mir fällt da etwas ein, was sein Interesse ganz gewiß wecken würde.«
»Und das wäre?« fragte der Elf skeptisch.
»Die Gefangennahme von Brian Brandigore, dem Erdzwerg, von dem es heißt, daß er die Zwergenvölker vereinen und in ihre wahre Heimat zurückführen wird.«
Mathinys Gesicht glühte vor Stolz über diese Entdeckung, und er legte Brian eine Hand auf die Schulter.
»Ich will dich nicht in Gefahr bringen, mein Freund. Aber diese

Nachricht könnte Sigman Col dazu bringen, sich unter die Erde zu wagen, und dort sitzt er dann in der Falle. Deinen Flußschlangen wird er eine willkommene Beute sein.«
»Wir wollen ihn nicht töten«, wandte Brian ein. »Aber diese Entscheidung überlassen wir am besten den Wächtern. Sie besitzen einen untrüglichen Instinkt und sollen über sein Leben entscheiden.«
»Sollten wir uns nicht zuerst bewaffnen?« fragte Shanon. »Erin Frey liegt ganz in der Nähe, und dort würden wir auch Unterschlupf finden, falls irgend etwas schiefgeht.«
»Guter alter Elf«, lobte Brian ihn leicht spöttisch. »Irgendwo findest du doch immer ein Hintertürchen, durch das du verschwinden kannst, wenn die Lage zu mulmig wird.«
Beinahe hätte Brian gelacht, und das sagte dem Elfen, daß ihre Situation sehr bedrohlich sein mußte. Daraufhin nahm er sich fest vor, jede Fluchtmöglichkeit genauestens zu erkunden. Er war davon überzeugt, daß Sigman Col nicht so leicht zu übertölpeln war, geschweige denn Chinby und Senja freiwillig ziehen lassen würde. Und so schmiedete Shanon insgeheim eigene Pläne, wie er vorgehen wollte, sollte Mathinys Strategie fehlschlagen.

12. Erin Frey

Nachdem die beiden Freunde noch beratschlagt hatten, wie die nächsten Schritte aussehen sollten, gesellten sie sich zu den Carben-Zwergen und deren Anführer Mathiny und beschlossen gemeinsam, sich unverzüglich auf den Weg zu der Elfensiedlung Erin Frey zu machen, um sich dort mit noch vorhandenen Waffen auszurüsten. In den Ruinen der alten Siedlung konnten sie auch in Ruhe die Pläne für den Hinterhalt ausarbeiten, in den sie Sigman Col locken wollten. Sie würden versuchen, ihn dazu zu bringen, in eine der alten Festungen am Flußufer einzudringen, wo ihre tödlichste Waffe, die Flußschlangen, als Wächter der alten unterirdischen Behausungen auf der Lauer lagen.
Mathiny war schon öfter in der Nähe von Erin Frey gewesen, doch

er und seine Gefolgsleute hatten nie gewagt, die Ruinen dieser einst wunderschönen Siedlung zu betreten, denn einer alten Legende nach hausten dort die Geister der Elfen, die sie einst bewohnt hatten. Und jedem Eindringling, der es wagen sollte, in die Geheimnisse der Elfenstadt einzudringen oder gar deren Schätze plündern zu wollen, drohte ein schrecklicher Tod.
Shanon ließ die Carben in diesem Glauben, denn er wußte, daß die Elfen derlei Geschichten im ganzen Land verbreiteten und ihre alten Siedlungen somit vor Plünderung und Zerstörung bewahrten. Und diese Überlegung brachte Shanon auf eine Idee.
»Hat Sigman Col je von Erin Frey gehört?« fragte er Mathiny, der die Frage mit einem Kopfnicken beantwortete.
»Alle Carben wissen über die Elfensiedlungen Bescheid. Sigman Col hat immer behauptet, daß unser Klan näher mit den Elfen als mit den Erdzwergen verwandt ist. Er verachtet seine Blutsverwandten und verleugnet seine wahre Abstammung. Und diese Gesinnung hat er seinen Gefolgsleuten als Dogma aufgezwungen.«
Brian erkannte, daß hinter dieser geschickten Täuschung ein kluger Kopf steckte, denn die Carben ähnelten auf gewisse Weise Shanon, da sie größer als gewöhnliche Zwerge waren. Die Gestalt der Erdzwerge hatte sich gezwungenermaßen ihrer Umgebung angepaßt. Sie waren von untersetztem, stämmigem Wuchs, der es ihnen ermöglichte, sich ungehindert in den niedrigen und engen Gängen ihrer unterirdischen Behausungen zu bewegen.
Sigman Col lief also keine Gefahr, daß je ein Elf auf den Gedanken käme, diese Theorie anzuzweifeln und die Lügengeschichten, die er unter seinen Anhängern verbreitete, richtigzustellen. Je tiefer er den Keil zwischen die Erdzwerge und die Carben-Zwerge trieb, um so größer wurde seine Chance, als alleiniger Herrscher das Zepter in den tiefen Wäldern zu schwingen.
Dieser gerissene Älteste der Halbzwerge bereitete Brian zunehmend ein Gefühl äußersten Unbehagens, und er machte zu Shanon eine entsprechende Bemerkung darüber.
»Ja, wir haben es mit einem gefährlichen Gegner zu tun. In diesem Halbzwerg scheint eine Kraft zu stecken, die wir nicht unterschät-

zen dürfen. Allmählich wächst in mir ein Gefühl, als könnten wir in eine Falle geraten und nicht unsere Gegner.«
»Was gibt dir Anlaß zu dieser Vermutung?« fragte Shanon, ohne den Schritt zu verlangsamen. Seine Stimme klang beiläufig, doch in seinen flinken blauen Augen veränderte sich die Farbe, und sein Verstand war hellwach.
»Mich beunruhigt, daß Senja und Chinby verschwunden sind«, entgegnete Brian.
»Mathiny sagte, daß einige aus seiner Truppe die beiden an Sigman Col ausgeliefert hätten, um sich bei ihm beliebt zu machen. Er hatte schon Mühe, diejenigen bei der Stange zu halten, die bei ihm waren.«
»Sie sind ein ziemlich undisziplinierter Haufen, nicht wahr?« stellte Brian leise fest, damit die anderen ihn nicht hören konnten.
»Sie erinnern mich sehr an eine Elfensippe, von der ich gehört habe«, erwiderte Shanon nachdenklich. »Nach außen hin erweckten sie den Eindruck, als herrsche in ihren Reihen ein heilloses Durcheinander, das jeden Moment im Chaos versinken könne.«
Shanon lächelte spöttisch.
»Aber mit dieser Taktik sind sie ganz gut verfahren. Ihre Feinde waren der irrigen Meinung, leichtes Spiel mit ihnen zu haben, und bezahlten hinterher bitter für ihren Leichtsinn.«
Brian warf seinem Freund einen forschenden Blick zu.
»Warum erzählst du mir das? Worauf willst du hinaus?« fragte er nach einer Weile, da der Elf die Geschichte einfach in der Luft hängenließ.
Shanon setzte nun vorsichtig einen Fuß vor den anderen, so als taste er sich über brüchiges Eis. Er blickte kurz auf und lächelte.
»Wir nähern uns Erin Frey. Ich habe die ersten Fallen entdeckt, die die ehemaligen Bewohner hier überall ausgelegt haben, damit sie vor unerwünschten Eindringlingen geschützt waren.«
Brian blieb wie angewurzelt stehen.
»Und du läßt uns einfach in diese Fallen hineinlaufen?«
»O nein. Das sind keine Fallen im üblichen Sinn«, erklärte der Elf. »Jede Berührung dieser verborgenen Stellen löst in Erin Frey Alarm aus und zeigt an, daß sich jemand durch den Wald nähert. Zu den eigentlichen Fallen kommen wir erst noch.«

»Glaubst du, sie funktionieren nach dieser langen Zeit noch?« fragte Brian zweifelnd.
»Die Wächter im Fluß waren auch noch auf ihrem Posten, und ihr unterirdisches Reich ist ebenso alt wie Erin Frey.«
Brian dachte darüber nach und nickte dann.
»Mir scheint, unsere Vorfahren beherrschten die Kunst, Dinge herzustellen, die Jahrhunderte überdauern und nach wie vor einwandfrei funktionieren.«
Brian sprach diese Worte mit glühendem Stolz auf die zwergische Handwerkskunst aus.
»Wären wir nicht reinen Herzens gewesen, hätten diese Errungenschaften aber auch unseren Tod bedeuten können«, erinnerte ihn der Elf. »Dann hätten wir uns sicher gewünscht, diese alten Einrichtungen wären längst verrostet oder zusammen mit ihren Schöpfern verschwunden.«
»Welch bedauerlicher Verlust«, protestierte Brian. »Die neuen Höhlen und Festungen sind ja ganz praktisch angelegt, aber es fehlt ihnen die Schönheit und Pracht der alten Siedlungen.«
»Unsinn«, schnaubte Mathiny da verächtlich, der die Unterhaltung der beiden mit angehört hatte. »Auf diesen alten Plunder können wir gut verzichten. Nichts als unnötiger Firlefanz! Die Zeiten haben sich geändert, und darin ist kein Platz mehr für diesen alten Kram.«
»Ist das einer von Sigman Cols weisen Sprüchen?« fragte der Elf.
Mathiny errötete vor Verlegenheit.
»Wahrscheinlich. Wenn ich jetzt darüber nachdenke, was man mich gelehrt hat, so steckt hinter allem Sigman Col.«
»Du scheinst ein braver, aufrichtiger Kerl zu sein, mein Freund«, sagte Brian. »Gibt es in euren Siedlungen noch mehr, die so denken wie du? Wie viele wären wohl bereit, diesen Tyrannen zu stürzen und ein neues Leben anzufangen? Ihr müßtet nicht unbedingt in die alte Heimat zurückkehren und nach den strengen Regeln jener Zwerge leben, die nie von ihrer Tradition abgewichen sind. Ihr könntet euer Leben so weiterführen wie bisher, besäßet aber die Freiheit der Entscheidung, anstatt Richtlinien zu befolgen, die ein anderer euch diktiert.«

Mathiny kniff die Augen zusammen und betrachtete nachdenklich die Carben-Zwerge, die vor ihnen hergingen.
Brian erwartete eigentlich, daß der Elf die Carben jetzt vor den versteckten Fallen warnen würde und warf Shanon einen fragenden Blick zu. Doch als dieser nicht darauf reagierte, beließ er es dabei.
»Es gibt bestimmt andere, die so denken wie ich«, nahm da Mathiny das Gespräch wieder auf. »Viele sind zu mir gekommen und haben sich über Sigman Col beklagt. Gemeinsam haben wir heimlich an den Treffen teilgenommen, bei denen die Meister der Alten Lehre gesprochen haben und von den alten Sitten und Gebräuchen erzählten.«
»Würden sie sich gegen Sigman Col auflehnen? Könnten wir auf sie im Falle einer Revolte zählen?«
Der Carben-Zwerg riß entgeistert die Augen auf.
»Oh, wie könnt ihr es nur wagen, an einen Aufstand zu denken! Das wäre glatter Selbstmord. Sigman Col ist zu mächtig und hat zu viele treue Anhänger. Er würde jeden niedermetzeln, der auch nur an Aufstand denkt.«
»Ist das schon vorgekommen?«
»Mehr als einmal. Nie ist einer der Anführer zurückgekehrt. Es gab auch keine Überlebende, die hätten berichten können, was mit ihnen geschehen ist. Aber wir alle wissen, daß sie umgebracht wurden.«
»Dieser Bursche wird mir immer sympathischer«, sagte Shanon. »Welch ein Glück, daß wir dir in die Arme gelaufen sind, Mathiny, und nicht Sigman Col. Er hätte wohl kurzen Prozeß mit einem Erdzwerg aus der alten Heimat gemacht und auch einen Elfen nicht verschont, der seine verlogene Theorie über die Verwandtschaft mit den Elfen hätte aufdecken können.«
»Ihr habt wirklich Glück gehabt, daß es so gekommen ist«, sagte Mathiny nachdrücklich nickend. »Wären die Flußschlangen nicht gewesen, hätte ich euch gefangengenommen und an Sigman Col ausgeliefert. Da konnte ich ja nicht wissen, wer ihr seid.«
»Wie steht es um Senja und Chinby? Droht ihnen Gefahr?« fragte Brian.
»Oh, eine so gutaussehende Zwergin ist Sigman Cols sicher sehr

willkommen. Er wird sie für sich behalten und sie zur Frau nehmen.«
Wilder Zorn stieg in Brian auf, und er schmiedete fürchterliche Rachepläne, sollte seiner Freundin ein Leid geschehen sein.
Shanon bemerkte den Ansturm der Gefühle, der in Brian herrschte, und legte ihm besänftigend die Hand auf den Arm.
»Dafür wird er büßen«, sagte der Elf mit gefährlich sanfter Stimme.
Als Brian ihn anblickte, sah er den dunklen, überschatteten Ausdruck in den Augen seines Freundes und das schmale Lächeln auf den Lippen.
Und da verstand er plötzlich die Geschichten, die man sich über die geheimnisvolle Art der Elfen erzählte und daß so wenig über sie bekannt war. Denn unter der scheinbar unbeschwerten Heiterkeit entdeckte er eine Härte, die ihn erschreckte.
»Ja, wir werden mit ihm abrechnen«, bestätigte Brian drohend, als er seine Stimme wieder unter Kontrolle hatte.
Sie waren immer tiefer in den Wald eingedrungen, als plötzlich die Carben-Zwerge, die an der Spitze marschierten, stehenblieben und sich weigerten weiterzugehen.
»Wir nähern uns jetzt dem Gebiet, das uns Sigman Col verboten hat zu betreten«, rief einer aus der Truppe, der kräftiger als die anderen gebaut war und graue Strähnen im Haar hatte.
»Wie ich jetzt weiß, hat Sigman Col vieles gesagt, was nicht stimmt«, erwiderte Mathiny. »Außerdem haben wir einen Elfen bei uns, der den Weg zu der Ruinenstadt kennt und uns sicher dorthin führen wird.«
»Elfen sind hinterlistig und tückisch«, murrte der Carben-Krieger mit Namen Runion.
»Ich will euch nicht täuschen«, sagte da Shanon. »Ich kenne den Weg nach Erin Frey wie meine Westentasche. Dort werden wir neue Waffen finden und in Ruhe überlegen können, wie wir weiter vorgehen wollen. Außerdem sind wir dort sicher vor einem Überraschungsangriff eurer Gefährten, die auf seiten Sigman Cols stehen.«
Runions Blick wanderte unstet von einem zum anderen. Er fühlte sich sichtlich in seiner Haut unwohl.

»Das mag ja sein. Aber dafür müssen wir nicht diese Elfenstadt betreten. Ich kenne genügend Orte, wo wir in Sicherheit sind.«
»Ich schließe mich Runion an«, sagte ein zweiter Carben und trat forsch vor. »Und ich glaube, das gilt auch für die anderen.«
Unter zustimmendem Gemurmel nickten alle seine Gefährten.
Völlig verblüfft über die Reaktion seiner Gefolgsleute sah Mathiny seine neugewonnenen Freunde an.
»Was sollen wir jetzt tun? Ich kenne die Geschichten, die Sigman Col über diese Elfenstädte verbreitet, und muß gestehen, daß auch ich Angst habe, sie zu betreten.«
»Ihr braucht euch nicht zu fürchten«, versicherte Shanon. »Außer ihr habt Böses im Sinn und wollt uns wieder gefangennehmen, jetzt, da euch keine Gefahr mehr von den Flußschlangen droht.«
Da schossen Runions Augen Blitze.
»Und wie willst du uns daran hindern, Meister Elf, falls wir das wirklich vorhaben? Wir sind zwölf gegen drei und euch ohne Waffen weit überlegen.«
Ein bösartiger Ausdruck erschien auf den Gesichtern der Carben-Zwerge, und sie näherten sich drohend Brian und Shanon.
Mathiny erkannte an den Mienen seiner Gefährten, daß Shanon instinktiv deren wahre Absichten aufgedeckt hatte, und er wußte, daß er jetzt endgültig Stellung beziehen mußte.
Er spürte, daß ihnen hier auf der Erde die Flußschlangen nichts anhaben konnten, war sich dessen aber nicht ganz sicher.
Und was diese merkwürdigen Fremden über die Vergangenheit der Zwerge gesagt hatten, klang wahr, denn Mathiny hatte aufmerksam den Erzählungen der alten Weisen gelauscht und wußte, daß Brian und Shanon nicht logen.
Ihm war auch bewußt, daß Runion, der schon immer ein Hitzkopf gewesen war und vom Ehrgeiz getrieben wurde, als Berater an Sigman Cols Hof gerufen zu werden, sehr bald erkannt hatte, daß der Erdzwerg außerhalb der unterirdischen Höhlen keine Befehlsgewalt über die gräßlichen Flußungeheuer hatte, denn jetzt befanden sie sich auf dem Territorium der Carben-Zwerge.
Mit schmerzhaft pochendem Herzen stand Mathiny da, zerrissen

vor Unschlüssigkeit, ob er seiner Sehnsucht nach der alten Heimat oder seinen Gefährten folgen sollte.
Brian verstand das Zögern des Carben-Zwerges und wußte, wie schwer ihm die Entscheidung fiel.
»Denk noch einmal gut darüber nach, Runion«, sagte da Shanon mit seltsam flacher Stimme. »Freunde haben in einer Elfenstadt nichts zu befürchten. Wir retteten euch das Leben, als wir die Flußschlangen zurückriefen. Wir hätten genausogut mit ansehen können, wie sie euch alle verschlingen. Wir haben euch vertraut. Und dieses Vertrauen wollt ihr mit Verrat vergelten. Damit beweist ihr, daß ihr keinen Mut habt. Ihr sprecht wie Feiglinge und wollt wie Feiglinge handeln.«
Brian dachte, daß nach den Worten des Elfen ihr letztes Stündlein geschlagen hätte, denn auch ein Carben-Zwerg, wie sehr er sich auch dem Zwergenwesen entfremdet haben mochte, blieb zutiefst in seinem Herzen ein Zwerg, dem sein Stolz über alles ging.
Mathiny hatte sich unbewußt neben Shanon gestellt und war bereit, ihn zu verteidigen, sollten die Carben über sie herfallen.
Die Luft knisterte vor Spannung. Runions Gesicht war jetzt so rot wie sein Mantel; seine Augen quollen ihm aus den Höhlen, und er biß sich vor Wut auf die Lippen und ballte die Fäuste.
Ruhig und gelassen bot Shanon ihm die Stirn und wich keinen Millimeter zurück. Brian bewunderte seinen Freund und rückte ebenfalls entschlossen vor. Er würde bis zum letzten Atemzug kämpfen.
»Woher wollt ihr wissen, daß unsere Freunde aus dem Fluß uns nicht gefolgt sind?« sprach Shanon trotz der drohenden Gefahr ruhig weiter. »Aber selbst falls die Angst vor den Schlangen euch dazu bewegen sollte, den Rückzug anzutreten, so hättet ihr doch für immer das Gesicht verloren. Da ihr euch dafür entschieden habt, zu Sigman Col zurückzukehren, gebe ich euch großzügigerweise einen Vorsprung von einer halben Stunde, ehe ich die Flußschlangen auf euch hetze. Außerdem befinden wir uns hier in der Nähe einer Elfenstadt, und ich kann jederzeit meine eigenen Wächter herbeirufen, die durch die Lüfte reiten und wie der Blitz auf euch niederfahren werden. Sigman Col hat euch vor den Gefahren gewarnt, die in Erin Frey lauern. Aber diese Bedrohung gilt nur für unsere Feinde.«

Runion, noch immer dunkelrot im Gesicht, hob die geballte Faust, und die Worte kamen zischend über seine Lippen.
»Dafür wirst du büßen, du elende Baumratte. Nur weil wir unbewaffnet sind, kannst du uns mit deinen schleimigen Flußschlangen drohen. Ich habe mich also nicht getäuscht in dir – du bist ein Verräter und Betrüger. Wir wurden gezwungen, unsere Waffen wegzuwerfen, und nun ist unser eigener Anführer zum Feind übergelaufen. Diesen Tag wirst du bereuen, Mathiny, du Dreckskerl! Ich selbst werde Sigman Col von deinem Verrat berichten, und wir werden dich bis ans Ende unseres Lebens jagen.«
In seiner Wut war der Carben-Zwerg wie rasend auf und ab gehüpft, und seine Gefährten mußten ihn zurückhalten, sonst wäre er auf Mathiny losgegangen. Brian sah, daß sie sich vor Runion fürchteten und es nicht wagten, ihm die Gefolgschaft zu verweigern. Aber auch die Erinnerung an die Flußungeheuer und die neue Bedrohung, die der Elf ihnen angekündigt hatte, jagten ihnen entsetzliche Schrecken ein.
»Keiner von euch braucht Runion zu begleiten«, sagte Mathiny. »Wir würden uns freuen, wenn ihr bei uns bleiben und uns helfen würdet. Hier seid ihr in Sicherheit.«
»Die Rache Sigman Cols wird euch vernichten!« donnerte Runion. »Er wird jeden Abtrünnigen zu Tode hetzen. Denkt an meine Worte.«
»Hier geschieht euch nichts. Sigman Cols Tage sind gezählt. Er wird sterben«, prophezeite der Elf. »Ein Elf wird euch von der Herrschaft dieses Tyrannen befreien. Nie wieder sollt ihr vor ihm Angst haben. Seht euch nur an, da steht ihr zitternd in euren Stiefeln. Das darf nicht sein. Kein freier Elf oder Zwerg soll sich in Zukunft vor einem anderen Wesen fürchten.«
»Dann könnt ihr endlich selbst frei entscheiden«, fügte Brian hinzu, »wen ihr zum Anführer wählen und wohin ihr ziehen wollt, solange ihr das Gesetz befolgt.«
Als Brian seine kleine Ansprache beendet hatte, merkte er, daß er die Carben-Zwerge nur noch mehr verängstigt hatte. Sie rollten wild mit den Augen und stießen jämmerliche Klagelaute aus.
Runion hieb laut klatschend seine Faust in die andere Handfläche und musterte die drei finsteren Blickes.

»Wir nehmen dein Angebot, unbehelligt abzuziehen, an, Elf. Stehst du noch dazu?«
Shanon nickte.
»Aber ihr könnt euch immer noch eines anderen besinnen und hierbleiben.«
»Deinen Anblick will ich keine Sekunde länger als unbedingt nötig ertragen«, dröhnte Runion. »Ich freue mich schon auf unser nächstes Zusammentreffen, wenn du nicht deine Lakaien um dich versammelt hast.«
»Wie versprochen, halte ich sie eine halbe Stunde zurück. An deiner Stelle würde ich keine Minute davon vergeuden.«
Obwohl Runion sich aufgeplustert hatte wie ein Kampfhahn, zitterte seine Stimme doch ein wenig, als er sagte: »Ich habe auch keine Zeit zu verlieren. Wir müssen Sigman Col darüber unterrichten, daß er Verräter und Feinde in den eigenen Reihen hat.«
»Dann verschwindet endlich!« fuhr Shanon ihn grob an, und in seiner Stimme war ein Ton, der sogar Brian erschreckte.
In panischer Angst rannten da die Carben-Zwerge den Pfad hinunter, den sie gekommen waren, und schauten nicht einmal zurück.
Schweigend sah Mathiny den Gestalten nach, bis der Wald sie verschluckt hatte.
»Nun, mir scheint, jetzt habt ihr mich am Hals«, sagte er mit unsicherer Stimme.
»Ja, das haben wir wohl«, erwiderte Brian. »Du hast dich mit einem Erdzwerg eingelassen und einem hinterlistigen Elfenschwindler, an dem ein Schauspieler verlorengegangen sein könnte.«
»Ja, wir sind berühmt für unsere Verschlagenheit«, meinte Shanon mit einem dünnen Lächeln. »Und gleichzeitig zeichnet uns ein heftiges Temperament aus, das leicht in Wut umschlagen kann.«
Seine Stimme klang scharf und schnitt wie ein Messer durch die Luft, und Brian entdeckte einen düsteren Ausdruck in Shanons Augen. Er erinnerte ihn an dunkle Gewitterwolken, die drohend am Horizont aufzogen.
»Sind uns die Flußschlangen wirklich gefolgt?« fragte Mathiny, mehr zu sich selbst sprechend.

»Und diese Wesen, die durch die Lüfte reiten? Sind sie tatsächlich die Wächter von Erin Frey?«
Der Elf sah Brian lächelnd an.
»Sigman Col scheint seinen Gefolgsleuten davon erzählt zu haben, sonst wären die Kerle nicht halb tot vor Angst davongerannt.«
»Selbst mich hättest du mit deinem Gerede fast zum Narren gehalten. Ich war vor Angst ganz von Sinnen.«
»Jetzt werden sie schnurstracks zu Sigman Col gehen«, sagte Mathiny, und ein verdrießlicher Ausdruck umwölkte sein Gesicht.
»Ganz bestimmt. Aber erst, wenn sie sich aus den Fallen dort hinten befreit haben«, erwiderte Shanon lachend. »Der Pfad ist voll davon, und es hat eine besondere Bewandtnis mit ihnen: Sie lassen zwar ungebetene Gäste herein, aber nicht wieder hinaus.«
Dann wandte sich Shanon an Brian und sagte: »Deswegen ließ ich euch völlig unbekümmert darübermarschieren. Weitere Fallen gibt es erst unmittelbar vor den Mauern von Erin Frey.«
»Aber das ändert nichts an der Tatsache, daß die Carben Sigman Col unseren Aufenthaltsort verraten, sobald sie sich aus den Fallen befreit haben. Er wird erfahren, daß ich zum Feind übergelaufen bin, und das könnte schlimme Folgen für die Gefangenen haben.«
Brians Gesicht verlor jede Farbe. »Glaubst du, sie würden sich an ihnen vergreifen?« fragte er voller Angst.
»Wenn Runion dabei ein Wörtchen mitzureden hat, rechne ich mit dem Schlimmsten. Hoffentlich funktionieren Shanons Fallen so gut, wie er annimmt, damit sie eine Weile festsitzen.«
»Oh, da habe ich keine Bedenken«, versicherte ihm der Elf. »Sie werden darin zwar nicht umkommen, aber doch einen oder zwei Tage aufgehalten werden, ehe sie sich befreien können.«
»Und was wollen wir jetzt unternehmen? Wollen wir weitergehen oder umkehren oder mit irgendeiner List Senja und Chinby befreien?«
Diese Frage schien Brian sehr zu schaffen zu machen, denn obwohl er mit gefestigter Stimme gesprochen hatte, sah er sehr bedrückt aus.
Shanon, der nun die Führung übernommen hatte und den beiden Zwergen den Weg zeigte, sprach im Gehen über die Schulter: »Als

erstes holen wir uns Waffen in Erin Frey. Vielleicht finden wir dort noch manch anderen nützlichen Gegenstand. Und dann wollen wir sehen, ob es uns gelingt, Sigman Col in die alte Behausung seiner Vorväter zu locken, denn dort vermutet er ja den Verräter Mathiny und seine beiden verhaßten Feinde, den Erdzwerg und einen entarteten Elfen.«
Shanon brach wieder in sein leichtes, klingendes Elfengelächter aus.
»Wir haben unsere Falle mit einem wunderbaren Köder versehen. Sigman Col muß uns einfach auf den Leim gehen.«
»Wieso bist du da so sicher?« fragte Mathiny zweifelnd.
»Verstehst du denn nicht? Runion wird ihm berichten, daß du zum Feind, einem Zwerg und einem Elfen, übergelaufen bist. Ihr hattet uns in der alten Festung gefangengenommen. Und das wird ihm den größten Schrecken einjagen. Er muß etwas gegen uns unternehmen, oder ich täusche mich gewaltig in unserem guten Sigman Col.«
»Aber wie soll das alles zu Chinbys und Senjas Befreiung beitragen?«
»Indem du zum neuen Ältesten und Befreier ausgerufen wirst. Dann ordnest du einfach ihre Freilassung an, und damit wäre alles geregelt.«
Brian hob erstaunt die Brauen und öffnete den Mund zum Protest, doch in diesem Augenblick blieb Shanon stehen und deutete auf eine weite Allee, die sich vor ihnen auftat. Trotz des wildwuchernden Gestrüpps konnte man unverkennbar einen Bodengang erkennen, der zu einem hohen Tor führte, das mit Dornengesträuch und wildem Wein überwuchert war. Hunderte von leuchtend roten, gelben und blauen Blumen rankten an dem Gemäuer empor, und oben wiegten sich Blütenkelche unzähliger weißer Lilien in der sanften Brise.
»Dies ist eines der Stadttore von Erin Frey«, sagte Shanon mit leuchtenden Augen.

13. Eine sagenhafte Elfenkönigin

Ausführlich erklärte der Elf dann seinen beiden Freunden die kompliziert angelegten Bogengänge, die zur Festung Erin Frey führten, und erläuterte ihnen die eingeritzten Runen auf den Schiefertafeln und den Stämmen der riesigen Bäume, deren Wipfel sich in den Wolken verloren. So sahen sie jedenfalls für Brian und Mathiny aus, als sie hochblickten.

Obwohl Mathiny Sigman Cols Theorie kannte, daß ihr Klan elfische Vorfahren habe, wußte der Carben-Zwerg zutiefst in seinem Herzen, daß es nicht stimmte, und er hatte es sich auch nie gewünscht. Denn als er jetzt die Ruinen dieser Festungsstadt betrachtete, die wirklich wunderschön und auch sehr alt war, entfachte der Anblick in seinem Herzen kein Feuer, so wie es allein eine Zwergenhöhle oder eine der heiligen Stätten der Zwerge vermochten.

Mathiny hatte bisher nie zu jemandem über seine Träume gesprochen, obwohl er wußte, daß viele seines Klans so dachten wie er und jede Möglichkeit nutzten, den alten Meistern zuzuhören, die von der wahren Vergangenheit erzählten. Bei diesen geheimen Zusammenkünften hatte sich jedesmal eine große Anzahl von Carben um die Lagerfeuer gedrängt und mit verzauberten Gesichtern und glühenden Augen den Geschichten und Liedern gelauscht, die von ihren Vorvätern berichteten.

Sigman Col hatte drakonische Strafen über jeden verhängt, der gegen das Verbot verstieß, an diesen heimlichen Treffen teilzunehmen, und erst kürzlich war Mathiny zu Ohren gekommen, daß ein Carben deswegen ausgepeitscht und dann ohne Nahrung und Wasser in einem gänzlich verwilderten Teil des Waldes ausgesetzt worden war. Doch diese Strafen bestärkten die Carben nur darin, weiterhin nach der Wahrheit ihres Ursprungs zu suchen und die Geheimnisse der alten Behausungen zu ergründen, von denen die Meister der Alten Lehre sprachen.

Brian, den Festungsanlagen und Städte auf der Erde nie sonderlich interessiert hatten, war doch merklich von der Anmut und Schönheit Erin Freys beeindruckt. Der Bogengang aus riesigen Bäumen mündete direkt in die äußeren Gärten, und eine breite, prächtige

Allee führte zu Toren aus lebenden Grünpflanzen, die mit Wildblumen des Waldes verwoben waren, die in ständiger Blüte zu stehen schienen.
Dann aber führte sie Shanon auf einen Pfad, der von hohen Hecken gesäumt war, die jeden Ausblick auf die Umgebung verwehrten, so daß sie nicht erkennen konnten, wohin sie gingen.
»Hier fühle ich mich wie in einem Zwergentunnel«, stellte Brian fest. »Nur hat der Gang hier keine Decke.«
Der Elf lachte fröhlich.
»O doch, siehst du denn nicht das Blau dort oben.«
»Für mich ist der Himmel kein Dach«, schnaubte der Zwerg. »Er hält die Höhlen niemals trocken.«
»Nein, aber dafür spendet er uns Regen.«
»Gut und schön, aber zum Essen und Schlafen brauche ich ein trockenes Plätzchen.«
»Die haben wir auch. Ich zeige sie dir, wenn wir zur inneren Mauer kommen.«
Noch eine geraume Weile folgten die drei dem schmalen Pfad, der sich zwischen den Hecken dahinschlängelte, bis Mathiny mit gedämpfter Stimme fragte: »Könnte es sein, daß du dich verirrt hast, Meister Elf? Ich zumindest habe die Orientierung völlig verloren und würde nie wieder aus diesem Irrgarten herausfinden.«
Brian blickte unbehaglich um sich und spürte mehr, als daß er sie sah, die gefährlich spitzen, langen Dornen, die versteckt unter den Blättern der Hecken wuchsen.
»Das sind sicherlich sehr wirksame Waffen gegen unliebsame Eindringlinge«, bemerkte er beklommen. »Wenn wir uns hier verirren sollten, kämen wir jemals wieder heraus?«
»Nein. Außer einer der ehemaligen Bewohner würde dir den Weg zeigen.«
»Sagtest du nicht, Erin Frey sei seit langem unbewohnt, so wie die Behausungen meiner Vorväter?«
»Ja, das stimmt.«
»Also wären wir hoffnungslos verloren und würden Hungers sterben.«
»Oder schlimmer noch«, bekräftigte Shanon. Dann hellte sich sei-

ne Miene auf, und er sprach seinen Freunden Mut zu. »Doch darüber braucht ihr euch keine Sorgen zu machen. Ihr seid in Begleitung eines Führers, der sich hier gut auskennt.«
»Wie mag Chinby nur den Weg hier hinein gefunden haben? Ihm ist doch sicher niemand begegnet, der ihn geführt hat.«
»Glaubst du? Nun, da bin ich anderer Ansicht. Ich habe oft über unsere Begegnung nachgedacht. Es war sehr merkwürdig, plötzlich einem Fremden in den inneren Höfen gegenüberzustehen. Und dazu noch einem Zwerg. Ich konnte mir einfach nicht vorstellen, wie er hierhergelangt war. Doch als er zu sprechen begann, schien es die natürlichste Sache von der Welt zu sein, ihn hier in unserer alten Festung zu sehen.«
»Du glaubst also, jemand hat ihm den Weg gewiesen?« wiederholte Brian seine Frage, weil er merkte, daß der Elf einer Antwort auswich.
Shanon blieb stehen und ließ den Blick über die dichte, undurchdringliche Hecke gleiten, die sich zu beiden Seiten des Pfades erhob.
»Hättest du dich in diesem Gewirr zurechtgefunden?«
»Nein«, antwortete Brian. »Aber Chinby ist kein gewöhnlicher Zwerg.«
»Ganz und gar nicht«, räumte Shanon ein. »Und doch glaube ich, daß jemand ihn durch Erin Frey geführt hat und daß dieser Jemand wußte, ich würde hiersein.«
»Willst du damit sagen, daß ihr einander nicht zufällig begegnet seid?«
»Je länger ich darüber nachdenke, desto wahrscheinlicher kommt es mir vor.«
Der Elf runzelte die Stirn und überlegte angestrengt.
»Die Begegnung geschah ausgerechnet an dem Tag, an dem ich beschlossen hatte, nie wieder nach Erin Frey zurückzukehren. Da traf ich einen Freund, dem ich von meinem Entschluß erzählte, doch der riet mir statt dessen, dorthin zu gehen. Ich befolgte seinen Rat und traf Chinby.«
»Es muß dir doch recht sonderbar vorgekommen sein, ausgerechnet hier einen Zwerg anzutreffen.«

»Ja, es war ein völlig unerwartetes Erlebnis, wenn man das Mißtrauen außer acht läßt, das wir gegeneinander hegen.«
Mathiny, der gebannt dem rätselhaften Gespräch der beiden Freunde gelauscht hatte, konnte nicht länger stillschweigend danebenstehen.
»Sind Elfen- und Zwergenklans etwa zerstritten? Das klingt ja, als stündet ihr auf Kriegsfuß miteinander.«
Shanon lachte sein befreiendes Elfengelächter.
»Es hört sich recht schlimm an, nicht wahr? Und kommt der Wahrheit auch ziemlich nahe. Während der letzten Jahre stand es nicht sehr erfreulich um den Frieden zwischen Zwergen und Elfen. Ja, ich darf wohl behaupten, daß Brian und ich die einzigen Angehörigen der beiden Völker sind, die miteinander reden.«
»Vergiß nicht Mathiny«, rügte Brian. »Heute ist wirklich ein außergewöhnlicher Tag in der Geschichte unserer Völker. Ein Erdzwerg, ein Elf und ein Carben, die friedlich vereint miteinander plaudern.«
»Wie recht du hast«, stimmte der Elf fröhlich zu und wurde dann wieder ernst. »Ich glaube, das haben wir Chinby zu verdanken. Die untereinander zerstrittenen Völker haben ihm viel Kummer bereitet, und er drängte stets darauf, den alten Zwist endlich zu begraben und gemeinsam gegen die Bedrohung anzugehen, die über dem Tosenden Meer aufzieht.«
»Das Tosende Meer, was ist das?« fragte Mathiny großäugig.
»Das Tosende Meer«, begann Brian zu erklären, »erstreckt sich zwischen unseren Ländern und dem Jenseits, wohin uns alle der Weg einst führen wird.«
»Ein Meer?«
»Ja, Wasser! Überall Wasser, soweit das Auge reicht.«
Entsetzt starrte der Carben Brian an.
»Das gibt es doch gar nicht!«
»Doch. Sogar noch viel mehr Wasser, als der unterirdische Fluß führt.«
»Hausen darin ähnliche Ungeheuer wie die Flußschlangen?«
»Unmengen davon«, antwortete Brian.
»Dann hoffe ich, daß ich nie in die Nähe dieses entsetzlichen Meeres kommen werde.«

»Aber genau dorthin führt unsere Reise, wenn erst Senja und Chinby wieder bei uns sind. Wir waren dort verabredet, doch dann hat Sigman Col unsere Pläne durchkreuzt.«
»Dann haben wir womöglich euer Leben gerettet, indem wir euch davon abhielten, einen derart gefährlichen Ort aufzusuchen«, meinte Mathiny.
»Das Meer ist gar nicht so gefährlich, mein Freund. Im Moment hört es sich zwar schrecklich bedrohlich an, doch an der Küste des Tosenden Meeres erwarten uns viele Freunde.«
»Doch zuerst müssen wir Senja und Chinby aus der Gewalt Sigman Cols befreien«, gab der Elf zu bedenken. »Wir haben noch keinen Plan ausgearbeitet, wie wir sie retten wollen, und dieser widerliche Kerl wird ihnen wohl kaum freiwillig die Freiheit schenken.«
»Niemals«, bestätigte Mathiny. »Sobald Sigman Col von Runion erfährt, daß ich ihn verraten habe, wird er uns unerbittlich jagen.«
»Dann laßt uns rasch in den inneren Gemäuern von Erin Frey Schutz suchen. Dort sind wir in Sicherheit.«
»Sind alle anderen Zugänge so undurchlässig und irreführend wie dieser?« fragte Brian.
»Manche sind noch schlimmer«, erwiderte der Elf schadenfroh. »Ich habe den einfachsten ausgewählt, um euch nicht unnötig zu ermüden. Elfen neigen dazu, über die Wipfel der Bäume zu springen, denn es erfordert höchste Trittfestigkeit, über diese ungesicherten Pfade zu gehen.«
Brian antwortete darauf mit einem unwirschen Brummen.
»Wie überaus freundlich von dir, uns das erst jetzt mitzuteilen. Aber abgesehen davon, was hoffst du eigentlich zu erreichen, selbst wenn wir uns hier bis an die Zähne bewaffnen können! Wir sind nur drei, gegen wie viele?«
Dabei blickte er Mathiny fragend an, der nur mit den Schultern zuckte.
»Ich weiß nicht, wie stark Sigman Cols Armee sein wird. Das kommt darauf an, wie treu ergeben ihm seine Gefolgsleute sind.«
»Auf jeden Fall können wir uns den Gedanken aus dem Kopf schlagen, diesen selbsternannten Ältesten anzugreifen.«
»Nicht jede Offensive muß ein Angriff sein«, überlegte Shanon

laut. »Ich glaube, unser ursprünglicher Plan, Sigman Col zum unterirdischen Fluß zu locken, wo die Wächter uns beistehen werden, ist nach wie vor am vielversprechendsten.«
Brian zog die Brauen zusammen und fuhr sich mit einer Hand über die Augen.
»Manchmal denke ich, es wäre am besten, den Kerl einfach zu stellen. Mit komplizierten Manövern und listig ersonnenen Hinterhalten habe ich nicht viel im Sinn. Laßt uns doch einfach in seine Siedlung marschieren und die Herausgabe der Gefangenen verlangen.«
Der Elf warf den Kopf zurück und brach in sein herzerfrischendes Gelächter aus, das von den grünen Hecken widerhallte.
Da er bereits ein Stück vorausgelaufen war, drehte er den Kopf und sprach über die Schulter: »Dieser Plan paßt ausgezeichnet zu einem impulsiven Elfen, steht aber einem schwerfälligen, übervorsichtigen Zwerg schlecht zu Gesicht.«
»Ich bin weder schwerfällig noch übervorsichtig, du windiger Baumläufer«, fauchte Brian. »Wenn es darum geht, Freunde aus einer Gefahr zu retten, denke ich zuallererst an deren Sicherheit, ehe ich mich zu unbedachten Handlungen hinreißen lasse.«
»Und ich bin froh, dich zum Freund zu haben«, beschwichtigte ihn der Elf. »Wir können deinen Plan ja ins Auge fassen, sollten aber erst mal alle möglichen Alternativen abwägen.«
»Jeder Plan scheint mir zum Scheitern verurteilt«, murrte Brian. »Fehlt nur noch, daß unserem guten Sigman Col plötzlich Flügel wachsen und er uns aus den Lüften hier unten ausmacht.«
Mathiny, der dem sonderbaren Geplänkel der beiden sowieso kaum folgen konnte, warf einen ängstlichen Blick zum Himmel. Er rechnete wohl damit, daß der verhaßte Sigman Col auf ihn niederstürzen und ihn für seinen Verrat fürchterlich bestrafen könnte.
»Seid unbesorgt. Weder Sigman Col noch irgendein anderer übler Zeitgenosse kann uns hier etwas anhaben«, zerstreute Shanon die Bedenken der beiden Zwerge. »Uns bleibt genügend Zeit, uns hier in Erin Frey mit all dem einzudecken, was wir brauchen, und in Ruhe einen Plan auszuarbeiten, wie wir weiter vorgehen wollen.«
»Wir könnten ihm sagen, daß er den höchsten aller Weisen der Alten Lehre gefangenhält und daß er dafür mit dem ärgsten Fluch be-

legt werden wird, falls er ihn nicht sofort freiläßt«, spann Brian seine Gedanken weiter und versuchte vergeblich, sich Chinby als unheilvolle Schreckensfigur vorzustellen.

Da fiel es ihm schon leichter, Senja in dieser Rolle zu sehen als den alten blinden Zwerg. Senja, deren flammende Augen ein Herz verbrennen und jeden Widerspruch im Keim ersticken konnten, wäre sehr überzeugend in der Rolle als unheilvolle Rachegestalt.

»Könnten wir uns nicht heimlich in Sigman Cols Lager schleichen, Mathiny? Es müßte doch möglich sein, Kontakt mit unseren Freunden aufzunehmen, ohne entdeckt zu werden.«

Mathiny dachte angestrengt nach, ehe er antwortete.

»Wäre Runion nicht zu Sigman Col zurückgegangen, hätten wir das leicht tun können. Ich selbst hätte euch zu den Gefangenen geführt, und niemandem wäre daran etwas Ungewöhnliches aufgefallen. Aber jetzt halten sie ja auch nach mir Ausschau, und ich kann es nicht wagen, die Siedlung zu betreten.«

»Ja, es wäre zu schön gewesen, um wahr zu sein«, sagte Shanon. »Gibt es denn keinen anderen Weg, wie wir unsere Freunde befreien können?«

»Sigman Cols Lager ist sehr groß und wird streng bewacht werden, nachdem er erfahren hat, daß die beiden anderen Gefangenen aus der unterirdischen Behausung entkommen sind. Seine Truppen werden ausschwärmen und die Wälder durchkämmen, bis sie uns gefunden haben. Und sobald er uns hat, werden wir von Pfeilen getötet, denn er kann es nicht riskieren, uns am Leben zu lassen.«

»Leider hast du recht«, stimmte Brian zu. »Und wenn wir erst anfangen davonzurennen, so wird das seine Jäger nur anspornen. Ich bin immer noch dafür, direkt zu Sigman Col zu gehen. Und zwar bewaffnet, wenn wir irgendwelche Waffen hier in deiner Festung finden, Shanon, und ihn einfach überrumpeln. Wir stellen ihn vor die Wahl: Ergib dich, oder die Flußschlangen werden über dich und deine Siedlung herfallen und euch alle töten.«

Die drei Gefährten hatten das Ende der Hecken erreicht und traten nun hinaus auf eine gemähte, sehr gepflegte Rasenfläche. Das Gras schimmerte noch vom Tau, und die Tröpfchen glitzerten im sanften Sonnenlicht, das durch das mächtige Geäst der riesigen Bäume fiel, die sich schützend über die Festungsstadt Erin Frey neigten. Als Brian zurückblickte, um zu sehen, woher sie gekommen waren, entdeckte er hinter sich nur eine geschlossene hohe Hecke.

»Könnten wir ihn vielleicht hierherlocken?« überlegte er laut, denn in seinem Kopf nahm ein Plan Gestalt an.

»Nach Erin Frey?« fragte der Elf. »Warum nicht. Wie denkst du darüber, Mathiny?«

»Nach all den Legenden, die er über seine elfische Abstammung verbreitet hat, könnte das durchaus sein. Es ist schwer zu sagen, wie er reagieren würde. Es käme wohl darauf an, welchen Köder wir auslegen würden.«

»Wir wären der Köder«, sagte Brian. »Aber auch damit könnten wir ihn nicht zwingen, Senja und Chinby freizulassen. Wir müßten ihm einen Tauschhandel vorschlagen und ihn davon überzeugen, daß für uns kein Preis zu hoch ist, um unsere Freunde freizubekommen.«

»Dazu brauchten wir die Unterstützung aller Bewohner von Den'Lin Fetch, bis an die Zähne bewaffnet«, spottete Shanon.

»Das ist gar keine schlechte Idee. Wenn es nur nicht so schwierig wäre, sie hierherzubringen. Und ich bin mir nicht sicher, ob sie sich Hals über Kopf in eine Elfensiedlung begeben würden. Zu viele Zwerge hegen ein berechtigtes Mißtrauen gegen alles, was im entferntesten mit Elfen zu tun hat.«

»Vielleicht würden sie Gefallen daran finden, Erin Frey zu besichtigen«, neckte Shanon seinen Freund weiter. »Das könnte ihnen die Augen öffnen, wie vergnüglich ein Leben auf der Erde sein kann.«

»Es ist erträglich«, gab Brian zu. »Aber ich weiß nicht, ob sie wirklich Geschmack daran finden könnten.«

»Warte nur, bis du den inneren Trakt zu sehen bekommst«, sagte Shanon. »Wir befinden uns ja erst in den äußeren Gängen, und bis jetzt hast du nur Mauern und Hecken gesehen, die zur Verteidigung errichtet wurden.«

Er führte die Zwerge unter den hohen Bäumen hindurch, die ihr Geäst wie riesige Schirme ausbreiteten und den Boden überschatteten.

Weit dehnte die Rasenfläche sich vor ihnen aus und wurde dann von üppigen Blumenbeeten begrenzt, die Brunnen aus weißem Marmor in Gestalt von Elfen in verschiedenen Kostümen und Posen umgaben.
Zur anderen Seite hin ging das saftige Grün des Rasens in dichte Sträucher über, an die sich Reihen und abermals Reihen von bunten Blumenbeeten anschlossen, die zu wunderbaren Formen aneinandergefügt waren. Blütenduft hing schwer und süß in der Luft.
»Wenn die Festung schon so viele Jahre verlassen ist, wer pflegt dann diese Gärten?« fragte Brian verwundert und verglich in Gedanken alles, was er sah, mit den Geschichten, die Chinby ihm über die verschiedenen Elfensiedlungen erzählt hatte.
»Dies sind die verzauberten Gärten«, erklärte der Elf stolz. »Sie wurden einst von der Königin Corin angelegt, als Erin Frey gegründet wurde. Ihr Zauber läßt die Blumen und das Gras wachsen. Später werde ich euch zum Nordtor führen, und ihr werdet sehen, was damit passiert ist. Dort hat die Königin Corin niemals Hand angelegt, und alles ist zu einem wilden, undurchdringlichen Dschungel zugewachsen, der alle Häuser überwuchert, die einst dort standen.«
»Es ist wirklich erstaunlich«, äußerte sich Mathiny bewundernd und betrachtete mit großen Augen die Pracht um sich herum.
Unmittelbar vor den drei Gefährten ragten die ersten Gebäude auf, großzügig und imposant, und in den offenen Fenstern blähten sich weiße Vorhänge in der sanften Brise, die vom Wald herüberblies.
»Einfach wunderbar«, mußte auch Brian zugeben. »Fast so schön wie eine Zwergenhöhle, nur daß die Häuser auf der Erde stehen.«
Während sie weitergingen, zeigte Shanon den Zwergen die verschiedenen Räume, durch die er als Elf an der Hand seines Lehrers geschritten war, führte sie in das Studierzimmer, wo die *Bücher der Elfenweisheit* aufbewahrt wurden. Ordentlich aufgereiht in Regalen standen sie, die die Wände vom glänzenden Holzfußboden bis zum getäfelten Plafond bedeckten.
»Hier in diesen Büchern findest du die Geschichte aller Elfenklans aufgezeichnet. Viele Stunden habe ich mit dem Studium unserer Vergangenheit zugebracht, bis ich zu traurig wurde, um weiterzulesen. Es war sehr schwierig, alle die Namen jener zu behalten, die

längst nicht mehr unter uns weilen und über deren ruhmreiche Taten niemand mehr spricht.«

Brian nickte verständnisvoll.

»Mir erging es ebenso, als ich über die Tiefe Heimat und die anderen alten Siedlungen nachlas. Aber Chinby ließ nicht locker und hielt mein Interesse an diesen alten Geschichten wach, indem er mir erzählte, daß ich eines Tages dorthin zurückkehren würde.«

»Ist es nicht merkwürdig, daß ein Meister der Alten Zwergenlehre auch mein Lehrer war«, sagte Shanon. »Meine Elfenerzieher unterrichteten mich zwar in allem, was ein Elf wissen muß, aber die Kenntnisse in längst vergangener Geschichte und was damals passierte, habe ich von Chinby.«

»Wer ist dieser Chinby?« fragte Mathiny, dessen Verwunderung über die beiden ins Grenzenlose wuchs.

»Chinby ist einer der ältesten Zwerge, die ich kenne«, erklärte Brian. »Beim Kampf gegen die Bestien wurde er am Kopf verletzt und verlor das Augenlicht. Danach wandte er sich ganz dem Unterricht zu und gilt als der weiseste Meister der Alten Lehre. Er zog von Siedlung zu Siedlung, um bei den Bewohnern das Geschichtsbewußtsein aufrechtzuerhalten.«

»Damit ist er eine überaus wertvolle Geisel für Sigman Col«, erwiderte Mathiny. »Wie ich vermute, hat er seit langem nach einem Gelehrten gesucht, der ihn in der Alten Lehre unterweist, damit er die Geschichte benutzen kann, um seine Träume von der Alleinherrschaft über alle Siedlungen im Wald zu verwirklichen.«

»Erzähl uns mehr über diesen Sigman Col«, ermunterte ihn Shanon.

»Es ist schwierig, ihn zu beschreiben«, antwortete der Carben. »Er ist überdurchschnittlich groß, und er trägt sein Haar in einen langen grauen Knoten gebunden. Manchmal schmückt er sich mit einer Krone aus poliertem Holz und einer scharlachroten Robe. Ich habe ihn nur bei den seltenen Anlässen gesehen, wenn er die Siedlungen aufsuchte, um den Zehnten einzutreiben. Dann trug er stets ein waldgrünes Gewand. Obwohl ich dabei nicht viel von ihm zu sehen bekam, gefiel er mir ganz und gar nicht. Und seine Art zu herrschen kann ich nicht gutheißen.«

»Ist dir etwas über seine Herkunft zu Ohren gekommen? Weißt du, wer seine Eltern waren?«
»Nur sein Vater wurde einmal erwähnt. Über seine Mutter ist nichts bekannt. Er scheint eine tragische Kindheit gehabt zu haben und wurde nur von seinem Vater aufgezogen.«
»Hat er immer in diesen Wäldern gelebt?« fragte der Elf. »Oder stammt er aus einer anderen Gegend?«
»Es geht die Legende, daß er früher ein Erdzwerg gewesen sei, der seine unterirdische Behausung verließ, um sich dem Klan der Carben anzuschließen.«
Während Mathiny sprach, waren die Gefährten weitergegangen und standen nun vor einem der blattförmig angelegten Teiche, die überall die Einförmigkeit der weiten Rasenfläche unterbrachen. Verteilt unter Baumgruppen standen weißgetünchte Häuser. Manche waren im fantasievollen Stil eines Baums oder Pilzes erbaut, andere wieder sahen aus wie runde Erdhügel, und die Dächer blinkten freundlich in den Farben Rot, Grün, Blau und Gold und paßten sich ihrer Umgebung an.
Während Shanon den beiden Zwergen die Festungsstadt zeigte, hatte er ihnen auch erzählt, daß seine Vorväter irgendwann eine Technik entwickelt hatten, sich in die Lüfte zu erheben. Auf diese Weise konnten sie große Entfernungen in kürzester Zeit zurücklegen. Diese Kunst war mit den Jahren verlorengegangen, und die Elfenklans besaßen nicht mehr die wundervolle Gabe, schwerelos dahinzufliegen, sondern mußten sich damit begnügen, von Wipfel zu Wipfel zu springen oder wie andere gewöhnliche Erdenbewohner zu Fuß zu gehen. So blieb auch Shanon verborgen, daß Erin Frey, aus der Luft betrachtet, wie eine vollerblühte Blume angelegt worden war, den Stiel bildete der Heckenweg, den die drei Gefährten gekommen waren, und die blattförmigen Teiche zeigten die vier Himmelsrichtungen an.
Nur der nördliche Garten war vernachlässigt worden, und das, so vermutete Shanon, hatte etwas zu tun mit der Königin Corin und dem Geheimnis alter Elfenklans, die durch die Lüfte fliegen konnten.
»Besäßen wir doch nur diese Gabe, dann brauchten wir uns um Sig-

man Col keine Sorgen mehr zu machen«, sagte Brian wehmütig, den Shanons Erzählungen verzaubert hatten.
»Vielleicht liegt das Geheimnis im nördlichen Garten verborgen«, formulierte Mathiny laut einen vagen Gedanken. »Wenn die Königin diesen Teil von Erin Frey so vernachlässigt hat, gibt es eventuell einen Zusammenhang mit der Zaubergabe, durch die Lüfte fliegen zu können.«
Aber Mathiny mochte selbst nicht recht an seine eben vorgetragene Theorie glauben, und er schüttelte betrübt den Kopf.
»Unsere Arme sind doch keine Flügel«, murmelte er vor sich hin. »Dann dürfte ich ja kaum mehr wiegen als eine Feder.«
»Dazu bedurfte es weder kräftiger Arme noch starker Flügel, mein lieber Freund. Niemand konnte je dieses Geheimnis lüften. Manche behaupteten, das Wasser aus dem alten Brunnen im Haus der Königin Corin verleiht diese Zauberkraft, andere wiederum schreiben diese Gabe dem Stein von Elver Tarn zu. Aber niemand konnte das Geheimnis je ergründen.«
»Das alles klingt verdächtig nach Gutenachtgeschichten«, schnaubte Brian verächtlich. »Mir geht es jetzt darum, einen Weg zu finden, wie wir Sigman Col hereinlegen und unsere Freunde befreien können. Das Ziel unserer Reise ist das Tosende Meer. Es wird Zeit, daß wir aufbrechen. Ich fange an, mich hier zu langweilen.«
»Würdet ihr mir erlauben, euch zu begleiten?« bat Mathiny.
»Natürlich. Wie könnten wir dich allein lassen, nachdem wir dich in diese verzwickte Lage gebracht haben. Du könntest uns behilflich sein, weitere Mitglieder des Carben-Klans für unsere Sache zu begeistern und sie dazu überreden, mit uns zum Tosenden Meer zu gehen.«
Während dieser Unterhaltung waren die drei an ein riesiges Tor, das aus einem einzigen mächtigen Marmorblock gehauen war, gekommen.
Als sie das Tor durchschritten, erblickte Brian vor sich wild wucherndes Gestrüpp, zugewachsene Alleen und Rasenflächen, und er wußte, daß sie in jenem Teil von Erin Frey angekommen waren, den Shanon als den nördlichen Garten bezeichnet hatte. Frostige Kälte umgab die Gefährten, und sie drängten sich in dieser unheimlichen Stille eng aneinander.

Mathiny blieb unter dem Torbogen stehen. Er fürchtete sich weiterzugehen. Spitz und blaß sah sein Gesicht aus, und seine Knie schlotterten derart, daß er beinahe hingefallen wäre.
Shanon drehte sich um und sprach seinem Freund Mut zu.
»Du brauchst keine Angst zu haben, Mathiny. Du bist in Begleitung eines Nachfahren der Königin Corin, der Herrscherin von Elver Tarn.«
»Warum ist dieser Garten so ganz anders als die übrige Siedlung?«
»Das ist eine lange Geschichte und sie führt weit zurück«, entgegnete der Elf, und seine Augen trübten sich. »Zu jener Zeit war Erin Frey noch von meinem Volk bewohnt, und es herrschten Frieden und Glück. Ganz im Gegensatz zu heute.«
»Das muß aber vor vielen, vielen Jahren gewesen sein«, sagte Mathiny. »Denn ich kann mich an keine Zeit erinnern, die man hätte glücklich nennen können.«
Brian widersprach seinem Freund. »Das ist eine sehr traurige Feststellung, Mathiny. Obwohl ich noch sehr jung an Jahren bin, habe ich doch Momente des Glücks erlebt, wenn sie auch sehr flüchtig waren.«
»Aber was hat es mit dieser Königin auf sich, Shanon? Was ist damals geschehen?«
Der Elf ließ traurig den Blick über die eingestürzten Mauern des Gartens schweifen und die verwitterten mächtigen Bäume, die ihre nackten Äste wie anklagend in den Himmel streckten.
Genau in der Mitte des verwilderten Gartens gab es einen steinernen Brunnen, der von zierlichen Marmorfiguren umringt war, die ganz von Moos überwuchert waren.
»Dies hier war der Garten der Königin Corin«, erklärte Shanon mit leiser, ehrfürchtiger Stimme. »Hierher kam sie, wenn sie einen Blick in die Zukunft werfen wollte, damit sie die Entscheidungen treffen konnte, die für Erin Frey zum Besten waren. Und wenn Besuch aus anderen Siedlungen kam, so fand hier ein Fest zu Ehren der Gäste statt.«
Shanon bahnte sich einen Weg durch dichtes Unkraut und Ge-

strüpp zu einem überwucherten Pavillon, dessen einst goldene Pfosten ein gewölbtes rundes Dach trugen. Darin hatten wohl früher mehrere bequeme Sofas zum Verweilen eingeladen. Bis auf einige vermoderte Holzgestelle war von dieser Pracht nichts übriggeblieben, und die goldenen Pfosten hatten sich rostbraun verfärbt.
»Abgesandte vieler Völker machten damals der Königin Corin ihre Aufwartung. Es hieß, sie besäße die Macht, sowohl in die Vergangenheit als auch in die Zukunft zu blicken. Weit über die Grenzen unseres Landes hinaus eilte ihr der Ruf einer weisen Ratgeberin voraus. Aber es war schwierig, sie zum Reden zu bewegen.«
»Manchmal sprach sie einfach nur vom Wetter, über die Ernte oder über entfernte Verwandte«, sagte Shanon mit einem leisen Schmunzeln.
»Die Elfen sind für ihre Weitschweifigkeit bekannt«, stimmte Brian zu. »Chinby hat mir erzählt, wie schwer es wäre, einen Elfen zu einer konkreten Aussage zu bewegen.«
Als der Name Chinby über Brians Lippen kam, zuckte er zusammen, und ein wehes Gefühl der Hilflosigkeit überkam ihn.
»Wäre deine Königin Corin doch jetzt hier bei uns«, sagte er bitter. »Vielleicht könnte sie uns raten, wie wir unsere Freunde befreien können.«
»Es kann nicht schaden, einen Blick in den alten Brunnen von Elver Tarn zu werfen«, schlug Shanon da vor. »Das jedenfalls tat Corin immer, wenn sie Rat suchte, und niemand wußte je genau, ob die Kraft der Weissagung von der Königin selbst oder aus diesem Brunnen stammte.«
»Ist das der Brunnen?« fragte Mathiny und trat näher an den überwucherten und jetzt trockenen Brunnen.
»Das kann niemand mit Gewißheit sagen«, erwiderte Shanon. »Jedenfalls ist es der einzige Brunnen in diesem Garten. Aber da die alten *Bücher der Weisheit*, in dem er beschrieben wird und wo genau er liegt, im Großen Feuer verbrannt sind, gibt es darüber keine zuverlässigen Angaben mehr. Damals starben viele Elfen, und kurz darauf wurde unsere Königin Corin schmählich verraten.«
»Was war die Ursache dieser Feuersbrunst?« fragte der Carben-Zwerg.

»Ein Drache aus der Wildnis des Ostens«, erwiderte Shanon. »Er gehörte zu den Horden, die damals hier wüteten, und nur den vereinten Kräften der gemeinsam kämpfenden Zwerge und Elfen gelang es, den Drachen zu besiegen. Und es heißt, jetzt wäre die Zeit gekommen, wo sie wieder ausschwärmen.«
Brian erkannte die Lehren seines alten Meisters in den Worten seines Freundes und nickte zustimmend.
»Den Prophezeiungen Chinbys zufolge steht uns dieser Kampf bevor. Wahrlich keine erfreulichen Aussichten.«
»Und dies hier ist nicht gerade ein freundlicher Ort, um darüber zu sprechen«, grollte Mathiny.
»Wo sind denn nun die Waffen, von denen du gesprochen hast?« fragte Brian ungeduldig. Ihn drängte es plötzlich, endlich etwas zur Befreiung von Senja und Chinby zu unternehmen.
»Dort in dem Erdwall waren die Vorratslager von Erin Frey«, erklärte Shanon und deutete auf einen niedrigen, grasbewachsenen Hügel. »Vielleicht finden wir darin etwas, das uns von Nutzen sein kann.«
»Dann laß uns doch dort nachschauen. Unser guter Freund Sigman Col wird keine Zeit vergeuden, wenn sein Spion ihm erst einmal berichtet hat, was vorgefallen ist.«
»Du hast recht. Also kommt. Wir haben Hilfe bitter nötig.«
»Kannst du nicht ein schwerbewaffnetes Heer herbeizaubern, das uns Sigman Col vom Hals halten würde?« fragte Mathiny resigniert.
»Es bedarf mehr als einer Horde Carben-Krieger, um hier einzudringen«, erinnerte ihn Brian. »Solange wir uns in Erin Frey aufhalten, haben wir nichts zu befürchten.«
»Aber früher oder später müssen wir von hier fort«, gab Mathiny trübsinnig zu bedenken. »Und noch haben die Carben deine Freunde als Geiseln, und damit kann Sigman Col dich jederzeit zur Aufgabe zwingen.«
Brian dachte über die Worte Mathinys nach und mußte sich eingestehen, daß der Carben-Zwerg recht hatte.
Er traute diesem skrupellosen Carben ein derartig gemeines und niederträchtiges Verhalten durchaus zu, und allein der Gedanke an

die Gefahr, in der Senja und Chinby schwebten, verursachten ihm ein Gefühl der Übelkeit.
Sigman Col zählte zu den ruchlosen Geschöpfen, die vor keiner Schandtat zurückschrecken würden, wenn sie sich davon auch nur den geringsten Vorteil versprachen.
Brian rief sich die Berichte Chinbys ins Gedächtnis zurück, als dieser ihm die verschiedenartigsten Lebewesen, die die Wälder, Flüsse und Seen bevölkerten, beschrieben hatte, um in dem jungen Zwerg Verständnis für fremde Sitten und Gebräuche zu wecken.
»Alle Wesen passen sich in ihrem Leben den Bedingungen an, die sie vorfinden«, hatte Chinby ruhig erklärt. »Du darfst sie nicht dafür hassen, weil sie anders als du sind. Niemand verlangt von dir, daß du alle anderen Geschöpfe magst, aber behandele sie immer fair. Denk stets daran, jedes Leben hat seinen Sinn, und es steht dir nicht zu, die Gesetze der Natur in Frage zu stellen.«
Deswegen bemühte sich Brian redlich, Sigman Col möglichst gerecht zu beurteilen und die Verhaltensweisen der Carben-Krieger zu verstehen, denen er die Chance gegeben hatte, ihr Leben zu ändern, indem er sie vor den Flußschlangen rettete. Insgeheim fragte er sich, ob er in einer ähnlichen Situation anders gehandelt hätte. Aber das konnte er jetzt nicht ergründen, und es spielte auch keine Rolle, denn er war Brian Brandigore, der seinen eigenen vorgezeichneten Weg zu gehen hatte, wie düster und verschleiert die ungewisse Zukunft ihm auch erschien.
»Ob Runion bereits bei Sigman Col eingetroffen ist?«
»Keine Ahnung«, erwiderte Mathiny schroff. »Das hängt wohl davon ab, wie lange sie brauchten, sich aus den Fallen zu befreien. Was Sigman Col unternehmen wird, kann ich nicht sagen.«
»Ich halte es immer noch für das Beste, ihn einfach zu überrumpeln«, kam Brian wieder auf seinen Plan zu sprechen. »Dann hätten wir das Überraschungsmoment auf unserer Seite, und ein kühner Handstreich kann Wunder bewirken.«
»Da ist etwas Wahres dran«, gab Shanon zu. »Aber wenn unser Freund nicht darauf hereinfällt, sitzen wir ganz schön in der Tinte und sind Sigman Col auf Gedeih und Verderb ausgeliefert.«

»Ein Schicksal, das ich meinem ärgsten Feind nicht wünschen würde«, setzte Mathiny grimmig hinzu.

Brian sah den Zwerg fragend an.

»Was glaubst du, hat er mit Senja und Chinby vor?«

»Ich kann nur für mich sprechen, und unsere Absicht war es, die Gefangenen im Wald arbeiten zu lassen. Wir wollen eine Lichtung für eine neue Siedlung roden.«

»Weiter sollte ihnen nichts geschehen?«

»Nein. Aber da wußten wir ja noch nicht, daß dein Freund ein Meister der Alten Lehre ist und Sigman Col somit gefährlich werden könnte.«

»Das hätte Sigman Col auch nie erfahren, wenn wir deine Truppe den Flußschlangen überlassen hätten.«

Der Carben-Zwerg errötete leicht.

»Du hast mich um eine ehrliche Antwort gebeten.«

Brian legte beruhigend einen Arm um seinen neugewonnenen Freund.

»Sei unbesorgt, lieber Mathiny. Ich weiß deine Ehrlichkeit zu schätzen. Wir sitzen bös in der Klemme, und ich sehe keinen Ausweg. Das macht mich ganz verrückt.«

»Aber wir müssen etwas unternehmen, sonst hat Sigman Col alle Vorteile auf seiner Seite. Wenn wir noch länger tatenlos hier herumstehen, wird er annehmen, daß wir geflohen sind, und dann sind Senja und Chinby verloren.«

Wütend ballte Shanon die Fäuste, und der Elf sah wirklich zum Fürchten aus.

»Kommt mit zu den Vorratskammern, dort nehmen wir uns, was wir gebrauchen können, und dann nichts wie weg von hier.«

Rasch führte er die Freunde um den Erdwall herum, und dort, vor einem hohen Dornengestrüpp, das ihnen den Zugang versperrte, stimmte er einen geheimnisvollen melodischen Singsang in der Elfensprache an.

Mit fassungslosem Staunen beobachteten Brian und Mathiny, wie das Dornengestrüpp sich teilte und eine massive Eichentür mit schweren Messingbeschlägen freigab.

»Wie hast du das denn geschafft?« fragte Mathiny.

»Die Zauberformel stand in einem alten Lehrbuch, aus dem meine Mutter mir früher manchmal vorgelesen hat. Jeder Elf kennt diesen Reim.«
»Ich habe kein Wort davon verstanden«, sagte Mathiny.
»Sie ist in der Elfensprache abgefaßt«, erklärte Shanon, drückte mit aller Kraft den Griff nieder und preßte die Schulter gegen die alte Tür, um sie zu öffnen. »Die Formel handelt von singenden Bergen, duftenden Wiesen und Flüssen in der Abendsonne.«
»Törichtes Elfengeschwätz«, murrte Brian, der von Shanon eine vernünftige Antwort erwartet hatte. »Wie sollte es auch anders sein«, murmelte er leise vor sich hin. »Dauernd reden sie wirres Zeug daher, geben sich gegenseitig blödsinnige Rätsel auf – alles nur Kauderwelsch in meinen Ohren.«
»Kauderwelsch in Zwergenohren und Musik in Elfenohren«, widersprach Shanon fröhlich. »Ihr Kerle seid ja so schwer von Begriff und habt kein Fünkchen Fantasie. Ihr beschäftigt euch nur mit handfesten Dingen, die von unmittelbarem Nutzen sind. Daran gibt es zwar nichts auszusetzen, aber ihr solltet einsehen, daß es scheinbar unnütze Dinge im Leben gibt, deren einziger Sinn darin besteht, zu existieren.«
»Typische absurde Elfenlogik«, brauste Brian auf und lehnte sich ebenfalls mit seinem Gewicht gegen die Tür.
An Mathiny gewandt sprach er dann weiter.
»Shanon hat mir auch erklärt, daß er mich nur aus einem einzigen Grund zum Tosenden Meer begleitet. Weil es nämlich keinen vernünftigen Grund dafür gibt.«
»Das ist verrückt«, stimmte der Carben-Zwerg zu. »Das ist doch wirklich kein Motiv für einen so schwerwiegenden Entschluß.«
»Und dann habe ich noch hinzugefügt, daß ich liebend gern zum Meer ginge, da es recht weit weg von irgendeiner Zwergensiedlung ist«, warf Shanon ein.
»Na los, Mathiny. Hilf uns, diese Tür aufzudrücken«, sagte Brian und überging die spöttische Bemerkung seines Freundes.
Die drei schoben mit aller Kraft, und da öffnete sich die mächtige Tür endlich quietschend und knarrend.
»Wau«, keuchte Brian. »Nur gut, daß wir es nicht eilig hatten, da

hineinzukommen. Was gäbe ich darum, jetzt Vaters Werkzeugkasten hier zu haben. Die Angeln sind ja völlig verrostet und könnten eine Portion Schmierfett vertragen. Eine von Zwergenhand gezimmerte Tür hätte der Witterung besser standgehalten. Die ist ja völlig verzogen.«
»Schieb weiter! Gleich haben wir es geschafft.«
Es gelang Brian, eine Hand durch den schmalen Schlitz zu schieben, der sich auftat, und der Carben-Zwerg steckte einen Ast hindurch, und mit vereinten Kräften verbreiterten die drei die Öffnung so weit, daß sie hindurchschlüpfen konnten.
»Kannst du etwas erkennen?« fragte Brian den Elfen, der hinter der Tür verschwand.
»Elfenmonde«, antwortete Shanon von drinnen. »Auch wir benutzen sie als Lichtquellen.«
Brian folgte seinem Freund. Geblendet von dem hellen Licht blieb er stehen und blickte sich um. Shanon konnte er nirgends entdecken.
Brian rief laut nach ihm und fuhr erschrocken zurück, als die Stimme des Elfen unmittelbar vor ihm ertönte.
»Schrei doch nicht so! Ich stehe direkt vor dir.«
Doch der Zwerg konnte ihn nicht entdecken und fuhr mit den Händen tastend durch die Luft.
»Wo bist du?«
»Na hier. Siehst du schlecht, oder was ist los?«
Da steckte Mathiny den Kopf über Brians Schulter. »Wir können dich nicht sehen.«
Und wie aus dem Nichts tauchte der Elf plötzlich nur wenige Schritte von ihnen entfernt auf.
»Da bist du ja«, rief Brian erleichtert. »Aber unter dem Türrahmen warst du nicht zu sehen.«
Shanon schien verwirrt, und seine Augen wurden ganz dunkel.
»Ich werd's dir zeigen«, sagte Brian und stellte sich in den Türrahmen.
Und zu seinem grenzenlosen Erstaunen konnte Shanon seinen Freund tatsächlich nicht mehr sehen, obwohl er nur wenige Schritte von ihm entfernt war.

»Jetzt ist auch er verschwunden«, japste Mathiny ungläubig.
»Dafür muß es doch eine Erklärung geben«, meinte Shanon und rieb sich die Augen. »Ich habe davon gehört, daß Königin Corin verschiedene verzauberte Plätze in diesem Garten hatte, an denen die Dinge unsichtbar wurden oder eine ganz andere Form annahmen.«
Mathiny, der sich nicht länger zurückhalten konnte, trat nun ebenfalls in den Türrahmen, und vor Shanons Augen löste sich seine Gestalt in Luft auf.
Mathiny drehte sich zu Brian um, aber anstelle des Zwerges stand ein kleiner Igel vor ihm, der jedoch wie sein Freund gekleidet war, mit dessen keckem Hut auf dem Kopf.
»Brian?« fragte Mathiny entgeistert.
»Hier bin ich, das siehst du doch.«
»Wer ist das?« fragte Shanon, der zu Mathiny unter den Türrahmen getreten war.
»Was glaubst du denn?« schnaubte der Zwerg ärgerlich. »Ich bin es, Brian. Aber wer seid ihr zwei?«
Vor Brian stand Mathiny in Gestalt eines hochbeinigen Silberreihers, und Shanon hatte die geschmeidige Gestalt eines Fuchses angenommen.
»Ich bin's, Mathiny«, rief dieser verzweifelt. »Hört endlich auf, eure Späße mit mir zu treiben. Ich finde das gar nicht lustig.«
Shanon hob eine Pfote und sprach beruhigend auf seinen Freund ein: »Die Magie der Königin Corin hat uns verzaubert. Es dient dem Schutz dieser Kammer und wird vergehen, sobald wir im Inneren der Räume sind.«
»Na, hoffentlich«, brummte Mathiny. »Ich möchte Sigman Col draußen im Wald nicht in Begleitung eines Igels und eines Fuchses begegnen. Er würde kurzen Prozeß mit uns machen.«
»Was du nicht sagst«, spottete Brian.
»Kommt jetzt«, drängte Shanon. »Laßt uns weitergehen. Aber seid vorsichtig. Hier scheint es nicht mit rechten Dingen zuzugehen.«
»Großartig«, murmelte Brian. »Du bist ja bestens über Zwergenbauten informiert, aber weißt nicht einmal, was in deinen eigenen Räumen vor sich geht.«

»Das wird sich bald herausstellen«, antwortete der Elf mit einem ärgerlichen Unterton. Er mußte Brian rechtgeben, denn paradoxerweise kannte er sich tatsächlich in Zwergenbehausungen besser aus als hier und wußte beschämend wenig über die Lebensweise seiner eigenen Vorväter.

Tapfer biß Shanon die Zähne zusammen und ließ sich seine Verstimmung nicht anmerken. Dann eilte er seinen Freunden voran in den nächsten Raum, dessen Wände mit königsblauen Gobelins bedeckt waren, die farbenprächtige Szenen aus dem Elfenleben zeigten. In festliche Roben gewandete Tiere, mit Kronen auf den Köpfen, wandelten durch hohe Hallen in einer fantastischen goldenen Stadt. Historische Begebenheiten aus der Elfengeschichte waren dort abgebildet, und jede Szene zeigte ein anderes Königspaar. Von einem Gobelin blickte eine königliche Gestalt auf sie herab, und Shanon wußte instinktiv, daß dies die Königin Corin, diese mächtige und geheimnisvolle Herrscherin der Elfen, sein mußte.

Ein Strahlenkranz von blendender Helligkeit umgab die königliche Gestalt, und den Freunden schien es, als bewegten sich ihre Augen, während eine sanfte Brise ihr langes goldenes Haar streichelte. Leise, ganz leise erklang dann Musik, die allmählich lauter wurde und mit ihren süßen Klängen den Raum erfüllte, und die drei Gefährten wiegten sich dazu im Tanz. Die Szenen auf den Gobelins erwachten zum Leben, und in den bewegten Bildern erlebten die Freunde die Geschichte der Elfenkönigreiche.

»Was geht hier vor?« wimmerte Mathiny und wollte davonlaufen. Shanon hielt den Carben-Zwerg am Arm fest. »Hör nur zu«, flüsterte er leise. »Hör nur diese wunderbare Musik und fürchte dich nicht. Es wird dir nichts geschehen.«

»Pssst«, schalt Brian, der wie verzaubert den zarten Tönen lauschte.

Wie gebannt folgte er mit den Augen den schwingenden Gobelins an den Wänden.

Eingefangen von dem Zauber einer wunderschönen Elfendame konnte er den Blick nicht mehr aus ihren unergründlichen blauen Augen lösen. Langes goldenes Haar fiel ihr auf eine Robe aus Silber und Gold, die funkelte und glitzerte wie mit Diamanten besetzt.

Die Musik wurde lauter und verdrängte alle anderen Geräusche. Alles versank um Brian herum, er nahm seine beiden Freunde nicht mehr wahr und sah nur noch diese wunderschöne Elfin.
»Sei willkommen, lieber Zwerg. Was führt dich nach Erin Frey?«
Brian wußte nicht, ob eine Stimme oder die Musik zu ihm gesprochen hatte.
Zunächst brachte er keinen Ton heraus, doch dann fing er sich wieder und antwortete: »Ich bin Brian Brandigore, und dies hier ist mein Freund Shanon, und der Zwerg dort heißt Mathiny. Wir kamen nach Erin Frey, um hier nach Waffen zu suchen und Hilfe zu erbitten für die Rettung zweier Zwerge, die in der Gewalt des Carben Sigman Col sind.«
Brian fand es höchst merkwürdig, daß er so freizügig sprach, doch er ahnte gleichzeitig, daß dieser beängstigend schönen Elfendame nichts verborgen blieb und er gar keine andere Wahl hatte, als offen zu sein.
»Sei willkommen, Brian Brandigore. Dein Name ist mir bekannt. Ich bin Corin. Dein Freund, der Elf, wird dir von mir erzählt haben.«
»Aber Ihr habt doch vor unendlich langer Zeit gelebt. Wie ist es möglich, daß Ihr jetzt zu mir sprecht?«
»Dies ist ein Geheimnis, das wir Elfen bewahren, Brian. Wir gleiten durch Zeit und Raum und sind nicht mehr an eine bestimmte Daseinsform gebunden.«
Wie aus weiter Ferne hörte Brian da Shanons Stimme. »Königin Corin! Nehmt meine ehrerbietigsten Grüße entgegen.«
»Sei willkommen, kleiner Bruder. Und auch du, Mathiny, sei gegrüßt.«
Der Carben-Zwerg schluckte seine Angst hinunter und verbeugte sich steif. Insgeheim schwor er, nie wieder einen Fuß aus der vertrauten Umgebung des heimatlichen Waldes zu setzen, sollte er hier je mit heiler Haut herauskommen. Doch dann fiel ihm ein, daß er ja zum Feind übergelaufen war, und ein Gefühl grenzenloser Trauer über den Verlust seiner Heimat drohte ihm die Sinne zu rauben.
»Hab keine Angst vor mir, Mathiny. Du gehörst nicht mehr dem üblen Klan der Carben-Zwerge an. Dieses Leben hast du nun für

immer hinter dir gelassen und in deinen beiden Gefährten wahre Freunde gefunden.«
Mathiny schluckte schwer und blieb wie versteinert stumm stehen.
»Könnt Ihr uns helfen, o Königin?« fragte Shanon da zaghaft.
»Ja, ich werde euch helfen«, sagte Corin. »Und ihr braucht auch die Hilfe eurer beiden Freunde, die Sigman Col gefangengenommen hat. Nur fürchte ich, ihr kommt zu spät zu ihrer Befreiung.«
In Brian loderte eine Flamme grimmigen Zorns auf, und er schwor Sigman Col innerlich fürchterliche Rache.
»Vergiß deinen Zorn. Deinen Freunden ist kein Leid geschehen, Brian Brandigore. Und du brauchst an Sigman Col keine Vergeltung zu üben. Ich sagte, es sei zu spät, ihnen zur Flucht zu verhelfen, denn sie sind bereits in Freiheit.«
»Wie ist das möglich?« entfuhr es Brian ungläubig.
»Die Zwergin und der Blinde haben sich der alten Geheimgänge bedient.«
»Welche Gänge?« fragte Shanon begriffsstutzig.
»Das Gefängnis, in dem Sigman Col sie einsperrte, besitzt einen Zugang zu den alten unterirdischen Gängen«, erklärte die Elfenkönigin geduldig. »Den haben sie entdeckt und sind entkommen. Aber sie brauchen eure Hilfe, denn noch sind sie nicht in Sicherheit.«
»Wo finden wir sie?« fragte Brian aufgeregt.
»Geht durch das Nordtor. Shanon, du kennst den Weg. Und dann folgt dem Pfad zu den Drei Eichen. Von dort gelangt ihr zum Grün-Schild-Fluß, und am Fuß der Elfenwasserfälle führt eine verborgene Tür unter die Erde.«
Mit diesen Worten verblaßte die Gestalt der Elfenkönigin, und Brian und seine Freunde kehrten in die Wirklichkeit zurück. Die wunderschöne Elfin war nur noch ein unbewegliches Bild auf dem Gobelin. Als sie das Bild jedoch näher betrachteten, entfuhr Shanon ein unterdrückter Schrei. »Der Stein von Elver Tarn!«
Und dort, zu Füßen der Elfenkönigin unter dem Gobelin, lag ein kleiner, schimmernder blauer Stein. Er war glatt und rund und glänzte sanft vibrierend in einem strahlend blauweißen Licht. Zaghaft streckte Shanon die Hand aus und hob ihn auf.

»Der Stein wird euch dienen, bis ich ihn zurückrufe«, erklang noch einmal Corins Stimme aus weiter Ferne.
Wiederum wußte Brian nicht, ob eine Stimme oder die Musik zu ihnen gesprochen hatte. Jedenfalls tat sein Herz einen Sprung, als er in das sanfte, stetig strahlende Licht starrte, das der Stein in Shanons Hand verströmte.

15. Getrennte Wege

Es dauerte eine ganze Weile, bis sich die Aufregung der Freunde so weit gelegt hatte, daß sie den Stein, der in einem ständig changierenden Licht erstrahlte, eingehender betrachten konnten.
Dann diskutierten sie freudig die wunderbare Nachricht, daß ihre Freunde Sigman Col entkommen waren.
»Das hat Senja fertiggebracht«, verkündete Brian stolz. Er war ziemlich bestürzt über die merkwürdigen Gefühle, die er bei dem Gedanken an sie empfand.
»Eine eigensinnige Zwergin sprengt jede Fessel«, fügte Shanon lachend hinzu. »Chinby hat in weiser Voraussicht die passende Gefährtin gewählt. Hätte er dich oder mich mitgenommen, würden wir wohl jetzt in Sigman Cols Gefängnis vermodern.«
»Wenn er euch solange am Leben gelassen hätte«, sagte Mathiny. »Da nun auch die beiden anderen frei sind, wird er seine Anstrengungen verdoppeln und nicht rasten, bis er uns alle in seiner Gewalt hat.«
»Also können wir unseren Plan, ihn zu überrumpeln, vergessen«, stellte Brian sachlich fest. »Das würde höchstens Senja und Chinby einen Vorsprung verschaffen und ihn vielleicht von ihrer Spur abbringen. Aber der Plan ist mir zu riskant und wohl auch überflüssig. Ich schlage vor, wir machen uns auf den Weg zum Tosenden Meer, so wie es ursprünglich geplant war, und dort werden wir unsere Freunde sicherlich antreffen.«
»Auch ich bin dafür«, sagte der Elf. Er stellte sich auf die Zehenspitzen und dehnte seine Muskeln. »Ehe Sigman Col einen Suchtrupp zusammengestellt hat, können wir schon längst über alle Berge sein.«

»Vergiß nicht, daß er die unterirdischen Siedlungen kennt und auch alle ihre Zugänge«, mahnte Mathiny zur Vorsicht. »Er weiß, daß uns nur dieser Fluchtweg bleibt.«
Durch diesen Einwand trübte sich Brians Zuversicht, und er antwortete bestürzt: »Ja, das ist nur zu wahr.«
»Es gibt noch andere Wege«, widersprach Shanon den beiden. »Wir werden Sigman Col ein Schnippchen schlagen.«
»Über der Erde zu reisen ist zu gefährlich«, protestierte Brian.
»Du vergißt dabei ganz, daß ich mich auf der Erde ebenso heimisch fühle wie unser Feind«, erwiderte Shanon. »Als Elf dürfte ich ihm wohl weit überlegen sein, denn dieser Sigman Col ist ja schließlich nur ein entarteter Zwerg, obwohl er vorgibt, von Elfen abzustammen. In seinem Wald und der näheren Umgebung kennt er sicher jeden Weg und Steg. Aber die Geheimnisse von Erin Frey blieben ihm verborgen, und er hat keine Ahnung, wie viele Verbindungswege es zwischen den einzelnen Elfensiedlungen gibt. Damals, als die Klans der Wasser- und Waldelfen noch vereint waren, benutzten wir ständig diese geheimen Pfade.«
Mathiny musterte den Elfen mit schmalen Augen.
»Sigman Col hat ein paar dieser alten Straßen entdeckt. Darauf begründet er ja seine Theorie, von den Elfen abzustammen. Weil er Teile ihrer alten Siedlung erforscht hat. Und da er jetzt weiß, daß ein Elf mit uns reist, wird er diese Straßen bewachen lassen und versuchen, uns in einen Hinterhalt zu locken.«
Brian schlug Mathiny anerkennend auf den breiten Rücken.
»Das war klug überlegt, mein lieber Freund, obwohl es eine schlimme Nachricht für uns ist. Dieser Sigman Col ist wirklich nicht zu unterschätzen. Dabei hielt ich ihn für einen verbohrten Hinterwäldler, der nur davon träumt, eines Tages die Macht an sich zu reißen.«
»Er hat sehr konkrete Pläne, wie er die Zwergensiedlungen überfallen will«, erzählte Mathiny weiter.
»Meine alte Siedlung wird durch ein ausgeklügeltes Verteidigungssystem geschützt und hält jedem Angriff und jeder Belagerung stand. Aber bis jetzt hatten wir es nur mit Bestien zu tun, die zu beschränkt sind, eine wirkungsvolle Attacke auszuarbeiten. Dieser

Sigman Col jedoch folgt einem raffinierten Plan und könnte den Erdzwergen gefährlich werden«, stimmte Brian zu.
»Vergiß nicht die Flußschlangen«, erinnerte ihn der Elf. »Jeden, der mit feindlichen Absichten in ihr Reich eindringt, werden sie töten.«
»Richtig, sie bewachen die alten Siedlungen, aber eine Gruppe Zwerge, selbst wenn es Carben-Zwerge sind, die dort unten nur hindurchziehen und weder rauben noch plündern will, könnte sehr wohl an ihnen vorbeischlüpfen. Außerdem muß Sigman Col diesen Weg nicht wählen, er kann ebensogut auf der Erde marschieren.«
»Traust du ihm das zu?« fragte Shanon und hob zweifelnd die Brauen.
Brian schüttelte ratlos den Kopf.
»Wie soll ich denn wissen, was er vorhat? Ich frage mich nur, ob wir nicht umkehren und Den'Lin Fetch und die anderen Siedlungen warnen sollten. Mir ist nicht wohl bei dem Gedanken, meine Eltern ahnungslos dieser Gefahr ausgesetzt zu sehen.«
»Was sollen wir nur tun? Ach, wäre doch Chinby hier, er könnte uns einen Rat geben.«
Im hellen Licht der Elfenmonde schritt Shanon rastlos auf und ab. »Ich hätte Corin danach fragen können. Warum habe ich nicht daran gedacht?«
»Aber sie hat uns doch einen Rat gegeben«, warf Mathiny ein. »Sie sagte, geht durch das Nordtor zu den Drei Eichen und dann weiter zum Grün-Schild-Fluß, bis ihr zu den Elfenwasserfällen kommt.«
Brian klatschte sich vor Wut auf die Schenkel. »Wie gut, daß wir dich haben, mein Freund«, platzte er heraus. »Manchmal frage ich mich, ob mein Kopf nur dazu dient, damit ich ihn mit einem Hut bedecke. Natürlich hat Corin uns genau gesagt, was wir tun sollen.«
Und halblaut vor sich hinmurmelnd wiederholte er Wort für Wort die Anweisung der Elfenkönigin.
»Ist es weit bis zum Nordtor?« fragte er dann Shanon.
»Wir befinden uns hier im nördlichen Garten, und das Nordtor ist unmittelbar hinter diesem Erdwall hier. Schon als Erin Frey noch bewohnt war, wurde es nicht mehr benutzt.«

»Wohin führt es denn?« fragte Mathiny besorgt.
»Es hieß immer, es führe direkt in den Rachen des Drachen. In den Büchern steht nichts Näheres darüber. Ich hätte die Königin Corin danach fragen sollen. Es gibt Gerüchte, daß dahinter das Land liegt, wo die Drachen von Elver Tarn gelegentlich siedelten.«
»Drachen?« schrie der Carben-Zwerg entsetzt auf.
»Diese Drachen gehören nicht zu jener gräßlichen Brut, von denen ihr gehört habt«, erklärte Shanon. »Chinby hat mir erzählt, daß viele eurer Angehörigen drachenähnlichen Scheusalen zum Opfer gefallen sind. Aber diese Bestien unterscheiden sich grundlegend von den Drachen von Elver Tarn. Das waren edle Geschöpfe, die alle damaligen Reiche vor Unheil beschützten und im Goldenen Zeitalter die Finsternis in ihre Schranken verwiesen.«
»Und was ist aus ihnen geworden? Haben sie ihre Macht eingebüßt?«
»Nein, Mathiny. Sie wurden ihrer Macht nicht beraubt. Aber anscheinend brach eine Epoche an, in der sie nicht mehr gebraucht wurden, und sie kehrten dorthin zurück, woher sie ursprünglich kamen.«
»Und dann brachen fürchterliche Zeiten an«, fuhr Brian fort. »Chinby hat mir das Ende des Goldenen Zeitalters beschrieben und was darauf folgte. Seitdem hat sich viel verändert.«
»Ja, und nichts zum Besseren«, klagte der Carben-Zwerg.
»Wer weiß«, sagte Brian. »Jedem Unheil kann man auch gute Seiten abgewinnen.«
»Das mußt du mir näher erklären«, entgegnete Mathiny verständnislos.
»Es hat schon eines bewirkt: daß wir drei zusammengefunden haben«, erwiderte Brian. »Ein Erdzwerg, ein Carben und ein Elf friedlich vereint inmitten einer alten Elfensiedlung.«
Shanon lächelte seinen Freunden zu.
»Von diesem Gesichtspunkt aus habe ich es noch nie betrachtet, aber du hast recht. Fehlt nur noch ein Waldelf, und alle Klans, oder zumindest je ein Mitglied davon, wären wieder vereint.«
»Vielleicht hatte das die Königin Corin im Sinn, als sie dir den Stein von Elver Tarn anvertraute.«

»Mag sein. Sie sagte ja, sie würde ihn eines Tages, wenn alles vorbei wäre, wieder zurückverlangen.«

»Ich möchte Näheres über diese Drachen wissen«, sagte da Mathiny besorgt. »Sonst gehe ich keinen Schritt dort hinaus, wo sie einmal gehaust haben.«

»Sie sind längst verschwunden«, beruhigte Shanon seinen Freund. »Es gibt keinen Grund, sich vor ihnen zu fürchten. Im Gegenteil, mir wäre erheblich wohler zumute, sie irgendwo in der Nähe zu wissen. Ich könnte mir keinen besseren Schutz vor Sigman Col vorstellen.«

»Haben sie Ähnlichkeit mit den Flußschlangen? Dann stimmt es also, was du Runion gesagt hast?«

»Ja. Es gab Zeiten, da beschützten sie alle Länder und sorgten dafür, daß auf der Erde Friede und Ordnung herrschten.«

»Jetzt verstehe ich, warum du sie dir herbeiwünschst«, sagte Mathiny.

»Chinby erzählte, daß sie sich zurückzogen, nachdem über Jahre hinweg alle Wesen friedlich vereint ein glückliches Leben miteinander führten und niemand mehr an den Hochkönig dachte. Zu jenem Zeitpunkt kehrten die Drachen aus dem Geschlecht der Elver Tarn in ihre Heimat zurück, und alles Unheil begann. Seitdem regieren Haß und Gewalt, und die Sorgen nehmen kein Ende.«

»Ja, davon haben wir wohl mehr als genug«, stimmte Mathiny bitter zu. »Gegen ein wenig Ruhe und ein friedliches Leben hätte ich nichts einzuwenden.«

»Doch nun genug geredet. Wir haben noch immer keine Waffen gefunden«, erinnerte Brian die Freunde an ihr ursprüngliches Vorhaben. »Nordtor hin oder her, jedenfalls brauchen wir Proviant und Waffen. Wir haben einen gefährlichen Weg vor uns. Auch wenn Sigman Col uns nicht begegnet, so lauern doch allerhand bedrohliche Wesen dort draußen auf uns.«

»Bestien«, knurrte Mathiny böse. »Horden von verdammten, gräßlichen Bestien.« Seine Züge verfinsterten sich. »Und einer der Gründe, warum Sigman Col zum mächtigsten Ältesten aufsteigen konnte, waren seine Siege über diese Ungeheuer. Er hat unzählige von ihnen getötet.«

»Leidet ihr schon lange unter den Angriffen dieser Scheusale?« erkundigte sich Brian.
»Als ich noch ein Kind war, starben bei einem einzigen Angriff auf unsere Siedlung über ein Dutzend Zwerge. Damals bewachten wir unsere Grenzen noch nicht, und dieser Abschaum griff uns völlig überraschend an. Mein Vater und meine Schwester wurden von ihnen getötet.« Mathinys Stimme klang gepreßt, und er wandte den Blick ab.
»Dann kam Sigman Col und stellte ein Heer zusammen und bildete die Krieger aus. Es gelang uns, die Bestien aus den Wäldern zu vertreiben, und viele Angehörige unserer Klans verdanken ihr Leben Sigman Col.« Wieder brach Mathinys Stimme, und Tränen liefen ihm über die Wangen.
»Beruhige dich, lieber Freund«, sagte Brian besänftigend. »Denk nicht mehr daran.«
Freundschaftlich klopfte er Mathiny auf die Schulter und bemühte sich, ihn wieder aufzumuntern.
»Ich glaube, ich weiß, was dich bedrückt, und achte dich dafür um so mehr, Mathiny. Du hast jetzt das Gefühl, Sigman Col, der soviel für euch getan hat, verraten zu haben. Das kann ich gut verstehen. Unser Auftauchen hat dich völlig durcheinandergebracht, und du weißt nicht mehr, ob du richtig oder falsch gehandelt hast. Du fühlst dich als Verräter und bist dir nicht sicher, ob du wirklich zu uns gehörst.«
»Diese Zweifel sind uns nicht fremd«, fügte da Shanon hinzu. »Sieh mich an. Auch ich bin ein Ausgestoßener, von meinem eigenen Klan verbannt. Und nur weil ich mich mit dem sogenannten Zwergenpack zusammengetan habe und Dinge tue, die eines Elfen nicht würdig sind.«
»Bilde dir bloß nicht zuviel ein. Denkst du, mir geht es anders? Wir sitzen alle im selben Boot«, schnaubte Brian aufgebracht.
»Und ich weiß überhaupt nicht mehr, was ich denken soll«, klagte Mathiny. »Ich habe ja Vertrauen zu euch und verstehe, daß euer Vorhaben gut und richtig ist. Aber eigentlich will ich euch nicht zum Tosenden Meer begleiten.«
Nachdem er nun endlich mit der Wahrheit herausgerückt war, brach er in verzweifeltes Schluchzen aus.

»Heute morgen noch hatte ich eine Heimat, Freunde und einen verantwortungsvollen Posten. Und jetzt, nachdem ich euch über den Weg gelaufen bin, bleibt mir nur die Hoffnung, daß ich eines Tages dorthin zurückkehren kann, vorausgesetzt, meine ehemaligen Gefährten nehmen mich wieder auf. Denn in ihren Augen bin ich ja ein Verräter.«
Brian warf Shanon einen beunruhigten Blick zu. »Er ist mit den Nerven am Ende«, sagte er und strich besänftigend über die Schulter des zitternden Carben-Zwerges.
»Was sollen wir nur mit ihm machen?« fragte Shanon.
»Wir haben ihm zuviel zugemutet. Nicht jeder, der uns zufällig begegnet, teilt unsere Ansichten. Das haben wir nicht berücksichtigt. Er ist viel stärker mit seiner Heimat verwurzelt als wir.«
»Da hast du recht. Armer Teufel, seit Runion in die Siedlung zurückgekehrt ist, hat er sich mit Selbstvorwürfen gequält. Das habe ich schon gemerkt.«
»Bitte, verzeiht mir, aber ich kann meine Gefährten nicht im Stich lassen. Ich gehe zu ihnen zurück. Ihr habt mein Wort, daß ich niemandem von euren Plänen erzählen und nicht verraten werde, wohin ihr geht«, flüsterte Mathiny mit leiser, verzweifelter Stimme.
»Da gibt es nicht viel zu verraten«, erwidert Shanon lächelnd.
»Wie denkst du darüber?« fragte Brian den Elf.
»Laß den armen Kerl gehen. Ich will niemanden dazu zwingen, mit uns zu kommen.«
»Ich teile deine Meinung«, stimmte Brian zu. »Wobei mir einfällt, daß es gar keine so schlechte Idee ist, wenn du Sigman Col sagst, wohin wir gehen. Erzähl ihm doch einfach, du wärst nur bei uns geblieben, um herauszufinden, was wir vorhaben.«
»Mit dieser Geschichte könnte Mathiny seinen Hals aus der Schlinge ziehen und Runion ausstechen«, stimmte Shanon begeistert zu. »Und wir könnten Sigman Col auf unsere Fährte locken. Es kann nicht schaden, ihn und seine Krieger in der Nähe zu wissen.«
Die Augen des Elfen färbten sich dunkelblau. »Ah! Allmählich begreife ich, worauf du hinauswillst. Unser Freund hat uns ja erzählt, daß Horden von Bestien hier ihr Unwesen treiben. Ein mächtiges Heer auf unseren Fersen könnte sie davon abhalten, sich zwei ver-

rückte Kerle einzuverleiben, die unbekümmert durch die Gegend spazieren.«

Als er das hörte, atmete Mathiny erleichtert auf und wischte sich die Tränen von den Wangen.

»Ich werde tun, was in meiner Macht steht, um euch zu helfen. Aber ich kann einfach nicht so vor meinen Gefährten feige davonlaufen«, sagte der Carben-Zwerg kleinlaut.

Bedächtig schüttelte Brian den Kopf. »Ob dir das noch bevorsteht, mein Freund, wird sich zeigen. Jedenfalls werden wir dir nichts in den Weg legen, wie auch immer du dich entscheidest. Vielleicht wirst auch du eines Tages deine Heimat verlassen müssen, aber dann werden viele Völker zu neuen Zielen aufbrechen. Dramatische Veränderungen bahnen sich an, davon kann auch ich die Augen nicht verschließen.«

»Zeigst du mir den Weg aus Erin Frey hinaus, Shanon?« bat der Carben-Zwerg. »Ich will sofort aufbrechen.«

»Ja, ich zeige dir den Weg, Mathiny. Aber zuerst sollten wir nach Waffen suchen. Es wäre zu gefährlich für dich, unbewaffnet den Weg vom Nordtor aus zu deiner Siedlung zu gehen. In diese Richtung habe ich Erin Frey noch nie verlassen, aber ich weiß, daß der Grün-Schild-Fluß und die Elfenwasserfälle weit außerhalb des sicheren Schutzes von Erin Frey liegen. Der Weg zum Fluß ist weit und führt durch wildes, unwegsames Gelände.«

»Wäre es nicht besser, er ginge den Weg zurück, den wir gekommen sind?« fragte Brian.

»Es ist nicht schwierig, das Tor zu finden, durch das wir hier hereingekommen sind. Ich werde ihn zur äußeren Mauer bringen, und wenn er daran entlanggeht, wird er sich bald zurechtfinden.«

Stammelnd dankte Mathiny seinen Freunden. »Das werde ich euch nie vergessen«, sagte er schluchzend. »Ich wart so gut zu mir, und ich hoffe, es euch eines Tages vergelten zu können.«

»Du tust uns schon einen großen Gefallen, wenn du Sigman Col erzählst, daß wir Erin Frey durch das Nordtor verlassen haben und uns auf dem Weg zum Grün-Schild-Fluß und den Elfenwasserfällen befinden.«

»Kommt jetzt«, drängte Shanon. »Laßt uns in die Waffenkammer

gehen und nachsehen, womit wir die gräßlichen Ungeheuer vertreiben können, falls wir ihnen begegnen.«
»Hoffentlich treiben sie sich nicht hier in der Nähe herum«, erwiderte Brian, mit nur wenig Zuversicht in der Stimme.
Der Elf führte die Zwerge dann in eine der Kammern, die vom funkelnden Licht der vielfarbigen Elfenmonde erhellt wurde, und die drei Gefährten mußten in dem grellen Licht die Augen zukneifen, um nicht geblendet zu werden.
Von der Kammer zweigte ein niedriger Gang ab, in den Shanon einbog, und im nächsten Moment kniete er vor einer Tür, die mit schweren Riegeln verbarrikadiert war. Brian erkannte sofort, daß die eisernen Riegel von Zwergenhand geschmiedet worden waren.
»Diese Kunstwerke haben doch meine Vorväter hergestellt, nicht wahr?« fragte er und betrachtete die Riegel näher.
»Ja, es sind prächtige Stücke«, erwiderte Shanon. »Sie wurden hier angebracht, kurz bevor die Drachen von Elver Tarn in ihre Heimat jenseits des Oberen Flusses zurückkehrten.«
»Ist das Zwergenarbeit?« fragte Mathiny, der nie zuvor so feingeschmiedetes Metall gesehen hatte.
»Ganz recht. Kunstwerke dieser Art finden sich in jeder Zwergensiedlung, und ich muß sagen, auch hier in der Elfenfestung wirken sie nicht fehl am Platz.«
Der Carben-Zwerg stellte Brian dann zaghaft eine Frage, die ihn schon lange quälte. »Wie konnte es nur geschehen, daß unsere beiden Völker getrennt wurden?«
Brian zuckte ratlos die Schultern.
»Darüber können dir nur die Meister der Alten Lehre Auskunft geben. Chinby wüßte eine Antwort darauf.«
»Es geschah aus demselben Grund, der auch Wasser- und Waldelfen entzweite«, warf Shanon zornig ein. »Dummheit und Unkenntnis. Ihr seht ja, wohin uns das geführt hat.«
In diesem Moment sprang das Vorhängeschloß auf, in dem Shanon herumgestochert hatte, und die dicke Tür schwang langsam zurück und gab den Blick in eine geräumige Kammer frei, die von Elfenmonden beleuchtet wurde, deren Licht auf Stapel von Vorräten und Waffen der unterschiedlichsten Art fiel.

Die drei traten ein, und Shanon wies mit der Hand auf die Waffen. »Sie wurden hier gelagert, als sich das Zeitalter der Drachen vom Geschlecht der Elver Tarn seinem Ende näherte, also kurz bevor die Königin Corin Erin Frey verließ.«
»Weit kann sie nicht gegangen sein, wenn sie jederzeit nach Belieben wieder erscheinen kann«, sagte Mathiny. »Vielleicht habe ich aber auch alles nur geträumt.«
»Nein, du hast nicht geträumt, mein Freund. Dies ist ein Teil des Zaubers, der auf Erin Frey liegt. Die Stadt wird ebenso sorgfältig überwacht wie eure alten Behausungen vom Dunklen Heim.«
»Und aus denselben Gründen, wie ich mir vorstelle«, sagte Brian. »Gemäß den Geschichten, die Chinby mir erzählte, werden alle Siedlungen und Festungen eines Tages wieder bewohnt sein.«
»Ja. So steht es geschrieben«, stimmte der Elf zu. »Und es liegt mir fern, das anzuzweifeln. Schließlich hat eine Königin aus der Vergangenheit zu uns gesprochen.«
Während er redete, hatte der Elf die verschiedensten Waffen von den Stapeln genommen und legte sie vor den Freunden auf den Boden.
»Der ist für mich, hier ist einer für Mathiny und da einer für Brian«, murmelte er vor sich hin und stapelte Bogen aus polierter Esche, Köcher aus kostbarem tiefgrünem Tuch, gefüllt mit biegsamen, gefiederten Pfeilen, vor den Freunden auf.
Hinzu kamen kurze Schwerter, die in den unterirdischen Höhlen der Zwerge geschmiedet worden waren und in von Elfenhand gewebten Scheiden steckten.
Obenauf legte Shanon dann die Umhänge, die ihre Träger fast unsichtbar machten für ungeübte Augen. Die Ausrüstung wurde vervollständigt durch fein geschmiedete Kettenhemden, von denen es hieß, daß sie selbst dem Hieb einer dolchartigen Bestienklaue standhielten und auch nicht von deren Zähnen durchbohrt werden konnten.
Die drei rüsteten sich aus, und zu seiner großen Überraschung mußte Brian feststellen, daß die Kleidungsstücke wie maßgeschneidert saßen. Er konnte sich des merkwürdigen Gefühls nicht erwehren, das alles schon einmal erlebt zu haben.

Er betrachtete sich in einem der glänzenden Schilde, die wie Spiegel seine Gestalt reflektierten. Der Anblick irritierte ihn und war ihm gleichzeitig sehr vertraut. Im glitzernden Licht der Elfenmonde sah sich Brian: einen leichten hellroten Elfenhelm auf dem Kopf, neben ihm stand Shanon in einem schimmernden Kettenhemd, ein breites Schwert in den Händen.
Und über einem waldgrünen Umhang sah ihn Mathinys kräftiges besorgtes Gesicht an.
»Ich habe das seltsame Gefühl, das alles schon einmal erlebt zu haben«, sagte Brian schließlich, als er Shanons Blick in dem spiegelnden Schild auffing.
Die Augen des Elfen waren ganz dunkel geworden, und er nickte bedächtig.
»Ja, dieses Gefühl habe ich auch. Wir haben das alles schon einmal getan. Oder vielleicht ist es auch nur im Traum geschehen, einem Traum, der jetzt Wirklichkeit wird.«
»Das kann durchaus sein.«
»Ich muß jetzt gehen«, sagte Mathiny unruhig. »Wenn ich euch helfen soll, muß ich Sigman Col erreichen, ehe er sich auf die Suche nach euch begibt.«
Er gab Brian und Shanon die Hand.
»Ich gebe euch mein Wort, daß ich für euch tun werde, was in meinen Kräften steht. Es macht mich traurig, von euch Abschied zu nehmen, aber ich habe das merkwürdige Gefühl, daß unsere Trennung nur von kurzer Dauer sein wird.«
Shanon, der die Abschiedsstimmung etwas aufheitern wollte, sagte lachend: »Es wird überhaupt keine Trennung stattfinden, wenn wir nicht bald aufbrechen. Wir haben einen langen Marsch vor uns, ehe wir auch nur das Nordtor und die äußeren Mauern von Erin Frey erreichen.«
»Wir wollen es so rasch wie möglich hinter uns bringen«, sagte Mathiny. »Je eher ich zu Sigman Col stoße, um so besser.«
Die drei beluden sich mit ihren neuen Waffen, Wasserflaschen, Schlafsäcken, Kochtöpfen, die sich zu winzigen Behältern zusammenschieben ließen, und hängten sich Rucksäcke um, die mit einem Vorrat an Haferkeksen gefüllt waren, die, wie Shanon erklärte,

den Elfen als Reiseproviant stets gute Dienste geleistet hätten und Brian stark an die Weizenkuchen seiner Mutter erinnerten.
Dann führte Shanon die Zwerge durch ein Wirrwarr von Gängen hinaus. Und im Eiltempo marschierten sie zum Nordtor, das so mit Pflanzen und Dornengestrüpp überwuchert war, daß Shanon Mühe hatte, den Durchlaß durch die äußere Mauer von Erin Frey zu finden. Der Elf holte sich blutige Kratzer an der dornigen Hecke, doch dann führte er sie über die Grenze der Elfenfestung hinaus, und gleich darauf umfing die drei Gefährten die unheimliche Stille eines schattigen, düsteren Waldes, in dem es schwach nach feuchtem Moos und frisch gefallenem Regen roch.
Shanon folgte einem kaum erkennbaren Pfad, der sich im Dickicht der Sträucher unter den Bäumen verlor. Dann verabschiedeten sich die beiden von Mathiny, der keinen Ton mehr über die Lippen brachte und schnell in die Richtung davoneilte, die Shanon ihm gewiesen hatte.
Der Elf und der Zwerg blickten ihm eine Weile nach, zogen dann ihre Umhänge fester um sich und begaben sich auf den Weg, der sie irgendwann zum Grün-Schild-Fluß und dann unter den Elfenwasserfällen hindurch wieder auf die Straße zum Tosenden Meer führen würde, wo sie hofften, auf Chinby und Senja zu treffen.

16. Gram

Hinter dem Nordtor von Erin Frey war der Wald derart verwildert und so dicht zugewachsen, daß die beiden Freunde Mühe hatten, sich einen Weg durch das schier undurchdringliche Dickicht aus Sträuchern und Dornengebüsch zu bahnen.
Brian hörte plötzlich das Gezwitscher von Vögeln, und um sie herum im moosigen Waldboden raschelte es unaufhörlich, da vermutete er, daß die kleinen Waldtiere nachsehen kamen, wer die Eindringlinge waren, die da so laut polternd durch ihr Reich stolperten.
Das Rascheln und Knistern wurde lauter, bis Shanon sich besorgt umdrehte und Brian ins Ohr flüsterte: »Das gefällt mir nicht! Wir können uns hier kaum zurechtfinden, und ich weiß nicht, was in

dem Gesträuch auf uns lauert. Das ist ja fast so schlimm wie in deinen unterirdischen Höhlen.«
»Dort weiß ich wenigstens, welche Gefahren mich erwarten«, murrte Brian leise, und schon stolperte er und fiel hin, wobei er seinen Umhang zerriß.
»Zum Teufel damit!« schäumte er vor Wut und zog sich lange Dornen aus den Handflächen. »Jetzt reicht's mir aber. Vielleicht sollten wir umdrehen und einen anderen Pfad durch diese grüne Hölle suchen. Schlimmer kann's nicht kommen.«
Nach diesen Wutausbruch senkte sich wieder unheimliche Stille über die beiden Freunde.
»Pssst!« zischte Shanon ärgerlich und lauschte angestrengt auf irgendwelche Geräusche, die die Anwesenheit unwillkommener Besucher verraten könnte.
»Ja, pssst, pssst!« schimpfte Brian. »Ich gehe zurück, und du kannst mir ja folgen, wenn du Lust dazu hast.«
Mit diesen Worten setzte er sich in Bewegung und stolperte den überwachsenen Pfad zurück, als ihn plötzlich ein bedrohliches Brummen aus dem Gestrüpp irgendwo weiter vorne wie zur Salzsäule erstarren ließ.
Shanon legte sofort einen Pfeil auf seinen Bogen und rief Brian leise zu: »Komm zurück. Ich glaube nicht, daß sie uns umkehren lassen.«
»*Wer* läßt uns nicht umkehren? Von wem sprichst du?« fragte der Zwerg erschrocken, ging aber die wenigen Schritte wieder zurück und stellte sich neben Shanon.
»Ich bin mir nicht sicher. Aber sie werden sich bald zu erkennen geben.«
»Es hörte sich an, als wäre es eine dieser Bestien. Auch in der Nähe von Erin Frey kann dieses Pack sich herumtreiben.«
»Ja«, stimmte der Elf ihm zu und nahm den Pfeil vom Bogen, behielt ihn aber vorsichtshalber in der Hand. »Nirgends ist man mehr vor diesem Abschaum aus dem Ostland sicher. Doch ich glaube nicht, daß es sich hier um eine Bestie handelt.«
»Wer könnte es dann sein?« fragte Brian. Die feuchte, modrige Luft des Waldes drohte ihn zu ersticken, und das Gefühl, in der Falle

zu sitzen, ließ sein Herz unter dem Umhang schmerzhaft pochen.
»Das frage ich mich auch«, sagte der Elf nachdenklich. Dann steckte er den Pfeil in den Köcher zurück und marschierte unbeirrt weiter. Der Zwerg folgte ihm stolpernd auf den Fersen.
In dem düsteren Licht konnten die beiden nur verschwommene Umrisse erkennen, und der Pfad war holprig und unwegsam. Brian fiel mehr, als er ging, und blieb mit den Füßen immer wieder in frei liegenden Wurzeln hängen. Aber er redete nicht mehr davon, nach Erin Frey und in die Gärten der Elfenkönigin zurückkehren zu wollen.
Die Erinnerung an Corin und ihre Worte halfen ihm dabei, weiterhin beharrlich hinter Shanon herzustolpern, denn er konnte nicht glauben, daß sie ihn und seinen Freund auf einen Pfad ins Verderben geschickt hatte.
In diesem Sinne äußerte er sich auch zu Shanon, der ihm zustimmte. »Ich weiß zwar nicht, wer unsere unsichtbaren Begleiter sind, aber ich halte sie nicht für Feinde.«
»Davon bin ich nicht so überzeugt«, stammelte der Zwerg.
»Sie werden sich wohl irgendwann zeigen. Wir nähern uns einem Teil des Waldes, der etwas lichter ist oder es zumindest früher war. Seit meinem letzten Ausflug in diese Gegend hat sich hier viel verändert.«
Da stolperte Brian wieder und griff haltsuchend nach einem Ast, der sich unter seinen Fingern bewegte und ihm entschlüpfte. Er teilte den Strauch und sah oder glaubte einen Baumstamm zu sehen, der von dem Pfad zurückwich.
Verwirrt schüttelte er den Kopf und glaubte, seine Augen hätten ihm in dem düsteren Zwielicht einen Streich gespielt. Mühsam stolperte er weiter hinter Shanon her. Aber das merkwürdige Erlebnis ließ ihm keine Ruhe.
»Wer hat denn früher in diesen Wäldern gelebt?« fragte er Shanon. Der Klang seiner eigenen Stimme gab ihm etwas Sicherheit, und er erwartete eigentlich keine Antwort.
Shanon jedoch blieb plötzlich stehen, sah sich suchend um, bückte sich dann tief zu Boden und murmelte vor sich hin. Er schob die

Äste beiseite, drehte vermoderte Baumstämme um und scharrte mit dem Fuß im Waldboden.
Schließlich wandte er sich zu Brian um, der ihn bei seinem mysteriösen Gebaren aufmerksam beobachtet hatte und nicht wußte, ob der Elf etwas entdeckt oder sich verirrt hatte.
»Diese Stelle kommt mir sehr merkwürdig vor«, sagte Shanon da und schob mit der Stiefelspitze abgebrochene Zweige beiseite.
»Was meinst du damit?« fragte Brian beunruhigt.
»Schau dir das an«, sagte Shanon, rollte den verrotteten Stamm eines Baumes weg und deutete auf den Boden darunter. Der Zwerg, nicht vertraut mit den Geheimnissen des tiefen Waldes, starrte verständnislos auf die Stelle.
Shanon, der Brians bestürztes Gesicht sah, lachte hell auf.
»Siehst du denn nichts?«
»Ich sehe Wurzeln, Käfer und einen modrigen Baumstamm«, brummte Brian unwirsch. »Irgendeinen tieferen Sinn sehe ich nicht darin.«
Shanon lachte wieder gutmütig.
»Dies alles hat etwas mit Corins Anweisung zu tun«, erklärte er dann geduldig.
Brian musterte wieder verdutzt den Waldboden und versuchte zu entdecken, warum sein Freund plötzlich so gut gelaunt war.
»Es handelt sich um einen alten Waldelfentrick«, erklärte Shanon weiter. »Die Sagen und Legenden über mein Volk haben mich immer fasziniert, obwohl ich deswegen von meinen Gefährten ausgelacht wurde.«
»Da sagst du mir nichts Neues«, stimmte Brian zu.
»Da schau her! Siehst du die Markierung dort im Boden, da wo der Baum lag? Diese Mulde in der Erde? Jetzt ist sie mit Moos bewachsen, und der Boden ist ganz weich.«
Brian nickte und versuchte, die Worte des Elfen zu verstehen.
»Dort drüben ist der Baum ursprünglich hingefallen, und hier an diese Stelle wurde er dann gelegt.«
Brian erkannte in dem mit abgestorbenen Blättern und Zweigen bedeckten Boden die Umrisse eines Baumstammes, wo dieser ein-

mal gelegen hatte und dann fortgerollt worden war, so wie Shanon es gesagt hatte.

»Na gut, ein abgestorbener Baum wurde verrückt. Was ist daran so bedeutsam?«

»Wenn du dir die Mulde im Boden ansiehst, wo der Baum zuerst gelegen hat, so wirst du erkennen, daß sie in die Richtung weist, woher wir gekommen sind. Und dann sieh dir an, wohin der Baumstamm jetzt weist.«

»Er deutet vom Pfad weg«, antwortete Brian zögernd.

»Genau!« sagte Shanon aufgeregt. »Und diese Richtung werden wir einschlagen.«

»Da führt doch kein Weg hindurch«, protestierte Brian und dachte an die beängstigenden Geräusche aus dem undurchdringlichen Dickicht.

»Corins Gefolgsleute haben den Baum als Wegweiser benutzt«, sagte Shanon. »Nur Elfen kennen diese Markierungen. Jedes andere Wesen würde weiter dem Pfad folgen, der gar keiner ist.«

»Für mich sieht er schon wie ein Pfad aus.«

»Ich werde dich in die Geheimnisse der Waldelfen einweisen. Ich kann dich doch nicht blindlings umherirren lassen. Vor allem nicht in diesem Wald hier.«

»Ich überlasse dir gern die Führung. Irgendwie komme ich mir recht töricht vor, weißt du. Du findest dich ebensogut wie ich in den Höhlen zurecht, und hier draußen bin ich vollständig von dir abhängig.«

»Ich habe nur etwas mehr Übung im Spurenlesen«, tröstete der Elf seinen Freund. »Du wirst es schon noch lernen.« Bei diesen Worten huschte ein trauriger Ausdruck über sein helles Gesicht.

»Werden wir in der Richtung weitermarschieren, in die der Baum deutet?«

»Wenn wir je den Grün-Schild-Fluß erreichen wollen, bleibt uns nichts anderes übrig.«

»Hoffentlich führt uns dieser Pfad bald aus diesem Dornengestrüpp heraus«, klagte Brian und zupfte spitze Dornen aus seinem Umhang.

Die beiden Freunde rückten die Rucksäcke zurecht und drangen in

die scheinbar geschlossene Wand aus Sträuchern und Unterholz ein. Zielstrebig schritt Shanon voran, und tatsächlich traten sie bald auf einen Pfad hinaus, der breit genug war, daß sie nebeneinander gehen konnten. Dann weitete sich der schmale Weg zu einer gepflegten Allee aus hohen Kiefern, und die Sträucher waren zu ordentlichen Hecken getrimmt. Ihre Stiefel sanken in weiches Gras, so daß sie lautlos dahinschritten.
Brian entdeckte zwei hohe, schwarze Pfosten neben der Allee und wollte eben danach fragen, als ein mächtiger gehörnter Schädel aus dem Blätterwerk hinter dem schwarzen Pfeiler auftauchte.
»Was wollt ihr vom Waldvolk?« bellte eine Stimme, tief und bedrohlich.
Brian sah, daß der riesige Schädel zu einem mächtigen vierbeinigen Körper gehörte. Ein langer Schwanz peitschte wütend die Erde. Der Kopf ähnelte dem Schädel eines großen Löwen, dem aber dicke Hörner zwischen den Ohren emporwuchsen.
»Das Waldvolk hat nichts von uns zu befürchten. Wir kommen in friedlicher Absicht«, sagte Shanon, dem das schreckliche Wesen keine Angst einzujagen schien.
»Dann tretet näher«, erwiderte das gehörnte Tier.
Brian, der wie erstarrt stehengeblieben war, faßte sich ein Herz und fragte: »Wer bist du? Mein Name ist Brian Brandigore, und dies ist mein guter Freund Shanon.«
Das Tier zwinkerte zweimal mit den weit auseinanderstehenden Augen.
»Ich heiße Gram«, grollte die tiefe Stimme.
»Sei gegrüßt, Gram«, sagte Shanon und hielt die Hände unter seinem Umhang versteckt. »Wir bringen dir die besten Wünsche unserer Klans.«
»Dafür danke ich euch«, erwiderte Gram und verzog die Lippen zu einem schmalen Lächeln.
Brian bemerkte, daß der mächtige Körper des Tieres zwar unbeweglich dastand, der lange Schwanz aber unaufhörlich hin und her zuckte.
»Kennst du meine Vettern, die hier im Wald siedeln?« fragte Shanon. »Wir haben eine lange Reise gemacht, weil wir sie besuchen wollen.«

»Ich kenne die Waldelfen gut«, tönte das Tier. »Wir haben manche Stunde miteinander verbracht.«
»Das freut mich, Meister Gram. Kannst du mir sagen, wo ich sie finden kann? Wir brauchen dringend ihre Hilfe, denn wir haben einen Auftrag, der uns zum Grün-Schild-Fluß und hinter die Elfenwasserfälle führt.«
»Oh, es ist nicht schwer, sie aufzuspüren. Wahrscheinlich treiben sich sogar einige hier in der Nähe herum.«
Brian sah sich suchend um und erwartete, daß jeden Moment die Gestalten der Waldelfen hinter den Büschen auftauchen würden, aber Shanon ließ Gram keine Sekunde aus den Augen.
Das mächtige Tier stapfte auf die beiden Freunde zu und ließ tiefes Knurren hören.
»Ich kann euch zu ihnen führen«, bot das Tier mit freundlicher Stimme an.
Obwohl die Worte gutmütig klangen, waren Brians Nerven zum Zerreißen gespannt. Irgend etwas hatte sein Mißtrauen geweckt, und er umklammerte mit festem Griff sein kurzes Elfenschwert. Die kleine Waffe würde allerdings gegen einen Feind von der Größe Grams wenig ausrichten. Aus den felligen Tatzen der unheimlichen Kreatur wuchsen lange Krallen, und ihre Schultern waren muskelbepackt.
»Kommt! Wir wollen eure Freunde suchen«, lockte Gram wieder. Das Knurren in seiner Kehle wurde lauter.
»Ich glaube, ich habe das Geheimnis ergründet und weiß, wo sie sind«, erwiderte Shanon da mit scharfer Stimme. »Oder vielmehr habe ich entdeckt, wer sie vertrieben hat.«
Grams Lippen verzogen sich zu einem grausamen Lächeln, das fürchterliche, säbelartige Zähne entblößte.
»Du bist blitzgescheit, Meister Baumläufer. Vor dir steht der Vernichter dieser verteufelten Elfenbrut. Ich wurde geschickt, um die Wälder von diesem unerwünschten Gesindel zu befreien.«
»Vielleicht bist du hier unerwünscht, Meister Gram«, fuhr Shanon ihn grob an. »Der Feind meines Volkes hat dich ausgesandt, und ich bin gekommen, weil ich Ungeheuern wie dir den Garaus machen will.«

Grams wildes Lachen dröhnte durch den Wald, und Brian sah, daß die schreckliche Kreatur immer näher rückte.
»Dann habe ich ja nichts zu befürchten. Wenn die Armee, die ausgeschickt wurde, mich zu vernichten, nur aus euch beiden besteht, werde ich noch lange Jahre ungestört hier in den Wäldern verbringen.«
»Ich komme im Auftrag der Königin Corin«, schallte da Shanons Stimme. »Und mit mir sind die Macht und der Ruhm Erin Freys.«
»Deine Königin ist der Finsteren Königin nicht gewachsen«, keifte Gram, den der Diskurs zu langweilen begann.
»Die Finstere Königin ist ein Närrin, einen wie dich mit so einem wichtigen Auftrag auszusenden!« beschimpfte Shanon das gehörnte Tier.
»Ich werde dir zeigen, wozu ich fähig bin«, knurrte Gram und umkreiste seine beiden vermeintlichen Opfer.
Da warf Shanon den Umhang zurück, und Brian sah, daß sein Freund den Stein von Elver Tarn fest umklammert in der Hand hielt.
Brian erwartete jeden Moment den Angriff des gräßlichen Tieres, warf nun seinen eigenen Umhang zurück und zog das kurze Elfenschwert.
Gram stieß nur ein verächtliches Lachen aus. »Das wird euch nicht viel nützen. Ergebt euch, und ich verspreche euch einen kurzen, schmerzlosen Tod.«
Starr vor Entsetzen beobachtete Brian, wie Shanon die Hand mit dem Stein hob, der fürchterliche Kriegsschrei der Wald- und Wasserelfen schrillte durch die Luft, und ein Flammenmeer umzuckte die beiden Gefährten. Dann loderte Shanons Gestalt weißglühend auf und schwebte in die Luft empor.
Grams wilder Blick folgte der strahlenden Gestalt des Elfen. Die Augen hatte er vor Angst und Haß weit aufgerissen.
»Komm herunter und kämpfe, du Feigling!« schrie er hinter ihm her und stürzte sich dann auf Brian.
Der Zwerg stieß einen fürchterlichen Schrei aus und richtete das kurze Elfenschwert auf Gram. Brian hatte es nur seinem Glück zu verdanken und wohl auch der Tatsache, daß Shanon die Aufmerk-

samkeit des Tieres auf sich lenkte, daß ihn der fürchterliche Tatzenhieb nicht tötete, sondern nur zu Boden streckte, wo er halb ohnmächtig liegenblieb.

Gram sprang sofort wieder auf und schlug mit den Tatzen nach Shanon, der gerade außerhalb der Reichweite der mörderischen Klauen schwebte.

Als das Ungeheuer Brian angriff, legte Shanon geschwind einen Pfeil in seinen Bogen und spannte ihn mit aller Kraft. Der Pfeil sauste mit tödlichem Zischen herab und bohrte sich bis zum gefiederten Schaft in den breiten Rücken der gräßlichen Kreatur.

Ein Gebrüll, wie es die beiden Gefährten noch nie zuvor gehört hatten, dröhnte durch den Wald. Wild um sich schlagend versuchte das Tier, den Pfeil aus seinem Rücken zu ziehen. Gram wirbelte herum, die mörderischen Fangzähne entblößt, und die mächtigen Tatzen mit den dolchartigen Klauen schnellten durch die Luft und schlugen vergeblich nach Shanon. Mit wildem Gebrüll sprang Gram immer wieder hoch und schnappte mit weitaufgerissenem Maul nach dem Elfen.

Ein Tatzenhieb zerriß Shanons Umhang und brachte ihn beinahe zum Absturz. Er streckte eine Hand aus, um das Gleichgewicht wieder zu erlangen, und dabei entglitt der Stein von Elver Tarn seiner Hand. Entsetzt schrie Shanon auf und plumpste wie ein Stein herab, direkt vor die Füße des Ungeheuers, wo er reglos liegenblieb. Der kleine, schimmernde Elfenstein, den die Königin Corin Shanon gegeben hatte, rollte unter den Körper der Kreatur.

Brian rappelte sich hoch, und mit einer Kraft, die er sich selbst nicht zugetraut hatte, hechtete er unter die Beine von Gram und packte den vibrierenden blauweißen Stein, ehe die dolchartigen Klauen ihn zu fassen bekamen. Noch einmal traf Brian ein mächtiger Tatzenhieb, doch er biß die Zähne zusammen und ließ den Stein nicht mehr los.

Der Zwerg dachte nur daran, daß er den Stein irgendwie an Shanon zurückgeben mußte, denn der hatte ihn von der Elfenkönigin erhalten, aber als er sah, daß sein Freund reglos am Boden lag, wußte Brian instinktiv, daß es nun an ihm war, sie beide vor dem Unge-

heuer zu retten, das sich jetzt erneut mit ausgestreckten Klauen und entblößten Fangzähnen auf sie stürzte.
»Du bist verloren, du elender Erdzwerg! Du bist das nächste Opfer des unbesiegbaren Gram, des Rächers der Wälder.«
»Stell dir vor, du könntest fliegen«, rief da Shanon.
Der Elf kroch auf allen vieren außer Reichweite von Gram, der sich rasend vor Wut auf Brian stürzte.
Hilflos diesem Angriff ausgeliefert, dachte der verängstigte Zwerg rasch an eine Wolke, die am klaren Sommerhimmel dahinzieht. Ein merkwürdiges Gefühl überlief ihn. Fest umklammerte er den Stein, und schon flog er durch die unendliche Weite des Himmels. Tief unter sich, nur undeutlich und verschwommen zu erkennen, sah er den Wald, durch dessen grünes Dach sich ein breites, blaues Band schlängelte – der Grün-Schild-Fluß.
Da erinnerte er sich wieder an seinen Freund und die tödliche Gefahr, in der dieser sich befand, und in der nächsten Sekunde war er schon an der Seite des Elfen. Gram starrte ihn entsetzt und ungläubig an.
»Schnell! Nimm meine Hand!« schrie Shanon und stolperte auf seinen Freund zu.
Brian streckte eine Hand aus, mit den Fingern der anderen Hand umklammerte er fest den Stein von Elver Tarn.
Wieder sprang Gram auf sie zu und hieb wild mit den Tatzen nach ihnen.
»Ihr Satansbrut«, brüllte er. »Ihr entkommt Gram nicht.«
Der heiße, faulige Atem des Ungeheuers blies Brian ins Gesicht und raubte ihm beinahe die Besinnung. Mit letzter Kraft umklammerte er Shanons Hand.
»Zum Grün-Schild-Fluß!« schrie der Elf. »Zum Grün-Schild-Fluß und den Elfenwasserfällen!«
Brian konnte keinen klaren Gedanken mehr fassen; er wollte nur noch diesen mörderischen Fangzähnen entkommen und schrie dieselben Worte wie sein Freund. Der widerliche Gestank des Ungeheuers brannte wie ein sengender Todesatem in Brians Nase, und er gab sich bereits verloren. Doch im nächsten Moment flatterte sein Umhang in einer kräftigen Brise. Er schloß die Augen gegen einen

anstürmenden Wind, der den Pesthauch des Ungeheuers vertrieb und frischen Duft von grünen Blättern und den Geruch klaren Wassers mit sich führte.

Wie gelähmt vor Schrecken und völlig außer Atem öffnete Brian vorsichtig die Augen und erwartete den herbeistürzenden Gram zu sehen, der zum vernichtenden Schlag ausholte. Brian ließ Shanons Hand los und griff zum Schwert.

Noch ganz benommen blickte er um sich und sah die tosenden Fluten eines Wasserfalls über hohe Klippen stürzen, die sich in einem tiefen dunkelblauen Weiher sammelten. Von dort sprudelte das Wasser weiter im sanften Licht der Nachmittagssonne, deren Strahlen sich im Blätterwerk der Bäume reflektierten, die das Ufer des Flusses säumten.

»Der Grün-Schild-Fluß«, seufzte Shanon erleichtert. »Und die Elfenwasserfälle.«

»Wo ist dieses Ungeheuer nur geblieben?« stammelte Brian. »Sind wir ihm denn entkommen?«

Shanon klopfte seinem Freund lachend auf die Schulter.

»Du hast schnell gelernt, mein Freund. Und tapfer gekämpft. Ich verdanke dir mein Leben.«

»Dein Dank gebührt mir nicht, der Stein hat uns gerettet.«

»Die gute Königin Corin hat uns wahrlich ein wundervolles Geschenk gemacht.« Ein leises Zittern überlief Shanon bei diesen Worten. »Welch schreckliches Schicksal ist meinen Vettern widerfahren. Gram hat sie alle getötet.«

»Könnten wir nicht zurückgehen und ihn vernichten?« fragte Brian, der ein unendliches Vertrauen in die Macht des Steins von Elver Tarn gewonnen hatte.

Er öffnete die Faust und stellte entsetzt fest, daß der Stein nun eine fahlgraue Farbe angenommen hatte und kalt in seiner Hand lag.

»Wir könnten schon zurückgehen, aber nicht den Weg, den wir gekommen sind«, sagte Shanon. »Dem Stein wurde nur die Macht verliehen, in großer Gefahr zu helfen und jene zu unterstützen, die Gutes im Sinn haben.«

»Aber die Vernichtung Grams würde doch allen helfen und großes Unheil abwenden.«

»Die Hilfe kommt zu spät für jene, die dort in den Wäldern lebten, in denen Gram haust«, sagte der Elf traurig. »Er hat sie alle vernichtet und wird nun weiterziehen. Seine Aufgabe dort ist beendet.«
»Um so wichtiger ist es doch, ihn zu töten«, beharrte Brian eigensinnig und wunderte sich über die unergründliche Mordlust in seinem Herzen.
»Wir werden Meister Gram eines Tages wieder begegnen«, sagte der Elf mit grimmiger Miene. »Doch jetzt haben wir andere Dinge zu erledigen.«
»Und die wären?« fragte Brian.
»Wir müssen zuallererst die Klans zusammenrufen«, antwortete Shanon. »Unsere unerfreuliche Begegnung mit Gram hat mir viele Fragen beantwortet, die mich schon seit langem quälen. Damals, als ich Chinby das erstemal traf und er mich anwies, die Werkzeuge herzustellen, die er dann dir schenkte, habe ich mich gefragt, wohin das alles führen würde. Und jetzt verstehe ich es allmählich. Wenn Ungeheuer wie Gram ausgesandt werden und Tod und Verderben über die Völker bringen, ist es höchste Zeit, die Klans zusammenzurufen.«
»Wer wird deinen Worten schon Glauben schenken?« fragte Brian und ließ sich schwer neben Shanon ins Gras sinken, den Blick noch immer auf den kleinen, leblosen Stein gerichtet.
»Sie werden mir glauben.«
»Und wo sollen wir unseren Kreuzzug beginnen?«
»Bei Sigman Col«, erwiderte Shanon.
»Zuerst müssen wir Chinby und Senja finden«, widersprach Brian störrisch. »Sie warten auf uns.«
»Mit ein wenig Glück und falls sie nicht unserem Freund Gram begegnet sind, werden wir alle an unserem Bestimmungsort eintreffen.«
Dann lachte der Elf übermütig, und ohne ein weiteres Wort verschwand er in der Gischt des herabstürzenden Wasserfalls.

Dritter Teil

Der Grün-Schild-Fluß

Johanna Nilsson

17. Drub und Falon

Brian stand unschlüssig vor der tosenden Wand des Wasserfalls, ehe er todesmutig hinter seinem Freund hersprang. Dabei warf er einen letzten Blick die Klippen hoch, dorthin, wo die Elfenwasserfälle geradezu aus dem Himmel herabzudonnern schienen, und glaubte, die unförmige Gestalt Grams zu erspähen. Er war sich nicht sicher, ob seine Fantasie ihm eine Horrorvision vorgegaukelt hatte, aber dieser Schrecken fuhr ihm derart in die Glieder, daß er sich Hals über Kopf in die donnernden Fluten stürzte und hinter dem Vorhang aus eiskaltem Wasser verschwand.

Er hatte die Zähne so fest zusammengebissen, daß sie knirschten, und den Kopf zum Schutz gegen die Wassermassen zwischen die Schultern gezogen. Doch kaum war Brian im Wasserfall verschwunden, fand er sich in einer kleinen Grotte wieder, und kein Tropfen Wasser hatte ihn benetzt. Verwundert bestaunte er die zahllosen funkelnden Elfenmonde, die in allen Regenbogenfarben erglühten und ihm den Weg aus der kleinen Grotte in einen Tunnel wiesen, der tief hinunter zum Dunklen Heim führte.

Der Elf war spurlos verschwunden, aber darüber machte sich Brian weiter keine Sorgen. Ihn beschäftigte vielmehr die grauenhafte Vorstellung, hier in dieser winzigen Grotte hilflos in der Falle zu sitzen, mit Gram dicht auf den Fersen. Es war ihm unerklärlich, wie die Bestie ihnen so schnell hatte folgen können, denn obwohl er jegliches Zeitgefühl verloren hatte, ahnte er, daß sie einen langen Weg hinter sich hatten, und wußte, daß kein normales Tier diese weite Entfernung in so kurzer Zeit zurücklegen konnte.

Da drangen ihm plötzlich liebliche Klänge ans Ohr. Die Grotte war angefüllt mit der Musik von Rohrflöten und Lauten, untermalt von den zarten Tönen eines Elfeninstruments, das fest unters Kinn gepreßt und mit einem langen, geschwungenen Bogen zum Erklingen gebracht wird. Chinby nannte diese Musikinstrumente Elfenseelen und die klagenden, wehmütigen Laute, die die Spieler den Saiten entlockten, zeigten deutlich, in welch trauriger Gemütsverfassung sich die Elfenvölker befanden.

Auch übermütiges Gelächter perlte durch die unheimliche Atmosphäre, und Brian fuhr erschrocken zusammen, denn er erkannte nicht nur das freche Kichern seines Freundes, sondern ein ganzer Chor von Stimmen erschallte in einem Lied zu der anschwellenden Musik. Die Angst des Zwerges explodierte in einem Wutanfall, und er brüllte, so laut er konnte, und brachte den Gesang zum Verstummen.

»Seid still, ihr Dummköpfe! Hört sofort mit diesem Lärm auf! Dort draußen lauert die Bestie, und ihr habt uns mit eurem Geschrei verraten!«

Außer sich vor Zorn stampfte er mit dem Fuß auf, doch die Musik dröhnte weiter, und schallendes Gelächter brach sich an den Wänden des niedrigen Schachtes.

Die Biegung in dem Tunnel hinderte Brian daran zu sehen, wer die unseligen Spaßmacher waren, aber er wußte, daß sein Freund Shanon dazugehörte.

»Shanon, bring deine Freunde zum Schweigen! Gram ist uns auf den Fersen!«

Die Erwähnung der fürchterlichen Bestie Gram schien die Elfen zur Vernunft zu bringen, die Musik brach mit einem schrillen Mißklang ab, und das Gelächter erstarb.

Hinter der Biegung hervor ertönte nun Shanons Stimme.

»Gram? Hast du wirklich Gram gesagt?«

»Ja, du strohköpfiger Baumspringer. Ich habe ihn oben auf den Klippen des Wasserfalls gesehen, und euer ohrenbetäubender Krach hat ihn sicher bereits vor den Eingang der Grotte gelockt.«

Shanon streckte den Kopf um die Biegung des Schachtes, noch immer ein vergnügtes Grinsen im Gesicht.

»Ach, Gram ist nicht die einzige Gesellschaft, die wir hier haben«, wiegelte er ab und deutete mit dem Daumen in den Tunnel hinter sich.

»Gram allein reicht mir durchaus. Hat diese Höhle einen Hinterausgang?«

»Ja. Wir sind auf dem Weg dorthin.«
»Wen meinst du mit ›wir‹?«
»Meine Freunde und mich.«
»Dann schlage ich vor, wir machen uns auf die Socken. Ich möchte Gram nicht in diesem engen Verlies hier gegenübertreten.«
Da ertönte hinter Shanon eine milde, tadelnde Stimme: »Erstaunlich, wie schnell du dir den Befehlston angewöhnt hast.«
Die Stimme kam Brian sehr bekannt vor. Ungestüm hastete er an Shanon vorbei, der schnell zur Seite sprang, um nicht umgerannt zu werden. Als der Zwerg um die Biegung des Schachtes schoß, schwoll die Musik wieder an, aber Brian hatte jetzt keinen Sinn dafür, dagegen anzuwettern, denn vor ihm standen Chinby und Senja, die fest die Hand des alten Zwerges umklammert hielt.
»Chinby! Senja!« rief Brian außer sich vor Freude und vergaß alles andere, auch die furchterregende Bestie draußen vor dem Wasserfall. Er stürmte vorwärts, um die so schmerzlich vermißten Freunde zu begrüßen.
Verlegen und mit linkischer Scheu begrüßte er Senja, aber den alten blinden Zwerg umarmte er ungestüm und drückte ihn heftig an sich.
»Wir hatten euch schon verloren geglaubt, als wir erfahren hatten, daß ihr Sigman Col in die Hände gefallen seid.«
»Er ist wohl kaum ein passender Gefährte für Senja«, antwortete der alte Zwerg schmunzelnd.
Worauf Brian errötete, und dann entschlüpfte ihm eine Bemerkung, wobei er vor Verlegenheit ganz rot wurde. »Keiner ist für Senja gut genug. Es würde mir niemals im Traum einfallen, um ihre Hand anzuhalten.«
Warum ihm gerade diese Sätze über die Lippen gekommen waren, wußte er nicht, außer daß er sich insgeheim schon lange mit der Frage beschäftigt hatte, und jetzt, hier in dieser allgemeinen Verwirrung und der unerwarteten Freude, Senja so unvermutet gegenüberzustehen, waren sie ihm einfach herausgerutscht.
Überall im Halbdunkel dieser größeren Höhle entdeckte Brian nun die Gestalten der kräftigen Waldelfen, von denen Chinby gesprochen hatte. Sie trugen alle grüngraue Röcke und waren mit langen

Bogen aus Eschenholz bewaffnet, dazu hatten sie Köcher umgeschnallt, die voller buntgefiederter Pfeile waren. Im schummrigen Licht der Elfenmonde konnte Brian nicht feststellen, wie viele es waren. Mitten unter ihnen erkannte er jedoch die vertrauteren Gestalten der Elfen aus Shanons Klan, die Wasserelfen, die von höherem, schlankerem Wuchs waren und eine hellere Haut und blonderes Haar hatten. Und ganz im Hintergrund, dort, wo sie fast mit dem schattigen Dunkel verschmolzen, entdeckte er zu seiner Verblüffung ein Dutzend oder mehr Carben-Zwerge, die in den Erdfarben Dunkelbraun und Schwarz gekleidet waren.
Brian rief den ihm an nächsten stehenden Zwerg an.
»Du da, mein guter Carben, kommst du aus Sigman Cols Siedlung?«
»Ja, von dort kommen wir«, erwiderte der Zwerg mit tief dröhnendem Baß. »Aber wir sind in friedlicher Absicht hier und wollen uns demjenigen anschließen, der alle unsere Klans wieder vereinen wird, so wie es uns der alte blinde Prophet verheißen hat.«
Brian warf einen flüchtigen Blick auf Chinby, der sein entwaffnendstes, unschuldigstes Lächeln aufgesetzt hatte und noch immer Senjas Hand umfaßt hielt.
»Und wer sollte das sein?«
»Brian Brandigore«, erwiderte der Carben-Zwerg einfach, der auf den Namen Drub Fearing hörte. »Friedlich vereint werden wir wieder gemeinsam in unseren Höhlen leben.«
Eine Woge unaussprechlicher Gefühle durchströmte Brian, und sein Gesicht erglühte in der Farbe seines schönsten roten Wamses, das er zurückgelassen hatte, als er mit Shanon aufgebrochen war. Aber noch etwas anderes trug zu diesem wunderbaren Gefühl der Stärke bei, das jede Faser seines Seins erfüllte.
Senja fing seinen Blick auf und verneigte sich leicht vor ihm.
»Willkommen, Brian. Wir hatten nicht so bald mit deiner Ankunft gerechnet. Aber wie ich sehe, gehörst du nicht zu den unschlüssigen Zauderern.«
Die Zwergin sprach in einem heiteren, leicht neckenden Ton, und da Brian keine passende Antwort einfiel, wandte er sich rasch an Shanon und sagte eine Spur zu laut: »Was soll mit dieser Bestie da

draußen geschehen? Gram, falls es Gram ist, wird sich blutrünstig auf uns stürzen, wenn er erst einmal entdeckt, daß außer uns beiden noch Waldelfen und Carben-Zwerge in diesem Loch festsitzen. Das wird ein wahres Festmahl für ihn.«

»Keine Sorge, es gibt mehrere Fluchtwege hier«, beruhigte ihn Shanon. »Und unser Gastgeber wird sich darum kümmern, daß Gram keinem von uns zu nahe auf den Pelz rückt.«

»Die Bestie, der du begegnet bist, ist ein alter Bekannter in diesen Wäldern, Brian«, sagte Chinby und zog den Zwerg an seine Seite. So nahe bei Senja zu stehen ließ Brians Herz höher schlagen, aber sie schien keine Notiz von ihm zu nehmen und unterhielt sich weiter mit Drub Fearing, dem Carben-Zwerg.

»Gram ist eine der urzeitlichen Bestien, die von Zeit zu Zeit die Eisfelder verlassen und hier in den Wäldern Unheil stiften. Ich kann mich nicht daran erinnern, daß es einmal eine Zeit gegeben hat, wo er nicht irgendwo auftauchte. Doch nicht er, sondern weitaus größere und gefährlichere Bestien stellen jetzt die eigentliche Bedrohung für uns dar. Sie haben begonnen, sich jenseits des Tosenden Meeres zusammenzurotten, und der Tag der Abrechnung naht«, fügte Chinby hinzu.

»Wer könnte schon gefährlicher als Gram sein?« fragte Brian. Er war darüber erleichtert, daß Chinby ihn mit dem Gespräch über die Eindringlinge aus der Einöde auf andere Gedanken brachte.

»Hundert oder tausend Grams«, erwiderte Chinby. »Die gefährlichsten sind die Nachkommen von Elver Tarn, die das Gesetz nicht mehr befolgen – geflügelte Drachen, die entsetzlichsten Bestien, die je über Atlanton hergefallen sind. Immer wenn ein Zeitalter zu Ende geht, verwüsten sie das Land und zerstören alles Leben.«

»Leben wir denn am Ende eines Zeitalters?« fragte Brian mit erschrocken aufgerissenen Augen. Wie immer war er fasziniert von den Erzählungen des alten Zwerges.

Diese Gespräche mit Chinby waren ihm so vertraut, daß es ihm ganz natürlich vorkam, über geflügelte Ungeheuer und die schrecklichen Zeiten, die bald anbrechen würden, zu reden.

»Alle Anzeichen deuten darauf hin, Brian, obwohl sie dir dort unten in den Zwergenhöhlen wohl entgangen sein dürften.«

»Aber das beantwortet immer noch nicht die Frage, was wir gegen Gram unternehmen.«
»Es war nicht Gram, den du oben auf den Klippen gesehen hast, Brian, sondern eine andere Bestie. Sie lungert schon seit geraumer Zeit hier bei den Wasserfällen herum und tötet jeden, der ihr über den Weg läuft. Zuerst gab es eine ganze Horde davon, doch Sigman Col hat viele von ihnen getötet.«
»Aber ihr wart doch seine Gefangenen! Ist er denn nicht unser Feind?«
Chinby strich sich nachdenklich über den langen Bart, ehe er bedächtig antwortete. »Ließen sich die Dinge immer so eindeutig dieser oder jener Seite zuordnen, wäre vieles verständlicher und auch leichter zu erklären.«
Drub Fearing stellte sich nun neben Chinby.
»Vor allem während der strengen Winter haben diese Bestien uns arg zugesetzt. Sigman Col hat versucht, die Carben-Siedlungen zu einem großen Lager zusammenzuziehen, das den Bewohnern mehr Schutz gegen Gram und andere Ungeheuer bietet. In den weitverstreuten und kaum befestigten Siedlungen waren sie eine leichte Beute für die Bestien.«
»Kennst du Mathiny, Drub?« fragte Brian plötzlich.
»Mathiny? Ja, natürlich. Er ist einer der Ältesten unter Sigman Cols Oberherrschaft. Seinem Kommando untersteht eine Siedlung, die nicht weit entfernt von meiner eigenen liegt.«
Shanon bohrte seine Hände tief in die Falten seines Umhangs und sagte dann: »Mit dieser Vertrauensstellung ist es nun wohl vorbei. Aber ihr könnt ja nicht wissen, was inzwischen passiert ist.«
»Wovon sprichst du?« fragte Drub.
»Leider wird man Mathiny jetzt als Verräter beschimpfen, und wenn sein Plan nicht funktioniert, ist er in großer Gefahr.«
»Mathiny ist einer der hochangesehenen Ältesten aller Carben-Klans, und Sigman Col wird Verleugnungen keinen Glauben schenken.«
»Das kann sich geändert haben«, warf Brian ein. »Mathiny versuchte, Shanon und mich in den unterirdischen Festungen des Dunklen Heims gefangenzunehmen. Mit Hilfe der Flußschlangen haben

wir ihm einen gehörigen Schrecken eingejagt und ihn dazu überredet, uns dabei zu unterstützen, Senja und Chinby zu befreien. Das hat sich ja nun glücklicherweise erübrigt, aber Mathiny bekam Gewissensbisse und kehrte in seine Siedlung zurück, auch auf die Gefahr hin, dort als Verräter verurteilt zu werden. Zu seinem Trupp, der uns jagte, gehört ein ekelhafter Kerl namens Runion, der zu Sigman Col zurückging und ihm sicher alles über Mathiny, Shanon und mich und die beiden Gefangenen berichtet hat.«
Mit finsterer Miene und geballten Fäusten hörte Drub Fearing dem Erdzwerg zu.
»Runion war schon am Untergang manch anständigen Zwerges schuld«, schimpfte er dann grimmig. »Aber nie kam jemand ihm dabei auf die Schliche. Er ist ein hinterhältiger Intrigant. Sigman Col hört zwar nicht auf Runion und seine Lügengeschichten, aber er könnte Mathiny trotzdem schaden.«
»Dann ist unser Freund ja in größerer Gefahr, als wir angenommen hatten. Wenn wir ihm doch nur irgendwie helfen könnten«, sagte Brian.
Der Anführer der Carben-Zwerge stieß ein kurzes, drohendes Lachen aus.
»Wenn ihr jemanden sucht, der Mathiny da herausholt, hier vor euch steht er. Ich, Drub Fearing, werde euren Freund befreien. Ich brauche dafür nicht länger als zwei Tage und werde dann wieder zu euch stoßen.«
»Was ihr da über diesen Mathiny erzählt habt, hört sich an, als wäre er ein recht brauchbarer Bursche, der unserer Sache dienlich sein könnte«, meinte Chinby nachdenklich. »Wir haben Hilfe bitter nötig, denn in den nächsten Tagen steht uns der beschwerlichste und wohl auch gefährlichste Teil unseres Unternehmens bevor. Wir sind auf jeden Verbündeten angewiesen.«
Shanon, der in einem Gespräch mit einem Waldelfen vertieft gewesen war, sagte nun zu Brian: »Falon hat mir erzählt, daß hier in dieser Gegend viele Siedlungen von Waldelfen liegen, und er glaubt, daß er mindestens die Hälfte der Bewohner dazu bewegen könnte, mit uns zum Tosenden Meer zu ziehen. Ihnen liegt zwar nicht viel an Gewässern, die größer sind als die Flüsse hier in den Wäldern,

aber sie alle wissen, daß es höchste Zeit ist, etwas gegen die Bestien zu unternehmen, die mittlerweile den größten Teil des Waldes beherrschen.«
»Bei diesem Kampf geht es um weitaus mehr«, gab Chinby zu bedenken. »Obwohl die Bedrohung durch die Bestien an sich schon ausreicht.«
»Solange sie sich in unserer Nachbarschaft herumtreiben, müssen wir ständig um unser Leben fürchten«, sagte Falon wütend. »Ganze Horden fielen über uns her und trieben uns immer tiefer in die Wälder. Doch selbst dort sind wir vor ihnen nicht sicher. Es sieht fast so aus, als wollten die größten Bestien sich ausgerechnet da zusammenrotten.«
»Ja, es sind unheilvolle Zeiten für uns alle«, stimmte Chinby dem Waldelfen bedrückt zu. »Mein Leben lang habe ich diese Entwicklung beobachtet und die Katastrophe herannahen sehen. Nun überstürzen sich die Ereignisse, aber wer offenen Auges durch die Welt ging, konnte die Anzeichen nicht übersehen. Leider ziehen es die meisten vor, den Kopf in den Sand zu stecken und so zu tun, als wäre alles in bester Ordnung, bis es zu spät ist, geeignete Vorkehrungen zu treffen.«
»Wie bei mir in Con Den Fetch«, platzte Senja dazwischen. »Zu Hause haben sie mir dauernd einzureden versucht, daß keinerlei Gefahr drohe, außer ich ginge in Brians Siedlung im wilden Grenzland.«
Brians Gesicht lief puterrot an, und Senja seinen Namen aussprechen zu hören bewegte ihn zutiefst.
»Hättest du nur auf sie gehört«, neckte Shanon sie. »Dann säßest du jetzt sicher und geborgen in deiner Höhle, anstatt in einem fremden Wald hinter Wildschweinen herzujagen und dazu noch in Begleitung von nichtsnutzigen Strolchen.«
Senja warf lachend den Kopf in den Nacken und schüttelte die dunklen Locken, die unter ihrer gelben Mütze hervorlugten.
»Eure Gesellschaft ziehe ich allemal den Langweilern in Con Den Fetch vor«, antwortete sie spottend.
»Und wir zerbrachen uns darüber den Kopf, wie wir dich und Chinby aus der Gefangenschaft befreien könnten«, sagte Shanon und schnalzte mißbilligend mit der Zunge.

»Das hätte womöglich unser aller Ende bedeutet«, schimpfte die Zwergin. »Chinby hat mir sofort nach unserer Gefangennahme versichert, daß wir nichts zu befürchten hätten und noch vor Einbruch der Dunkelheit wieder in Freiheit wären.«
»Wie konntest du dir dessen so sicher sein, Chinby?« fragte Brian neugierig. »Natürlich, im Vergleich zu all den bedeutenden Dingen, die du weißt, bereitet dir so eine Kleinigkeit wie eure Flucht weiter kein Kopfzerbrechen. Aber ich möchte doch zu gern wissen, wie du vorhersehen konntest, daß ihr Sigman Col entfliehen würdet.«
»Er hat uns ja förmlich dazu gezwungen«, erwiderte der alte Zwerg mißmutig. »Und den Zeitpunkt vorherzusagen, dazu bedurfte es wahrlich keiner Zauberkunst. Ich hörte einen Wachposten das Gefängnis beschreiben, in dem wir eingesperrt werden sollten. Ihnen jagte allein der Gedanke, in so einem tiefen, stickigen Loch zu sitzen, Angst und Schrecken ein, dabei war es geradezu geräumig und luftig im Vergleich zu den Zwergenhöhlen, an die ich gewöhnt bin.«
»Diese Carben-Zwerge haben wohl überhaupt keine Ahnung, wie es sich unter der Erde leben läßt«, fügte Senja Chinbys Ausführungen hinzu. »Chinby versuchte ihnen etwas über die Alte Lehre zu erzählen, aber sie hatten noch nie davon gehört und behandelten ihn wie einen Verbrecher.«
»Das wundert mich nicht«, warf da Drub ein. »Sigman Col hat überall verbreitet, daß jeder Meister der Alten Lehre, der in das Reich der Carben einzudringen wagt, ihm unverzüglich zu überstellen sei. Ich vermute allerdings, er hat das nur angeordnet, weil er selbst begierig darauf war, mehr über das Leben der Erdzwerge und der Elfenvölker zu erfahren. Jemand anderer hat diese Anordnung dann verfälscht und die Meister der Alten Lehre zu Verbrechern gestempelt, die erbarmungslos zu jagen und anschließend zu foltern seien. Unser lieber Freund Runion hat damit nicht zum erstenmal einen Befehl Sigman Cols für seine eigenen Zwecke mißbraucht.«
»Sollen wir nun Drub losschicken, um Mathiny zu holen, oder nicht?« fragte Brian unwirsch den alten Zwerg.
Chinby überlegte eine Weile, seine trüben, blinden Augen starrten ins Leere.

»Das könnte sich als vorteilhaft erweisen«, sagte er schließlich. »Drub rechnet damit, daß er in kürzester Zeit wieder zu uns stoßen kann. Nur unter dieser Voraussetzung bin ich damit einverstanden. Und Mathinys Unterstützung könnte sehr wertvoll für uns werden.«

»Aber was ist mit Sigman Col, Chinby?« bohrte Brian weiter, den die widersprüchlichsten Meinungen über den Carben-Anführer nun restlos verwirrt hatten.

»Ich glaube, er ist uns ziemlich dicht auf den Fersen, obwohl er das sicher nicht weiß. Er ist schon ein recht sonderbarer Geselle.«

»Sigman Col hat in meiner und anderen Siedlungen manches Unheil angerichtet«, beschwerte sich Falon. »Aber das kann ich irgendwie verstehen. Er verbreitet doch überall die anmaßende Theorie, die Carben-Zwerge wären Halbelfen. Da kann er es natürlich nicht zulassen, daß eine Elfensiedlung sozusagen als lebender Beweis dafür, daß zwischen Zwergen und Elfen keinerlei Ähnlichkeit besteht, in nächster Nähe ist.«

Drub Fearing warf sich angriffslustig in die Brust.

»Übertreibst du da nicht ein wenig, mein guter Elf? Bei genauerem Hinsehen wirst du feststellen, daß uns gar nicht soviel von den Waldelfen unterscheidet.«

»Hört auf zu streiten«, fuhr da Shanon dazwischen. »Es ist völlig belanglos, ob ihr Elfen oder Zwerge seid. Darüber könnt ihr euch die Köpfe heiß reden, wenn wir irgendwann irgendwo gemütlich am Feuer sitzen und von vergangenen Abenteuern erzählen. Jetzt gilt es schnellstens unsere Verbündeten zusammenzutrommeln und auf kürzestem Weg zum Tosenden Meer zu marschieren.«

Der Elf verstummte und sah Chinby Zustimmung heischend an.

»Habe ich recht, mein Alter?«

»Du hast den Nagel auf den Kopf getroffen, mein kluges Kerlchen. Zwerge sind immer sehr umständlich und brauchen Tage, bis sie den Kernpunkt einer Sache erfassen. Also, Falon, du kehrst mit deinen Gefährten in eure Siedlungen zurück und mobilisierst alle Bewohner, die sich uns anschließen wollen. In drei Tagen stoßt ihr dann zu uns, und wir reisen gemeinsam weiter.«

»Wo werden wir uns treffen?« fragte der Waldelf.
»Was schlägst du vor? Du bist in dieser Gegend heimisch.«
»Diesen Platz halte ich nicht dafür geeignet«, mischte sich Shanon wieder ein. »Wenn es stimmt, was Brian über Gram oder Grams Komplizen gesagt hat, so werden sie die Elfenwasserfälle im Auge behalten und sofort angreifen, wenn sie einen von uns entdecken.« Er dachte eine Weile angestrengt nach und fragte dann Drub: »Was meinst du dazu, mein guter Carben? Kennst du einen Ort, der sicher ist und gleichzeitig von euren Freunden gefunden werden kann?«
Der stämmige Carben-Zwerg erwiderte Shanons fragenden Blick und entschied mit fester Stimme: »Ich selbst werde euch dorthin führen. Ich habe einen sehr fähigen Stellvertreter, den ich mit der Aufgabe betrauen kann, unsere Gefährten zu benachrichtigen und zu dem vereinbarten Treffpunkt zu führen.«
»Ein vorzüglicher Vorschlag«, lobte Chinby. »Wir sind mit der Gegend hier nicht vertraut und könnten uns leicht verirren. Kein sehr angenehmer Gedanke, würde ich sagen.«
Falon scharte seine Elfen um sich und stand wartend am Eingang der Grotte.
»Ich schlage vor, wir treffen uns in der alten Elfensiedlung Drei Steine. Sie ist nicht zu weit von hier entfernt, und es dürfte nicht allzu schwierig sein, sie zu finden.«
»Ich kenne die Siedlung«, sagte Drub. »Ich bin damit einverstanden, und meine Gefährten werden keine Schwierigkeiten haben, dorthin zu finden.«
Der grimmig dreinblickende zweite Anführer der Carben-Zwerge nickte nur kurz.
»Bleibt nur noch das lästige Problem dort draußen«, sagte Brian. »Ungesehen an Gram vorbeizukommen dürfte schwierig sein.«
»Wart's ab«, widersprach Chinby, und ein verschmitztes Lächeln erhellte sein faltiges Gesicht. »Vielleicht sollten wir ihn hier hereinbitten und ihm ein kleines Rätsel zu knacken geben.«
Brian dachte mit Entsetzen an den mörderischen Kampf mit dieser gräßlichen Kreatur und starrte Chinby entgeistert an.
»Das halte ich nicht für klug«, wandte der Elf Falon ein, aber Chinby schnitt ihm das Wort ab.

»Natürlich werden wir dann nicht mehr hiersein«, wies er ihn zurecht. »Mein Plan sieht folgendermaßen aus: Wir folgen diesem Schacht hier und verschwinden durch den zweiten Ausgang. Von dort aus gelangen wir an die Erdoberfläche und sind somit außer Sicht hinter der nächsten Biegung des Grün-Schild-Flusses. An jener Stelle sind Senja und ich auf Drub und Falon mit ihren Truppen gestoßen.«
Senja streckte Falon die Hand hin.
»Wie froh bin ich, dir begegnet zu sein.«
Der Waldelf verneigte sich höflich.
»Es ist mir eine große Ehre, dir und Chinby in Freundschaft verbunden zu sein.«
»Diese Höflichkeiten bringen uns keinen Schritt weiter«, brummte der alte Zwerg. »Und mir um den Bart zu gehen wird mich nicht dazu veranlassen, auch nur einen Deut von meiner Meinung über irgend etwas abzuweichen.«
»Das käme ja auch einem Wunder gleich«, neckte ihn Senja übermütig.
»Sollte ein Zwerg je von einer vorgefaßten Meinung abweichen, dann weiß ich, daß wahrhaftig düstere Zeiten angebrochen sind«, scherzte auch Shanon.
»Raus! Raus mit euch«, polterte Chinby los. »Dieses verleumderische Geschwätz geht mir auf die Nerven. Ab zum Hinterausgang. Dort könnt ihr die Ungeheuer so lange ablenken, bis die anderen in den Wald entwischt sind.«
»Wir warten hier, bis ihr am Ausgang seid«, sagte Falon. »Ich schicke einen Kundschafter vor. Er kann nachsehen, ob die Luft rein ist.«
Brian warf einen verstohlenen Blick auf Senja und erinnerte sich an seine erste, eindrucksvolle Begegnung mit der schlagfertigen Zwergin, die freimütig ihre Meinung kundtat. Dieser Besuch damals in Con Den Fetch schien in einem anderen Leben stattgefunden zu haben, so weit entfernt von den Elfenwasserfällen und dem Grün-Schild-Fluß. Wären Senja und Chinby nicht hier bei ihm gewesen, so wäre ihm die Vergangenheit wie ein längst verblaßter Traum vorgekommen.
Senja kam über den feuchten, kühlen Boden auf ihn zu.

»Wie gut, daß wir einander wiedergefunden haben, Brian. Chinby sagte mir wohl, daß du nicht verlorengehen könntest, aber in Sigman Cols Gefängnis habe ich doch oft das Schlimmste befürchtet. Ich wähnte uns schon am Ende unserer großartigen Pläne und außerstande, jemals das Tosende Meer zu erreichen.«
Brians Kehle war wie zugeschnürt. Er räusperte sich und suchte krampfhaft nach einer passenden Antwort. Leise, fast zärtlich sagte er dann: »Ich freue mich ebenso wie du. Es war schrecklich, dich und Chinby in der Gewalt Sigman Cols zu wissen. Denn Shanon und ich, wir hätten euch niemals befreien können.«
»Er war schon fest entschlossen, einfach in Sigman Cols Lager zu marschieren und eure Freilassung zu fordern«, stichelte der Elf. »Ich konnte ihm diese Wahnsinnsidee einfach nicht ausreden.«
»Wie gut, daß mir bei der Auswahl meiner Zwerge kein Fehler unterlaufen ist«, brummte Chinby. »Wäre nicht Senja bei mir gewesen, würde ich wohl jetzt noch in Sigman Cols Kerker sitzen und darauf warten, daß mein tapferer Brian die Siedlung im Sturm nimmt.«
Brian haßte es, so im Mittelpunkt zu stehen, und wechselte rasch das Thema.
»Es reicht doch wohl, daß wir noch einen langen, gefährlichen Marsch vor uns haben, da müßt ihr nicht auch noch mit mir eure Scherze treiben. Wie wär's, wenn wir endlich aufbrechen würden?«
Bei diesen Worten bückte er sich, warf sich seinen Rucksack über die Schulter, griff nach seinem Bogen und rückte das kurze Schwert unter seinem langen Umhang zurecht.
»Ja, genug damit«, stimmte Chinby zu. »Wir wollen nicht mehr streiten und endlich losmarschieren. Du, Falon, und du, mein guter Carben, ihr wartet, bis wir euch ein Zeichen geben. Dann erledigt ihr so rasch wie möglich eure Aufträge, und wir treffen uns wieder bei den Drei Steinen.«
Falon und der Carben-Zwerg nickten nur zustimmend und bereiteten sich ebenfalls zum Aufbruch vor.
Brian wandte sich an Drub und bat ihn, die Führung zu übernehmen. Senja ging an Chinbys Seite und geleitete ihn sicher durch die engen Gänge unterhalb des Wasserfalls. Brian und Shanon bildeten die Nachhut.

Nach wenigen Schritten teilte sich der Schacht, und die Elfenmonde schimmerten nun grünlich. Kurz darauf senkte sich der Boden steil abwärts, und die Gefährten hörten tief unter sich das Brausen des unterirdischen Flusses, der dem Tosenden Meer entgegeneilte.

18. Die Varads

Als sie eine Weile dahinmarschiert waren, fand Brian einen Vorwand, zu Senja und Chinby aufzuschließen. Die Zwergin beschrieb dem Blinden gerade leise die Farben der Elfenmonde und die Konstruktion der Schachtwände.

»Du warst eine gelehrige Schülerin«, lobte Chinby anerkennend und lauschte ihren Schilderungen. Senja beschrieb genau, wie die Steinquader fugenlos ineinandergepaßt und wie geschickt Risse im Gestein ausgebessert und Ecken abgerundet worden waren.

»Sie wird alle jungen Zwerge ihrer Generation weit überflügeln«, prophezeite der alte Zwerg.

»Du redest Unsinn«, schalt ihn Senja. »Du sagst das nur, um Brian zu beschämen.«

»Aber das liegt mir fern«, widersprach Chinby und tastete nach dem Arm des jungen Zwerges. »Er ist der vielversprechendste Zwerg, den ich kenne, und die Hoffnung aller Erdzwerge. Daß er ein wenig schwerfällig und langsam im Denken ist, tut meiner Bewunderung für ihn keinen Abbruch.«

Mit wachsendem Unbehagen hörte Brian dieser Unterhaltung zu, blieb aber unverdrossen an Senjas Seite.

»Könntet ihr zwei gefälligst damit aufhören, Brian Brandigores Vor- oder Nachteile durchzuhecheln«, brummte er schließlich unwirsch. »Mich interessiert viel mehr, wie ihr beide euch von der Carben-Truppe übertölpeln lassen konntet und wie euch schließlich die Flucht gelungen ist.«

»Ach, das«, bemerkte Chinby wegwerfend. »Das habe ich längst vergessen.«

»Chinby«, empörte sich Senja. »Das stimmt doch nicht. Ehe sie uns in dieses Verlies steckten, hast du mit mir noch über den Tod ge-

sprochen und gehofft, daß es wenigstens kurz und schmerzlos mit uns zu Ende gehen möge.«
Chinby war über Senjas offene Worte sichtlich aufgebracht, denn scheinbar schämte er sich jetzt seiner Schwäche. Er lief puterrot an und wand sich vor Verlegenheit.
»War es denn so schlimm?« fragte Brian mitfühlend.
»Schlimm genug«, berichtete die Zwergin weiter. »Wir waren in einem der Boote den unterirdischen Fluß hinabgefahren und beschlossen, in einer der alten Höhlen anzulegen, um über der Erde Rast zu machen und nachzusehen, wie die Gegend dort aussieht.«
»Wenn ich geahnt hätte, daß die Carben sich dort in der Nähe herumtreiben und sogar die Frechheit besitzen, in die unterirdischen Gänge einzudringen, hätte ich dir niemals vorgeschlagen, ausgerechnet dort haltzumachen«, verteidigte sich Chinby vehement.
»Dann hat dich deine Vorsehung eben einmal im Stich gelassen. Jedenfalls liefen wir kurz vor dem Ausgang zur Erdoberfläche diesem Carben-Trupp in die Hände. Ich kannte sie ja aus Chinbys Erzählungen und wußte sofort, daß es sich nur um Halbzwerge handeln konnte, denn sie waren größer als Erdzwerge und sahen ziemlich verwildert aus.«
»Und dieser Mathiny, von dem du gesprochen hast, war ihr Anführer«, sagte Chinby. »Sein Name fiel einige Male, als sie uns gefangennahmen.«
»Sie beschuldigten uns, unerlaubt in das Reich Sigman Cols eingedrungen zu sein, wofür wir bestraft werden würden«, erzählte Senja weiter.
»Schon bei meinen früheren Reisen durch dieses Gebiet hörte ich diesen Namen. Dieser Sigman Col ist schwer einzuordnen. Manche halten ihn für den Inbegriff des Bösen, andere wiederum erzählen nur Gutes über ihn. Aber mir war sofort klar, daß eine Zwergin aus den unterirdischen Höhlen und ein blinder Meister der Alten Lehre wenig Entgegenkommen von ihm zu erwarten hätten. Ich habe schließlich über die Jahre hinweg viel Unruhe unter seinen Anhängern gestiftet«, sagte Chinby nicht ohne eine gewisse Schadenfreude.
»Zuerst wußten die Carben-Zwerge gar nicht, was sie mit uns an-

fangen sollten. Sie beschlossen dann, uns in ihr Lager zu bringen, wo wir bei der Rodung des Waldes für eine neue Siedlung helfen sollten. Und als sie entdeckten, daß Chinby blind ist, warf das ihre Pläne erst einmal über den Haufen.«

»Warum habt ihr nicht versucht, sie zum Fluß hinunterzulocken? Dort hätten euch die Wächter helfen können«, wollte Brian wissen.

»Darauf wären sie nicht eingegangen«, erklärte der alte Zwerg. »Mir gingen alle möglichen Pläne durch den Kopf, aber sie haben uns sofort gefesselt und in das Wachzimmer am Tor gesperrt. Dort wollten sie die Rückkehr des Spähtrupps abwarten, der den Eingang zu den unterirdischen Höhlen erforschte.«

»Und gleich darauf hörten wir Geschrei. Da hatten sie euch wohl entdeckt und haben euch durch die Schächte gejagt«, erzählte Senja aufgeregt.

»Ja, wir rannten um unser Leben«, stimmte Brian ihr zu.

»Vielleicht sollten wir versuchen, diese Bestie da draußen zum Fluß hinunterzulocken. Die Wächter würden kurzen Prozeß mit ihr machen.«

»Es gibt hier zu viele Tunnels und Seitengänge, durch die sie entfliehen könnte, ehe wir den Fluß erreichen«, widersprach Chinby. »Ich kann es schon riechen. Irgendwo dort vorne, nicht weit weg, führt ein Schacht ins Freie.«

Und in diesem Moment blieb Drub stehen und wartete, bis Brian und Chinby zu ihm aufgeschlossen hatten, damit sie gemeinsam beraten konnten, wie sie weiter vorgehen wollten. Shanon, der neben Senja stand, schlug vor, die Gegend da draußen auszukundschaften, um festzustellen, ob dort irgendwelche Ungeheuer herumlungerten.

»Das ist eine ausgezeichnete Idee, mein Freund«, lobte Drub den Elfen und begleitete ihn bis kurz vor den Ausgang. Dort wartete er dann, falls Shanon Hilfe brauchen sollte.

»Wir sollen doch ihre Aufmerksamkeit auf uns lenken«, sagte Senja. »Wie stellen wir das am besten an? Wollen wir Krach schlagen?«

»Ganz gleich, was wir anstellen. Hauptsache, sie werden von Falon und den Carben-Zwergen abgelenkt«, sagte Chinby.

»Wir könnten ein Feuer anzünden. Der Rauch wird sie bestimmt

hierherlocken«, schlug Brian vor und erschauderte bei dem Gedanken an seine fast tödlich verlaufene Begegnung mit Gram.
»Ja, das wird sie ablenken«, stimmte Chinby zu.
»Wir wollen Drub fragen, was er davon hält«, sagte Brian und holte den Carben-Zwerg in den Schacht zurück. Dort berieten sie dann, wie die Bestie am besten auf eine falsche Fährte gelockt werden könnte und wie sie selbst fliehen wollten, sollte ihr Plan fehlschlagen.
»Diese Tunnels hier sind leicht zugänglich. Erst auf den tieferen Ebenen könnten wir uns vor der Bestie verstecken«, gab Drub zu bedenken. »Deshalb ist es wohl nicht ratsam, in die Schächte zu fliehen. Das Ungeheuer würde uns dorthin folgen.«
»Was schlägst du also vor?« fragte Senja.
»Wir müssen es töten«, erwiderte der Carben-Zwerg sachlich.
Senja traute dem stämmigen, muskulösen Carben-Zwerg durchaus zu, der Bestie in einem Kampf gewachsen zu sein. Er war größer und kräftiger als Brian, wenn auch nicht so gutaussehend, stellte sie fest.
»Aber dann wäre es doch besser gewesen, wir hätten Gram gleich dort bei den Wasserfällen gestellt. Da waren wir zahlreicher und hätten eher eine Chance gehabt, ihn zu besiegen«, sagte Brian entsetzt, der davor zurückschreckte, ein zweites Mal gegen die gewaltige Bestie anzutreten.
Ohne die Hilfe des Steins von Elver Tarn wären Shanon und er für Gram eine leichte Beute gewesen.
»Nein, auf einen Kampf lassen wir uns nicht ein«, sagte Chinby. »Ich will die Bestie nur hierherlocken und verschwinden, ehe sie uns entdeckt.«
»Dann laßt uns hier ein mächtiges Feuer entfachen, damit blockieren wir den Zugang zu den anderen Schächten, und er kann uns nicht folgen«, sagte Brian erleichtert.
»Du hast meine Pläne erraten, Brian. Ich kenne noch ein paar Tricks von früher, als ich noch kein hilfloser blinder Alter war.«
Chinby kramte unter seinem Umhang herum und zog dann einen kleinen Ledersack hervor, dem ein strenger Modergeruch entströmte. Er entnahm ihm eine Handvoll seltsam gefärbten Pulvers, das er in Senjas Hand schüttete.

»Darauf hätte ich zurückgegriffen, wenn wir den Geheimgang in Sigman Cols Gefängnis nicht entdeckt hätten«, erklärte der alte Zwerg.
»Was ist das, Chinby?«
»Schwarzpulver aus den Minen des Dunklen Heims«, erwiderte er. »Es ist sehr vielseitig verwendbar und blieb all die Jahre über ein wohlgehütetes Geheimnis. Früher benutzten die Zwerge es, um damit Höhlen in die unzugänglichsten Tiefen der Erde zu sprengen, und mir diente es als Heilmittel für Wunden und um damit kleine, freche Zwerge zu erschrecken, indem ich etwas davon ins Feuer warf. Es kann auch zur Reinigung von vergifteten Flüssen verwendet werden.«
Senja hielt das merkwürdige Pulver sorgsam in ihrer geschlossenen Faust.
Wie aus dem Nichts tauchte da plötzlich Shanon neben Brian auf, und Senja fuhr erschrocken zusammen und hätte beinahe Chinbys kostbares Wundermittel verstreut.
»Bei den Wasserfällen treiben sich mehrere Ungeheuer herum«, berichtete er atemlos. »Sie gehören unverkennbar zu Grams Horde.«
Drub stellte sich mit gespreizten Beinen, die Hände angriffslustig in die Hüften gestemmt, vor den Freunden auf.
»Habt ihr euch endlich entschieden?« fragte er ungeduldig. »Seid ihr bereit zu kämpfen, oder wollen wir die Bestie hierherlocken und dann fliehen?«
Er nahm den kräftigen Zwergenbogen von seinem Rücken und griff nach einem Pfeil mit giftgrünen Federn.
»Wir brauchen Feuerholz und Späne«, sagte Chinby. »Und dann sehen wir weiter.«
Der Carben-Zwerg und Shanon krochen nach draußen und sammelten rasch im Unterholz trockene Zweige, während Senja und Brian dem alten Lehrer dabei halfen, die benötigten Utensilien aus seinem Sack zurechtzulegen.
»Das wird den Ungeheuern ein paar hübsche Löcher in den Pelz brennen«, kicherte Chinby dabei vor sich hin. »Wie gut, daß ich es nicht verbrauchen mußte, um aus Sigman Cols Gefängnis zu entfliehen. Jetzt wird es sich als äußerst nützlich erweisen.«

»Ich kann mir zwar nicht vorstellen, wie dieses stinkende Zeug uns die Bestien vom Hals halten soll. Aber du mußt es ja wissen«, meinte Senja recht unwirsch.
Brian wollte schon die Zwergin für ihren respektlosen Ton Chinby gegenüber rügen, aber da bemerkte er ihren besorgten Gesichtsausdruck, und dem Alten schien ihr rauher Ton zu gefallen.
»Sie kommen hierher«, rief Shanon da, der hinter dem Carben-Zwerg in den Schacht zurückgerannt kam und einen Armvoll Feuerholz zu Boden warf.
»Ich weiß nicht, was sie aufgescheucht hat«, sagte Drub, »aber sie müssen hier in der Nähe etwas entdeckt haben.«
Brian riß erschreckt die Arme hoch. »Haben sie euch gesehen?« fragte er den Elfen.
»Natürlich nicht«, verneinte Shanon hochmütig. »Einen Elfen sieht man nur, wenn der es will.«
»Also muß sich jemand anderes in unserem Wald herumtreiben«, sagte der Carben-Zwerg nachdenklich und strich über seinen struppigen roten Bart. »Ich gehe noch einmal hinaus und sehe nach.«
»Laßt uns doch einfach von hier verschwinden. Was kümmert's uns, wer sich dort draußen herumtreibt«, drängte Senja beunruhigt. »Hauptsache, wir haben die Bestien von den Wasserfällen weggelockt, so daß Falon und die anderen entwischen konnten. Darum ging es uns doch. Also sollten auch wir schleunigst von hier verschwinden.«
»Ich habe es nicht gerne, wenn ich nicht weiß, wer sich alles in meinem Wald herumtreibt«, widersprach Drub. »Das kann zu bösen Überraschungen führen.«
»Ich verstehe deinen Standpunkt«, stimmte Chinby zu. »Es kann nicht schaden herauszufinden, was da draußen vor sich geht. Vielleicht könnte Shanon rasch nachschauen?«
Der Elf verneigte sich und sagte lachend: »Der Ruf eines Leisetreters bringt manchmal Nachteile mit sich. Also gut, ich sehe nach und komme so schnell wie möglich zurück.«
Und wieder schien er sich in Luft aufzulösen und war in Null Komma nichts verschwunden.
»Euer Gefährte ist ein sehr geschickter Kundschafter«, mußte Drub

zugeben. »Dabei hielten wir Carben uns für Meister in dieser Kunst.«

»Shanon ist wirklich einmalig«, sagte Brian bewundernd. »Manchmal denke ich, er hat mehr zwergische Eigenschaften als viele von uns.«

»Was glaubst du, geht dort draußen vor, Chinby?« fragte Senja.

»Ich weiß es nicht«, entgegnete der Alte. »Vielleicht streifen die Bestien nur zufällig durch den Wald, oder es wurde ihnen zu langweilig, an den Wasserfällen herumzulungern, und sie haben beschlossen, woanders ihr Glück zu versuchen.«

Irgendwo weit hinter ihnen ertönte da ein leises Klingen, erst einmal und dann noch zweimal hörten sie den Ton, so als würde eine Glocke läuten.

»Das ist das vereinbarte Signal von den anderen«, rief Senja aufgeregt und lauschte angestrengt auf die zarten Klänge.

»Das bedeutet, sie brechen auf«, stimmte Drub zu. »Sie haben die Bestien abziehen sehen und glauben sicher, wir haben sie hierhergelockt.«

»Wir wollten ihnen ein Zeichen geben«, sagte Chinby.

»Das hat sich jetzt erübrigt, denn ich glaube, sie sind bereits im Wald verschwunden. Ich hoffe nur, unsere Freunde dort draußen überlegen es sich nicht anders und kehren zu den Wasserfällen zurück, ehe die anderen im Wald untergetaucht sind.«

»Dann müssen wir sie schnell in die Falle locken«, entschied Chinby.

Brian fügte mit gepreßter Stimme hinzu: »Laßt uns warten, bis Shanon zurückgekehrt ist. Nur im Notfall wollen wir Chinbys Plan vorzeitig in die Tat umsetzen.«

»Ja, es könnte gefährlich werden, wenn der Elf von den Bestien dort draußen gefangen wird«, sagte der Carben-Zwerg mit finsterer Miene.

»Das würde uns alle in Gefahr bringen«, sprach Brian weiter. »Wir müssen um jeden Preis verhindern, daß die Bestien Falon und deine Gefährten verfolgen, Drub.«

»Zahlenmäßig wären sie den Ungeheuern ja überlegen«, wandte der Carben-Zwerg ein.

»Wer behauptet, ein Elf wie ich wäre einer dieser Bestien nicht gewachsen?« ertönte da Shanons spöttische Stimme und er erschreckte die Gefährten wieder mit seinem unvermuteten Auftauchen.
»Shanon?« rief Senja erleichtert. »Wir hatten schon Angst um dich.«
»Was für ein Unsinn. Du vergißt wohl, mit wem du es zu tun hast«, neckte Shanon sie lachend, doch dann wurde er gleich wieder ernst. »Da draußen im Wald scheint es allerhand Aufregung zu geben. Das hat die Bestien aufgescheucht und wohl auch alle anderen Wesen, die in diesem Teil des Waldes leben.«
»Was hast du entdeckt?« fragte Brian ungeduldig.
»Es hört sich an, als würden irgendwelche Klans eine Versammlung abhalten. Natürlich weiß ich nicht, wer sie sind oder warum sie sich ausgerechnet die Gegend hier dafür ausgesucht haben.«
»Könnten es Elfen sein?« fragte Chinby und strich nachdenklich über den langen weißen Bart.
»Dem Lärm nach zu urteilen, den sie machen, müssen es viele sein.«
»Vielleicht sind es Waldelfen?«
»Den Geräuschen nach könnte das durchaus stimmen, Brian. Obwohl ich auch Musik von Rohrflöten gehört habe, und das schließt auf die Anwesenheit von Wasserelfen.«
»Das sind ja überraschende Neuigkeiten«, warf Chinby ein. »Ein Zusammentreffen beider Völker, ausgerechnet jetzt und hier, nach all den Jahren, die sie miteinander zerstritten waren? Ich möchte zu gern wissen, was die Elfenvölker dazu veranlaßt hat, ihre Feindseligkeiten zu begraben.«
»Sollen wir uns ihnen anschließen, Chinby?« fragte Senja.
»Dann müßten wir erst an dem gräßlichen Pack da draußen vorbeikommen«, erinnerte Shanon sie an die herumstreunenden Bestien.
»Außer, es gibt einen anderen Weg durch die unterirdischen Gänge hier.«
»Wir könnten sie ja immer noch hier hereinlocken, wie ursprünglich geplant«, sagte Brian.
»Ich glaube, das ist jetzt nicht mehr nötig, Brian«, widersprach der Elf. »Nichts deutet darauf hin, daß sie zu den Wasserfällen zurück-

kehren wollen, und ich glaube, wir könnten das Lager der Elfen erreichen, ehe sie uns entdecken.«
»Können wir das riskieren? Wir hatten doch mit den anderen vereinbart, sie bei den Drei Steinen zu treffen.«
»Wir müssen die Elfen vor den Bestien warnen«, entschied Brian. »Und außerdem können wir ihre Hilfe gut gebrauchen.«
»Dann laßt uns aufbrechen«, brummte der Carben-Zwerg unwirsch. »Dieses ständige Gerede bringt uns keinen Schritt weiter. Also, gehen wir, oder bleiben wir?«
»Wir wollen darüber abstimmen«, schlug Senja vor.
»Eine gute Idee, meine Liebe«, bemerkte Chinby anerkennend. »Also hebt die Hände. Wer ist dafür, zum Lager der Elfen zu gehen?«
»Alle«, sagte Senja, denn der Blinde konnte ja nicht sehen, wie die Abstimmung ausfiel.
Nachdem die Entscheidung einstimmig gefallen war, beratschlagten die Freunde nun, wie sie am besten vorgehen sollten, um unentdeckt die Waldelfen zu erreichen.
»Das Unterholz ist hier sehr dicht und bietet guten Schutz vor den Bestien«, erklärte Drub, der den Wald so gut kannte wie seine Westentasche. »Die Pfade, die da hindurchführen, sind sehr schmal, und in dem Gestrüpp zu beiden Seiten kann niemand uns auflauern.«
»Aber es könnte uns jemand entgegenkommen«, gab Brian zu bedenken.
»Nun, dann wirfst du deine Höflichkeit eben über Bord und greifst nach Pfeil und Bogen«, erwiderte Drub wütend.
»Also kommt endlich«, giftete der Elf. »Wir vertun hier nur kostbare Zeit. Jede Minute zählt.«
Schnell nahmen die Gefährten ihre Ausrüstungsgegenstände auf, Chinby wurde mit einem Riemen an Brians Gürtel festgebunden und vorsichtig gingen sie einer hinter dem anderen zum Ausgang des Schachts und folgten dem Elfen gebückt durch das Dickicht des Waldes.
Wilde Rosen blühten an Dornensträuchern, die lange, spitze Stacheln verbargen, und der Boden war mit saftigem, langem Gras be-

deckt, dessen grüne Farbe so dunkel war, daß es beinahe schwarz wirkte. Der feuchte, würzige Geruch des Waldes kitzelte sie in der Nase.
Schweigend und fast geräuschlos schlichen die Gefährten dahin. Brian fing von Zeit zu Zeit einen Blick von Senja auf, die ihm aufmunternd zulächelte. Dieses Lächeln entfachte jedesmal einen Aufruhr der Gefühle in seinem Herzen, und er geriet derart durcheinander, daß er ein paarmal stolperte.
Nie hatte ihm jemand von derartigen Gefühlen gesprochen, und er konnte nur vermuten, daß seinen Vater, damals, als er um seine Mutter geworben hatte, ähnliche Gefühle bewegt haben mußten. Brian überlegte, daß er diese beunruhigenden, wenn auch keineswegs unerfreulichen Emotionen erst beschwichtigen konnte, wenn er Senja bat, seine Frau zu werden. Denn diese unausgesprochenen Gefühle schufen diese unerträgliche Spannung zwischen ihnen, und dann würden sie auch ungezwungener miteinander umgehen können.
Ein heftiger Ruck an dem Riemen riß Brian aus seinen träumerischen Gedanken und ermahnte ihn, besser auf den Weg zu achten. Er beschleunigte seinen Schritt und hoffte insgeheim, daß Chinby nicht seine Gedanken erraten hatte.
Brennende Röte überzog Brians Gesicht, obwohl niemand außer Senja es sah, die ihm fröhlich zuwinkte, was ihn noch verwirrter machte. Ihr schien es zu gefallen, ihn zu necken, aber er konnte ihr deswegen nicht böse sein.
Auf einer kleinen Lichtung, inmitten von hohen, knorrigen, moosbewachsenen Bäumen, die von wildem Wein umrankt waren, ließ Shanon die kleine Gruppe anhalten.
»Hier war ich, als ich die Geräusche hörte«, sagte er. »Sie schienen aus nächster Nähe zu kommen, aber jetzt ist alles still.«
Shanon runzelte nachdenklich die Stirn.
»Vielleicht haben die Bestien sie entdeckt, und sie sind geflohen«, meinte Drub.
»Davor möge der Himmel uns bewahren«, sagte Shanon. »Denn wenn die Bestien so nahe sind, befinden auch wir uns in höchster Gefahr.«

Die Sinne aufs äußerste gespannt, blickten die Gefährten um sich, konnten aber nichts entdecken. Nur bedrückende Stille umfing sie.
»Von woher kamen die Geräusche?« fragte Chinby.
»Von dort vorn. Laßt uns nachsehen, ob wir irgend etwas entdecken.«
Ihre Stimmen klangen leise und gedämpft in der Stille der Lichtung, aber Brian hatte das Gefühl, man könnte sie meilenweit hören.
Shanon führte sie zu einer schmalen, kaum erkennbaren Öffnung im Dickicht auf der anderen Seite der Lichtung, und sie waren erst wenige Schritte auf dem engen Pfad gegangen, als ein feingesponnenes Netz leise sirrend auf Shanon niederfiel und ihn auf die feuchte Erde warf. Entsetzt schrien die anderen auf, aber da senkten sich bereits weitere hauchdünne Schleier auf sie herab, und klebrige Fäden legten sich wie Fesseln über sie.
»Zieht die Schwerter!« rief Drub zornig. »Wir sind in den Netzen der Varads gefangen!«
Als Brian nach seinem Schwert griff, verwickelte er sich in seinem Umhang und dem Riemen, der ihn mit Chinby verband. Endlich gelang es ihm, die Klinge aus der Scheide zu ziehen, und wütend hieb er auf das Netz ein, das ihn zu Boden drückte. Doch bald schon merkte er, daß es ein hoffnungsloses Unterfangen war, denn die Stränge des Netzes waren zu dick und zu zäh, um sie zu durchschneiden.
Brian kochte vor Wut. Ohnmächtig im Netz gefangen mußte er mit ansehen, wie aus dem dichten Blätterdach der Bäume sonderbare Wesen zu Boden sprangen und nachsahen, welch kostbare Beute sich da in ihren Netzen verfangen hatte.
Eine dunkelhäutige Gestalt kniete neben Brian und starrte ihm forschend ins Gesicht.
»Es ist ein Zwerg«, rief der Fremde seinen Kumpanen zu.
»Ich habe einen Elfen gefangen«, erwiderte eine zweite Stimme aufgeregt.
»Holt die Netze ein. Wir haben einen guten Fang gemacht, Freunde. Nur schade, daß uns dieses andere Elfenpack durch die Lappen gegangen ist.«

»Oha«, frohlockte da eine dritte Stimme, die einer Gestalt gehörte, die größer als die anderen war, aber Brian kaum überragte. »Wir haben einen wahren Schatz gefangen – auch Drub Fearing ist uns ins Netz gegangen!«
Diese Neuigkeit wurde mit lautem Zähneklappern begrüßt. Die Burschen besaßen alle große, gelbe Zähne, die merkwürdig aus ihren knochigen Gesichtern hervorstanden. Aufgeregt schrien sie durcheinander und machten sich gegenseitig die Beute streitig.
»Dieser gehört mir, dieser gehört mir«, sang einer krächzend und umtanzte den Carben-Zwerg, der verzweifelt um sich schlug. Da trat der Anführer der merkwürdigen Fremden vor und stieß seine Gefährten beiseite.
»Er gehört Stran Bor!« rief Stran Bor und richtete ein schmales, zweischneidiges Schwert gegen seine Gefolgsleute.
»Er gehört Stran Bor«, wiederholten die anderen kläglich im Chor.
»Bringt sie in unser Lager. Dort wollen wir uns näher betrachten, was wir da gefangen haben.«
Murrend und klagend fesselten die Varads ihre Gefangenen, steckten Pfähle durch Arme und Beine, und je zwei schulterten ein verschnürtes Bündel und trugen es fort. Sie schlugen die entgegengesetzte Richtung, in die Shanon sie hatte führen wollen, ein, und bald darauf waren sie im Dickicht des Waldes verschwunden.
Kurz darauf spürte Brian, daß der Boden sich senkte und die Varads sie Stufen hinuntertrugen. Dunkelheit umfing sie, als der Troß einen nach Erde riechenden Tunnel durchschritt, der grob aus der Erde gehauen worden war. Ganz offensichtlich waren hier Hände am Werk gewesen, die wenig Ahnung vom Graben hatten, schloß er daraus. Dann kamen sie am anderen Ende des Schachtes wieder an die Erdoberfläche, und Brian erkannte eine gerodete Lichtung, auf der Hütten aus getrocknetem Schlamm mit Strohdächern standen, und er roch den Rauch von Lagerfeuern.
Brian wand und drehte sich so lange, bis er seine Gefährten sehen konnte. Sie alle steckten in den klebrigen Netzen, und er war erleichtert, als man Senja dicht neben ihm niederlegte. So konnte er wenigstens mit ihr sprechen, ohne von ihren Feinden belauscht zu werden.

Drub wurde vor die Füße eines Varads geworfen, der Stran Bor überragte, wütend knurrte und wild mit den Zähnen klapperte.
»Das ist also unser fürchterlicher Feind, wie?« schrie der Häuptling der Varads. »Für seine Schandtaten wird er büßen und nie wieder wird er oder einer aus seiner Sippe uns etwas antun können.«
Mit lautem Zähneklappern bekundeten die Varads ihre Zustimmung und schlugen dazu dröhnend mit ihren Schwertern auf die Schilde.
Senja flüsterte Brian mit vor Schrecken zitternder Stimme zu: »Unser Freund ist ihnen wohl nicht das erstemal begegnet.«
»Ja, und es hört sich an, als wären sie ihm nicht wohlgesinnt«, erwiderte Brian. »Ich fürchte, wir können nichts zu seiner Rettung beitragen.«
»O doch«, ertönte da Chinbys Stimme hinter Brians Rücken. »Falls es uns gelingt, nahe genug zu einem der Feuer zu kriechen, werde ich ein wenig zaubern.«
Brian glaubte ein unterdrücktes Kichern zu hören, das aber in dem lärmenden Aufruhr der Varads unterging.

19. Chinby zaubert

Während die Varads lautstark ihren Triumph feierten, Drub Fearing – den alle zu kennen schienen und dessen Name die gräßlichen Kreaturen in zornige Raserei versetzte – gefangengenommen zu haben, gelang es Brian, seine Fesseln so weit zu lockern, daß er sich von Chinby lösen konnte. Dann streifte er das klebrige Netz von den Händen und half Shanon, die Fäden von Kopf und Schultern abzustreifen.
Dabei beobachtete Brian aufmerksam seine Umgebung und bemühte sich, die Varads zu zählen, aber er geriet immer wieder durcheinander, denn die Gestalten ähnelten einander derart, daß sie in dem trügerischen Licht der Lagerfeuer kaum voneinander zu unterscheiden waren.
Der mächtige Varad, dessen Name Golin Ling war, klapperte laut mit den vorstehenden gelben Zähnen und hob Schweigen gebietend eine Hand.

Brian bemerkte, daß die Hände der Varads den seinen ähnlich waren, nur die Haut war schuppig und schmutziggrau. Ihre Füße waren nackt und sehr groß und hatten wohl so harte Sohlen, daß sie kein Schuhwerk brauchten. Jetzt erinnerte er sich, daß er im feuchten Boden des Pfades Fußabdrücke gesehen hatte, aber er hatte nicht weiter darauf geachtet.
Brian verstand allerdings nicht, daß Drub, der die Varads kannte und auch die Fährten nicht übersehen haben konnte, so blindlings in die Falle gestolpert war und sie somit alle in Todesgefahr schwebten.
»Wo kommen diese Kreaturen her, Chinby?« fragte Brian den alten Zwerg gerade so laut, daß die Wachposten ihn nicht hören konnten. Golin Lings Haßtiraden gegen Drub und die Carben-Zwerge beunruhigten Brian sehr, denn der Varad steigerte sich derart in einen fiebrigen Wahn, der leicht in Gewalttätigkeit gegen die hilflosen Gefangenen umschlagen konnte.
»Das weiß ich nicht, Brian. In den *Büchern der Weisheit* steht wenig über diese Kreaturen. Ich habe die Geschichte der Menschen, der Tiere und Elfen studiert, kann mich aber nicht daran erinnern, etwas über die Varads gelesen zu haben. Drub könnte uns sicher mehr über sie erzählen, falls wir je hier lebend herauskommen.«
»Er hat uns absichtlich in diese Falle hineinlaufen lassen«, schimpfte Brian aufgebracht. »Ich habe ihre Spuren auf dem Pfad gesehen, aber ich hielt sie für die Fußabdrücke eines Tieres, das uns nicht gefährlich werden konnte, weil wir ihm zahlenmäßig überlegen waren. Drub muß die Spuren ebenfalls gesehen haben, aber er warnte uns nicht vor diesen Kreaturen und hat uns absichtlich in Todesgefahr gebracht.«
»Seit wir Den'Lin Fetch verlassen haben, befinden wir uns ständig in Gefahr«, antwortete Chinby darauf. »Sicher hatte er einen triftigen Grund, uns die Anwesenheit der Varads zu verschweigen. Vielleicht wollte er uns nicht beunruhigen.«
»Ich hätte lieber Bescheid gewußt, als so ahnungslos in diese Falle zu tappen«, versetzte Brian zornig.
»Das spielt jetzt keine Rolle mehr«, wies Chinby ihn streng zurecht. »Wir müssen abwarten, wie sich die Situation entwickelt, und dann alles daransetzen, den Varads zu entkommen.«

Senja, die den beiden schweigend zugehört hatte, sagte nun mit leiser Stimme: »Hast du den Stein vergessen, von dem du mir erzählt hast? Der euch vor Gram gerettet hat?«
»Nein, ich habe ihn nicht vergessen«, murmelte der Elf, noch immer damit beschäftigt, die lästigen Fesseln abzustreifen. »Aber ich fürchte, ich habe ihn verloren. Bei diesem ganzen Tumult könnte er mir aus der Manteltasche gefallen sein.«
»Nein, das darf nicht sein«, jammerte Brian bitter enttäuscht. »Der Stein ist unsere einzige Chance, lebend hier herauszukommen.«
Sein tief verwurzeltes Mißtrauen Elfen gegenüber drohte ihn zu überwältigen, aber er dachte gerade noch daran, daß es nicht Shanons Schuld war, falls der Stein von Elver Tarn verlorengegangen war.
»Da, ich glaube, ich spüre ihn«, sagte Shanon leise, unendlich erleichtert. »Ja, er drückt mir gegen die Rippen, aber ich komme nicht an ihn heran.«
»Rutsch näher zu mir«, befahl der Zwerg. »Meine Hände sind frei. Vielleicht kann ich ihn greifen.«
»Seid vorsichtig«, murmelte Senja. »Ein Varad beobachtet euch!«
Einer der Wachposten trat neben Brian, neigte sein knochiges, dunkles Gesicht herab und beäugte ihn mißtrauisch. Dann trat er ihn mit aller Macht in die Rippen. Brian schnappte mühsam nach Luft und stöhnte laut auf.
»Laß das gefälligst bleiben!« schrie Senja ihn an. »Du grober Kerl. Du besitzt ja nicht einmal soviel Mut wie eine Fliege, wenn du einen hilflosen, gefesselten Zwerg derart trittst.«
Der Varad verzerrte den Mund zu einem gräßlichen Grinsen.
»Treten gefällt mir«, knurrte er hämisch und versetzte Brian noch einen kräftigen Tritt.
Danach wandte er sich gelangweilt von Brian ab und hob den Fuß, um Senja in die Rippen zu treten. Doch der Zorn verlieh Brian übermächtige Kräfte, und mit einem Ruck zerriß er die restlichen Fesseln und wollte sich auf den Varad stürzen. Aber Chinby hielt ihn mit eisernem Griff zurück.
»Sachte, mein Freund. Das ist schier unerträglich, ich weiß, aber wir dürfen unsere Kräfte nicht sinnlos vergeuden. Wart's ab!«

Brian konnte sich aus Chinbys festem Griff nicht befreien und er wunderte sich über die Kraft des alten blinden Zwerges.
»Die Stunde der Vergeltung naht«, flüsterte Chinby ihm zu. »Ich höre Geräusche aus dem Wald.«
Brian fiel gegen Chinby und spähte durch die Dunkelheit zum Rand des Waldes. Aber er konnte dort im flackernden Licht der Feuer nichts entdecken.
»Ich sehe niemanden«, flüsterte er in Chinbys Ohr.
»Natürlich nicht«, fuhr der Alte ihn an. »Ich habe ja auch gesagt, daß ich etwas *höre*. Dort im Dickicht verstecken sich Carben-Zwerge.«
»Wie willst du das wissen?«
»Weil ich etwas gehört habe.«
»Was?«
»Ein Signal. Die Varads würden es nicht als solches erkennen, aber es war ein Signal.«
Brian dachte sofort an Drub, der ein zu erfahrener Carben-Zwerg war, um ohne Hintergedanken in die Falle der Varads zu tappen.
»Elfen sind auch dabei«, sagte Shanon.
Die Worte Shanons wurden jedoch von einem donnernden Aufschrei der Varads verschluckt, der sich zum schrillen Kriegsruf steigerte und von ohrenbetäubendem Waffengeklirr begleitet wurde.
»Tötet Drub Fearing!« brüllte die ekstatische Menge, und ihr Anführer, Golin Ling, stolzierte mit gezücktem Dolch vor den Kriegern auf und ab.
»Wer soll ihn töten? Wer wird dieser erbärmlichen Ratte die Klinge ins Herz stoßen?«
Wie von Sinnen in ihrem Blutrausch grölten die Varads: »Ich, Golin Ling! Ich, ich, ich!«
Drub lag geknebelt und gefesselt inmitten der aufgebrachten Menge, rührte sich nicht und hatte die Augen geschlossen. In dem trügerischen Licht der lodernden Lagerfeuer konnte Brian nicht erkennen, ob der Carben-Zwerg verwundet war, aber sein Brustkorb hob und senkte sich kaum merklich, und Brian glaubte, kurz das Aufblitzen eines Auges gesehen zu haben.
Shanon hatte sich mühsam so nahe an Brian herangeschlängelt, daß

dieser unter dem klebrigen Netz, das ihn noch immer umfangen hielt, nach dem kostbaren Stein suchen konnte, den die Königin Corin ihm mit auf die Reise zum Tosenden Meer gegeben hatte, damit er ihnen bei höchster Gefahr diene. Shanon klammerte sich verzweifelt an die Hoffnung, daß die Kraft des Steins sie aus der Gewalt der blutrünstigen Varads befreien und diese so in Angst versetzen würde, daß sie von einer Verfolgung der Flüchtigen absehen würden.

Brian wand und drehte sich, rollte Shanon von einer Seite zur anderen, aber er konnte den Stein nirgends finden.

»Er ist nicht da«, klagte er verzweifelt. »Du sagtest doch, du hättest ihn gespürt!«

»Das habe ich auch, ehe ich hier herüberkroch. Er muß aus meinem Mantel gerutscht sein.«

»O nein«, stöhnte Brian. Aber die Worte gefroren ihm auf den Lippen, als der Varad, der ihn so brutal getreten hatte, wieder näher kam.

Und genau an der Stelle, an der Shanon gelegen hatte, blieb der Varad abrupt stehen, bückte sich, um nachzusehen, worauf er da getreten sei. Als er sich wieder aufrichtete, hatte der Krieger einen kleinen, dunklen Stein in der Hand.

»Er hat ihn gefunden«, jammerte Shanon. »Er hat den Stein.«

»Pssst!« fuhr Chinby ihn an. »Nicht für lange!«

Der alte Zwerg hatte seine Fesseln abgestreift und lag nun schwer atmend neben Brian.

»Die Signale kommen näher. Die anderen werden jeden Moment angreifen. Hier, nimm das, Brian«, flüsterte er und schob einen Leinensack in die Hand des jüngeren Zwerges. »Wirf es im rechten Moment ins Feuer!«

»Aber was ist mit dem Stein?« fragte Brian.

»Den können wir getrost sich selbst überlassen«, beruhigte ihn Chinby. »Sorg du nur dafür, daß du das Pulver im Moment des Angriffs ins Feuer wirfst.«

»Ich will auch etwas tun«, bat Senja mit gepreßter Stimme, in der Angst mitschwang. Aber ihre Augen funkelten angriffslustig, und ihre Hände zitterten nicht.

»Du hältst dich bereit und nimmst den Stein, wenn es soweit ist. Unser Freund wird eine höllische Überraschung erleben und sein neues Spielzeug vor Schreck fallen lassen.«
Und als wäre dies das Stichwort gewesen, sank der Varad-Krieger, der noch immer den Stein von Elver Tarn prüfend betrachtete, ganz langsam in die Knie. Ein Ausdruck ungläubigen Erstaunens verzerrte seine grausamen, dunklen Gesichtszüge. Dann fiel er nach vorn, den Mund zu einem tonlosen Warnschrei aufgerissen, und der Stein rollte aus seiner leblosen Hand direkt auf Shanon zu. Den Bruchteil einer Sekunde später sah Brian den dunkelgrünen Schaft eines Pfeils, der aus dem Rücken des Varad ragte.
Entsetzt fuhr Brian herum, wo zu seiner Linken die mächtige Gestalt Golin Lings, die Hand zum tödlichen Stoß erhoben, über Drub stand.
»Du bist ein Feigling und Verräter, Golin Ling!« schrie Brian, riß sich die letzten Fetzen des Netzes vom Leib und sprang auf den Anführer der Varads zu. Breitbeinig und drohend richtete er sich zu seiner vollen Größe auf.
Einer der dunkelhäutigen Krieger hatte jetzt den toten Gefährten entdeckt und alarmierte die anderen.
»Wer bist du, du elende Ratte, daß du es wagst, dich mir in den Weg zu stellen? Ein erbärmlicher Zwerg aus Drub Fearings verdammter Mördersippe?«
»Ich bin Brian Brandigore, der Erdzwerg aus Den'Lin Fetch, und bei mir ist Shanon, der Elf aus Erin Frey!«
»So wirst du mit ihnen sterben, du erbärmlicher Erdwurm! Golin Ling wird euch und eure Sippe vernichten.«
Zwei stämmige Krieger sprangen auf Brian zu und wollten ihn wieder fesseln, aber der hob gebieterisch die Hand.
»Kommt nicht näher, wenn euch euer Leben lieb ist«, befahl er in scharfem, drohendem Ton.
In diesem Moment schrie der Varad, der den toten Krieger entdeckt hatte: »Ein Pfeil hat Togin getötet! Schnell, durchsucht den Wald!«
Aufgeschreckt rannten die Varad-Krieger durcheinander, und Brian nutzte das heillose Chaos und warf das Säckchen, das Chinby ihm

gegeben hatte, in die lodernden Flammen des Feuers, das in der Mitte des Lagers brannte.
»Brian Brandigore!« rief er so laut er konnte und hechtete mit einem Sprung nach dem Schwert des toten Kriegers.
»Erin Frey!« gellte Shanons Kriegsruf, und er reckte den Stein von Elver Tarn empor, aus dem eine Feuergarbe greller Flammen schoß.
Golin Ling, ein erprobter Veteran in vielen Schlachten, erholte ich schnell von dem Schreck. Er riß sein Schwert aus der Scheide und richtete es auf Brian, der auf ihn zustürmte.
Vom Waldsaum her sirrte und zischte ein Hagel von Pfeilen auf die in panischer Angst durcheinanderstolpernden Varads und streckte mehr als ein Dutzend nieder. Der hohe, klare Ruf des Elfen-Kriegshorns und der tiefere, durchdringende Ton des Zwergenhorns schrillten über die Lichtung, und ein Großteil der Varad-Krieger floh vor den tödlichen Pfeilen, die zu Hunderten auf sie niederprasselten.
Golin Ling versammelte seine Leibgarde um sich und griff nun seinerseits die heranstürmenden Elfen und Zwerge an. Die Truppen prallten mit tödlicher Vehemenz aufeinander, und jeder einzelne Krieger kämpfte verbissen bis zum letzten Atemzug.
Die Varads waren von dem Angriff überrascht worden, und etliche ihrer Krieger fielen im ersten Pfeilhagel, doch sie erholten sich rasch von dem Schrecken und starteten einen Gegenangriff. Brian sah, daß dieser Kampf in ein Blutbad auszuarten drohte, wenn dem nicht irgendwie ein Ende gesetzt wurde. Er war bitter enttäuscht, daß das Säckchen, das er ins Feuer geworfen hatte, überhaupt nichts bewirkt hatte. Aber der Angriff eines rasenden Varad-Kriegers, der ein zweischneidiges, langes Schwert zischend durch die Luft schwang, hinderte ihn daran, weiter darüber nachzudenken.
Er wehrte eben mit letzter Kraft den todbringenden Schwerthieb ab, als eine merkwürdige Veränderung auf der Lichtung einsetzte: alles versank in Dunkelheit, und der dröhnende Gefechtslärm klang mit einemmal gedämpft.
Leise, melodische Musik erklang, zuerst ganz sanft und dann lauter; ein Windstoß brauste über die Lichtung, wirbelte Staub und Asche

auf und ließ die Lagerfeuer zischend auflodern, so daß sie tanzende Schatten über die Lichtung und das Dickicht des angrenzenden Waldes warfen. Ein dumpfes Grollen schwang durch die Luft, das schmerzhaft in den Ohren dröhnte, und direkt über den Köpfen der Kämpfenden ballte sich eine riesige dunkelblaue Wolke zusammen, und ein Schauer blutroter Tropfen ergoß sich über die Varad-Krieger und färbte ihre dunkle Haut grell orangefarben.
Gebannt starrte Brian nach oben. Da hörte er lautes Hufgetrappel, und über der Lichtung erschien eine hohe Gestalt in einer silbernen Rüstung auf einem mächtigen weißen Streitroß. In der ausgestreckten Hand des Phantoms funkelte ein langes, weißglühendes Schwert.
»Ergib dich, Golin Ling, und laß meine Freunde ziehen! Weigerst du dich, so werde ich dich und dein Volk vernichten.«
Die Stimme der Gestalt war tief und volltönend, und Brian überlegte krampfhaft, wo er sie schon einmal gehört hatte. Er wollte eben Chinby danach fragen, als es ihm einfiel. Es war unverkennbar die Stimme des alten blinden Weisen, nur durch Zauberkraft um ein Vielfaches verstärkt.
»Ergib dich, Golin Ling! Rette dein Volk und gib diese Fremden frei. Dem Carben-Zwerg, Drub Fearing, darf kein Leid geschehen. Wenn er etwas Unrechtes getan hat, so werde ich ihn dafür bestrafen.«
Golin Ling, ein fähiger und tapferer Krieger, trat für gewöhnlich furchtlos jedem Feind entgegen, aber ein Kampf mit diesem unheimlichen Phantom schien ihm aussichtslos. So hob er widerstrebend einem Arm und gebot seinen Kriegern, den Kampf abzubrechen.
Schallend tönte wieder Chinbys Stimme über die Lichtung.
»Ihr Elfen und Zwerge im Wald, stellt den Angriff ein! Kehrt sofort zum Grün-Schild-Fluß zurück und nehmt diese Fremden hier mit.«
Shanon, der neben Brian stand, drehte sich um und half Senja auf die Füße.
»Wir werden ja sehen, wie lange dieser Humbug vorhält«, murmelte er mehr zu sich selbst. »Hoffentlich verschafft er uns einen guten Vorsprung.«

»Du unterläßt fortan deine räuberischen Streifzüge, Golin Ling«, donnerte die fürchterliche Stimme weiter. »Du wirst ein schreckliches Ende finden, wenn du deine Gewalttätigkeiten nicht einstellst.«

»Treib's nicht zu weit«, flüsterte Brian seinem blinden Freund zu. »Aus Golin Ling wird nie ein tugendhafter Waldbewohner werden.«

Der Anführer der Varads stand da, unter der flackernden, lichten Gestalt des Reiters, das Gesicht emporgewandt.

»Ich gebe die Fremden frei, o weißer Ritter. Aber der Carben-Zwerg hat viele meiner Gefolgsleute getötet. Er muß bestraft werden.«

»So soll es geschehen«, dröhnte die Stimme.

Golin Lings Augen verengten sich zu schmalen Schlitzen.

»Du bist mächtig und kannst mich töten. Aber den Carben-Zwerg gebe ich nicht frei.«

»Du stellst meine Geduld auf eine harte Probe, Golin Ling. Hüte dich! Was verlangst du von mir?«

»Töte ihn!« knurrte der Anführer der Varads. »Töte ihn, und ich lasse die anderen frei.«

Gespanntes Schweigen senkte sich über die Lichtung, und die Elfen und Zwerge warteten mit angehaltenem Atem, wie die Dinge sich weiter entwickeln würden.

»Nein!« rief der Anführer der Carben-Zwerge, der sich schützend vor Drub gestellt hatte. »Er wird nicht sterben!«

Golin Lings Leibgarde näherte sich angriffslustig den Carben-Kriegern, aber ihr Anführer hielt sie zurück.

»Wir geben alle frei, aber Drub Fearing muß sterben!« forderte Golin Ling wieder, die Hand auf dem Griff seines eisernen Schwertes.

Ein Muskel in seinem kantigen Kinn zuckte, und mit eiskaltem, drohendem Blick starrte er zu dem Reiter auf dem flammenden weißen Roß hoch.

»So soll es geschehen«, entgegnete die dröhnende Stimme, worauf die Carben-Zwerge in lautes Protestgeschrei ausbrachen.

»Schweigt, ihr Carben! Kehrt zum Grün-Schild-Fluß zurück und

nehmt diese Fremden mit. Drub Fearings Leichnam werdet ihr dann an den Elfenwasserfällen beerdigen.«
Totenbleich unter dem roten Bart nickte Drub zustimmend und rief seinen Gefährten zu: »Brüder, nur so können wir diesem sinnlosen Blutvergießen ein Ende setzen. Wie wenig bedeutet mein Leben im Austausch für euer aller Sicherheit. Tut, wie euch befohlen, ich will es so.«
»Nein, Drub Fearing«, protestierte einer der Carben-Zwerge und trat vor. »Das können wir nicht zulassen!«
»Ich befehle es euch«, erwiderte Drub. Seine dunklen blaugrauen Augen sprühten Funken. »Noch nie zuvor hast du dich meinen Befehlen widersetzt, Holin. Ich bitte dich, verweigere mir nicht gerade jetzt die Gefolgschaft.«
Hart biß Holin die Zähne zusammen und drängte die aufsteigenden Tränen zurück.
»Also, tötet ihn«, rief Golin Ling triumphierend.
Mit hämischer Schadenfreude glaubte er einen glorreichen Sieg über diese mächtige Geistergestalt errungen zu haben, da er sie dazu gebracht hatte, den verhaßten Drub Fearing, seinen Erzfeind, dem Tode anheimzugeben.
Reiter und Roß zeichneten sich noch drohender und größer gegen den Himmel ab, und die glühendweißen Flammen loderten so hell auf, daß alle schützend die Hand vor die Augen legen mußten, um nicht geblendet zu werden.
»Geh beiseite, Golin Ling, oder du stirbst mit ihm. Du sollst dein Opfer haben. Im Namen der Gerechtigkeit und um das Leben der anderen zu retten, werde ich Drub Fearing töten. Damit endet das Blutvergießen zwischen den Carben-Zwergen und deinem Volk. Und das gilt auch für die Waldelfen.«
Schweigend blickte der Reiter herab und sprach dann weiter: »Wähle einen deiner Gefolgsleute als Opfer für dein Volk aus.«
Golin Lings Gesicht wurde dunkel vor Zorn, und seine vorstehenden gelben Zähne klapperten furchterregend aufeinander.
»Was hast du gesagt, o weißer Ritter?«
»Ich sagte, mit diesen Opfern soll die tödliche Fehde zwischen euren Völkern endgültig begraben werden. Und wie das Gesetz es ver-

langt, nehme ich als Garanten für den Frieden einen Elfen, einen Carben-Zwerg und einen Varad mit mir. Damit ist der Gerechtigkeit Genüge getan.«
Ein Aufschrei zorniger Stimmen brandete protestierend zu der flammenden Gestalt auf dem riesigen Streitroß empor.
»So soll es geschehen!« dröhnte die Stimme und ließ die aufgebrachte Menge verstummen.
Glühende Hitze strich sengend über ihre Gesichter, die flammende Gestalt senkte sich herab, und ehe Brian recht erkennen konnte, was da geschah, schwebte die geisterhafte Lichtgestalt über den Boden und bedeckte Drub Fearing wie eine dichte Wolke einen Berggipfel. Roß und Reiter hoben sich wieder in die Lüfte, und Drub Fearing, der Carben-Zwerg, war verschwunden und mit ihm Stran Bor, Golin Lings Stellvertreter.
Ein Lichtstrahl fuhr herab, umhüllte einen Elfen, und dann stiegen Roß und Reiter in die Lüfte empor, die Lichtung erbebte, und heulend fuhr ein Windstoß in die Lagerfeuer und blies Funken und Asche in alle Richtungen.
»Damit sei der Feindschaft zwischen euren Völkern ein Ende gesetzt. Mit vereinten Kräften sollt ihr gegen die bedrohlichen Mächte kämpfen, die alles Leben auf Atlanton vernichten wollen.«
Noch einmal flammte grell das weiße Feuer auf, dann versank die Lichtung in Finsternis. Verängstigte Rufe nach Fackeln ertönten, und von Panik ergriffen stolperten Freund und Feind durcheinander.
Brian kniete neben Chinby auf dem Boden und legte seine Lippen dicht an das Ohr der alten Zwerges.
»Was hast du mit ihnen gemacht?«
»Sie sind noch genau dort, wo sie zuvor waren«, antwortete Chinby und kicherte leise.
»Aber ich habe doch gesehen, wie sie verschwanden«, protestierte Brian ungläubig.
»Ja, vor deinen Augen sind sie verschwunden. Aber das heißt nicht, daß sie fort sind«, wiederholte Chinby und freute sich diebisch über die gelungene Demonstration seiner Magie.
In diesem Moment zupfte jemand Brian am Ärmel, und als er erschrocken herumfuhr, blickte er direkt in Drubs Augen.

»Laßt uns schnell unsere Klans zusammenrufen und von hier verschwinden, solange der Spuk anhält«, sagte er und griff nach seinem Rucksack, der mit den anderen Ausrüstungsgegenständen auf einem Haufen lag.
»Schaff deine Elfen hier raus!« befahl Chinby Shanon. »Und du, mein guter Carben-Zwerg, kümmerst dich um deine Leute. Den Varads werden bald die Augen aufgehen. Hoffentlich hast du diesem Wüterich einen ordentlichen Hieb verpaßt, Drub, damit er nicht so schnell wieder aufwacht. Bis dahin möchte ich über alle Berge sein.«
»Ein Zwergenknüppel ist nicht zu unterschätzen«, erwiderte Drub zufrieden.
»Gut. Unterwegs können wir weitersprechen. Ich möchte nicht mehr hier sein, wenn Golin Ling entdeckt, daß wir ihn hereingelegt haben.«
»Gehen wir zu den unterirdischen Gängen zurück?« fragte Shanon.
»Nein, mein guter Elf, so bald brauchst du nicht wieder unter der Erde herumzukriechen. Wir marschieren durch den Wald zu den Drei Steinen, denn mir ist eingefallen, daß diese Gegend hier früher einmal anders hieß und daß es irgendwo einen Weg gibt, der uns schneller als der unterirdische Fluß zu unserem Ziel führen wird.«
»Das ist zu gefährlich«, widersprach Drub. »Golin Ling wird uns verfolgen, da er über der Erde nichts zu befürchten hat.«
»Nun, jetzt begleiten uns die Trupps der Elfen und Waldzwerge«, sagte Chinby gelassen. »Auf einen Kampf lasse ich es nicht ankommen, aber wir sind für alles gerüstet. Golin Ling wird sich hüten, uns anzugreifen.«
Das schrille Heulen eines Varads gellte über die Lichtung.
»Schnell, beeilt euch. Sie kommen wieder zu sich. Verschwindet von hier.«
»Ihr habt gehört, was Chinby gesagt hat«, befahl Brian. »Shanon, du führst die Elfen an, und Drub, du folgst mit den Carben-Zwergen.«
»Und ich sage Senja, wonach sie Ausschau halten soll, damit wir den alten Pfad finden, der durch den Wald führt«, sagte der alte Blinde.

»Gibt es nicht ein Sprichwort, das besagt, ein Blinder könne einen nur in der Dunkelheit führen«, schimpfte Drub. »Aber wie es scheint, hat das auch seine Vorzüge.«
Senja eilte herbei und ergriff Chinbys Hand. Dabei stieß sie gegen Brian. »Wir müssen nach einer gespaltenen Eiche Ausschau halten«, sagte sie atemlos zu ihm. »Chinby sagte, das sei der Wegweiser, dem wir folgen müßten.«
»Eine gespaltene Eiche?«
»Sie wurde vor langer Zeit als eine Art Symbol gepflanzt«, erklärte sie hastig.
»Ja, damals fingen die unruhigen Zeiten an«, fügte Chinby hinzu. »Und niemand konnte ahnen, daß wir sie einmal brauchen würden.«
»Ich wüßte, was mir lieber wäre als eine gespaltene Eiche«, beklagte sich Shanon. »Ein ganzes Heer Bogenschützen und zwei Meilen Vorsprung vor Golin Ling kämen mir gerade recht.«
»Zuerst Sigman Col und jetzt dieser Varad-Häuptling«, brummte Brian zornig. »Wenn es so weitergeht, jagen uns bald sämtliche Bewohner des Waldes.«
»Das ist eben der springende Punkt, du Dummkopf«, sagte Chinby. »Du hast es wieder einmal klar und deutlich ausgesprochen.«
Brian glaubte ein schadenfrohes Kichern zu hören, mußte aber in der Dunkelheit darauf achten, wohin er den Fuß setzte, und konnte die Unterhaltung mit dem alten Zwerg nicht fortsetzen.

20. Die Gespaltene Eiche

Lange Dornen bohrten sich wie scharfe Krallen in die Kleider der Gefährten, und kurz nach ihrem Aufbruch begann es zu regnen. Brian stieg noch der feuchte Rauch der Feuer im Lager der Varads in die Nase, und er schnupperte den dichten grünen Nebel des tiefen Waldes. Er hörte die gedämpften Geräusche der anderen, wie sie über den glitschigen Boden dahinstolperten und ihre Kleider an den Dornen des Gestrüpps zerrissen. Leises Aufplatschen, gefolgt von einem unterdrückten Fluch zeigte an, daß wieder jemand in dieser stockdunklen Finsternis in eine Pfütze gefallen war.

»Kannst du uns nicht mit einem Elfenmond leuchten?« fragte Brian schließlich, der die Hoffnungslosigkeit ihrer Lage begriff und wußte, daß die Varad-Krieger bald ausschwärmen und sie suchen würden. Und genau in diesem Augenblick hörte Brian das kurze, schrille Alarmsignal der Varads.
Drub ließ die anderen an sich vorbeiziehen und wartete, bis Brian, der als letzter ging, bei ihm war.
»Wir kämen schneller voran, wenn wir endlich auf eine der alten Elfenstraßen stoßen würden«, sagte er mit gedämpfter Stimme. »Wir haben sie oft benutzt, wenn wir in Eile waren oder niemand uns entdecken sollte.«
»Die Elfenstraßen?« fragte Brian. »Was ist denn das?«
»Das sind Pfade, die in früheren Zeiten angelegt wurden«, antwortete Shanon. »In Erin Freys Tagen führten viele davon über den Himmel. Manche erfordern allerdings große Trittfestigkeit.«
»Die Gespaltene Eiche«, warf da Chinby ein, der mit Senja nur wenige Schritte vor ihnen stehengeblieben war, »ist die Treppe, die zu diesen Straßen hinaufführt. Sie berühren die Wipfel der Bäume des Dunklen Hügels, und man kann ihnen bis zu den Balsen-Sümpfen folgen, die an die Schilfebenen angrenzen.«
Das Gesicht des alten Zwerges war in der Dunkelheit nicht zu erkennen, aber seine Stimme klang so fröhlich und zuversichtlich, daß die anderen wieder Mut faßten.
»Wie kommt es, daß du diese alten Elfenpfade kennst, Chinby? Bestimmt wissen nicht viele Waldelfen, die hier in der Gegend leben, von diesem Geheimnis«, fragte Shanon verwundert.
»Ich weiß aus Sagen und Legenden davon, mein leichtfüßiger Baumhüpfer. Früher haben wir oft Geschichten erzählt, während ich mit anderen Meistern der Alten Lehre zusammensaß, und dabei erfuhr man allerhand Wissenswertes und lernte auf Dinge zu achten, die anderen verborgen blieben.«
»Sprich doch nicht wieder in Rätseln«, schalt Senja. »Kannst du dich nicht einmal klar und deutlich ausdrücken?« Ihre Stimme klang gereizt und beunruhigt.
»Wie hast du von diesen alten Straßen erfahren, Chinby?« wiederholte Shanon.

»Wie ich bereits sagte, indem ich mit anderen sprach. Damals hatte ich mein Augenlicht bereits verloren, aber das hinderte mich ja nicht daran, meinen Kopf zu gebrauchen. Schließlich wußte ich, daß die Zwergenhöhlen unterirdisch miteinander verbunden waren. Und daraus folgerte ich logischerweise, daß es unseren Elfenbrüdern ebensowenig an weiser Voraussicht gemangelt hatte und sie sicherlich auch geheime und sichere Wege angelegt hatten, um jederzeit gefahrlos von einer Siedlung zur anderen reisen zu können.«

»In dem Brunnen, an dem du damals saßt, als wir uns das erstemal begegnet sind, Chinby, ist das Datum eingemeißelt, an dem die erste Straße angelegt wurde. Bist du so auf die alten Elfenwege gestoßen?«

»Dein gutes Gedächtnis überrascht mich, Shanon. Ja, ich strich zufällig mit den Fingern über die Gravur, und erst viel später begegnete ich einem höchst interessanten Burschen, der sich ganz der Bienenzucht und Honigherstellung verschrieben hatte, und der erzählte mir an den langen Abenden an seinem Kamin viele alte Geschichten, die sich seit Jahrhunderten um den legendären Rundhut und seinen Klan rankten, und dabei kamen natürlich auch die Ereignisse in den Elfensiedlungen zur Sprache. Er hat sogar die Königin Corin einmal in ihrem Garten gesehen, und er schien nicht nur in der Bienenzucht bewandert zu sein.«

»Wer war das?« fragte Drub neugierig.

Während Chinby erzählte, waren die Gefährten weitergegangen, bis ihnen eine undurchdringliche Hecke aus Dornengestrüpp den Weg versperrte und sie lange suchen mußten, bis sie einen Durchlaß fanden.

Abwechselnd führten die Waldelfen und die Carben-Zwerge den Trupp an, und selbst diese fähigen Fährtensucher und ausdauernden Waldläufer wurden durch das langsame Vorwärtskommen allmählich entmutigt.

»Ich habe noch nie so undurchdringliches Dickicht gesehen, Drub«, beschwerte sich einer der Carben-Zwerge und hackte mit seinem Schwert wütend auf einen Brombeerstrauch ein, der mit jedem Hieb nur noch dichter zu werden schien.

»Ja, und das gefällt mir gar nicht. Es ist derart undurchlässig, daß es gar nicht natürlich gewachsen sein kann.«
»Was könnte es denn sonst sein?« fragte Senja. »Diese Sträucher wurden hier doch nicht angepflanzt, oder?«
»O doch«, erklärte der Carben-Zwerg, »manchmal errichteten die alten Waldvölker undurchdringliche Sperren, um sich vor Eindringlingen zu schützen. Sie pflanzten Dornengestrüpp, durch das niemand hinein oder heraus kommt. Aber als ich das letztemal hier war, gab es diese Hecke noch nicht.«
»Könnten die Varads sie gepflanzt haben?« fragte Shanon. »Erinnerst du dich an die Stufen, die sie uns hinuntertrugen, und den Tunnel unter der Erde? Das wirkte doch auch völlig fehl am Platz.«
»Mir ist nur aufgefallen, daß sie nicht viel Ahnung vom Graben haben«, erwiderte Brian verächtlich.
»Genau. Vielleicht haben sie dieses Gestrüpp hier gepflanzt, um Gefangenen die Flucht unmöglich zu machen oder Feinde abzuwehren.«
»Die Varads sind zwar schlau und geschickte Handwerker«, warf Drub ein, »aber ich glaube nicht, daß sie sich diese Mühe gemacht hätten. Das erfordert zu viel Arbeit. Sie ziehen es vor, unbefestigte Siedlungen und einsame Wanderer zu überfallen.«
»Wer sind denn diese Varads überhaupt?« fragte Brian. »Chinby meinte, du könntest uns mehr über sie erzählen.«
»Ja, ich weiß tatsächlich nicht viel über sie«, gab Chinby zu. »Und ich habe doch wahrhaftig die unterschiedlichsten Völker kennengelernt. Auch mich würde es interessieren, mehr über sie zu erfahren.«
Shanon hatte plötzlich einen Sack, gefüllt mit Elfenmonden, unter seinem Mantel hervorgezogen und verteilte die Monde nun reihum. Mit Hilfe des dämmrigen Lichts, das sie verbreiteten, fanden die Gefährten sich nun leichter zurecht. Die Elfenmonde warfen unheimliche schwarze und grüne Schatten auf die nassen Blätter und Dornen des Unterholzes.
Drub half zwei Carben-Zwergen, die Stämme erst kürzlich gefällter Bäume beiseite zu räumen, die den Pfad blockierten. Dann erst beantwortete er Brians Frage.

»Schon als junger Zwerg bin ich hie und da auf Spuren der Varads gestoßen, so wie diese gefällten Bäume hier, die mir verraten, daß sie vor gar nicht langer Zeit hiergewesen sein müssen. Aber niemand wußte viel über sie zu berichten. Gelegentlich fanden wir heruntergebrannte Feuer im Wald oder entdeckten ein verlassenes, primitives Lager von der Sorte, wo sie uns heute gefangenhielten. In einfachen Schlammhütten, bedeckt mit fauligem Stroh, hausten sie, bis sie weiterzogen. Nie trafen wir in den Lagern jemanden an, also verfolgten wir ihre Spuren nicht weiter. Solange sie uns in Ruhe ließen, wollten wir sie auch nicht behelligen.«

»Sie haben alle deinen Namen gekannt«, sagte Senja, »und dürsteten förmlich nach deinem Blut. Wie ist es dazu gekommen, und wieso kennen sie dich?«

Drub runzelte finster die Stirn und sprach dann weiter.

»Laß mich meine Geschichte weitererzählen, liebe Senja. Dann wirst du die Antwort darauf erfahren. Zwischen den Ereignissen damals und heute ist viel Wasser den Fluß hinuntergeströmt.«

»Nun, dann erzähl endlich weiter«, drängte Chinby. »Je mehr wir über unsere Verfolger wissen, um so größer ist unsere Chance, ihnen zu entkommen. Erzähl weiter.«

»Zunächst haben sie nur kleine Gegenstände gestohlen, die wir geschmiedet hatten«, sprach der Carben-Zwerg weiter. »Unsere Schwertklingen und Pfeilspitzen schienen ihnen zu gefallen und auch die Art, wie wir Schilde aus Metall herstellten. In diesen kleinen Diebereien sahen wir noch keine Gefahr, und es war auch allgemein bekannt, daß immer wieder die Bestien aus den Eisfeldern hier einfielen, und um einen Kampf gegen diese Ungeheuer zu überleben, muß man gute Waffen haben.«

»Auf mich machten die Varads einen recht kriegerischen Eindruck«, warf Shanon grimmig ein.

»Wie wir seitdem erfahren haben, ist Golin Ling schon sehr lange ihr Anführer. Er hat die einzelnen Gruppen zusammengezogen und ein ordentliches Kriegsheer aufgebaut, das im ganzen Wald gefürchtet ist. Zuerst dachten wir, die Varads wären eine Kreuzung aus Waldelfen und Menschen oder verwandt mit unseren Vettern,

den alten Erdzwergen, die sich irgendwann einmal mit Menschen vermischt hätten. Aber wir wurden bald eines Besseren belehrt.«
»Unerhört!« schnaubte Brian aufgebracht.
Shanon errötete, sagte aber nichts, und der Carben-Zwerg vermied es, die beiden Freunde anzusehen, die gespannt an seinen Lippen hingen.
»Das war eine durchaus berechtigte Vermutung«, stimmte Chinby dem Carben-Zwerg zu. »Menschen haben eine sonderbare Art, sich mit anderen Völkern zu vermischen, und dabei entstehen die merkwürdigsten Geschöpfe.«
»Das erstemal kamen uns Zweifel, daß sie vielleicht doch keine so friedliebenden Zeitgenossen sind, als wir die Fallen im tieferen Teil des Waldes entdeckten«, fuhr Drub unbeirrt in seiner Erzählung fort. »Sie waren auf keinen Fall von Zwergenhand errichtet worden und rochen auch nicht nach Menschen. Zunächst glaubten wir, die Fallen seien ausgelegt worden, um darin die Bestien zu fangen, die mittlerweile eine arge Plage im Wald geworden waren. Noch wiegten wir uns in Sicherheit und nahmen an, irgendein versprengter Klan der Waldelfen hätte die Fallen ausgelegt, und beließen es dabei.«
Drub verfing sich an einem Dornengestrüpp, und erst als er sich davon befreit hatte, sprach er weiter.
»Das Dickicht scheint sich etwas zu lichten«, sagte er hoffnungsvoll. »Jedenfalls sieht es so aus.«
»Na, das wäre ja wirklich einmal etwas Erfreuliches«, polterte Brian los. »Ich komme mir schon vor wie das Nadelkissen meiner Mutter, so haben diese Dornen mich zerstochen.«
»Fahr mit deiner Geschichte fort, Drub. Wann habt ihr entdeckt, daß die Varads doch keine weiter entfernten Verwandten der Waldzwerge sind?« griff Chinby den Faden wieder auf.
»Als wir an einem Mittwintertag nach einem Jagdausflug einen unserer Gefährten vermißten«, antwortete der Carben-Zwerg.
»Heißt das, einer aus eurem Klan wurde von den Varads getötet?« fragte Brian entrüstet.
»Nein. Er starb nicht im Kampf. Wir fanden ihn in einer der Fallen. Er war verhungert, da er sich nicht selbst daraus hatte befreien können.«

»Aber ihr wußtet immer noch nicht, wer diese Fallen aufgestellt hatte?«
»Nein, Brian. Wir kannten nur die verlassenen Hütten, haben aber nie einen der Bewohner zu Gesicht bekommen. Nach dem Tod unseres Gefährten durchkämmten wir jeden Meter des Waldes.«
Das Reden lenkte die Freunde etwas ab, sie spürten nicht mehr, daß sie bis auf die Haut durchnäßt waren, und vergaßen auch die unheimliche Stille des Waldes. Was zunächst nur eine spannende Erzählung gewesen war, entwickelte sich nun zu einer kurzen Unterweisung in der Geschichte der Varads.
Ganz außer Atem setzte sich Drub auf einen umgestürzten knorrigen Baumstamm, dessen tote Äste weit in den Pfad hineinragten.
»Unsere ausgedehnten Streifzüge führten uns durch den ganzen Wald bis hin zu einer engen Bergwasserschlucht. Überall stießen wir auf Spuren und verlassene Lager dieser sonderbaren Geschöpfe. Aber nirgends fanden wir einen greifbaren Beweis, daß sie tatsächlich existieren. Und dann fing einer unserer Suchtrupps einen Varad.«
»Was, ihr habt einen gefangengenommen?« fragte Brian aufgeregt.
»Nun, das ist wohl nicht die richtige Bezeichnung dafür. Ich glaube, dieser Bursche hatte uns die ganze Zeit über beobachtet, um herauszufinden, wer wir sind und was wir vorhatten. Eigentlich hat er sich freiwillig gestellt, und erst durch ihn erfuhren wir mehr über unsere merkwürdigen Nachbarn.«
»Mit diesen Wüstlingen möchte ich nicht gern Tür an Tür wohnen«, meinte Senja schaudernd.
»Ich auch nicht«, stimmte Brian zu.
»Unser Gefangener erzählte uns wenig über die Geschichte seines Klans, aber zumindest wußten wir nun, wie diese für uns bis dahin unsichtbaren Geister aussahen.«
»Warum hat er sich ergeben?« fragte Brian.
»Das weiß ich nicht. Zuerst glaubte ich, er wollte damit verhindern, daß wir seine Gefährten weiterverfolgen und schließlich töten würden. Vielleicht wollte er mit dieser Geste der Unterwerfung an unser Mitleid appellieren. Doch dann fanden wir heraus, daß die Varads das Gefühl der Angst überhaupt nicht kennen und sehr fähige Krieger sind.«

»Und was passierte dann?« fragte Shanon ungeduldig.
»Dieser Bursche blieb eine ganze Weile bei uns, lebte in verschiedenen Siedlungen und gewann sogar Freunde im Carben-Klan«, sagte Drub mit finsterer Miene. »Und dann war er plötzlich verschwunden. Überall suchten wir vergeblich nach ihm. Er schien sich in Luft aufgelöst zu haben.«
Alle Carben-Zwerge und Waldelfen hatten die kurze Unterbrechung genutzt und sich auch ein wenig ausgeruht. Dabei lauschten sie angestrengt auf irgendwelche Geräusche, die ein Näherkommen der Varads verraten würden, aber deren Signalhörner ertönten nur noch ganz schwach aus weiter Entfernung.
»Sie scheinen unsere Spur verloren zu haben«, sagte Senja erleichtert.
»Gib dich nicht der trügerischen Hoffnung hin, einen Varad in seinem eigenen Wald abschütteln zu können. Er kennt sämtliche Schliche und benutzt oft irreführende Umwege, um ans Ziel zu kommen. Stran Bor ist ein hervorragender Fährtenleser, und seine feine Spürnase riecht sogar einen Fisch im Wasser.«
»Na ja. Wenigstens haben wir einen Vorsprung«, versuchte Shanon zu beschwichtigen.
»Das zählt bei diesen Burschen nicht viel, mein guter Elf. Sie sind zwar häßlich und ungehobelt, aber sehr ausdauernd.«
»Das hatte ich gehofft«, murmelte Chinby da kichernd vor sich hin. »Um das Tosende Meer zu erreichen, bedarf es großer Zähigkeit und Ausdauer.«
»Vielleicht besitzen sie mehr davon, als uns lieb sein kann«, murrte Brian. »Und ich habe keine Sehnsucht danach, ihnen je wieder zu begegnen. Auf ihre Gastfreundschaft kann ich verzichten.«
»Jedenfalls können sie nach Herzenslust kämpfen und jagen, solange sie uns auf den Fersen bleiben«, fuhr Chinby mit seinem seltsamen Gemurmel fort.
»Pech für jene, die ihnen dabei über den Weg laufen«, meinte Shanon mitleidig.
»Nicht unbedingt«, widersprach Chinby. »Oft rütteln einen derartige unvorhergesehene Ereignisse aus der Routine des Alltags auf, und das würde ich nicht unbedingt als Pech bezeichnen. Ein heilsamer Schock kann einem manchmal das Leben retten.«

»Bleib mir mit deinen heilsamen Schocks vom Leibe«, entrüstete sich Shanon. »Für mich begann eine wahre Pechsträhne, als ich dir damals in Erin Frey über den Weg lief.«
»Ja, und dann bekamst du es noch mit einem weiteren Erdzwerg in Den'Lin Fetch zu tun«, fügte Brian spöttisch hinzu.
»Du hast es erfaßt«, entgegnete Shanon beleidigt.
»Erzähl weiter, Drub«, fuhr Senja dazwischen und blickte die beiden strafend an. Sie wollte gern mehr über die barbarischen Varads erfahren.
»Wie gesagt, dieser Bursche war plötzlich verschwunden, und wir konnten ihn nirgends aufstöbern. Er wußte jedoch offensichtlich ganz genau, wo wir zu finden waren, denn ein paar Wochen später überfiel eine ganze Kompanie Varad-Krieger unsere Siedlung, und ich entging nur knapp dem Tod. Damals war ich noch ein junger Grünschnabel, aber ich schwor ihnen Rache und habe sie seitdem verfolgt und getötet, wo immer sich eine Gelegenheit dazu bot. Sie lernten Drub Fearing fürchten und mieden den Teil des Waldes, in dem meine Siedlung liegt. Jedenfalls war es bis vor kurzem so.«
»Habt ihr je herausgefunden, was aus eurem Gefangenen wurde?« fragte Brian.
»Das war Golin Ling. Ihr habt ihn ja kennengelernt«, entgegnete der Carben-Zwerg grimmig.
»Was? Es war der Anführer der Varads?« rief Shanon entgeistert. »Er war euer Gefangener, und ihr habt ihn entkommen lassen?«
»Niemand konnte ahnen, daß er eines Tages einen derartig mächtigen Klan befehligen würde, der zur Bedrohung aller Bewohner des Waldes wurde.«
Drub sprach dann mit schneidender Schärfe weiter. »Es geht das Gerücht – und ich glaube mittlerweile daran –, daß die Varads ein uraltes Geschlecht sind, das irgendwann aus der Eiswüste hierhergezogen ist. Die Varads sind klüger und grausamer als die Bestien, scheinen aber irgendwie mit ihnen verwandt zu sein.«
»Leben viele aus dieser gräßlichen Sippe hier in den Wäldern?« fragte Shanon.
»Ja. Wir konnten ihre Spuren bis an die Grenzen unseres Reiches ver-

folgen, und ich zweifle nicht daran, daß sie weit darüber hinaus ihr Unwesen treiben«, erwiderte Drub.
»Dabei fällt mir ein, daß ich irgendwo gelesen habe, daß zu Urzeiten ein Volk im Ostland hauste, und mir scheint, die Varads sind die Nachkommen dieser Sippe. In dieser Geschichte wird der Name der Finsteren Königin erwähnt und daß ihre Armeen zum Teil aus Angehörigen dieser Sippe bestanden.«
»Die Finstere Königin?« fragte der Carben-Zwerg. »Wer ist denn das?«
»Es geht nicht so sehr darum, wer sie war als was sie war«, berichtigte ihn der Meister der Alten Lehre. »Unzählige Legenden ranken sich um sie, aber keiner der Gelehrten des Zwergen- oder Elfenvolkes konnte mir Näheres über sie berichten. Doch alle führen das Unheil, das über uns hereingebrochen ist, auf diese Finstere Königin zurück.«
»Hat das irgend etwas mit der Ursünde zu tun?« fragte Shanon.
»Ja, mein guter Elf. Es ist der Makel, der uns von Anbeginn anhaftet, dieser Riß, der die Schöpfung in Gutes und Böses teilt.«
Ein weiterer heftiger Regenguß prasselte auf die Gefährten nieder, und sie standen hastig auf und marschierten weiter.
Drub ging mit einem anderen Carben-Zwerg voraus und erkundete das Dickicht nach einem begehbaren Pfad.
»Pssst!« warnte da plötzlich Chinby und drehte den Kopf lauschend in alle Richtungen. »Hört mal.«
Brian spitzte die Ohren, hörte aber nur das Rauschen des unaufhörlich niederströmenden Regens und die gedämpften Geräusche von Drub und seinen Gefährten, die durch die bedrückende Dunkelheit vorwärtsstolperten.
»Ich höre nichts«, sagte Senja. »Was gibt es denn?«
»Psst«, mahnte Chinby noch einmal und legte eine knorrige alte Hand ans Ohr und wölbte sie wie einen Trichter.
Wie zu Stein erstarrt stand er eine Weile da.
Drub kam mit seinem Gefährten zurückgestapft und berichtete: »Dort vorn gibt es einen schmalen Durchlaß, und dahinter scheint das Dickicht lichter zu werden. Vielleicht haben wir das Schlimmste bereits hinter uns.«

»Chinby hat etwas gehört«, flüsterte Brian ihm zu.
»Wir haben unsichtbare Begleiter«, sagte da der alte Zwerg. »Sie sind hier irgendwo in der Nähe.«
»Wie willst du das wissen? Sind es die Varads?«
»Auch Varads schleichen hier herum, aber ich habe Geräusche gehört, die nicht von ihnen stammen. Da versteckt sich jemand anders«, erklärte Chinby in Gedanken versunken.
Brian senkte niedergeschlagen den Kopf und sagte bedrückt: »Haben wir nicht schon genug Unglück ertragen? Ich dachte, wir wären aus dem Gröbsten heraus.«
»Rechne immer mit dem Schlimmsten, und du wirst nie enttäuscht werden«, trällerte Shanon. »Das jedenfalls wurde mir von klein auf gepredigt.«
»Das sind ja erfreuliche Neuigkeiten«, schalt Senja. »Gerade jetzt sollten wir die Dinge optimistisch sehen, und du ermutigst nicht dazu.«
»Oh, versteh mich nicht falsch, Senja. Ich bin keineswegs beunruhigt. Nein, im Gegenteil, düstere Aussichten belustigen mich geradezu. Für einen Elfen ist das die Würze des Lebens.«
»Ja, derlei Binsenweisheiten liebt er über alles«, brummte Brian. »Wie zum Beispiel: ›Der einzige Grund, etwas zu tun, ist, wenn man keinen Grund dafür hat.‹ Elfenlogik!«
»Seid doch endlich still!« schimpfte Chinby. »Ich kann nichts mehr hören. Wie soll ich denn feststellen, wer sich dort im Wald herumtreibt.«
Der alte Zwerg kniete sich auf die Erde und preßte das Ohr auf den moosigen Waldboden. Reglos und mit angehaltenem Atem lauschte er so eine Weile, und seine Miene verfinsterte sich zusehends. Dann richtete er sich wieder auf und befahl, die Elfenmonde abzuschirmen oder ganz wegzustecken, damit deren schwacher Lichtschimmer sie nicht verriet.
»Aber ohne Licht kommen wir keinen Schritt weiter«, protestierte Shanon.
»Und mit dem Licht könnten wir etwas anlocken, was weitaus schlimmer ist als ein verstauchter Zeh«, schalt Chinby, dessen Nerven zum Zerreißen gespannt waren.

Die Geräusche, die der Blinde gehört hatte, kamen aus dem Dickicht zu beiden Seiten des Pfades, und sie hatten sie begleitet, seit sie das Lager der Varads verlassen hatten. Chinby hatte darüber Stillschweigen bewahrt, um die anderen nicht unnötig zu beunruhigen. Aber jetzt waren die Geräusche deutlich zu hören, und je länger er darüber nachdachte, um so mehr bestärkte sich seine ursprüngliche Annahme, daß es sich dabei nur um ganz bestimmte Wesen handeln konnte.
Sie wurden von beiden Seiten von einer Horde Ungeheuer eingekreist. Brian und Shanon waren bereits einer der Bestien unterwegs begegnet und hatten eine andere auf den Klippen des Elfenwasserfalles gesehen.
Grams Kumpane hatten sie aufgespürt, und Chinby flüsterte eben Brian die entsetzliche Nachricht ins Ohr, als mit einem fürchterlich lauten Krachen einer ihrer unsichtbaren Weggefährten durch das Dickicht brach, und dort mitten auf dem engen Pfad, im trüben Licht der abgeschirmten Elfenmonde, stand ein mächtiges Untier, das bis auf die Augen aussah wie Gram.
Den Carben-Zwergen und Elfen gefror das Blut in den Adern, und sie wichen zu Tode erschrocken vor dem riesigen Monster zurück, das auf sie zukam.

21. Oranbar

Drub erholte sich als erster von dem Schrecken, den die löwenköpfige Kreatur, die stetig näher kam, in ihnen ausgelöst hatte. Er riß seinen Bogen vom Rücken, legte einen Pfeil an die Sehne, doch die tiefe, volltönende Stimme des furchterregenden Fremden ließ ihn mitten in der Bewegung verharren.
»Halt, Carben-Zwerg! Fordere mich nicht zum Kampf heraus. Ich komme in friedlicher Absicht und überbringe euch eine Botschaft meiner Gefährten.«
Stotternd, aber dennoch mit klarer und fester Stimme antwortete Brian darauf: »Wir sind bereits einem deiner sogenannten Gefährten begegnet, unweit von Erin Frey. Er nannte sich Gram und ist

für den Tod vieler Waldelfen verantwortlich, die diesen Teil des Waldes besiedelten. Wenn wir dir also Mißtrauen entgegenbringen, so ist das durchaus gerechtfertigt.«
Der absonderliche Fremde verneigte sich tief.
»Nennt mich Oranbar. Den Vetter, von dem du sprachst, kenne ich nur zu gut. Seit langem schon ist er der Schrecken dieser Wälder und hat entsetzliches Leid über seine Bewohner gebracht.«
Drub hatte seinen gespannten Bogen gesenkt, hielt ihn aber weiterhin schußbereit. »An den Elfenwasserfällen trieben sich mehrere deiner Kumpane herum, die nur darauf warteten, uns zu töten. Nur mit List und Tücke ist es uns gelungen, ihnen zu entkommen.«
»Das war wohl Oral Ben und seine beiden Freunde.«
»Du kennst sie also?« fragte Shanon und umfaßte den Griff seines kurzen Schwertes unter dem Mantel mit einer Hand, während die andere fest den Stein von Elver Tarn umklammerte.
»Aber natürlich. Ich bin mit ihnen befreundet. Schließlich stammen wir aus derselben Siedlung in der Eiswüste, die wir vor langer Zeit gemeinsam verließen.«
»Was spricht dagegen, euch jetzt zu töten und damit ein für allemal den Wald von einer schrecklichen Gefahr zu befreien?«
»Nun, zunächst einmal wird dir das mit diesem lächerlichen Pfeil, den du auf mich anlegst, kaum gelingen, mein guter Carben-Zwerg. Aber vor allem spricht dagegen, daß man Freunde nicht tötet.«
»Freunde, pah«, knurrte Drub, den es ärgerte, daß er, der gefürchtete Bogenschütze, verspottet wurde. »Weshalb sollte ich in dir einen Freund sehen? Dafür gibt es keinen Grund.«
»Vielleicht doch, wenn du mich erst einmal ausreden läßt. Ich bin euch entgegengegangen, um euch vor der Falle zu warnen, die weiter vorne für euch ausgelegt wurde. Dort lauert eine Horde Feinde in einem Hinterhalt auf euch.«
»Und warum sollten wir dir vertrauen?« fragte Brian, dem die schreckliche Auseinandersetzung mit Gram noch in allen Gliedern steckte.
»Schickt den Wasserelfen vor. Er wird meine Worte bestätigen.«
»Das kann ein Trick sein, um uns zu trennen«, warnte Drub. »Geh

nicht, Shanon. Wir wissen nicht, wie viele dieser Kreaturen sich im Dickicht verborgen halten.«
»Nur ich und meine drei Gefährten haben auf euch gewartet«, erwiderte Oranbar. »Ich wurde vorgeschickt, euch zu warnen, weil mein Aussehen am wenigsten furchteinflößend ist.«
»Am wenigsten? Nun, dann müssen die anderen ja wahre Ungeheuer sein, wenn du der Schönste unter ihnen bist. Nichts für ungut, mein Lieber. Und falls es stimmt, daß du als Freund gekommen bist, dann will ich dir gerne Abbitte leisten.«
Da verzog das Gesicht des scheußlichen Untiers sich zu einem breiten Grinsen, und Oranbar entblößte seine großen Zähne, als er herzhaft lachte.
»An unseren Maßstäben gemessen, bin ich tatsächlich eine Schönheit. Aber ich kann es durchaus verstehen, daß ich anderen, die nicht an den Anblick der Bolinge gewöhnt sind, einen Heidenschrecken einjage.«
Die aufgeregte Stimme des Meisters der Alten Lehre übertönte laut das Gemurmel seiner Gefährten.
»Bist du etwa wirklich ein Abkömmling dieser alten, edlen Rasse?« fragte Chinby ungläubig.
»Ja, so ist es. Und darauf bin ich wahrhaftig stolz, mein guter Zwerg.«
»Würdest du mir erlauben, dich zu berühren, um mir Gewißheit zu verschaffen? Meine alten Augen sind blind, und ich kann nur mit meinen Händen sehen.«
»Das will ich dir gern gestatten«, antwortete Oranbar.
»Wag dich nicht in seine Nähe«, mahnte Shanon. »Vielleicht will er dich reinlegen. Laß mich erst dort vorne nachsehen, damit ich feststellen kann, ob er die Wahrheit gesagt hat. Dann kannst du deine Neugier befriedigen, Chinby.«
»Die Bolinge sind eine alte und sehr ehrenwerte Rasse«, hub Chinby in bester Lehrermanier an zu sprechen. »Sie waren mit der noch älteren und ehrenwerteren Sippe der Syrin Brae eng verbunden.«
»Die euch besser als Drachen bekannt sind«, warf Oranbar ein. »Der Zwerg hat wohl seine Gründe dafür, nur ungern an jene Zeiten zurückzudenken.«

»Dies trifft auf viele andere ebenso zu«, erwiderte Chinby.
»Auch die Elver Tarn waren Drachen und wurden von allen als Freunde angesehen«, fügte Shanon hinzu.
»Nicht von allen, mein guter Elf. Vergiß nicht jene, die die Elver Tarn und die Klans haßten, die die Welt beschützten.«
Das mächtige Tier, dessen lohfarbenes, goldbraunes Fell im Licht der Elfenmonde schimmerte, kam noch näher, und ehe die anderen es verhindern konnten, trat Chinby an seine Seite und strich tastend mit seiner alten, knorrigen Hand über die Gestalt des Fremden.
»Nun, glaubst du mir jetzt?« fragte Oranbar.
»Ja, ich habe dich erkannt«, stimmte Chinby zu. »In meinen kühnsten Träumen hatte ich nie gehofft, jemals einem Abkömmling dieser alten Rasse zu begegnen. Das wird mir helfen, jene Lücken zu schließen, die das Studium der Bücher offengelassen hat und mit Aufschluß über das wahre Wesen der Syrin Brae und der Bolinge geben.«
Senja nahm ihren ganzen Mut zusammen und trat zu Chinby, der noch immer tief in Gedanken versunken neben Oranbar stand. Auch die anderen faßten sich ein Herz und umringten die drei.
Shanon schlüpfte in dem allgemeinen Durcheinander heimlich davon und eilte voraus, um nachzusehen, ob Oranbar sie zu Recht vor einer Falle gewarnt hatte. Aber er hatte sich erst einen Steinwurf von seinen Gefährten entfernt, als er zu seiner Rechten eine Bewegung wahrnahm, die so leise und unauffällig war, daß nur ein geschultes, scharfes Elfenauge sie bemerken konnte. Intuitiv wußte er, daß dort Varads versteckt lagen, genau wie Oranbar gesagt hatte, und er eilte rasch zu den anderen zurück, weil er wissen wollte, welche wichtigen Informationen diese merkwürdige Kreatur ihnen noch über ihre Feinde, die sie von allen Seiten einschlossen, mitzuteilen hatte.
Wie aus dem Nichts tauchte Shanon neben Brian auf und erzählte ihm, was er entdeckt hatte. »Die Varads wollen uns in einen Hinterhalt locken. Oranbar sprach die Wahrheit. Aber ich glaube nicht, daß sie zu Golin Lings Horde gehören. Irgendwie muß es ihm gelungen sein, seine Vettern zu mobilisieren.«

»Wir kämpfen schon seit langem gegen diese Unholde, die ihr Varads nennt. Sie haben viele friedfertige Siedlungen zerstört und deren Bewohner getötet. Wie es scheint, waren unsere Bemühungen nicht von Erfolg gekrönt. Zu wenige von uns sind übriggeblieben, um sie unter Kontrolle zu halten, und sie beherrschen mittlerweile diesen Wald bis weit über seine Grenzen hinaus«, sagte Oranbar bedrückt.
»Was weißt du über sie?« fragte Drub und begrub seinen Groll gegen den sonderbaren Fremdling. »Auch mein Klan führt seit ewigen Zeiten einen erbitterten Kampf gegen die Varads. Aber wir wissen nicht, woher sie ursprünglich kommen und mußten hilflos mit ansehen, wie sie zu einer tödlichen Bedrohung für alle Bewohner des Waldes wurden.«
»Ja. Sie sind eine schreckliche Gefahr, mein guter Carben-Zwerg. Im Gefolge der Finsteren Königin verließen sie einst die Eiswüste, denn sie beansprucht die Herrschaft über alle Länder, und die Varads gehören zu ihren Armeen. Zu Beginn der unheilvollen Zeiten zählten sie noch zu den bedeutungslosen Rassen, die nur niedere Dienste in der Streitmacht leisteten, doch allmählich haben sie sich zu einer wahren Plage entwickelt. Nicht nur dieser Wald, sondern alle Wälder, durch die ich gereist bin, sind voll von diesem Abschaum«, sprach Oranbar weiter und fügte warnend hinzu: »Aber es gibt noch schlimmere Ungeheuer.«
»Noch schlimmere? Das kann ich mir nicht vorstellen«, brummte Brian.
»O doch. Es gibt weitaus mächtigere und gefährlichere Feinde«, sagte Oranbar. »Ich weiß es. Denn leider sind es meine eigenen Vettern, die in den Bann des Bösen geraten sind. Ihr solltet sie nicht unterschätzen.«
Brian überlief ein eiskalter Schauder, und er erinnerte sich an die entsetzliche Angst, die er ausgestanden hatte, als er gegen Gram kämpfte und mit letzter Kraft dessen hypnotischem Blick Widerstand leisten konnte, der ihn fast dazu gebracht hätte, sich zu ergeben.
»Was schlägst du also vor?« fragte Drub und wies mit dem Kopf in die Richtung, wo die Varads im Hinterhalt lagen. »Kämpfen wir

gegen sie, oder kehren wir um oder versuchen wir, sie zu umgehen?«

»Wenn es uns nur gelänge, die Gespaltene Eiche zu erreichen, so könnten wir auf der Elfenstraße weiterreisen«, überlegte Shanon laut.

»Ja, die alte Elfenstraße ist noch begehbar«, sagte Oranbar und nickte mit dem mächtigen gehörnten Schädel. Seine dichte goldfarbene Mähne glänzte strahlend im Schimmer der Elfenmonde. »Erst vor kurzem wurde sie von Mitgliedern eures Klans auf der Flucht zum Tosenden Meer benutzt.«

Brians Herz hämmerte wild unter seinem Wams, und bei der Erwähnung des Tosenden Meeres erfaßte ihn ein Schwindelgefühl. Der Gedanke, daß noch andere sich auf dem Exodus dorthin befanden, erleichterte ihn unsäglich. Während seiner ganzen Jugendzeit war er in der sicheren Geborgenheit von Den'Lin Fetch als Außenseiter behandelt worden und das Ziel hämischer Schmähreden gewesen, weil er sich geweigert hatte, in die Fußstapfen seines Vaters zu treten. Erst jetzt spürte Brian, wie sehr er unter Druck gestanden hatte und die Zweifel und Ängste, die Chinbys Erzählungen in ihm ausgelöst hatten, ihn gequält hatten.

Die Stimme des Meisters der Alten Lehre klang ganz sanft, als er sagte: »So sind sie also doch aufgebrochen, wie? Nach all den Jahren vergeblichen Warnens hatte ich schon begonnen, an mir selbst zu zweifeln, und hielt mich beinahe für den blinden Narren, der nur Hirngespinsten hinterherläuft, als der ich immer angesehen wurde.«

»Wen hast du auf den Elfenstraßen gesehen?« fragte Shanon neugierig. »Waren Elfen darunter?«

»Ja, Elfen und Zwerge, und ich habe sogar gehört, daß auch Menschen zu diesem langen Marsch aufgebrochen sind«, erwiderte Oranbar.

»Seit Urzeiten hat man keine Menschen mehr zu Gesicht bekommen«, widersprach Drub. »Wie kommt es, daß sie plötzlich durch meinen Wald marschieren, ohne daß ich etwas davon weiß?«

»Von diesen Dingen habe ich keine Ahnung«, entgegnete Oranbar. »Ich habe nur beobachtet, wie die verschiedenen Sippen der Menschen kamen und gingen, sich vermehrten und sich von friedlichen,

nützlichen Wesen zu Unholden wandelten, die schlimmer als Bestien sind. Aber jene, von denen ich hörte, daß sie sich dem Treck über die alte Elfenstraße angeschlossen hätten, sind Abkömmlinge der Lichten Königin, die ausgeschickt wurden, ihren Brüdern zu helfen.«
»Hmm«, brummte Drub. »Von unseren größeren Vettern, den Menschen, haben wir immer nur Ärger und Verdruß erfahren. Sie sind Sonderlinge und schwer zu verstehen.«
»Das gebe ich zu«, stimmte Oranbar bei. »Aber ich glaube, in diesen unruhigen Zeiten müssen wir uns mit ihnen verbünden und sie als Kameraden im Kampf gegen die Gefahr ansehen, die von der Finsteren Königin ausgeht, sonst werden wir ihr unterliegen.«
»Ich halte nichts von einer Verbrüderung mit den Menschen. Das führt zu nichts«, protestierte Brian heftig. »Nur unsere eigene Sicherheit zählt, und wir kämpfen für den Frieden in unserem Land. Was kümmern uns die Probleme anderer Völker.«
Chinby schnalzte mißbilligend mit der Zunge und wies Brian scharf zurecht: »Genau diese Einstellung hat Zwist und Hader über Atlanton gebracht, du Hitzkopf. Eins kam zum anderen, bis der Hohe Gerichtshof in zwei Lager gespalten wurde und die Finstere Königin ihre Anhänger um sich scharte und den anderen Herrschern auf Atlanton den Krieg erklärte. Deswegen müssen wir alle unter einem Banner vereinigen, sonst werden wir im Kampf unterliegen.«
»Der Gedanke, mich dafür mit den Menschensippen zu verbünden, behagt mir gar nicht«, widersprach Drub schroff.
»Über die Elfenstraße ziehen noch andere Geschöpfe«, unterbrach Oranbar die hitzige Debatte. »Angehörige der Elfen- und Zwergenklans und noch vor diesen zogen Erdzwerge aus dem alten Grenzland dort hindurch.«
Brians Herz tat einen Sprung, und mit leiser, unsicherer Stimme fragte er: »Weißt du, aus welchen Siedlungen oder von welcher Grenze sie stammen?«
Oranbar musterte den stämmigen Zwerg eingehend, ehe er antwortete. »Eine Horde Bestien hat gemeinsam mit diesen Halblingen, die ihr Varads nennt, die Grenzländer überrannt. Seit langem schon

hatten sie sich in den Einöden jenseits von Felin Dare zusammengerottet.«
»Und niemand hat auf mich gehört!« ereiferte sich Chinby nun empört. »Immer wieder habe ich gepredigt, daß wir unsere Grenzen befestigen müssen. Aber meine Warnungen wurden in den Wind geschlagen, und alle haben weiterhin sorglos in den Tag hinein gelebt und die sporadischen Angriffe der Bestien einfach ignoriert.«
»Sind dir die Namen der Siedlungen bekannt, aus denen die Erdzwerge flohen?« rief Senja ängstlich und fürchtete sich vor der Antwort.
»Alle Siedlungen entlang der Grenzlinie wurden überfallen, und die Bewohner, die die Angriffe überlebten, flohen«, sagte Oranbar sanft und sah Brian unverwandt an. »Der Name Den'Lin Fetch fiel, und in anderen Siedlungen weiter flußaufwärts wird noch immer gekämpft. Das berichteten zumindest Reisende, denen ich unterwegs begegnet bin.«
Brians Herz war schwer vor Kummer, und er schwieg bedrückt.
»Dann laßt uns so schnell wie möglich zur Gespaltenen Eiche weitermarschieren«, sagte er schließlich. »Können wir den Hinterhalt irgendwie umgehen, Oranbar?«
»Wir werden die Varads überlisten. Ich kenne da ein paar Tricks, die ihnen neu sein dürften, und wir werden die Elfenstraße erreichen, ehe sie merken, daß der Hase aus der Falle geschlüpft ist.«
Mit diesen Worten kehrte Oranbar zu seinen Gefährten zurück, um mit ihnen ihr weiteres Vorgehen zu besprechen, währenddessen Shanon und Drub ihre Gefolgsleute über die veränderte Sachlage unterrichteten.
Kurz darauf kehrte Oranbar zurück, und ein verschmitztes Lächeln erhellte sein Gesicht.
»Wir werden ihnen ordentlich einheizen«, sagte er lachend. »Meine Freunde haben beschlossen, diesem Abschaum da vorn mächtig Angst einzujagen, bis wir in sicherer Entfernung sind.«
»Wird man sie nicht überwältigen?« fragte Senja besorgt, der die Vorstellung, diese mächtigen gehörnten Tiere könnten gefangengenommen oder gar getötet werden, plötzlich gar nicht mehr gefiel.
Worauf der Boling tief schnurrend und mit blitzenden Augen ant-

wortete: »Diese erbärmlichen Halblinge stellen keine ernsthafte Bedrohung für uns dar. Wir werden sie nur aufscheuchen und ein wenig jagen, bis ihr und eure Leute in Sicherheit seid.«

»Auch wir sind ihnen gewachsen und könnten sie in die Flucht schlagen«, sagte Drub und warf sich stolz in die Brust. Die anderen Carben-Zwerge stellten sich hinter ihn und reckten angriffslustig ihre kurzen Schwerter in die Höhe. »In einem fairen Kampf ist kein Varad einem Carben-Zwerg gewachsen.«

»Aber sie sind in der Überzahl, mein guter Drub. Ihre Krieger lagern überall hier im Wald, und ihr wärt über kurz oder lang von ihnen hinweggefegt worden, nicht etwa weil es euch an Tapferkeit mangelt, sondern weil sie euch zahlenmäßig überlegen sind. Zu Hunderten bevölkern ihre Armeen diese Wälder, und sie beherrschen die Territorien weit über die Grenzen hinaus.«

»So haben sich die schlimmsten Befürchtungen bewahrheitet«, sagte Senja. »In Con Den Fetch wußten wir von den Überfällen der Bestien, aber wir glaubten, sie beschränkten sich auf die Siedlungen direkt an der Grenze, so wie Den'Lin Fetch.«

Senja warf Brian einen schüchternen Blick zu.

»Ich hoffe nur, meiner Familie ist die Flucht gelungen«, sagte Brian niedergeschlagen. »Und meinen Freunden, Jeral und Jaran.«

Oranbar spähte in die Dunkelheit, stellte seine großen Ohren lauschend auf, und sein ganzer Körper spannte sich zum Sprung.

»Kommt jetzt! Da ist das Ablenkungsmanöver! Die Varads werden eine Weile beschäftigt sein, während wir durch eine Lücke in dem Dornengestrüpp nicht weit von hier fliehen. Als die Bewohner, die hier einst siedelten, diese Hecke zum Schutz von Feinden pflanzten, haben wir ihnen dabei geholfen, und daher kenne ich den Durchlaß. Leider erwies sie sich als nutzlos gegen die Varads, sie sind trotzdem eingedrungen und haben die Bewohner vertrieben oder getötet.«

»Ganz nutzlos waren die Hecken doch nicht«, widersprach Shanon, »nach Erin Frey und die umliegenden Wälder sind die Varads nicht vorgedrungen.«

»So waren unsere Mühen nicht umsonst«, schnurrte Oranbar. »Jeder von uns tut, was er kann, und erhofft das Beste. Aber jetzt beeilt euch! Rasch! Wir müssen die Gelegenheit nützen. Die Varads werden sich bald von ihrem Schrecken erholt haben, und dann können auch die Bolinge sie nicht mehr davon abhalten, ihrer Beute nachzujagen.«

In langen, geschmeidigen Sprüngen lief Oranbar voran und verschwand zur maßlosen Verblüffung der anderen in einer scheinbar undurchdringlichen, mit stacheligen Dornen bewehrten Hecke, deren Spitzen wie tödliche Dolche im Licht der Elfenmonde schimmerten.

»Folgt mir!« rief Oranbar über die Schulter zurück. »Ich bahne euch den Weg.«

Behutsam näherte sich Brian der Lücke in der Hecke, wo die mächtige Gestalt verschwunden war. Dann kroch er vorsichtig und mit angehaltenem Atem hinterher.

»Im Kampf gegen die Finsternis darfst du nicht so zaghaft auftreten, Brian Brandigore. Hier wirst du nur von einer Dornenhecke bedroht«, dröhnte Oranbars spöttische Stimme ihm entgegen. »Frisch gewagt ist halb gewonnen. Also stürz dich ins Getümmel.«

»Diese Dornen werden mich zerfetzen. Warum soll ich da Kopf und Kragen riskieren? Auf dem Schlachtfeld fehlt es mir nicht an Mut, verlaß dich darauf«, wetterte Brian erbost zurück.

»Aber da sind ja gar keine Dornen!« rief Senja verblüfft.

Und als die Gefährten die Lücke näher in Augenschein nahmen, stellte sich tatsächlich heraus, daß sie ungehindert hindurchschlüpfen konnten. Irgendwo weiter vorn krachte Oranbar lärmend durchs Gebüsch. Die Gefährten konnten ihn nicht mehr sehen.

»Dieses Getrampel ist ja meilenweit zu hören«, schimpfte Drub, wickelte sich in seinen Mantel und zog den Hut tief in die Stirn. Dann stolperte er hinter dem Boling her.

»Die Varads scheinen alle Hände voll zu tun zu haben«, sagte Shanon. »Es hört sich nach einem mächtigen Krawall an.«

Dort, wo er die Varads entdeckt hatte, erklang tatsächlich lauter Gefechtslärm und Geschrei. Dazwischen gellten die Kriegshörner der Varads und bliesen zum Angriff. Tiefes, grollendes Brüllen der mächtigen gehörnten Tiere übertönte die Schmerzensschreie der Halblinge.

Schmutzige orangerote Flammen züngelten qualmend durch das Unterholz des dichten Waldes und trieben die Gefährten hinter Oranbar her. Die Varads hatten Feuer gelegt, und obwohl der nach wie vor stetig niederprasselnde Regen die Flammen rasch wieder löschte, ließ der feuchte, beißende Qualm ihre Augen tränen, und sie mußten fürchterlich husten.

Die Hände schützend vor Mund und Nase gepreßt, sprangen einer nach dem anderen, Elfen und Zwerge, in das dunkle Loch in der Hecke, und Brian versuchte keuchend, zu Oranbar aufzuschließen. Chinby war wieder an seinen Gürtel gebunden, und Senja umklammerte seine Hand. So stolperten sie mühsam voran.

Die Gedanken rasten in Brians Kopf, als er dahinrannte, mit einer Hand die Äste und Zweige zur Seite schob und mit der anderen Senja hinter sich herzog. Shanon war ihm dicht auf den Fersen, dann folgte Drub. Undurchdringliche Nacht hüllte sie ein, und sie folgten nur dem Geräusch, das Oranbar weit vor ihnen im Dickicht machte. In diesem mörderischen Tempo hasteten sie, wie es Brian schien, eine Ewigkeit dahin, aber er betrachtete es als willkommene Ablenkung von seinen Sorgen um das Schicksal der Bewohner von Den'Lin Fetch. Obwohl seine Freunde und Eltern ihn ständig wegen seiner Bewunderung für Chinby und dessen Geschichten aus der Vergangenheit verspottet hatten, liebte er sie von ganzem Herzen, und die Vorstellung, ihnen könnte ein Leid geschehen sein, war ihm schier unerträglich.

Während Brian so keuchend hinter Oranbar herstolperte, wurde ihm bewußt, daß er zutiefst nie die Hoffnung aufgegeben hatte, eines Tages als strahlender Held nach Den'Lin Fetch zurückzukehren. Die Nachricht von der Zerstörung seiner Heimat hatte auch diese Illusion zunichte gemacht, und er wußte nicht einmal, ob er noch Eltern und Freunde hatte.

Zwerge haben, wie allgemein bekannt, eine Vorliebe für Geschichte und alte Überlieferungen. Aber selten hatten diese Erzählungen einen Zwerg derart beeinflußt, wie es mit Brian geschehen war. Er hatte darüber sogar die bewährten Tugenden der Zwerge – Fleiß, harte Arbeit und ein geregeltes Dasein in den Höhlen – vergessen und sich ganz dem Abenteuer verschrieben.

Senjas Hand lag warm und fest in seiner. Ihre Nähe ließ ihn erröten, was in der Dunkelheit aber glücklicherweise nicht zu sehen war. Er hoffte nur, sie konnte seine Gedanken und Gefühle nicht erraten. Beschämt merkte er, daß seine Handfläche ganz verschwitzt war. Brian war so mit sich beschäftigt, daß er eine Wurzel übersah, stolperte und gefallen wäre, wenn Senja ihn nicht festgehalten hätte.
»Paß doch auf!« schimpfte Chinby, der durch den Ruck am Gürtel ebenfalls beinahe zu Fall gekommen wäre. »Ich bin ja sicherer auf den Füßen, wenn ich allein gehe. Achte darauf, wohin du trittst, und hör auf, Luftschlösser zu bauen.«
Brians Gesicht verfärbte sich nun dunkelrot, und er konzentrierte sich ganz auf den unwegsamen Pfad. Erst nachdem die drei ein paar Schritte weitergestolpert waren, merkte er, daß das Dickicht sich gelichtet hatte und dann ganz aufhörte. Sie traten auf eine Lichtung, die kniehoch mit dichtem grünen Gras bewachsen war und auf der Blumen blühten.
Und dort stand auch schon der Boling Oranbar, kauerte an einem kleinen Steinbrunnen und trank gierig von dem kühlen Wasser, das aus dem Mund einer Elfenfigur sprudelte.
Aufatmend merkte Brian, daß die Morgendämmerung anbrach. Die ersten Strahlen der aufsteigenden Sonne verscheuchten die Nacht und vergoldeten mit ihrem zarten rosigen Schimmer die Lichtung.

22. Falen Rin

»Wie lange lebst du schon hier?« fragte Shanon und strich bewundernd mit der Hand über die kunstvoll gemeißelten Figuren am Beckenrand des Brunnens.
Oranbar richtete seine hellgrauen Augen nachdenklich auf die Gefährten und antwortete dann: »Ich kannte jene, die hier vor langer Zeit lebten. Stunden um Stunden verbrachten wir an den Lagerfeuern und diskutierten über den Ursprung des Seins, den Sinn des Lebens und die Naturgesetze, denen wir alle unterliegen. Deine Vorfahren waren große Philosophen und beschäftigten sich ständig

mit diesen Problemen. Jedes Thema wurde ausführlich besprochen und von allen Seiten beleuchtet.«
»Dann hast du also die Wasserelfen, die hier lebten, gekannt?« fragte Shanon aufgeregt.
»Wir sind hier in Falen Rin, einer alten Elfensiedlung, und ich war oft zu Gast bei ihren Bewohnern.«
»Ob wohl Nachkommen dieses alten Klans noch auf Atlanton leben?« wollte Shanon wissen.
»Oh, ganz gewiß. Sehr viele sogar«, erwiderte Oranbar lachend. »Sei unbesorgt. Du wirst ihnen bald begegnen, denn sie haben versprochen, euch zu helfen.«
Shanon hatte vor Überraschung den Mund geöffnet. Schließlich brachte er stotternd hervor: »Was, sie leben noch?«
»Und ob, mein guter Elf. Sie bereiten sich schon lange auf die Große Überquerung vor.«
»Von welcher Überquerung sprichst du?« fragte Drub, der sich nicht ganz wohl in seiner Haut fühlte in dieser Elfensiedlung, die noch von einem der merkwürdigen Elfenklans bevölkert zu sein schien, die eng mit den Bolingen befreundet waren.
An den Umgang mit den Waldelfen war er ja mittlerweile gewöhnt und hatte sie inzwischen als tapfere Reisegefährten schätzengelernt. Doch die Wasserelfen waren ihm nicht ganz geheuer, abgesehen natürlich von Shanon, dem schlauen Freund Brian Brandigores. Ihm konnte er vertrauen, denn er befand sich in Begleitung eines Erdzwerges, dem die Aufgabe übertragen worden war, alle Klans der Zwerge wieder zu vereinen, um gemeinsam gegen die gefährlichen Feinde Front zu machen.
Oranbar hatte sich neben dem Brunnen ausgestreckt, sein löwenmähniger Schädel ruhte auf den Vordertatzen.
»Ich spreche von der Großen Überquerung des Tosenden Meeres, mein Freund«, beantwortete er Drubs Frage. »Die Zeit dafür rückt unaufhaltsam näher.«
Noch während er sprach, bemerkten die Gefährten mit ungläubigem Staunen, wie Oranbars goldfarbenes Fell verblaßte und aschgrau wurde. Dann war die mächtige Gestalt zu Stein erstarrt, so wie die Figuren am Brunnenrand. Die grauen Augen starrten leblos, kalt und traurig.

»Was ist passiert?« rief Chinby, als er die Entsetzensrufe der anderen hörte.
»Da, berühre ihn«, stammelte Brian. »Noch vor einer Sekunde war er lebendig und sprach mit uns. Jetzt ist er zu Stein erstarrt.«
»Ob die Elfen, von denen er uns erzählte, ebenfalls nur Steinfiguren sind, wie dieser da, der Wasser spuckt?« fragte Shanon entgeistert.
»Das will ich nicht hoffen«, murrte Drub. »Sollen wir sie etwa zum Tosenden Meer tragen?«
»Das ist ja höchst interessant«, meinte Chinby und betastete die glatte, kalte Figur, die noch kurz zuvor Oranbar gewesen war.
»Interessant findest du das?« entrüstete sich Shanon. »Eine Katastrophe nenne ich es. Die Varads sind hinter uns her, und wenn Oranbars Gefährten ebenfalls zu Stein erstarrt sind, sitzen wir ganz schön in der Tinte.«
»Es ist alles halb so schlimm«, widersprach Brian. »Immerhin sind wir hier in einer Elfensiedlung, in Falen Rin. Und Oranbar sagte, daß wir Hilfe bekommen würden. Er hat uns zuvor auch nicht belogen, also glaube ich daran.«
»Er hat aber mit keiner Silbe erwähnt, daß er sich in einen Felsblock verwandeln würde«, empörte sich Shanon.
»Wahrscheinlich hatte er seine Aufgabe erfüllt, so wie die Königin Corin uns in Erin Frey geholfen hat. Vielleicht lautete sein Auftrag nur, uns sicher dorthin zu bringen, wo wir Hilfe finden würden.«
»Ja, wo bleibt sie denn, die vielgepriesene Hilfe? Und wo treiben sich die Varads herum? Es ist so verdächtig still im Wald. Das gefällt mir überhaupt nicht«, schimpfte Shanon weiter.
»Ich werde Kundschafter ausschicken, die den Wald um die Lichtung herum absuchen sollen«, beschloß Drub. »Vielleicht stoßen sie dabei auch auf die Hilfe, die Oranbar uns angekündigt hat. Mit diesen beiden da können wir ja nicht viel anfangen.« Dabei wies er mit dem Daumen auf die Steinfiguren. »Als Schilde vor feindlichen Speeren mögen sie wohl nützlich sein, aber flinke, geübte Bogenschützen wären mir jetzt lieber.«
»Du wirst dich vor leichtfüßigen Kriegern nicht mehr retten können, Drub, falls die Varads und Sigman Cols Armee aufeinander-

treffen und wir dazwischengeraten. Das gäbe einen Tanz, auf den ich gern verzichten würde.«

Die Elfen und Zwerge schwärmten nun in Stoßtrupps aus und ließen Senja und Brian bei Chinby zurück, der ganz versunken die Steinfigur des Oranbar befühlte.

»Da, hat er uns nicht eben zugezwinkert?« rief Brian aufgeregt. »Es ergibt doch überhaupt keinen Sinn, daß er uns hierhergebracht hat und uns nun einfach im Stich läßt.«

»Ich glaube nicht, daß er uns verlassen hat, Brian«, entgegnete Chinby bedächtig. »Und es kann durchaus sein, daß er uns zugezwinkert hat. Ich habe von solchen Wesen gelesen, die willkürlich ihre Form ändern können und Jahrhunderte überdauern, indem sie ihre Lebensfunktionen auf ein Minimum reduzieren und sozusagen zu Stein erstarren. Oranbar erzählte ja, daß er schon seit ewigen Zeiten hier auf Atlanton lebt. Wahrscheinlich kraft dieser Fähigkeit. Das erklärt auch, warum er Falen Rin und dessen frühere Bewohner kannte.«

»Sind alle Elfen so wie er?« fragte Senja. »Ich meine, können auch sie ihre Form nach Belieben ändern?«

»Darauf werden wir bald eine Antwort bekommen«, sagte Chinby. »Oranbar sprach von der Großen Überquerung und der Vereinigung aller Klans. In den *Büchern der Weisheit* steht geschrieben, daß dieser Tag anbricht, wenn ein Elf die Streitmacht der Zwerge anführt.«

»Shanon!« stieß Brian hervor. »Das ist Shanon, der sich in Zwergenhöhlen ebensogut auskennt wie ich.«

»Vermutlich ist damit Shanon gemeint, aber es gibt noch andere Elfen, und ich kann mir nicht vorstellen, daß wir gegen die Mächte der Finsteren Königin mit einer Armee aus versteinerten Kriegern antreten sollen.«

»Davor mögen uns alle guten Geister bewahren«, stimmte Senja zu »Ach, würde Oranbar doch zurückkehren! Ich hatte gerade angefangen, ihn zu mögen.«

Traurig betrachteten sie die stumme Statue.

»Er ist wirklich außerordentlich«, sagte Chinby bewundernd. »Nie hätte ich mir träumen lassen, je mit einem Abkömmling der Bolin-

ge zusammenzutreffen. Und auch dir, Brian, ist diese Ehre zuteil geworden. Bist du dir eigentlich bewußt, daß wir es hier mit einem Nachkommen einer uralten edlen Rasse zu tun hatten? Oranbars Klan war auch mit den hochangesehenen Klans des Syrin Brae eng befreundet. Der zählte selbst Drachen zu seinen Freunden.«
»Shanon hat von den Elver Tarn erzählt und daß sie dem Licht angehörten und die Welt vor allem Bösen beschützten.«
»Ja, die Elver Tarn und Oranbar waren wohl Verbündete«, stimmte Chinby zu. »Darüber steht nicht viel in den *Büchern der Weisheit*. Aber die Begegnung mit einem lebenden Boling ist eine Auszeichnung für jeden Meister der Alten Lehre.«
»Hast du verstanden, was er mit der Großen Überquerung meinte?« fragte Senja. »Das hört sich sehr aufregend und abenteuerlich an.«
»Ja, falls du dabei nicht seekrank wirst«, brummte Brian, »und ein ordentliches Schiff unter den Füßen hast. Mit unseren Zwergenbooten würden wir wohl sang- und klanglos untergehen.«
»Sprich nicht so herablassend über unsere Boote, Brian«, rügte Chinby. »Sie waren uns in der Vergangenheit oft von unschätzbarem Nutzen, und wer weiß, vielleicht wirst du noch einmal froh darüber sein, eine dieser Nußschalen zur Verfügung zu haben.«
»Aber das ist doch jetzt nicht wichtig. Wir sollten uns lieber darum kümmern, wie wir zu den Drei Steinen kommen, wo unsere Freunde auf uns warten. Falon und die Carben-Zwerge werden mittlerweile wohl dort schon eingetroffen sein.«
»Brian hat recht«, stimmte Senja zu. »So hatten wir es bei der Trennung an den Elfenwasserfällen vereinbart. Oranbar hat mir einen tüchtigen Schrecken eingejagt mit seinem ganzen Gerede über die Varads und daß ihre Horden die Wälder beherrschen.«
Chinby furchte nachdenklich die Stirn und überlegte angestrengt, ehe er antwortete: »Mir ist eben aufgefallen, daß die unterschiedlichen Bezeichnungen der Bestien zu heilloser Verwirrung unter den Völkern geführt haben. Immer wurde nur von ›Bestien‹ gesprochen, die in unsere Reiche einfallen würden. Oranbar nannte sie Halblinge, andere sprachen von vierbeinigen Ungeheuern, und wieder andere kennen sie unter dem Namen Varads.«

»Und um alle diese Ungeheuer ranken sich so viele Horrorgeschichten, daß man sie nicht mehr voneinander unterscheiden kann«, bestätigte Senja. »Ich kann schon verstehen, wie diese Verwirrung entstanden ist. Nur wenigen ist es gelungen, der Gewalt der Varads zu entfliehen, und daher gibt es keine genauen Angaben über sie.«
Die Ausführungen der Zwergin wurden durch Drub unterbrochen, der quer über die Lichtung auf sie zugelaufen kam.
»Chinby!« rief er schon von weitem. »Wir haben etwas entdeckt, was dich interessieren wird.«
»Worüber regst du dich so auf?«
»Wir sind auf die Drei Steine gestoßen«, antwortete Drub atemlos.
»Das muß ja ganz in der Nähe sein, du warst nicht lange fort.«
»Wir stehen mitten drin. Das hier sind die Drei Steine!«
»Falen Rin sind die Drei Steine?«
»Ja, das ist der alte Name dafür.«
»Wie hast du das herausgefunden?« fragte Brian.
»Einer meiner Gefährten, mit denen wir hier zusammentreffen wollten, hat eine Nachricht hinterlassen, worauf dieser Name vermerkt ist. Sie waren schon vor uns da und wollen morgen wiederkommen.«
»Also, da soll mich doch . . .«, murmelte Brian vor sich hin. »Hat dieser Felsblock uns doch tatsächlich direkt zu unserem Treffpunkt geführt.«
»Ja, anscheinend hat die Glücksgöttin uns zugelächelt«, frohlockte Drub.
»Glück und die mächtige Hand des Einen hat uns geleitet«, fügte Chinby fast andächtig hinzu. »Unwahrscheinliche Dinge sind uns heute widerfahren. Wem wird schon das Wunder zuteil, mit ansehen zu dürfen, wie ein Boling zu Stein erstarrt.«
»Ja, und außerdem sind wir noch den Varads mit heiler Haut entkommen«, sagte Senja.
»Shanon kommt sicher bald zurück«, warf Brian ein. »Er wird über die Nachricht sehr froh sein, daß wir morgen früh mit den anderen hier zusammentreffen.«
»Unsere Armee nimmt ja allmählich Gestalt an«, meinte Drub er-

leichtert. »Das wird diesen elenden Abschaum da draußen im Wald davon abhalten, uns anzugreifen.«
»Wo treibt dieser langweilige Elf sich nur herum?« beklagte sich Brian. »Es gibt so viel zu besprechen und zu planen, und er spaziert da draußen herum, als wäre das ein Sonntagsausflug.«
»Welche Richtung hat er eingeschlagen?« fragte Drub.
»Er ist dort drüben im Wald verschwunden, hinter dem Brunnen.«
»Wir werden deinen Elfen bald aufgestöbert haben«, erklärte Drub, setzte eine kleine Rohrflöte an die Lippen und entlockte ihr eine Reihe von schrillen Tönen, worauf sich im Handumdrehen alle Carben-Zwerge um ihn scharten.
»Durchsucht den Wald nach diesem säumigen Baumläufer«, befahl Drub seinen Gefolgsleuten. »Dies hier sind die Drei Steine, der vereinbarte Treffpunkt, und von hier aus ziehen wir morgen weiter zum Tosenden Meer.«
Dann wandte sich Drub an Brian und erkundigte sich: »Können wir hier wohl unsere Vorräte ergänzen? Wir müssen uns für einen langen Marsch rüsten.«
Brian zuckte die Schultern und erwiderte: »Darüber weiß ich nicht Bescheid, da müssen wir Shanon fragen, oder Falon, aber der kommt erst morgen.«
»Ich würde mir viel lieber gleich den Rucksack füllen«, murmelte Drub in seinen Bart. »Andauernd müssen wir auf irgendwelche Elfen warten. Nun, daran läßt sich im Moment nichts ändern, es gibt wohl Schlimmeres.«
»Weitaus Schlimmeres«, bestätigte Chinby. »Wir können auch ohne Falon oder Shanon die alte Siedlung hier erforschen. Elfensiedlungen sind mir wohlvertraut. Sie unterscheiden sich kaum von unterirdischen Zwergenbehausungen. Da gibt es eine Gemeindehalle, in der die Märkte und Festlichkeiten abgehalten wurden, worum die Wohnhäuser stehen, und daran schließen sich die Lagerhallen an.«
»Kennst du die Anlage so gut, daß du uns dorthin führen kannst?« fragte Drub.
»Mit Senja an meiner Seite wird mir das sicher gelingen«, entgegnete Chinby. »Es sei denn, unser lieber Shanon kommt vorher zurück.«

Drub unterteilte seinen Trupp in vier Abteilungen, und jede wurde mit einer anderen Aufgabe betraut. Die einen begaben sich auf Nahrungssuche, die anderen kümmerten sich um die Waffen. Ein Stoßtrupp wurde auf die Suche nach Shanon geschickt und ein weiterer patrouillierte den Waldrand entlang, um die Gefährten rechtzeitig zu warnen, falls die Varads zufällig die verborgene Lücke in der Hecke finden sollten, durch die Oranbar sie zu dieser Lichtung geführt hatte.
Währenddessen unterhielt sich Chinby leise mit Brian und sagte schließlich besorgt: »Wo bleibt Shanon nur so lange? Er wollte sich doch nur kurz umsehen.«
»Ach hätte nur Oranbar uns nicht gerade jetzt verlassen«, seufzte Brian. »Da liegt er und ziert die Lichtung als kalte Steinfigur, wo wir seine Hilfe doch so dringend brauchen könnten.«
»Immerhin hat er uns hierhergebracht, vergiß das nicht«, erinnerte ihn Drub. »Ohne ihn wären wir dem Hinterhalt der Varads nicht entkommen.«
»Dafür bin ich ihm ja auch dankbar. Aber mir wäre wohler, ich wüßte, welche unerfreulichen Überraschungen uns noch hier in diesen Wäldern erwarten.«
»Der Boling meinte, Golin Lings Truppen wären nur ein kleiner Teil einer riesigen Armee«, sagte Chinby.
»Die sich auch in den Gegenden außerhalb dieser Wälder herumtreibt«, fügte Senja hinzu.
»Ob sie auch die Küste des Tosenden Meeres besetzt halten?« murmelte Brian mehr zu sich selbst. Er war verunsichert durch die Ungewißheit, wie es weitergehen sollte und welche Aufgaben dort am fernen Meer auf ihn warteten.
Der Meister der Alten Lehre wandte sich an seinen Schüler und sagte: »Ich bin sicher, sie haben das Meer erreicht, Brian. Aber unsere Verbündeten werden sich ebenfalls dort versammelt haben.«
»Im Moment würde mir schon Oranbar genügen«, sagte Brian verzagt. »Er war sehr vertraut mit diesem Wald und fürchtete sich nicht vor den Varads.«
»Wer weiß, wem wir als nächstes begegnen? Es gab sicher einen triftigen Grund, warum er zu Stein erstarrte. Vielleicht bedeutet das, daß wir außer Gefahr sind«, meinte Senja hoffnungsvoll.

»Eine wunderbare Vorstellung, Senja, an die ich aber nicht so recht glauben kann. Mir wäre leichter ums Herz, wenn wir die Drei Steine und diesen schrecklichen Wald bereits hinter uns hätten«, erwiderte Brian niedergeschlagen.
Eine schwache Bewegung in einem der Sträucher lenkte Brians Aufmerksamkeit dorthin, und als er näher hinsah, entdeckte er zwischen den Zweigen einen grünen Elfenhut, auf dem keck eine blaue Feder wippte. Überall tauchten plötzlich bunte Hüte auf, und dann trat ein hochgewachsener Elf mit hellblondem Haar und Bart behende aus dem Gesträuch und kam leichtfüßig auf die Gefährten zu.
»Seid gegrüßt. Wir stehen euch zu Diensten«, sagte er höflich und schwenkte seinen Hut.
Brian stammelte verblüfft einige unverständliche Worte zur Erwiderung und wandte sich hilfesuchend an Chinby.
»Bist du das, Crown? Hast du dich endlich eines Besseren besonnen und kommst uns zu Hilfe?«
»Ganz recht. Vor dir steht Crown, Chinby, mein Alter. Aber ich habe mich keineswegs zum Besseren verändert, noch verfüge ich über mehr Vernunft als zuvor.«
Der schlanke Elf lachte fröhlich, obwohl in seiner Stimme ein harter Unterton mitschwang und ein Ausdruck von Grausamkeit sein sanftes Gesicht kurz verzerrte.
Einer nach dem anderen kamen die Elfen nun aus dem Wald hervor, und bald hatten sich über hundert von ihnen auf der Lichtung versammelt.
»Wir haben gestern Falon getroffen. Er sagte uns, daß hier bei den Drei Steinen eine große Versammlung aller Klans stattfindet, und lud uns höflich ein, ebenfalls daran teilzunehmen.«
Übermütig lachte der Elf wieder. Der Schalk blitzte aus seinen Augen.
»Er sagte mir auch, daß du diese ganze Meute anführst, Chinby, und auf mich und meine Leute zählst. Nun, dieser Einladung konnte ich nicht widerstehen. Was gibt es Aufregenderes für einen Elfen als einem blinden, alten Spürhund in eine ungewisse Zukunft zu folgen?«

»Anscheinend ist Shanon nicht der einzige, der sich in dieser wirren Elfenlogik verliert, wenn es um die Darlegung von Beweggründen geht«, bemerkte Brian verwundert.
»Das klingt mir doch sehr nach einem Vetter vom Volk der Wasserelfen«, entgegnete Crown mit einem Glucksen in der Stimme. »Wie heißt er? Shanon! Den Namen habe ich noch nie gehört.«
»Du wirst ihn noch früh genug kennenlernen«, sagte Chinby.
Und als hätte Shanon nur auf dieses Stichwort gewartet, tauchte er urplötzlich neben Brian auf und jagte dem wie immer einen gehörigen Schrecken ein.
»Die Gespaltene Eiche ist nun für uns zugänglich«, sagte Shanon ernst. »Wir haben die Wachposten der Varads getötet und können jetzt ungehindert zur alten Elfenstraße vordringen.«
»Du bist also Shanon«, sagte Crown und ging mit ausgestreckter Hand auf ihn zu.
»Stets zu deinen Diensten«, erwiderte Shanon höflich und verneigte sich.
»Ich bin Crown und gehöre ebenfalls dem Klan der Wasserelfen an. Ich komme aus der Salzmarsch und schließe mich mit meinen Leuten Chinby auf dem Marsch zum Tosenden Meer an. Auch ich stehe dir zu Diensten.«
»Sei willkommen, Crown. Wir haben jeden Verbündeten bitter nötig.«
»Stimmt es, daß wir dem Kommando eines Zwerges unterstehen?« fragte Crown.
»Ja. Und er ist einer von der dickköpfigsten Sorte«, erwiderte Shanon, »und über alle Maßen eigensinnig. Aber er ist ein zuverlässiger Gefährte.«
»In den oberen Regionen der Salzmarsch hielten sich seit vielen Jahren hartnäckige Gerüchte, daß wir uns eines Tages auf diesen langen Marsch begeben würden. Auch jenseits des Aschen-Flusses verunsicherte die Kunde von einem bevorstehenden Aufbruch die Bewohner, zumal die Angriffe der Bestien zunahmen und unförmige Gnome, die in geringer Zahl schon immer ihr Unwesen getrieben hatten, plötzlich in ganzen Horden auftraten. Seit letzten Herbst wurde es von Tag zu Tag schlimmer.«

»Und dabei haben wir das Ärgste noch vor uns«, brummte Chinby grimmig.
Seine Worte waren kaum verklungen, als der schwache Ruf eines Varad-Kriegshorns ertönte, der von einem schrillen Signal aus der Hecke direkt hinter Brian beantwortet wurde. Und im nächsten Augenblick war die Luft vom Sirren und Zischen fliegender Pfeile erfüllt, und die Gefährten rannten um ihr Leben und suchten Schutz im Inneren der alten Siedlung von Falen Rin.

23. Die versteinerten Krieger

Aus dem dichten Gebüsch, das die Lichtung der Elfensiedlung umgab, brachen Horden grimmig aussehender Varad-Krieger. Die Gestalten in ihren dunkelbraunen Kampfanzügen waren mit Pfeil und Bogen bewaffnet. Außerdem trugen sie häßlich gekrümmte Schwerter am Gürtel und mächtige eiserne Schilde.
Die Gefährten – Shanon und Brian an der Spitze, die Chinby und Senja zwischen sich führten – rannten in panikartiger Flucht davon und hielten verzweifelt Ausschau nach einem geschützten Ort, wo sie ihre wild durcheinander stolpernden Gefolgsleute neu formieren und zum Gegenangriff aufstellen konnten. Crown und die Krieger der Wasserelfen schützten den Rückzug der Gefährten und schossen Garbe um Garbe ihrer gelbspitzigen Pfeile auf die vorrückenden Horden des Feindes. Und während die Wasserelfen neue Pfeile aus den Köchern nahmen und ihre Bogen wieder schußbereit machten, liefen sie hinter Brian und Shanon her, um nicht von ihnen abgeschnitten zu werden.
Die mächtigen Anführer der Varads – einige von weitaus kräftigerer Statur als selbst Golin Ling – rannten an der Spitze der Krieger und trieben sie mit laut gellenden Schreien voran. Brian wußte, daß es aussichtslos war, sich dieser übermächtigen Armee zu stellen, die wie eine schwarze Woge aus dem Wald heranbrandete. Er klammerte sich an den winzigen Hoffnungsschimmer, daß vielleicht Oranbar ihnen in dieser Stunde höchster Not beistehen würde, aber die Hoffnung erstarb rasch, denn sie entfernten sich mit jedem Schritt

von der steinernen Figur Oranbar, und selbst als ein Trupp Varad-Krieger über die steinerne Gestalt hinwegstürmte, rührte sie sich nicht.
»Diesmal sind wir ganz auf uns allein gestellt«, stieß Brian grimmig hervor, und Shanon warf ihm einen verwunderten Blick zu.
Da dröhnte aus der Kehle des Zwerges ein tiefes Lachen, das dem Elfen eisige Schauer über den Rücken jagte, und er merkte, wie eine Veränderung in seinem stämmigen Freund vor sich ging, als er die mörderische Kampfeslust in Brians Augen aufblitzen sah.
»Brian Brandigore!« rief da der Elf so laut er konnte und lief weiterhin neben dem Zwerg her.
Sie näherten sich nun den inneren Mauern von Falen Rin, und da alle Siedlungen nach den uralten Entwürfen seiner Vorfahren angelegt waren, wußte Shanon, daß sie sich dahinter verschanzen und den Angriff abwehren konnten.
»Zur Mauer!« rief er und deutete auf einen dunkelgrauen Felswall, der die Lichtung durchschnitt.
Jemand in den hinteren Reihen hatte Shanons Kriegsruf aufgenommen.
»Brian Brandigore«, dröhnte der tiefe Schrei aus der Kehle eines Carben-Zwerges, gefolgt von weiteren, etwas helleren Stimmen.
»Brian Brandigore!«
»Erin Frey!« rief ein Wasserelf, und auch dieser Ruf wurde von den tiefen Stimmen der Carben-Zwerge aufgenommen.
Shanon musterte seinen Freund, der wild entschlossen weiterstapfte, das kurze Schwert in der hoch erhobenen Hand. Die Waffe wirkte lächerlich klein und würde gegen die Krummschwerter der Varads wenig ausrichten. Dann warf Shanon einen Blick über die Schulter zurück. Die Lichtung war schwarz von heranstürmenden Kriegern, und schon mehr als ein Dutzend von Crowns Elfenkriegern waren von den schwarzen Pfeilen der Varads niedergestreckt worden.
Auch die Varads hatten Verluste erlitten, aber die zählten nicht in der schier endlosen heranwogenden Menge, die sich wie eine Sturmflut über die Lichtung ergoß und von den dumpfen, gellenden Rufen der Kriegshörner vorwärts gepeitscht wurde.

Die Signale der Elfenflöten und Zwergenhörner gingen in dem Schlachtgetöse der Varad-Krieger unter, und selbst die noch vereinzelt aufklingenden Kriegsrufe der Zwerge und Elfen waren kaum noch in dem Tumult zu hören.
Panik ergriff Brian, und er glaubte, sie würden die rettende Felsenmauer, die vor ihnen aufragte, nicht mehr rechtzeitig erreichen. Dann starb jede Hoffnung in ihm, als ihm klar wurde, daß kein Tor die solide Wand durchbrach. Anstatt zu ihrer Rettung zu dienen, blockierte die Mauer ihren Fluchtweg, und die heranstürmenden Feinde würden sie vor diesem Wall gnadenlos niedermetzeln!
Ein ungeheurer Zorn wallte in Brian auf, und in ohnmächtiger Wut hieb er mit dem kurzen Elfenschwert durch die Luft. Seine Augen waren blutunterlaufen, und Mordlust erfüllte sein Herz.
»Helft Senja und Chinby hinüberzuklettern«, schrie er. »Wenigstens sie sollen überleben und Falon berichten, wie wir umgekommen sind. Über die Mauer mit ihnen!«
Die Carben-Zwerge in seiner unmittelbaren Nähe hoben die beiden strampelnden Gestalten auf und wollten sie eben über die graue Steinmauer werfen, als Shanons Ruf sie zurückhielt: »Warte, Brian! Laß mich nur machen.«
Ein weiterer Pfeilschauer hagelte auf sie herab. Einer davon traf Shanon, prallte aber von seinem Rücken ab und fiel zu Boden. Senja, die entsetzt aufgeschrien hatte, umarmte ihn in ihrer Erleichterung.
»Diese wunderbaren Kettenhemden, von geschickten Zwergenhänden gefertigt, sind ein wahrer Segen gegen solche Nadelstiche«, sagte Shanon ein wenig verlegen und lachte grimmig.
»Trägst du denn keines dieser Hemden?« fragte Brian Senja entsetzt, und als sie den Kopf schüttelte, riß er sich Umhang und Hemd vom Leib und gab ihr sein fein geschmiedetes Kettenhemd.
Shanon drückte auf eine bestimmte Stelle in der Felswand, die kein erkennbares Merkmal aufwies, und am Fuß der Mauer tat sich eine breite Öffnung auf. Voller Todesangst krochen Elfen und Zwerge hastig hindurch, und sobald der letzte auf der anderen Seite angekommen war, drückte Shanon wieder auf einen bestimmten Punkt in der Mauer. Die vor Wut aufheulenden Horden der Varads prall-

ten gegen die nunmehr wieder solide Mauer, bis auf ein paar Krieger, die noch rasch hindurchgeschlüpft waren und von Crowns Wasserelfen kurzerhand getötet wurden. Mehrere Varads wurden auch von der sich schließenden Mauer zermalmt.
Schwer atmend blickte sich Shanon um und musterte eingehend ihren Zufluchtsort.
»Diese Mauern wurden zu Urzeiten errichtet, als damals schon Unheil über Atlanton aufzog, und diente den Bewohnern als Schutz vor Eindringlingen. Für den Moment sind wir hier sicher, und wenn wir uns im Schutz des überdachten Ganges fortbewegen, der zu der Eiche hinüberführt, können uns auch die Pfeile nichts anhaben.«
»Sie werden die Mauer überklettern«, rief Crown. »Sie ist zwar hoch, stellt aber kein unüberwindliches Hindernis für einen Varad dar.«
»Wart's nur ab«, erwiderte Shanon lachend. »Selbst Brian ist es nicht gelungen, den beiden stämmigen Zwergen da hinüberzuhelfen. Die Idee war zwar nicht schlecht, hätte aber zu nichts geführt.«
»Behaltet die Mauer im Auge!« befahl Crown seinen Schützen, die sofort mit gespannten Bogen niederknieten, bereit, jeden Kopf, der über der Mauer auftauchte, mit ihren Pfeilen zu durchbohren.
Dann wandte er sich an Shanon. »Das hat uns eine Atempause verschafft, Vetter. Aber wir sollten uns schnell nach einem sichereren Ort umsehen. Diese Mauer wird sie nicht lange aufhalten.«
Shanon lächelte leicht und deutete hoch, dorthin, wo die Mauer sich gegen den Himmel abzeichnete. »Unsere Freunde werden sich schwertun, da herüberzuklettern.«
»Sie haben ihre Pfeile herübergeschossen«, wandte Crown ein. »Was sollte sie also daran hindern, ihnen zu folgen?«
»Ganz einfach: diese Mauer wurde gebaut, damit man durch sie hindurchgehen kann und nicht, um sie zu überklettern.«
Da ertönte zorniges Wutgeheul von ihren Feinden, und Shanon sprach lachend weiter: »Unsere Vorfahren haben in weiser Voraussicht dafür gesorgt, daß ein Überklettern der Mauer unmöglich ist und eine Anzahl von Fallen eingebaut. Wer das Geheimnis der verborgenen Pforte nicht kennt, hat auch dieseits der Mauer nichts verloren.«

»Na, dann wollen wir schleunigst von hier verschwinden, ehe die Varads alle Fallen überwunden haben. Wohin führt dieses Tor da drüben?«
»Es ist der Eingang zur alten Elfenstraße und wird durch die Gespaltene Eiche gekennzeichnet.«
Chinby nahm mit freudiger Erregung diese Worte zur Kenntnis und sagte zu Crown: »Dann sind wir vorerst in Sicherheit. Ich hätte nie gedacht, daß unsere Feinde bereits ein so mächtiges Heer aufgestellt haben. Ich hoffe nur, daß unsere Verbündeten ebenso zahlreich sind. Wir müssen so schnell wie möglich zu ihnen stoßen.«
Drub, der einige seiner tapfersten Krieger verloren hatte, war kalkweiß im Gesicht vor Wut, und seine Stimme klang heiser, als er drohte: »Das sollen sie mir büßen! Ich habe fünf meiner treuesten Gefährten verloren, und ehe wir weiterziehen, werde ich mit diesem Pöbel da drüben abrechnen.«
»Der Tag der Vergeltung wird kommen, Drub. Es ist sinnlos, sie jetzt anzugreifen. Sie sind uns zahlenmäßig weit überlegen«, beschwichtigte Chinby den aufgebrachten Carben-Zwerg.
Ein weiterer Pfeilhagel schoß über die Mauer und prasselte auf den überdachten Bogengang, unter dem die Elfen und Zwerge standen.
Darauf folgte ein erneuter Ansturm gegen die Mauer. Die Kriegshörner der Varads bliesen unaufhörlich zum Angriff.
Shanon kniff die Augen zusammen und warf Crown einen Blick zu. »Was hältst du davon, diesem Abschaum eine gehörige Lektion in der Elfenkriegskunst zu erteilen, ehe wir aufbrechen?«
Er versammelte alle Elfen-Krieger um sich, und zusammen mit Drubs Zwergen stellten sie sich in Reih und Glied auf und schossen eine Pfeilsalve über die Steinmauer.
Schrille Schmerzensschreie der getroffenen Varads gellten zu ihnen herüber, und sie schossen noch eine Salve der langen Elfen- und der kurzen Zwergenpfeile hinterher. Ein zorniges Heulen und Jaulen der wutschäumenden Horden, die sie nicht sehen, nur hören konnten, drang über die Mauer.
»Wir wollen jetzt aufbrechen«, sagte Brian. »Hoffentlich führt auch wirklich ein Weg durch die Gespaltene Eiche zu den alten Straßen.«

»Haltet euch im Schutz des Bogenganges«, warnte Shanon. »Sie werden bestimmt zurückschießen.«
Und prompt hagelte eine Pfeilsalve auf den überdachten Gang herab, der sich über die ganze Breite der offenen Grasfläche erstreckte.
»Ich hoffe, Falon hat den Tumult rechtzeitig bemerkt und ist ihm ausgewichen«, sagte Crown mit besorgter Miene.
»Falon hat darin mehr Übung als die meisten von uns«, entgegnete Shanon. »Er würde diesen gräßlichen Ungeheuern nie in die Falle gehen.«
»Falon ist ein sehr tapferer und schlauer Krieger«, stimmte Drub zu. »Ihn würde ich jederzeit zum Gefährten wählen.«
»Wir danken dir für das Kompliment«, sagte Shanon und verneigte sich. »Es wird uns nicht an Gelegenheit mangeln, unseren Mut zu beweisen. Seht euch doch nur um! Schulter an Schulter kämpfen hier Wasserelfen, Carben-Zwerge und Erdzwerge, und die Waldelfen werden bald zu uns stoßen. Brian Brandigore ist es in dieser kurzen Zeit gelungen, was alle Grenzstreitigkeiten nicht zuwege brachten. Er hat die Klans wieder vereint, die seit Anbruch der Unruhen zerstritten waren.«
»Ich habe nichts dergleichen getan«, erwiderte Brian verlegen und errötete.
Dann steckte er sein Schwert in die Scheide unter dem Unhang zurück und marschierte entschlossen auf das Tor zu, das von einer alten, verwitterten Eiche eingerahmt wurde.
»Also vorwärts«, spornte er seine Gefährten an. »Dieses Pack da drüben scheint Verstärkung bekommen zu haben. Ihr Geschrei wird immer lauter.«
»Das hört sich aber ganz anders an«, widersprach Chinby und lauschte angestrengt.
»In meinen Ohren dröhnt nur Varad-Geschrei«, schimpfte Drub. »Und ich würde nur zu gern dazwischenfahren.«
Er hob die Hand, und seine Gefolgsleute schossen eine weitere Pfeilsalve über die Mauer auf ihre unsichtbaren Gegner.
In diesem Augenblick tauchten ein gutes Dutzend Varad-Köpfe oben auf der Brüstung auf, nur einen Steinwurf von den Gefährten

entfernt. Sofort schossen Crowns Bogenschützen ihre tödlichen Pfeile ab, und die Gesichter verschwanden wieder.

»Gut gemacht, Freunde!« rief er begeistert. »Hier liegen genügend Varad-Pfeile herum, sollten die unseren knapp werden. Wir werden ja sehen, wer in diesem Schießwettbewerb als erster aufgibt.«

»Auf einen offenen Kampf würde ich es nicht ankommen lassen«, warnte Chinby. »Dafür sind wir noch nicht gerüstet.«

»Und es wird nie dazu kommen, wenn wir jetzt endlich von hier verschwinden«, sagte Crown. »Ich habe die Nase voll von diesem Pack. Unsere Pfeile werden sie noch so in Rage bringen, daß ihnen Flügel wachsen, damit sie uns aus der Luft attackieren können.«

»Psst«, rief da Senja, die ein Ohr gegen die Mauer gepreßt hatte und auf die Geräusche der tobenden Varads auf der anderen Seite lauschte. »Da drüben passiert etwas Merkwürdiges.«

Zunächst hörten die Gefährten nur die Kriegshörner und das gellende Geschrei der Varads, doch dann, als ihre Ohren sich an den Lärm gewöhnt hatten, vernahmen sie den sanfteren, aber ebenso tödlichen Klang anderer Hörner, der sich für die Gefährten sehr verheißungsvoll anhörte.

»Wer könnte das sein?« fragte Shanon. »Das sind weder die Kriegshörner der Carben-Zwerge noch der Waldelfen von Falons Klan.«

»Ganz recht«, meinte Chinby. »Es hört sich ganz so an, als hätte Oranbar da seine mächtigen Tatzen im Spiel.«

»So ist er also zurückgekommen?« fragte Brian voller Hoffnung.

»Vielleicht«, räumte Chinby vorsichtig ein. »Oder es ist jemand anderer.«

»Laßt uns nachsehen«, drängte Brian ungeduldig. »Wenn dort drüben Verstärkung eingetroffen ist, könnten wir den Kampf wieder aufnehmen und diese Varads endgültig aus unseren Wäldern vertreiben.«

»Eine ehrenvolle Aufgabe, Brian. Aber erst am Tosenden Meer wirst du diesen Plan ausführen können. Dafür brauchen wir die Unterstützung aller unserer Verbündeten. Dort drüben haben wir es nur mit einem Teil der feindlichen Streitmächte zu tun.« Bedächtig schüttelte Chinby sein graues Haupt. »Nein, wir müssen unsere Kräfte für den entscheidenden Kampf aufsparen.«

»Aber so eine günstige Gelegenheit wird sich nie wieder bieten«, protestierte der jüngere Zwerg.
»Ich will jetzt nicht darüber mit dir streiten«, wies Chinby ihn zurecht. »Wir müssen den rechten Augenblick abwarten und dann mit aller Macht zuschlagen. Ein Sieg über die Varads dort drüben würde uns nichts nützen. Zur rechten Zeit und am rechten Ort, am Tosenden Meer, gemeinsam mit unseren Verbündeten werden wir Atlanton von den Varads und allen anderen Bestien befreien, die soviel Unheil über die friedliebenden Völker gebracht haben.«
»Gut gesprochen, mein Alter«, sagte Crown. »Ich hoffe nur, wir alle werden diesen Moment erleben.«
»Sei unbesorgt, mein tapferer Crown. Dein heldenhafter Kampf gegen die Bestien in der Salzmarsch und der Riedsenke wird schon weit über die Grenzen deines Reiches hinaus besungen.«
Da drangen markerschütternde Schreie und zorniges Wutgeheul über die Mauer herüber, und die Gefährten preßten sich eng an den schützenden Felswall.
»Was ist da nur los?« rief Shanon aufgeregt. »Kein Trupp der Carben-Zwerge oder Waldelfen könnte einen derartigen Aufruhr verursachen.«
»Das hört sich nicht so an, als würden sie angegriffen«, sagte Senja. »Sie scheinen vor irgend etwas schreckliche Angst zu haben.«
Die Schreie und das fürchterliche Angstgeheul wurden noch lauter, und nur noch vereinzelt flogen jetzt Varad-Pfeile über die Mauer.
Ein mächtiges Kriegshorn erschallte und dröhnte über das Heulen und Wimmern hinweg. Ein Dutzend weiterer Hörner schickten ihre schrillen, zitternden Signale hinterher, und es klang, als wären die Bläser voller Todesangst.
»Sie blasen zum Rückzug«, rief Drub ungläubig. »Dieses Signal habe ich nicht oft gehört, aber ich erkenne es sofort.«
Brian musterte den Carben-Zwerg nachdenklich, ehe er sagte: »Sie scheinen keinem Streit aus dem Weg zu gehen.«
»Die Varads sind tapfere Soldaten, das kann man ihnen nicht absprechen«, stimmte Crown zu. »Sie sind gut ausgebildet und vorzüglich bewaffnet.«

»Zu gut für meinen Geschmack«, erwiderte Drub grimmig. »Sie halten sich an keine Regeln und kennen keine Angst.«
»Selbst der mutigste Soldat hat manchmal Angst, und das erhält ihn am Leben. Aber diese Burschen sind tollkühn und rücksichtslos und stürzen sich furchtlos in jeden Kampf. Das kann ihnen eines Tages zum Verhängnis werden.«
Hinter den Steinmauern wurde jetzt der Kampflärm schwächer, und die Signale der Hörner klangen leiser und verstummten schließlich ganz.
»Laß uns nachsehen, welcher Armee es gelungen ist, die Varad-Horden in die Flucht zu schlagen«, sagte Brian. »Wenn sie so unerschrocken sind, wie ihr sie beschrieben habt, muß wirklich etwas ganz Entsetzliches über sie hereingebrochen sein.«
Shanon runzelte die Stirn und schüttelte dann den Kopf.
»Nur einer von uns sollte nachsehen. Vielleicht ist es ein übler Trick, um uns aus dem sicheren Schutz der Mauer zu locken. Diese Kerle sind nicht nur verwegene Kämpfer, ihre Hinterlist und Schläue sind ebenso gefährlich.«
»Und mit diesen Tugenden bist auch du reichlich gesegnet, kleiner Bruder«, rief Crown und versetzte Shanon einen freundschaftlichen Klaps auf die Schulter. »Mut allein macht noch keinen guten Krieger aus. Er braucht auch ein helles Köpfchen.«
Der Wasserelf zuckte nur mit den Schultern und lächelte leicht. Dann ging er zu einer Stelle in der Wand, lauschte angestrengt, drückte schließlich auf einen bestimmten Punkt, und wieder öffnete sich ein breiter Durchlaß in der soliden grauen Steinmauer.
Eine unheimliche Stille empfing die Gefährten auf der anderen Seite, als sie vorsichtig, einer nach dem anderen, durch die Öffnung schlüpften. Die Bogen schußbereit gespannt, traten sie auf die Lichtung hinaus und blieben dann wie erstarrt stehen.
Chinby, von Senja geführt, flüsterte nervös: »Was siehst du? Was ist passiert?«
Die Zwergin stand nur mit weitaufgerissenen Augen da und vergaß zu antworten, bis Chinby sie ungeduldig am Ärmel zupfte.
»Nun rede endlich. Hast du plötzlich die Sprache verloren? Du bist

doch sonst nicht auf den Mund gefallen und weißt auf alles eine Antwort.«

»Es ist zu merkwürdig, Chinby«, murmelte sie schließlich. »Ich weiß nicht, was hier passiert ist und wie ich es dir beschreiben soll.«

»Brian? Shanon? Crown? Drub? So antwortet doch!«

Auch die anderen hatte der Anblick, der sich ihnen bot, gelähmt. Sprachlos standen sie da, und es dauerte eine Weile, bis sie sich so weit von dem Schock erholt hatten, daß sie Chinby die Szene beschreiben konnten.

Die weite grüne Lichtung war mit schiefergrauen, erstarrten Gestalten in allen möglichen Positionen bedeckt. Manche hatte die Starre im Fallen ereilt, andere wiederum auf der Flucht. Die blinden Augen in den schreckverzerrten Gesichtern blickten zu irgend etwas Schrecklichem empor. Einige Varad-Krieger lagen auf dem Rücken, andere wiederum waren im Begriff gewesen, ihre Wurfmesser zu schleudern oder sich mit dem Schwert zu verteidigen, als der Bann sie getroffen hatte. Sie waren in kalte, graue Steinfiguren verwandelt worden, so wie Oranbar, dessen mächtige Gestalt noch immer reglos neben dem Brunnen ruhte, den die Statue des Elfen mit erhobenem Bogen zierte.

»Hier ist etwas Unfaßbares geschehen«, flüsterte Crown eingeschüchtert. »Das ist Schwarze Magie, Hexenkunst!«

Chinby schimpfte noch immer mit Senja, die sich bemühte, ihm alles genauestens zu beschreiben. Währenddessen näherten sich die anderen vorsichtig den stummen Varad-Kriegern, die nun ihr letztes Lager im Inneren der alten Elfensiedlung von Falen Rin aufgeschlagen hatten.

Die Gefährten zählten über hundert zu Stein erstarrte Feinde, und Shanon berührte zögernd mit der Hand eines der gräßlichen, verunstalteten Gesichter, deren Münder vor Angst weit aufgerissen waren und die scheußlichen vorstehenden Zähne entblößten.

»Ekelhafte Kerle«, sagte Crown und wandte sich schaudernd ab.

»Das ist ja Tolith Bor! Wir haben manche Schlacht gegeneinander ausgefochten. Damit ist es nun wohl endgültig vorbei«, rief Drub und musterte die steinerne Gestalt eingehend.

»Wer sagt denn, daß sie nicht wieder zum Leben erwachen können, so wie Oranbar! Während wir hier sorglos herumschlendern, verwandeln diese gräßlichen Gestalten sich vielleicht wieder in quicklebendige Krieger und fallen über uns her.« Shanon lachte auf, als er die Reaktion seiner Gefährten bemerkte, doch tief in einem Winkel seines Herzens hatte auch er Angst.

»Sie werden hier wohl einen, zwei Winter zubringen«, zerstreute Drub die aufkeimende Furcht. »Ich weiß nicht, wem wir diese wunderbare Rettung zu verdanken haben, aber ich verneige mich ehrerbietig vor diesem mysteriösen Wesen.«

Shanon stand nun neben der steinernen Brunnenfigur, aus dessen lachendem Mund Wasser sprudelte.

»Diese ganze Aufregung hat mich entsetzlich durstig gemacht«, sagte er und wollte eben seine Hand in die Brunnenschale tauchen, um Wasser zu schöpfen, als eine scharfe Stimme, direkt an seinem Ohr, ihn zurückfahren ließ.

»Berühre nicht das Wasser von Falen Rin!« dröhnte die Stimme, und Shanon erstarrte mitten in der Bewegung.

»Das war Oranbar!« rief Crown. »Oder die Statue! Sie hat gesprochen!«

»Ja, ganz recht«, sagte Chinby weise und zupfte an seinem langen grauen Bart. »Ich glaube, ich weiß jetzt, was hier passiert ist.«

»Was ist los, Chinby? Warum darf ich von diesem Wasser nicht trinken?« fragte Shanon erschrocken.

»Oh, du wirst schon noch zu trinken bekommen, so wie wir alle«, sprach der alte Zwerg weiter. »Aber wir werden keinen Tropfen vom Brunnen in Falen Rin zu uns nehmen. Denn das ist der Trank, der unsere Freunde in diese friedlichen Steine verwandelte.«

Chinby trat nun neben den Elfen und streckte die Hand aus. »Gebt mir einen Becher, und ich werde euch zeigen, was ich meine.«

Drub gab dem Meister der Alten Lehre einen Becher.

»Du solltest eigentlich darüber Bescheid wissen, Shanon. Du hast die *Bücher der Elfenweisheit* nicht sehr sorgfältig studiert. Kannst du dich noch daran erinnern, wie du mich neben dem Brunnen in Erin Frey angetroffen hast?«

»Ja, das habe ich nicht vergessen, Chinby.«

»Dabei habe ich eingehend die Runen studiert, die dort im Brunnenrand eingemeißelt waren. Glücklicherweise beherrschte ich die Elfensprache so weit, daß ich verstand, was dort geschrieben stand. Jener Brunnen war ausgetrocknet. Denn hätte ich daraus getrunken, wäre ich ebenfalls zu Stein erstarrt, so wie alle diese Gestalten hier in Falen Rin. Die Bolinge scheinen das Geheimnis der Brunnen entdeckt zu haben und können deren Zauberkraft nach Belieben einsetzen.«

»Dann hat allein das Wasser dies bewirkt?« fragte Crown ungläubig. »Auch ich bin ein Elf, mein Alter. Und ich habe noch nie von Wasser gehört, das lebendige Wesen in Stein verwandeln kann.«

»Du bist zu jung, um dich in der Alten Lehre auszukennen«, entgegnete Chinby. »Und du bist in einer Siedlung aufgewachsen, die zu weit von der alten Heimat entfernt liegt.«

Während Chinby sprach, hatte er den Becher Shanon gereicht und bat ihn jetzt: »Füll diesen Becher und gib acht, daß du mit dem Wasser nicht in Berührung kommst. Dann gib ihn mir wieder.«

Shanon tat, wie ihm geheißen und reichte Chinby den vollen Becher. Chinby roch daran, drehte ihn vorsichtig in den Händen und sagte dann zu Shanon: »Geh und gieß das Wasser über einen Strauch oder Baum, und ihr werdet sehen, was geschieht. Achte darauf, keinen Tropfen davon auf dich oder die anderen zu schütten, denn ich weiß nicht, wie man den Bann wieder aufhebt.«

Shanon hielt den Becher vorsichtig in der Hand und ging damit zu einem der Sträucher in der Nähe und goß dann das Wasser über das grüne Blätterwerk. Zunächst war keine Veränderung zu bemerken, aber ganz allmählich verblaßte das schimmernde Grün des Strauchs zu fahlem Grau, und die Zweige, die das Wasser benetzt hatte, wurden hart wie Stein. Aus dem lebenden Strauch wurde eine bis ins letzte Detail getreue Skulptur aus grauem Fels.

24. In der Falle

Gerade als Brian voller Verwunderung den versteinerten Busch betrachtete, erklang vom Waldsaum der hohe Klang einer Elfenrohrflöte.

»Das ist Falon!« rief Shanon. Crown setzte sofort seine Flöte an die Lippen und blies einen scharfen, durchdringenden Ton als Antwort auf das Signal seines Gefährten.
Brian lief aufgeregt dem aus den dunklen Schatten des Waldes hervorstürmenden Falon entgegen. Die Waldelfen in seinem Gefolge waren bis auf die Haut durchnäßt und blutbeschmiert. Sie hatten wohl um ihr Leben gekämpft, um sich in Falen Rin in Sicherheit zu bringen.
Hinter den Waldelfen stolperte ein Häuflein völlig erschöpfter Carben-Zwerge auf die Lichtung.
Etwas weiter zurück folgten schwerfällige Gestalten, in dunkle Mäntel gehüllt, die Kapuzen über die Köpfe gezogen, die Brian merkwürdig bekannt vorkamen. Als die Neuankömmlinge über die Lichtung wankten, stieß Brian einen schmerzerfüllten Schrei aus und stürzte auf den stämmigen, breitschultrigen Zwerg in der vordersten Reihe zu.
»Jeral!« rief er außer sich vor Freude und Besorgnis und drückte seinen Freund mit aller Kraft an die Brust. »Wo ist Jaran? Wie geht es meinen Eltern? Wie habt ihr uns gefunden?«
Brians Fragen überstürzten sich, und Jeral schüttelte nur weinend den Kopf und umklammerte mit seinen muskulösen Armen den jungen Zwerg.
»Nur ruhig Blut«, sagte Chinby beschwichtigend und legte beiden die Arme um die Schultern. »Du erdrückst ihn ja. Wie soll er da eine vernünftige Antwort geben.«
Senja hatte sich neben Brian gestellt und seine Hand ergriffen, was ihn sehr verlegen machte. Er wollte sich eben unwirsch davon freimachen, als er ihr verängstigtes Gesicht sah und sie voller Mitleid in die Arme nahm. Denn die Ankunft Jerals gab Anlaß zu der Befürchtung, daß auch Con Den Fetch – so wie alle anderen Siedlungen – überfallen und zerstört worden war. Senja weinte nicht, aber tiefe Sorgenfalten zerfurchten ihr Gesicht.
Brian schluckte seine Tränen hinunter, biß sich auf die Lippen und fragte Jeral nach einem tiefen Atemzug mit zitternder Stimme: »Bist du verletzt, mein Freund? Wo kommt ihr her?«
Falon, der die Fragen gehört hatte, unterbrach sein Gespräch mit

Shanon und antwortete für den gramgebeugten Zwerg, der noch immer kein Wort über die Lippen brachte.
»Meine Gefolgsleute und ich waren ja bereits hier und sind noch einmal zu einem Erkundungsgang durch die Wälder aufgebrochen. Und dabei stießen wir auf einen Stoßtrupp der Varads, die über deine Freunde hergefallen waren. Sie waren uns zahlenmäßig überlegen, und auch wir sind ihnen nur mit knapper Not entkommen. Den ganzen gestrigen Tag haben sie uns durch den Wald gejagt, und unterwegs trafen wir noch auf dieses Häuflein Carben-Zwerge. Gemeinsam gelang uns dann die Flucht hierher.«
Falons letzte Worte wurden übertönt vom schrillen Klang der Varad-Kriegshörner und ihr gellendes Geschrei, mit dem sie lärmend durch das Unterholz brachen.
»Nichts kann sie in ihrer Raserei aufhalten, denn sie wissen, daß sie uns zahlenmäßig überlegen sind«, sagte Drub. Ein grausames Lächeln umspielte seinen Mund. »Ihre Mordlust verwandelt sie in wilde Bestien.«
»Noch sind wir nicht verloren«, warf Shanon hitzig ein. »Wir haben das Geheimnis von Falen Rin entdeckt und werden ihnen einen bösen Empfang bereiten.«
Jeral hatte sich so weit wieder gefaßt, daß er Brian zuflüstern konnte: »Sie haben Den'Lin Fetch zerstört und bis auf wenige, denen die Flucht gelang, alle Bewohner getötet. Gemeinsam mit den Überlebenden aus Con Den Fetch und den anderen Siedlungen haben wir uns hierher durchgeschlagen.«
Betrübt sah er Brian in die Augen.
»Ich war ein Narr, mein Freund. Wir alle waren Narren.«
Dann strömten Tränen über seine eingefallenen Wangen, und er schluchzte herzzerreißend.
»Jaran fiel gleich beim ersten Angriff. Ohne Vorwarnung brachen sie über uns herein. Gegen die Überfälle der Bestien waren wir ja gewappnet, aber gegen diese Ungeheuer konnten wir nichts ausrichten. Wie aus dem Nichts tauchten sie von allen Seiten auf, eine riesige Streitmacht, gegen die wir uns nicht verteidigen konnten.«
»Ja, entsetzliches Leid ist über uns hereingebrochen, Jeral«, erwiderte Brian traurig. »Wir alle waren verblendet, daß wir nicht er-

kannt haben, welch ungeheure Gefahr uns drohte. Die Varads rotteten sich seit langem in den Wäldern zusammen und warteten nur auf einen günstigen Zeitpunkt, um loszuschlagen.«

»Mich trifft ein Großteil der Schuld daran, daß sie uns so einfach überrumpeln konnten«, bekannte Chinby niedergeschlagen. »Ich hätte die Zeichen besser deuten müssen. Auch ich verfiel dem Irrtum anzunehmen, wir hätten es nur mit den Bestien zu tun. Ich habe nicht an die Macht der Finsternis gedacht, die dahintersteckt.«

»Niemand trägt die Schuld daran, mein Alter«, widersprach Drub. »Auch wir, die wir doch mit diesem Abschaum im selben Wald lebten, haben ihre Macht und Anzahl bei weitem unterschätzt. Doch jetzt ist es zu spät, um wirksame Verteidigungsmaßnahmen gegen sie zu ergreifen. Aber wenigstens haben wir jetzt tatkräftige Unterstützung bekommen und werden die Varads das Fürchten lehren.«

»Mit deinen tapferen Kriegern an meiner Seite nehme ich den Kampf gegen jeden Feind auf«, erwiderte Crown lachend und klopfte Drub ermunternd auf den Rücken.

»Und wir haben den Brunnen von Falen Rin, dessen geheimnisvolles Wasser sehr unliebsame Auswirkungen auf die Varad-Armee haben wird«, fügte Shanon schadenfroh hinzu.

Vor Brians geistigem Auge stiegen schreckliche Bilder von seiner zerstörten Heimat auf, und der Gedanke an die getöteten Eltern und Freunde drohte ihm schier die Besinnung zu rauben. Überwältigt von Trauer und Schmerz wandte er das Gesicht ab, um seine Gefühle zu verbergen. Sein ganzer Körper bebte vor unterdrücktem Schluchzen, und er konnte seine Tränen nicht mehr zurückhalten.

Senja nahm seine Hand in ihre und lehnte sich tröstend an ihn.

»Es tut mir leid, Senja. Ich weiß, auch du bist zutiefst erschüttert und trauerst um deine Angehörigen und Freunde. Ich empfinde mit dir und schwöre bei allem, was mir heilig ist, daß ich eines Tages unsere Heimat zurückerobern und diese Ungeheuer in die Eiswüste zurücktreiben werde.«

Senjas Kinn zitterte, aber sie hielt den Kopf hoch erhoben und sagte mit beherrschter Stimme: »Ich werde an deiner Seite kämpfen,

Brian. Das bin ich meiner Familie schuldig. Auf eine so fürchterliche Art und Weise haben wir nun recht bekommen.«

»Ich hätte von der Existenz dieser Ungeheuer wissen müssen«, erging sich Chinby wieder in Selbstvorwürfen.

»Niemand hätte die Siedlung vor der Zerstörung bewahren können«, beschwichtigte Jeral mit erschöpfter Stimme den alten blinden Meister.

»Ich hätte viel eindringlicher warnen müssen«, fuhr Chinby fort. »Statt dessen ließ ich es zu, daß man meine Geschichten als Ammenmärchen abtat und mich als alten Trottel behandelte.«

»Sprich nicht so, Chinby. Auch ich gehörte zu jenen, die Brian verspotteten, weil er dir glaubte. Jetzt sehe ich meinen schrecklichen Irrtum ein«, sagte Jeral mit tränenerstickter Stimme und umarmte den alten Zwerg. »Sag mir, was ich tun kann, um diesen Schaden wiedergutzumachen. Meine ganze Kraft will ich dafür einsetzen und euch im Kampf gegen diese Bestien helfen.«

»Du kannst sofort damit anfangen«, stieß Brian hervor. »Wir haben nicht genug Schwerter und Pfeile. Mach dich ans Werk, falls uns noch genügend Zeit dafür bleibt. Du bist der geschickteste Schmied von Den'Lin Fetch. Mit deinen Waffen werden wir unsere Brüder und Freunde rächen.«

»Zeig mir die Schmiede und gib mir Eisen, Brian. Mein Handwerk beherrsche ich.«

»Gibt es in dieser Siedlung eine Schmiede?« fragte Brian Shanon.

»Da sollte eigentlich eine sein, denn auch Elfen verstehen sich auf die Schmiedekunst.«

»Dann führ uns rasch hin. Wir haben keine Zeit zu verlieren«, drängte Brian ungeduldig. Er stürzte sich lieber in hektische Aktivitäten, als weiterhin seinen trübsinnigen Gedanken nachzuhängen.

»Crown und Falon, ihr füllt mit euren Gefolgsleuten jedes auftreibbare Gefäß mit Wasser aus dem Brunnen. Aber seid vorsichtig. Ihr wißt, was passiert, wenn auch nur ein Tropfen davon auf euch fällt. Dieses Schicksal soll unseren Feinden vorbehalten bleiben«, erteilte Brian weitere Befehle an die anderen.

Der schrille Ton der Kriegshörner schwoll an. Der Wald um die

Lichtung herum schien zu brodeln und zu beben unter dem Ansturm der rasenden Varads.
»Hast du noch den Stein von Elver Tarn?« fragte Brian seinen Freund.
»Ja, hier in meinem Mantel«, entgegnete Shanon.
»Ich wünschte, wir könnten Oranbar wecken. Seine Art und Weise, mit den Varads umzuspringen, gefiel mir außerordentlich gut.«
»Ja. Ihn und seine Brüder hatte ich richtig ins Herz geschlossen«, sagte Shanon wehmütig.
Unwirsch schüttelte Brian den Kopf und entschied: »Nun, wir müssen eben ohne sie zurechtkommen.«
Geschäftig eilten jetzt die Wald- und Wasserelfen über die Lichtung, füllten jedes Gefäß mit Wasser aus dem Brunnen, während Brian und Shanon mit Chinby beratschlagten, wie sie sich dem Ansturm der Varads entgegenstellen sollten.
»Wo ist Senja?« fragte Chinby. »Wir wollen auch ihren Rat hören, denn sie war von Anfang an dabei.«
»Hier bin ich«, antwortete die Zwergin.
»Gut. Nun laßt uns festlegen, wer welche Aufgaben übernimmt.«
»Ich übernehme das Kommando über die Elfen, Chinby. Wir klettern mit Wasserbehältern auf Bäume und werden die Varads mit dem kühlenden Naß empfangen.«
»Ausgezeichnet, Shanon.«
»Crown und Drub befehligen die anderen Truppen. Und Jeral schmiedet unterdessen, was das Zeug hält, und versorgt uns mit neuen Waffen.«
Senja, die schweigend zugehört hatte, trat nun vor und sagte mit kühler, beherrschter Stimme: »Müssen wir uns denn hier auf einen Kampf einlassen? Warum fliehen wir nicht zur Gespaltenen Eiche und von dort aus über die Elfenstraße zum Tosenden Meer?«
»Ein wohlüberlegter Einwand«, sagte Chinby. »Aber wir befinden uns in einer verzwickten Situation. Wenn wir den Varads nicht Einhalt gebieten, werden sie uns gnadenlos jagen. Dann laufen wir Gefahr, die vielen Krieger, die die Nachhut bilden, zu verlieren.«
»Bestimmt irren noch vereinzelte Gruppen Überlebender aus den zerstörten Siedlungen im Wald umher. Was geschieht mit den versprengten Carben-Zwergen und Waldelfen?« fragte Shanon.

»Sie müssen ebenso wie wir um ihr Leben kämpfen«, erwiderte Brian. »In ihrer Übermacht schrecken die Varads vor keinem Angriff zurück und werden jede Siedlung zerstören.«
»Wir sollten versuchen, alle Klans unter einem Banner zu vereinen, Brian«, hielt Senja beharrlich an ihrem Gedanken fest. »Allein auf sich gestellt, hat keine der versprengten Gruppen eine Chance, den Varads zu entkommen. Nur mit vereinten Kräften können wir Widerstand leisten.«
Chinby, der nachdenklich an seinem langen grauen Bart gezupft hatte, klatschte nach diesen wohlüberlegten Worten der Zwergin in die Hände. »Sehr klug gedacht, mein hübscher Hitzkopf. Das bringt uns auf unseren ursprünglichen Plan zurück. Denn schließlich soll unser Brian Brandigore hier alle Klans vereinigen, damit diese Bestien ein für allemal besiegt werden und wir uns endlich anderen Dingen zuwenden können.«
»Welche Verbündeten hoffst du denn hier noch zu finden?« fragte Shanon skeptisch.
Brian grübelte finster darüber nach und sagte dann: »Bei dieser ganzen Aufregung habe ich doch tatsächlich vergessen, Falon zu fragen, was aus Mathiny und Sigman Col geworden ist. Er wollte doch unseren Freund befreien.«
Betrübt senkte Shanon den Kopf und entgegnete: »Falon hat mir davon berichtet. Sigman Cols Lager stand in Flammen. Die Varads hatten es überfallen. Viele Carben-Krieger waren dabei getötet worden, doch offensichtlich war Sigman Col und dem Großteil seiner Gefolgschaft die Flucht gelungen.«
»Dann streifen sie sicher auf der Suche nach Verbündeten durch die Wälder«, meinte Brian.
»Falon soll hierherkommen«, befahl Chinby, »wir wollen Näheres darüber wissen. Vielleicht schlägt sich Sigman Col auf unsere Seite. Mit diesen gräßlichen Ungeheuern will er gewiß nicht gemeinsame Sache machen.«
Zustimmend nickten die Gefährten und riefen Falon herbei, der mit seinen Waldelfen Hunderte von steinernen Flaschen, die mit dem Zauberwasser aus dem Brunnen gefüllt waren, in die Bäume rings um die Lichtung hängte.

»Wir kommen gut voran«, berichtete er stolz. »Aber es ist eine recht heikle Arbeit, denn wir wollen schließlich nicht unsere eigenen Leute mit dem Wasser begießen.«
»Das wäre eine schöne Bescherung«, erwiderte Shanon lachend. »Freund und Feind im Kampf gegeneinander zu Stein erstarrt.«
»Das wird nicht geschehen, wenn wir geschickt vorgehen«, widersprach Brian. »Falls die Varads angreifen, müssen sie die Lichtung überqueren.«
»Ja, und dabei werden sie ihre versteinerten Gefährten sehen. Das könnte sie vielleicht aufhalten«, meinte Senja hoffnungsvoll.
»Diese Ungeheuer werden dafür keinen Blick übrig haben. Sie sind blind vor mordlüsterner Raserei«, widersprach Brian. Seine Worte wurden von einem neuerlichen Aufheulen der Kriegshörner und dem Geschrei der Varad-Krieger übertönt.
»Hört nur!« rief Drub. »Sie haben einen neuen Kampfruf, der ihren Haß und Zorn ins Unermeßliche zu schüren scheint.«
Aus dem Durcheinander der brüllenden Stimmen kristallisierte sich allmählich ein Name heraus, der dröhnend durch den Wald schallte: »Nieder mit Brian Brandigore!«
»Deine Stunde naht, Brian«, sagte Chinby. »Dein Name wurde zur Parole im feindlichen Lager.« Ermutigend legte er eine Hand auf den Arm des jungen Zwerges.
Brian, mit einem wilden Funkeln in den Augen, umarmte seinen alten Lehrer heftig.
»Mein Name soll die Lippen unserer Freunde verbrennen. Sie werden es noch bitter bereuen, ihn je gehört zu haben«, rief er mit flammendem Blick.
»Eines Tages wird dein Name weit über die Grenzen unseres Reiches hinaus gefürchtet werden, Brian. Dies ist erst der erste Akt eines gewaltigen Dramas.«
Brian war so gefangen von der historischen Bedeutung dieses Augenblicks, daß er die schrillen Warnklänge der Elfenflöten völlig überhörte.
Da zerschnitt das häßliche, todbringende Sirren der Pfeile die Luft.
Doch die kleine Armee der Elfen und Zwerge war sofort in

Deckung gegangen, und so prallte die feindliche Pfeilsalve laut scheppernd von den Schilden und Felsblöcken ab.
Brian warf seinen Umhang beiseite und zog das Elfenschwert aus der Scheide. »Eine Waffe aus der Zwergenschmiede wäre mir lieber, aber für den Moment muß es genügen.«
Senja warf Brian einen flüchtigen Blick zu. Sein verändertes Verhalten beunruhigte sie nicht weiter. Sie nahm Chinbys Gürtel und befestigte ihn an ihrem eigenen.
»So gehst du mir nicht verloren, mein Lieber. Ich werde nämlich keinen Schritt von der Seite dieses dickköpfigen Zwerges weichen, ganz gleich, was geschieht.«
»Du bleibst bei Chinby«, befahl Brian und drehte sich dann um, denn jemand zupfte ihn am Ärmel.
»Du sagtest, du könntest etwas aus einer Zwergenschmiede gebrauchen, mein Freund. Hier, nimm das und gib mir dein kurzes Elfenschwert. Sobald uns diese stinkenden Varads nicht mehr im Genick hängen, werde ich für uns alle neue Waffen schmieden.«
Jeral nahm Brian die Elfenklinge aus der Hand und gab ihm eine handliche Axt mit breiter Schneide. Sie war scharf geschliffen wie eine Rasierklinge.
Neben Pfeil und Bogen benutzte Brian am liebsten die Axt als Waffe, obwohl er sie bisher hauptsächlich als Werkzeug zum Fällen von Bäumen benutzt hatte.
Erfüllt von ohnmächtiger Wut, die die Nachrichten von der Zerstörung der alten Siedlung in ihm ausgelöst hatte, umklammerte Brian die tödliche Waffe mit beiden Händen und schwor, daß er alles daransetzen würde, den Tod seiner Eltern und Freunde zu rächen.
»Gib mir das Schwert, Jeral!« befahl Senja kalt und entschlossen und streckte die Hand fordernd aus.
Jeral blickte ihr in die Augen und übergab ihr dann das Schwert.
»Nun gut. Dann werde ich diese elenden Kreaturen mit Pfeil und Bogen bekämpfen«, sagte er. »Mein Köcher ist wohlgefüllt. Ich werde sie damit aufspießen.«
Über die Lichtung dröhnten und schallten die Kriegshörner der Varads. Salve um Salve ihrer tödlichen Pfeile schwirrte auf die Gefährten herab.

Elfen und Zwerge, alle sicher in ihrer Deckung verschanzt, ließen ihrerseits Pfeil um Pfeil in die feindlichen Reihen schnellen, und als ihre Köcher leer waren, rannten sie geduckt zwischen zwei Salven auf die Lichtung und sammelten unter Lebensgefahr die Pfeile ihrer Feinde ein.

Das Heulen und Schreien der Varads steigerte sich zu einem schrillen Krescendo wilder Raserei.

»Paßt auf, Freunde, gleich werden sie angreifen!« rief Drub, der sich ganz in seinem Element fühlte.

Er war ein erprobter Krieger. Sein kühler Kopf und sein geschicktes Vorgehen inmitten heftigster Kämpfe hatte ihm den Ruf eines großen Feldherrn eingetragen, wofür er von seinen Klans geehrt und geachtet wurde.

Brian, die Axt mit der breiten Schneide hoch über dem Kopf zum Angriff bereit, sagte noch schnell zu Senja: »Wenn du unbedingt an meiner Seite kämpfen willst, so binde Chinby los und gib ihm ein Schwert. Er war in früheren Jahren ein gefürchteter Krieger. Selbst seine Blindheit wird ihn nicht daran hindern, einige Feinde niederzustrecken.«

»O ja. Auf meine Ohren kann ich mich verlassen. Ich weiß genau, wann ich zustechen muß. Außerdem kann ich diese üble, stinkende Brut schon riechen. Mein Schwert wird sie nicht verfehlen.«

»Sei nicht allzu wählerisch. Für jeden von uns bleiben Hunderte von diesem elenden Pack«, spottete Shanon noch und fügte hinzu: »Da kommt die Horde. Seht euch das nur an!«

Aus dem Wald, wo eine Dornenhecke einen natürlichen Wall bildete, brach nun Reihe um Reihe wild grölender Varad-Krieger hervor und stürmte mit gezogenen Schwertern auf die Lichtung.

»Macht euch bereit zum Rückzug zur Mauer!« schrie Brian. Shanon raste geduckt dorthin, um die Pforte zu öffnen, damit sie sich hinter die nächste Verteidigungslinie zurückziehen konnten.

Die ersten Reihen der vorstürmenden Krieger stolperten über die feinen Elfenfäden, die die Wasserflaschen in den Bäumen miteinander verbanden. Die Flüssigkeit ergoß sich über die Krieger, und in Sekundenschnelle wurde der mörderische Angriff der Feinde gestoppt. Sie alle erstarrten zu grotesk geformten Steingestalten.

Aber die nachfolgenden Truppen wogten unaufhaltsam über die steinernen Statuen hinweg und trieben die Gefährten hinter die schützende Mauer von Falen Rin zurück.
»Lauft weiter«, rief Shanon. »Zum Tor in der Gespaltenen Eiche!«
Crown und Falon bildeten die Nachhut und sicherten die Flucht der Gefährten. Salve um Salve schossen die Elfen und Zwerge in die Horde der nachstürmenden Varads, bis auch sie hinter der Mauer Schutz suchten.
In wilder Panik flohen alle auf die Gespaltene Eiche zu, da ertönte, genau vor ihnen, dort, wo sie durch den Zugang zu den Elfenstraßen zu entfliehen gehofft hatten, ein Kriegshorn.
Hoch und klar schrillte der Ton durch die Luft, und erst Drubs Ausruf ließ sie wissen, daß es nicht eine weitere Horde von Varads war, die an den Flanken durchgebrochen war und ihnen nun den Weg verstellte.
»Das ist Sigman Col!« rief er über den ohrenbetäubenden Gefechtslärm hinweg.
Brian biß knirschend die Zähne zusammen und umklammerte mit eisernem Griff seine Streitaxt. Mit ohnmächtiger Wut erkannte er, daß sie nun zwischen den Truppen von Sigman Col und den Varads in der Falle saßen.

Vierter Teil

Auf dem Weg zum Tosenden Meer

Johanna Nilsson

25. Ein erbitterter Kampf

Der Wald hinter der Gespaltenen Eiche, die den Zugang zu den alten Elfenstraßen bildete, die sich wie ein Spinnennetz von Siedlung zu Siedlung zogen, erzitterte unter gellendem Kriegsgeschrei, und die Luft war schwarz von schwirrenden Pfeilhageln, die wie eine dunkle Wolke die Lichtung überzogen.

Die wilden Horden der Varads waren den Elfen und Zwergen durch die Mauer hindurch gefolgt und jagten sie nun erbarmungslos auf die Gespaltene Eiche zu. Die gelben, vorstehenden Zähne zu einem schrecklichen Grinsen entblößt, die blitzenden Krummschwerter und kurzen Speere zum tödlichen Stoß erhoben, stürzten sich die Varads auf die fliehenden Gefährten.

Brian schwang unaufhörlich seine Streitaxt und kämpfte sich durch die brodelnde Masse der verbissen miteinander ringenden Krieger. Senja und Chinby blieben dicht an seiner Seite. Doch nachdem sie hinter die Gespaltene Eiche zurückgedrängt worden waren, verlor er sie in dem Chaos aus den Augen.

Für einen schrecklichen Moment wähnte sich Brian verloren inmitten einer Horde Varads, und nur mit letzter Kraft schlug er sich zu Drub und seinen Carben-Zwergen durch.

Aufatmend ließ er seine Streitaxt sinken und erkannte entsetzt, daß er von Carben-Zwergen umringt war, die von jenem mächtigen Zwerg angeführt wurden, der ihn und Shanon in die Gänge der unterirdischen Zwergenfestung verfolgt und zu Mathinys Gefolgsleuten gehört hatte. Brian sah, daß diese Carben-Zwerge zu Sigman Cols Truppen zählten, und das Kriegshorn, das eben erschallt war, als sie aus Falen Rin flohen, diese Carben-Truppe zum Angriff trieb.

Überall um ihn herum schrillten die Angriffssignale der Carben-Zwerge, und Brian glaubte sich und seine Gefährten verloren. Doch

da nickte ihm ein grimmiges Carben-Gesicht aufmunternd zu, und eine Hand winkte grüßend.
Brian schwang mit schmerzenden Armen seine Streitaxt und streckte mehrere heranstürmende Varad-Krieger nieder. Unaufhörlich ergossen sich neue Horden aus den Schatten des Waldes, brandeten über die gefallenen Krieger hinweg, und der Kampf der Elfen und Zwerge schien endgültig verloren. Dieser Übermacht waren sie nicht gewachsen.
Inmitten der erbittert kämpfenden Gegner entdeckte Brian kurz Senja und Chinby. Der alte blinde Zwerg humpelte mühsam. Ein blutdurchtränkter Verband war um seinen Kopf gewickelt. Die Zwergin schien nicht verwundet zu sein, aber ihre Arme mit dem Schwert hingen kraftlos herab. Die Klinge war blutig und schartig. Ihre Blicke begegneten sich einen kurzen Moment, dann wurde Brian von einem neuen Angriff überrannt, und er verlor seine beiden Freunde aus den Augen. Er hob seine Streitaxt und schlug damit nach einem mächtigen Varad, der den Hieb mit seinem Schild parierte und Brian einen Schlag in den Rücken versetzte.
Nur das Kettenhemd, das Jeral ihm gegeben hatte, rettete ihn vor dem sicheren Tod. Sein Arm hing gelähmt von diesem heftigen Schlag herab. Die Streitaxt rutschte ihm aus der Hand und fiel vor seine Füße. Der Boden war blutgetränkt und glitschig, und Brian rutschte aus, als er vor einem erneuten Angriff zurückwich. Die gelben Augen des Varads funkelten mordgierig, als er sein Krummschwert zum tödlichen Stoß hob. Aber Brian zog seinen kurzen Dolch aus dem Gürtel, unterlief den Hieb des Varads und stieß ihm die Klinge unterhalb des schützenden Lederwamses in die Rippen. Im selben Moment bohrte sich ein gelb gefiederter Pfeil, abgeschossen von einem Elfen aus Crowns Truppe, in den Rücken des Feindes, der vornüberfiel und Brian unter sich begrub.
Reglos und halb betäubt blieb Brian liegen. Seine rechte Schulter war gelähmt, und er wäre vor Schmerz beinahe ohnmächtig geworden. Mühsam kroch er unter dem Leichnam hervor und taumelte wieder auf die Füße.
Während er schwer atmend dastand, erhaschte er aus den Augenwin-

keln einen flüchtigen Blick auf eine geschmeidige Gestalt, die kurz über seinem Kopf schwebte und dann verschwand.
Brian kniff die Augen zusammen, und als er sie wieder öffnete, sah er sich von erstarrten Gestalten umringt, die das Wasser aus dem Brunnen von Falen Rin gefällt hatte.
»Shanon«, krächzte er. »Shanon und der Stein von Elver Tarn.«
Der Wasserelf hatte die Macht des Steins genutzt, um ihn aus der Horde der Varad-Krieger emporzuheben und zu den Elfen und Zwergen zu bringen, von denen er gänzlich abgeschnitten gewesen war. Dann hatte der Elf das Wasser des Brunnens aus einer schlanken Elfenpistole über die Gegner gespritzt und sie zu Stein erstarren lassen. Brian kam torkelnd auf die Füße, griff nach seiner Streitaxt und taumelte zu Drub hinüber, der neben Crown stand. Senja führte den verwundeten Chinby heran. Da trat eine stämmige Gestalt auf Brian zu und begrüßte ihn mit ausgestreckter Hand.
»Mathiny!« rief Brian und verzog schmerzhaft das Gesicht, als der Carben-Zwerg heftig seine Hand schüttelte.
»Wir sind wohl keine Sekunde zu früh gekommen, Brian Brandigore. Wir hörten das fürchterliche Geschrei der Varads und glaubten euch bereits verloren«, sagte Mathiny hoch erfreut darüber, seinen alten Freund wohlauf vorzufinden.
»Hallo, Mathiny«, rief auch Shanon und schlug dem Zwerg kräftig auf den Rücken. »Dabei dachten wir, ihr wärt von diesen Horden niedergemetzelt worden, als Falon uns erzählte, daß Sigman Cols Lager zerstört worden ist.«
»Ja, ihr Angriff hatte uns überrascht«, schrie Mathiny zurück. »Ich weiß nicht, was aus Sigman Col geworden ist. Aber ich habe sein Kriegshorn gehört. Wie es scheint, kämpfen wir hier gemeinsam auf einer Seite.«
»Ja, auch ich habe sein Signal gehört«, bestätigte Drub. »Aber sein Banner habe ich noch nicht entdeckt.«
»Paßt auf!« warnte Shanon und legte einen Pfeil an die Sehne seines Bogens. »Sie greifen wieder an.«
»Schlagt euch durch zur Elfenstraße!« rief Crown. »Dort können wir uns besser verteidigen. Der Durchgang ist schmal, und die Varads müssen einzeln angreifen.«

Die schwer angeschlagene Streitmacht der Elfen und Zwerge floh auf den Einlaß der Elfenstraße zu, die sich aus dem Dickicht des Unterholzes zu den Wipfeln der Bäume emporwand.
Die kunstvolle Konstruktion dieser Straße war im Goldenen Zeitalter der Elfenkönigreiche angefertigt worden und stellte ein Wunder der Baukunst dar, denn niemand, der nicht von ihrer Existenz wußte, fand den Zufang zu dem Pfad, der sich hoch emporschwang und Platz für drei Elfen nebeneinander bot. In weiten Kurven durchzog sie die Spitzen der Bäume und verlor sich in luftigen Höhen.
Es hieß, die Straßen führten auch über die endlosen Ebenen, die sich von den Hügeln bis zum Tosenden Meer erstreckten.
Crown und Drub bildeten die Nachhut und schützten die fliehenden Gefährten vor dem Ansturm der Varads, die ihnen bis zum engen Durchlaß zur Elfenstraße folgten.
Dort verschanzten die Elfen- und Zwergenkrieger sich und konnten die Angreifer zurückwerfen, bis auch der letzte ihrer Gefährten den steilen Aufstieg zur Elfenstraße hinauf geschafft hatte und dort in Sicherheit war.
Brians Schulter pochte schmerzhaft. Er band sich die Streitaxt auf den Rücken und nahm seinen Bogen zur Hand, den er trotz seines gelähmten Arms noch benutzen konnte.
Senja trug Brians Köcher und stützte den humpelnden Chinby, dessen Stiefel von einem Pfeil durchbohrt worden war. Mathiny schloß zu ihnen auf, setzte den Blinden sanft auf den Boden und zog den schmerzenden Pfeil heraus.
»Ich versorge deine Wunde, Alter«, sagte er. »Ihre Pfeile haben manchmal giftige Spitzen.«
Er gab Chinby ein Säckchen mit süß riechenden Kräutern und empfahl ihm, diese auf die Wunde zu legen.
»Das werde ich tun, sobald wir weit weg von hier in Sicherheit sind«, fauchte Senja ihn an und riß das Säckchen an sich.
Mathiny schüttelte lachend den Kopf und sagte: »Wenn du damit warten willst, bis wir einen sicheren Ort erreichen, kann er an der Wunde sterben.«
Senja hörte nicht auf den Carben-Zwerg, umfaßte ihren alten Leh-

rer und zog ihn weiter den ansteigenden Pfad hinauf, bis sie zu einer Treppe kamen. Sie war aus schimmerndem Metall gefertigt, mit Gold und Silber überzogen und wand sich hoch empor. Das Geländer bestand aus kunstvoll geformten Figuren, die Tiere, Pflanzen und königliche Gestalten darstellten.

»Sobald wir auf der oberen Straße sind, versorge ich deine Wunde«, sagte Senja und verdrängte Mathinys Bemerkung über den vergifteten Pfeil aus ihrem Bewußtsein.

Weiter hinten, am Einlaß zur Elfenstraße, tobte noch immer der erbitterte Kampf. Crown und Drub wichen nur schrittweise zurück. Viele ihrer tapferen Krieger waren unter dem Ansturm der Varads gefallen. Elfen und Carben-Zwerge mußten auch ihre verwundeten Kameraden zurücklassen und in ohnmächtiger Wut mit ansehen, wie die Varad-Krieger sie köpften und ihre Häupter johlend aufspießten und vor sich hertrugen.

»Tod den Elfen! Tod den Carben! Tod dem Brian Brandigore!« schrien sie mit geifernden Mäulern und drängten über ihre toten Kameraden hinweg hinein in den schmalen Durchgang.

»Nieder mit Brian Brandigore!« dröhnte es vielstimmig, und die Varads schossen ihre Pfeile auf die zurückweichenden Elfen und Zwerge ab. Crown und Drub erkannten, daß ihnen nunmehr nur noch die Flucht vorwärts auf den eigentlichen Zugang zur Elfenstraße blieb, wollten sie nicht alle von den Bestien niedergemetzelt werden.

»Rennt um euer Leben!« schrie Crown, der aus mehreren Wunden blutete.

»Ich gebe euch Feuerschutz«, rief Drub.

Da erschallte hinter den Linien der heranstürmenden Varads das Kriegshorn der Carben-Zwerge, und wie ein Wirbelsturm durchbrachen sie die Reihen und kämpften sich bis zur vordersten Front durch.

»Das ist Sigman Col und seine Leibgarde«, rief Drub und beobachtete mit wild pochendem Herzen, wie das kleine Häuflein der Carben-Zwerge näher kam.

»Haltet durch, Freunde! Wir kommen«, schrie er ihnen zu und eilte ihnen mit seinen Kriegern zu Hilfe.

Elfen und Zwerge warfen sich erneut den Varads entgegen, und als sie bis zum Eingang der Elfenstraße zurückgedrängt wurden, stürmte Senja an der Spitze eines Trupps Waldelfen heran und übergoß die Varad-Krieger mit dem Wasser des Elfenbrunnens. Die sofort zu Stein erstarrten Gestalten blockierten den Vormarsch der feindlichen Truppen.
Dies bot nun Sigman Cols Leibgarde die Möglichkeit, den schmalen Durchlaß zur Elfenstraße zu erreichen, und Drub lief mit seiner Nachhut hinterher.
Dort, an der untersten Stufe der Treppe, stand Sigman Col mit seinen Kriegern. Der Umhang des Carben-Anführers war zerrissen und blutgetränkt. Mit schmerzverzerrtem Gesicht begrüßte er Drub. »Hallo. Wie ich sehe, hast du mich ganz gut vertreten.«
»Ja, Sigman Col. Und auch du hast zu deinen wahren Freunden gefunden. Wir alle folgen unserem neuen Anführer, Brian Brandigore, dessen Ankunft uns der Meister der Alten Lehre angekündigt hat und der nun endlich gekommen ist.«
Sigman Col furchte nachdenklich die Stirn und wischte sich mit dem Handrücken Blut und Schmutz aus dem Gesicht.
»Mit den Varads kommt dein Brandigore anscheinend nicht sehr gut zurecht«, sagte er dann mit einem schiefen Grinsen.
»Diesen Ungeheuern ist wohl niemand gewachsen«, warf da Mathiny ein, der hinzugekommen war. »Weder Elfen noch die Erdzwerge, noch die Waldvölker und auch nicht die Carben.«
Sigman Col gebot ihm mit herrischer Gebärde Schweigen.
»Mit dir bin ich noch nicht fertig, mein guter Mathiny. Runion hat mir von deinem Verrat berichtet.«
»Runion ist tot«, entgegnete Mathiny gelassen. »Und alles andere gehört der Vergangenheit an. Unsere Siedlungen sind zerstört. Es gibt keine Rückkehr mehr ins alte Leben. Wir müssen zu neuen Ländern aufbrechen und neuen Gesetzen folgen, um unsere Feinde zu besiegen. Ihre Streitkräfte sind überwältigend, und sie haben nur ein Ziel: alle anderen Geschöpfe zu töten und die Alleinherrschaft auf Atlanton anzutreten.«
Mathiny holte tief Luft und sprach dann weiter: »Nur mit vereinten Kräften, unter einem Banner, haben wir die Chance, sie zu besie-

gen. Die Erzählungen des alten Meisters haben sich als wahr herausgestellt. Hättest du nicht seine Anhänger verstoßen, so wären wir rechtzeitig gewarnt worden, und die Siedlungen hätten sich gegen diesen tödlichen Ansturm verteidigen können.«
Sigman Cols Augen schossen wütende Blitze. Er erwiderte den Blick des jungen Carben mit eiserner Strenge.
»Du sprichst wie ein Grünschnabel, mein junger Freund. Noch verzeihe ich dir deine unverschämten Worte, denn du kennst die Wahrheit nicht.«
»Darüber können wir uns später den Kopf zerbrechen«, fuhr Crown dazwischen und versammelte seine Bogenschützen um sich.
»Kommt jetzt!« rief Brian vom obersten Treppenabsatz herab.
Mathiny rief seine Truppe zusammen und stieg die Treppe hinauf. Da bemerkte er, daß Sigman Col sich schwankend am Geländer festhielt und Mühe hatte, die Stufen zu erklimmen.
»Laß dir helfen«, bot Mathiny ihm an, denn es schmerzte ihn zutiefst, diesen mächtigen, stolzen Sigman Col so geschwächt zu sehen.
»Mach, daß du weiterkommst«, wehrte dieser die angebotene Hilfe brüsk ab und schob Mathinys Hand beiseite. Aber diese ungestüme Bewegung brachte ihn aus dem Gleichgewicht. Er fiel schwer auf die Treppe.
Sofort wurde er von seiner Leibgarde umringt, die ihn auf die Schultern hob, Mathiny zur Seite stieß und ihren Anführer die Treppe zur Elfenstraße hinauftrug.
Sigman Cols Umhang fiel auseinander, und Mathiny sah das blutdurchtränkte Kettenhemd und die unzähligen Wunden, die den Körper des Carben-Anführers bedeckten. Er mußte wie ein Held gekämpft haben, um sich zu den Gefährten durchzuschlagen.
Senja, die hinter den anderen die Treppe heraufgerannt kam, blieb neben Mathiny stehen.
»Ist er schwer verletzt?« fragte sie keuchend.
»Ich befürchte das Schlimmste. Aber er ist ein eisenharter Bursche, dieser Sigman Col, und einer der tapfersten Zwerge, die ich kenne.«
»Geht doch endlich weiter«, brüllte Drub vom Fuß der Treppe. »Ihr blockiert den Weg. Schnell. Beeilt euch.«

Die Carben- und Erdzwerge, dazwischen die Waldelfen unter Falons Kommando, sprangen die Stufen zu der Elfenstraße empor, wo sie vor den Varads in Sicherheit sein würden.
Shanon lief neben Brian und musterte seinen Freund besorgt. »Du bist schwer getroffen. Wirst du durchhalten?«
»Mir geht es gut«, widersprach Brian störrisch, obwohl er gegen Schwindelanfälle und aufsteigende Übelkeit ankämpfte.
»Wir sollten dir von den Kräutern geben, von denen Drub behauptet, sie würden gegen Verletzungen durch Varad-Waffen helfen und dich tragen«, beharrte Shanon eigensinnig.
»Paß lieber auf, daß du nicht über deine eigenen Füße stolperst, du Baumhüpfer. Ich komme schon allein zurecht.«
Seine Stimme klang laut dröhnend in seinen Ohren, und er bemerkte noch Shanons entgeisterten Blick, als eine Hand ihn emporzuheben schien. Dann beugte sich Senjas blutverschmiertes Gesicht über ihn, und er versuchte, eine Hand auszustrecken, um die Tränen von ihren Wangen zu wischen, aber er konnte seinen Arm nicht finden, und das kam ihm sehr merkwürdig vor.
Er öffnete die Lippen, um etwas zu sagen. Aber dann fiel er in einen langen blauen Tunnel, in dem grelle gelbe Blitze aufflammten, und er versank in bodenloser Dunkelheit und wiegte sich in einem seltsam tosenden Rhythmus. Dann war nichts mehr.
Senja, tränenüberströmt, schluchzte hilflos auf und sagte zu Chinby: »Oh, wie ich das alles hasse. Wären wir doch nie zu dieser entsetzlichen Reise aufgebrochen. Wenn Brian stirbt, werde ich dir das niemals verzeihen, Chinby.«
»Ruhig. Ganz ruhig, meine Kleine«, beschwichtigte sie der alte blinde Zwerg. »Er wird nicht sterben. Er hat noch einen langen Weg vor sich.«
Besänftigend tätschelte er Senjas Schulter und sprach weiter: »Gib ihm von den Kräutern, wie Drub es empfohlen hat. Das muß für den Moment genügen, bis wir ihn wieder gesund pflegen können, wenn wir erst einmal vor den Halblingen in Sicherheit sind.«
Mit zitternden Händen fingerte die Zwergin an dem Beutel herum, den der Carben-Zwerg ihr gegeben hatte, bis Drub ihn ihr aus der Hand nahm.

»Laß mich das tun, meine Liebe. Deine Hand ist zu schwach für die Behandlung dieser Wunden. Man muß kräftig zulangen, wenn es helfen soll.«
Und mit diesen Worten drückte er Brians Kiefer auseinander und schob ihm eine Handvoll Kräuter in den Mund. Der Zwerg wehrte sich schwach gegen diese grobe Behandlung. Aber Drub hielt ihn fest und stopfte die Blätter zwischen Brians blutige Lippen.
»Gebt mir die Wasserflasche«, befahl Drub dann und stützte Brians Kopf mit einer Hand. »Aber achtet darauf, daß sie kein Wasser aus dem Elfenbrunnen enthält!«
Man reichte ihm eine Flasche, und nachdem er einige Tropfen vorsichtshalber auf den Boden gegossen hatte, um zu prüfen, daß es wirklich kein Zauberwasser war, flößte er Brian die Flüssigkeit ein. Keuchend und hustend spuckte der Zwerg einen Teil der Blätter wieder aus, doch nach einer Weile ließ Brian den Kopf zurücksinken und lag still da.
Drub sagte aufmunternd zu Senja: »Hab keine Angst. In wenigen Minuten wird er wieder zu sich kommen. Ich werde mich jetzt darum kümmern, daß Bahren für die Verwundeten angefertigt werden. Wir haben keine Zeit zu verlieren.«
»Auch Sigman Col braucht diese Kräuter«, sagte da Mathiny.
Drub warf ihm den Beutel zu und brummte dabei unwirsch: »Als hätten wir keine größeren Sorgen, als uns um das Wohlbefinden von Sigman Col zu kümmern. Wir retten ihn vor den Varads und sollen ihn jetzt noch gesund pflegen.«
»Auch über meinen Klan hat er nur Kummer und Leid gebracht«, sagte Mathiny. »Aber ich kann es nicht zulassen, daß ein Zwerg durch das Gift dieser elenden Brut stirbt.«
»Auch Chinbys Wunden müssen mit den Kräutern behandelt werden«, sagte Shanon.
Senja brach in herzzerreißendes Schluchzen aus und warf ihre Arme um den blinden Zwerg.
»Chinby, bitte verzeih mir die bösen Worte von vorhin! Aber ich bin ganz krank vor Sorge um deinen eigensinnigen Schüler, diesen verbohrten Zwerg. Und ich bin müde und hungrig und habe Angst.«

Der Alte tätschelte beruhigend Senjas Rücken, als sie in seinen blutdurchtränkten Mantel weinte.
»Es ist ja gut, meine Kleine. Wir alle sind erschöpft und traurig. Aber es wird sich alles zum Besten wenden. Glaube mir. Wir müssen nur noch ein Weilchen durchhalten, dann können wir eine Ruhepause einlegen.«
Senja preßte den Kopf noch fester gegen die Schulter des alten Zwerges, aber da wurden sie durch einen Waldelfen aufgeschreckt, der keuchend auf Shanon und Drub zurannte und berichtete, daß weiter vorn der Weg durch eine Mauer blockiert sei und überall im Wald seltsame Geräusche zu hören wären und sie nicht wüßten, ob diese von Varad-Truppen oder anderen unheimlichen Wesen stammten.
Als der Elf die letzten Worte hervorgestammelt hatte, ertönten rings um sie herum die hohen, klaren Klänge von Rohrflöten.
Drub blickte in die Richtung zurück, aus der sie eben gekommen waren, und sah, wie unzählige Elfen – kleiner von Gestalt als die Wald- und Wasserelfen – überall am Fuß der Treppe herumliefen. Gleich darauf fiel ein mächtiger Baumstamm mit einem dumpfen Aufprall quer über den Zugang zur Treppe und blockierte den engen Pfad.

26. Die Fenhorn-Elfen

An Umkehr war nicht mehr zu denken. Also hoben die Gefährten die Tragbahren auf, die sie notdürftig aus Zweigen und Kleidungsstücken angefertigt hatten, und marschierten auf der alten Elfenstraße weiter.
Drub rechnete mit dem Schlimmsten und schickte eine Abteilung seiner Bogenschützen voraus, obwohl sie wenig Bewegungsfreiheit hatten, denn die Straße war eng und zu beiden Seiten dicht bewachsen, so daß das dichte grüne Blattwerk fast vollständig die Sicht versperrte. Überall waren Geräusche zu hörten, aber das Kriegsgeschrei der Varads war verstummt. So eilten die Gefährten weiter.
Crown, Shanon und Senja marschierten neben Brians Bahre her. Sorge zerfurchte das hübsche Gesicht der Zwergin.

»Ich hoffe, die Kräuter, die du ihm gegeben hast, Drub, helfen auch«, flüsterte sie.
»In ein paar Stunden ist er wieder auf den Beinen, falls wir hier ungeschoren herauskommen.« Wachsam spähte der Zwerg ins Unterholz. Nach einer Weile bat er Shanon, doch einmal nachzusehen, ob er irgend jemanden in diesem seltsamen Wald entdecken könne.
»Ich bin ganz sicher, daß es Elfen waren. Aber so kleine habe ich noch nie gesehen. Schon die Waldelfen sind viel kleiner als Wasserelfen, aber diese hier gingen mir kaum bis zum Knie.«
Shanon kratzte sich am Kopf und überlegte, um welches Elfenvolk es sich handeln könnte. Da fragte Crown Drub: »Weißt du, wie sie gekleidet waren? Welche Farbe ihre Westen und Hüte hatten?«
»Es war zu dämmrig, als daß ich die Farben hätte erkennen können. Aber sie schienen mir hell zu sein. Wahrscheinlich rot, obwohl ich das nicht beschwören kann.«
»Es könnten Fens sein oder Verwandte von ihnen. Zwar habe ich lange nichts mehr von ihnen gehört, aber ich weiß, daß sie sich in dieser Gegend aufhalten. Sie sind ein sehr erfindungsreiches und arbeitsames Völkchen und kennen sich mit dem Ackerbau gut aus. Auch Wälder kultivieren sie. Ja, sie gehören zu einer Rasse, die überall zu Hause ist.«
»Dann müssen sie, an Elfenmaßstäben gemessen, ein seltsames Volk sein«, entgegnete Shanon. Ihm war der Gedanke unerträglich, außerhalb seiner geliebten Wälder oder Flüsse leben zu müssen. Selbst die Vorstellung, jetzt ans Meer zu reisen, erfüllte ihn mit einem gewissen Unbehagen. Aber er verscheuchte diese Gedanken. Im Augenblick gab es Wichtigeres zu tun. Brian und Chinby waren schwer verwundet, und der wußte nicht einmal, was der nächste Tag, geschweige denn die nächste Stunde bringen würde.
Auch der kühne Krieger Sigman Col lag bewußtlos auf einer Bahre, die seine Männer scheinbar mühelos und ohne ihren Schritt zu verlangsamen trugen.
Aber es schien im Augenblick unerheblich zu sein, ob sie schnell vorwärts kamen, denn die Straße hinter ihnen war blockiert und wurde wahrscheinlich von jenen kleinen Elfen bewacht, die Crown für Fens hielt.

Shanon hatte von ihnen schon oft erzählen hören, aber nichts Genaues, und er mußte bei dem Gedanken schmunzeln, was man wohl von ihm hielt, wenn bekannt wurde, daß er sich nicht nur mit Zwergen verbündet hatte, sondern jetzt auch noch die Bekanntschaft dieser geheimnisvollen Fens machte.
Crown hatte sich zusammen mit den Bogenschützen an die Spitze des Zuges gesetzt und durchforschte mit den Blicken sorgfältig das dichte Blattwerk zu beiden Seiten des Pfades. Doch weder von ihren Verfolgern noch von anderen Lebewesen konnte er in dem undurchdringlichen Grün irgendein Zeichen entdecken.
Die kleine Gruppe zog weiter, bis sie hinter einer leicht ansteigenden Kurve auf eine Mauer stieß.
»Die sieht ziemlich neu aus«, sagte Shanon zu Drub. »Ich glaube nicht, daß sie von Elfenhand errichtet wurde.«
»Könnte Chinby doch jetzt nur reden. Er wüßte sicher etwas darüber«, meinte Senja.
»Hast du vergessen, daß er blind ist, meine Kleine?«
»Mich interessiert nur eins«, schnaubte der mißtrauische Drub, »ob nicht etwa Varads sie errichtet haben.«
»Das Rätsel ist wohl bald gelöst«, sagte Crown, der mit zusammengekniffenen Augen die Mauer anstarrte. »Dahinten tauchen Gestalten auf.«
Er rief seinen Bogenschützen einen kurzen Befehl zu, sich bereitzuhalten. Auch Drub und Shanon griffen nach ihren Waffen.
Ganz allmählich verstummten alle sie umgebenden Geräusche, und eine tiefe Stille senkte sich über den Wald. Nur ganz schwach waren noch die Kriegshörner der Varads zu hören.
Nur für einen Moment war Shanons Aufmerksamkeit durch ein vorbeifliegendes Insekt abgelenkt, und als er wieder zu der Mauer hinblickte, sah er, daß dort ein großer Torbogen offenstand und sich ihnen sechs kleine Gestalten näherten.
Der Anführer der Gruppe war ein feingliedriger, sehr alter Elf, der rechts und links von zwei Elfen gestützt wurde. Alle trugen leuchtend grüne Kleider, außer der Westen und Hüte, die von tiefem Rot waren.
Der alte Elf hub an zu sprechen, mit klarer heller Stimme, aber er

redete in einer seltsamen Sprache, die Shanon noch nie gehört hatte. Er hob nur grüßend die Hand und fragte dann Crown schnell:
»Verstehst du, was er sagte?«
»Nein, nicht ein Wort.«
Einer der jungen Elfen, der neben dem alten Mann stand, lüftete seinen Hut und verneigte sich tief.
»Seid gegrüßt, Vettern, von den Fenhorns. Unser Ältester, Pin Dray, beherrscht nur die alte Sprache. Ich bin Baten, und das sind Bly, Torin, Wessle und Athon.« Während er seine Gefährten vorstellte, deutete er jeweils auf die Genannten.
Nun verneigten sich auch Crown und Shanon höflich.
»Ich heiße Shanon, und dies ist mein Freund Crown. Mit uns reisen unsere Gefährten. Wir wollen zum Tosenden Meer, um dort weitere Freunde zu treffen. Wir alle sind Kameraden des Zwerges Brian Brandigore, des Elfenfürsten Falon und seiner Gefolgsleute und von Drub Fearing und seinen Carben-Zwergen.«
»Wir hörten euer Klopfen an unserer Hintertür«, sagte Baten lachend. »Die Mauer haben wir zum Schutz gegen diesen Abschaum errichtet, der vor kurzem unsere Hochstraße entdeckt hat.«
»Wie lange ist das schon her?« fragte Crown.
»Oh, schon viele Jahre. Aber die Mächte der Finsternis haben an Zahl und Kühnheit seitdem ständig zugenommen und greifen uns an, wann immer sich ihnen eine Möglichkeit bietet.«
»Der Baum, den ihr gefällt habt, dürfte ihnen allerhand Schwierigkeiten machen«, sagte Drub, der neben die beiden Elfen Crown und Shanon getreten war. »Sie werden wohl eine Weile brauchen, bis sie ihn zerhackt haben.«
»Nicht wir haben den Baum gefällt. Der Sorodun fiel von selbst und zerstörte sich somit. Es ist eine Schande, denn er war sehr, sehr alt und lebte schon seit Urbeginn hier.«
»Der Baum?«
»Die Sorodun sind die Grünlinge und bevölkerten Atlanton schon lange, bevor einer von uns es tat. Doch seit wir hier leben, haben sie sich als stets gute Nachbarn erwiesen.«
»Baten spricht für uns alle, wenn er sagt, daß wir traurig über den Tod eines Grünlings sind, obwohl er aus freien Stücken die-

ses Schicksal wählte. Er opferte sich, um uns zu helfen«, sagte Bly.
Da hub Pin Dray wieder in seiner klaren Stimme an zu reden, und Baten warf einen schnellen Blick zum Ende der Kolonne und deutete auf die Verletzten auf ihren Bahren.
»Einige von euch sind verwundet! Schnell, tragt sie herein. Wir haben keine Zeit zu verlieren und müssen unsere Pforte wieder schließen. Pin Dray sagt, er hört die Gelbzähne näher kommen.«
»Auf geht's, Freunde!« rief Crown. Der Zug setzte sich wieder in Bewegung, und Shanon kehrte an Brians Bahre zurück.
Neben ihm wurde Chinby getragen. Beide waren bleich und atmeten nur schwach.
»Es geht ihm gar nicht gut«, sagte Senja, die Brians Hand hielt. »Er hat Fieber. Die Kräuter scheinen nicht zu helfen.«
Shanon kniete neben seinem Freund nieder und ergriff eine seiner heißen Hände.
»Du hast recht«, stimmte er zu. »Aber das ist das Wundfieber, etwas völlig Normales.«
Dann schob er Brians Weste und Hemd hoch und stieß einen überraschten Pfiff aus.
»Vielleicht liegt es daran«, sagte er und deutete auf einen abgebrochenen Pfeilschaft, dessen Spitze durch die Maschen des Kettenhemdes gedrungen war und zwischen Brians Rippen steckte.
»Gib mir deine Zange, Jeral, damit ich den Pfeil herausziehen kann.«
Als die Pfeilspitze entfernt war, flickte Jeral das Kettenhemd mit seinen Werkzeugen, die er in einer Ledertasche immer mit sich trug.
»Welch ein Glück, daß Brian das Kettenhemd meines Bruders trug. Ich fertigte es extra dünnmaschig an, aus reinstem Metall.« Er schüttelte traurig den Kopf. »Und trotzdem nützte es Jaran nichts. Er hatte vor dem Überfall keine Zeit, es anzulegen.«
Senja tätschelte tröstend seinen Arm. »Aber wenn du es Brian nicht gegeben hättest, würde er jetzt nicht mehr leben. Kurz vor der Schlacht überließ er mir sein Kettenhemd. Seine Kleidung allein hätte ihn niemals schützen können.«
»Der Pfeil muß mit großer Kraft abgeschossen worden sein, da er

das Kettenhemd überhaupt durchdrungen hat«, entgegnete Jeral. »Denn dieses Hemd bietet sogar Schutz vor dem Biß eines Drachen.«
»Hast du bemerkt, wie groß die Varads waren, mit denen wir zum Schluß kämpften?« fragte Shanon. »Einer von denen hätte sehr wohl die Kraft besessen, einen solchen Pfeil abzuschießen.«
»Sie waren nicht wie die gewöhnlichen Varads«, stimmte Crown zu. »Wahrscheinlich gehören sie einem anderen Stamm an.«
»Beeilt euch!« rief da Baten. »Pin Dray sagt, die Gelbzähne haben die untere Sorodun-Barrikade durchbrochen. Sie werden uns bald erreicht haben, und dann müssen wir kampfbereit sein.«
»Hier, tragt ihn fort«, sagte Shanon. Dann half er den Zwergen, Chinbys Bahre hochzuheben.
Dahinter wurde Sigman Col von seinen Leuten getragen.
»Wie geht es ihm?« fragte Drub.
»Er lebt«, knurrte einer der Carben-Zwerge. »Und das ist gewiß nicht euer Verdienst.«
»Hüte deine Zunge, mein Freund. Du gehörst jetzt zu uns, ob es dir nun paßt oder nicht. Es ist nicht der Moment, einen Streit vom Zaun zu brechen.«
»Mit dir rede ich nicht mehr«, brummte der Zwerg und wandte sich ab.
»Jetzt halte ich mich ja noch zurück. Aber wehe, wenn einmal wieder friedliche Zeiten herrschen. Ich weiß nicht, was ich mit diesen Burschen dann anstelle«, schimpfte Drub.
»Im Augenblick dürfte das wohl deine geringste Sorge sein. Denn diese Burschen hinter uns scheinen nicht so leicht aufzugeben. Ja, sie lieben den Kampf wohl geradezu«, meinte Mathiny.
Die Gefährten hatten inzwischen die Verwundeten hinter das große Tor getragen, der Rest des Trupps folgte.
Crown beobachtete die Vorbeiziehenden und schüttelte den Kopf. »Ich habe ein Drittel meiner Leute verloren«, sagte er. »Und den anderen ist es kaum besser ergangen. Ich weiß nicht, wie wir uns gegen die Halblinge weiter behaupten können. Mit jedem Angriff fügen sie uns größere Verluste zu, und sie scheinen überhaupt keine hinnehmen zu müssen.«

Baten, der neben ihm stand, sagte: »Eure Soldaten werden die Gelbzähne nicht mehr bekämpfen müssen. Denn falls es ihnen gelingen sollte, in unsere Festung hier einzudringen, befinden sie sich in einem ganz anderen Wald.« Der kleine Elf lachte, wenn auch Trauer in seinen Augen stand. »Wir sind zwar nur ein kleines Volk hinsichtlich unserer Körpergröße und auch Zahl, aber wir hätten uns gegen Feinde wie die Halblinge nie behaupten können, wären wir nicht gewitzt gewesen und hätten wir nicht so gute Freunde. Selbst die Sorodun-Bäume sind uns in Freundschaft zugetan.«
»Willst du damit sagen, diese Bäume sind eure Verbündeten?« fragte Drub, die Brauen voller Erstaunen hochgezogen.
»Ja, mein guter Carben-Zwerg. So wie du haben die meisten Reisenden in unserem alten Wald reagiert. Falls einer von ihnen uns feindlich gesinnt war, bedeutete das seinen Tod, denn die Sorodun haben ihre eigene Methode, mit Bösewichtern umzuspringen. Sie sind sehr weise und können über alles Auskunft geben, wenn man sich nur die Zeit nimmt, ihnen zuzuhören.«
»Ich wünschte, Chinby wäre bei unserem Gespräch dabei«, sagte Senja. »Da hätte er wieder ein neues Studienobjekt. Noch nie habe ich ihn über die Fenhorn-Elfen oder Sorodun-Bäume reden hören. Mir wäre auch nie in den Sinn gekommen, daß so kleine Leute wie ihr in einem Wald überleben könnten.«
»Du besitzt wirklich den angeborenen Takt aller Zwerge«, sagte Baten ironisch. »Wir kennen euch und auch unsere Verwandten wie Falon hier, seit wir im Heiligen Wald leben.«
»Heißt er so?« fragte Shanon. »Ich dachte immer, die Wälder würden sich in nichts voneinander unterscheiden. Auf den alten Landkarten konnte ich für diese Region nur die Bemerkung entdecken: ›Dies ist ein sehr dichter und gefährlicher Wald. Wenn möglich, sollte er nicht betreten werden.‹ Aber eigentlich habe ich mir über die Wälder und Ebenen, die zwischen Erin Frey und dem Tosenden Meer liegen, nie viel Gedanken gemacht.«
»Ihr wollt ans Tosende Meer?« fragte Baten.
»Ja. Aber nun werden wir wohl warten müssen, bis unser guter Brandigore und Chinby wieder genesen sind, falls es uns überhaupt gelingt, mit diesen Varad-Bestien fertig zu werden.«

Ehe sein Freund antworten konnte, sagte Bly: »Wir haben eure verwundeten Freunde in Pin Drays Haus bringen lassen. Er war ein Schüler der Alten Meister, die zu jener Zeit lebten, als die ersten Siedlungen auf Atlanton entstanden.«

»Sigman Col ist auch dort«, sagte Drub. »Ich will ihn nicht auf dem Gewissen haben. Gegen ihn zu kämpfen ist eine Sache, aber ihn durch die Hand eines Varads sterben zu lassen steht auf einem anderen Blatt. Versucht auch ihn zu heilen, damit ich wieder gegen ihn antreten kann.«

»Du führst eine seltsame Sprache, Carben-Zwerg«, sagte Baten. »Ich dachte, er gehört zu deinem Klan?«

»Nein. Schon seit ewigen Zeiten bin ich mit diesem Schurken verfeindet und kann mit Fug und Recht behaupten, daß auch er mir nicht wohlgesinnt ist, was wenigstens zu seinen Gunsten spricht. Wenn man schon einen Gegner hat, soll es wenigstens ein Mann von Ehre sein.«

»Hör nicht auf ihn«, sagte Crown. »Er gilt in seinem eigenen Wald als Gesetzloser und wird von seinem Volk verfemt, aber keiner unter den Carben-Zwergen würde ihm die Gefolgschaft verweigern, wenn es zum Kampf kommt. Und die Varads hassen ihn aus tiefstem Herzen, denn er ist für den Tod vieler von ihnen verantwortlich.«

»Es ist eine Schande, daß ich nicht mehr umgebracht habe«, brummte Drub. »Dann wären sie uns jetzt nicht so zahlreich auf den Fersen.«

»Diese Halblinge haben unser Land in letzter Zeit geradezu überschwemmt«, meinte Baten kopfschüttelnd. »Unsere Kundschafter haben berichtet, daß die alten Menschenstraßen am Rand der Sümpfe schier von ihnen überquellen und daß sie sich jetzt zusammenrotten. Dahinter steht eine ganz gewisse Absicht. Irgendeine böse Macht möchte die bestehende Ordnung zerstören.«

»Chinby sprach immer schon davon«, sagte Senja. »Er behauptete, daß die Finstere Königin alle Bestien und Ungeheuer unter ihrem Banner versammelt.«

»Ja. Zu Anfang griffen uns nur die Bestien an«, stimmte Crown zu. »Aber seht nur, wie weit es jetzt gekommen ist!«

Er streckte den Arm aus und deutete in die Richtung, wo die Varad-Armee angreifen würde.
»Die Sorodun-Bäume werden uns helfen, sicher bis ans andere Ende des Heiligen Waldes zu gelangen. Die alte Straße führt zwar noch weiter, aber wir haben sie seit einiger Zeit wegen der Halblinge nicht mehr benutzt und wissen deshalb nicht, ob die Siedlungen dort ihren Überfällen standhalten konnten.«
»Dein freundliches Angebot nehmen wir gern an, Baten, und reisen weiter, sobald unser Anführer genesen ist. Er ist dazu ausersehen, alle Völker wieder zu vereinen und die Mächte der Finsteren Königin zu bezwingen.«
»Dieser Zwerg?« fragte Baten und gab sich alle Mühe, nicht unhöflich zu klingen.
»Ja. Brian Brandigore aus Den'Lin Fetch, das nun in Feindeshand gefallen ist.«
Der Fenhorn-Elf runzelte die Brauen und ging in den Raum, wo Pin Dray versuchte, dem bleichen Brian ein paar Tropfen Flüssigkeit aus einer Phiole einzuflößen.
Die anderen waren ihm gefolgt. »Ist dies Pin Drays Heim?« fragte Shanon.
»Nur eine seiner Behausungen. Er besitzt viele.«
Die Gefährten versammelten sich um den kleinen alten Elfen, der Kräutermixturen zusammenstellte und Brians Stirn mit einem feuchten Tuch abwischte.
Pin Dray murmelte in seiner unverständlichen Sprache vor sich hin, während seine knorrigen alten Hände geschickt arbeiteten.
Baten fragte den Alten etwas und wandte sich dann an die Gefährten. »Pin Dray sagt, daß die Pfeilspitze vergiftet war, er aber ein Gegenmittel kennt. Das Gift der Varads wirkt zwar nur langsam. Trotzdem war es höchste Zeit, ihn zu behandeln.«
»Und wie geht es Chinby?« fragte Senja.
»Der alte Zwerg hat nur eine Wunde am Kopf davongetragen, die nicht weiter schlimm ist. In spätestens einem Tag ist er wieder auf den Beinen. Doch sollte er sich in seinem Alter nicht mehr in derartige Unternehmungen stürzen.«
»Das haben wir ihm ständig gepredigt«, entgegnete Senja. »Und ich

fange an mich zu fragen, ob wir alle noch bei Verstand sind, wenn man betrachtet, in welcher Situation wir uns befinden.«
»Ganz meine Meinung«, sagte Drub.
»Aber nicht die Meinung eines Elfen«, widersprach Shanon. »Gerade daß unsere Reise überhaupt keinen Sinn zu haben scheint, macht sie doch so reizvoll.«
»Diesen Gedankengängen werde ich niemals folgen können«, brummte der Carben-Zwerg. »Du bist zwar ein hervorragender Krieger, Shanon, aber ein vernünftiges Wort hast du noch nie gesagt. Außerdem ist mir unerklärlich, wie ein Elf seine Nase in Zwergen-Angelegenheiten stecken konnte.«
»Zugegeben, mein Freund, das ist selbst mir nicht ganz geheuer, wenn ich bedenke, wieviel Zeit ich unter der Erde verbracht habe. Wahrscheinlich werde ich auch bald noch wie ein Zwerg aussehen.«
Da lenkte ein leises Stöhnen Shanons Aufmerksamkeit ab. Er drehte sich um und sah, wie Brian versuchte, sich aufzusetzen.
»Ich weiß nicht, was ärgerlicher ist: diese Beule, die mir ein Varad verpaßt hat, oder euer ständiges Geschwätz. Ich habe so schön geschlafen, bis ihr mir alle die Ohren vollgeplärrt habt.«
»Wenn er jetzt noch lacht, steht es schlecht um ihn«, sagte Shanon. Doch da Brian keine Anstalten dazu machte, schöpfte der Elf über den Gesundheitszustand seines Freundes neue Hoffnung.
»Wo sind wir eigentlich?« fragte Brian. Er wollte sich wieder aufrichten und fiel erstaunt zurück, als er Pin Dray erblickte.
Der alte Elf sagte etwas und wandte sich dann an Baten mit der Bitte, seine Worte zu übersetzen.
»Er sagt, daß dein Gefährte jetzt außer Lebensgefahr ist. Er wird sich nun um die beiden anderen Verwundeten kümmern.«
Brian richtete sich, unterstützt von Senja, mühsam in eine sitzende Position auf.
»Was ist geschehen? Wo sind die Varads?« Sein Kopf schmerzte.
»Wir konnten über die alte Straße fliehen. Die Fenhorn-Elfen helfen uns.«
Brian war noch nicht in der Lage zu begreifen, was Crown ihm erzählte. »Langsam, Crown«, sagte Drub. »Er ist noch ganz benommen und braucht Zeit, bis er alles versteht.«

»Wir alle sollten jetzt die Dinge etwas langsamer angehen«, meinte Falon, »und uns neu organisieren. Ich kümmere mich darum, daß unsere restlichen Pfeile aufgeteilt werden«, sagte er, an Shanon gewandt, »und vielleicht können wir auch unsere Verpflegung ergänzen, falls die Fenhorn-Elfen etwas übrig haben.«

»Ja. Wir haben mehr als genug«, sagte Baten, »denn Pin Dray hat uns schon lange gewarnt, daß eine Zeit kommen würde, wo wir unseren geliebten Heiligen Wald verlassen müssen. Er war lange unsere Heimat, doch nun hat die Stunde geschlagen, wo wir uns – falls möglich – ein neues friedliches Heim suchen müssen.«

»Die Sorodun-Bäume beschützen uns hier«, protestierte Athon, und die anderen Fenhorn-Elfen nickten.

»Die Sorodun-Bäume können auf Dauer gegen diesen Gegner nichts ausrichten, meine Freunde. Sie sind schon seit Anbeginn hier und werden noch hiersein, wenn wir schon alle in unseren Gräbern liegen. Es ist nicht ihre Aufgabe, gegen die Mächte der Finsternis zu kämpfen. Auch sind sie nicht an irgendwelchen Siedlungen interessiert. Es war sehr freundlich von ihnen, uns bislang Schutz gewährt zu haben. Doch ist einer von ihnen – wenn auch aus freier Entscheidung – heute umgekommen. Und wie wir von ihnen wissen, muß er einen sehr langsamen Tod gestorben sein. Dieser Verlust wird sie erzürnt haben.«

Brian konnte noch immer keinen klaren Gedanken fassen, und er bat Baten, ihm zu erklären, wovon er eigentlich redete.

»Von den Sorodun-Bäumen«, erklärte dieser geduldig. »Sie sehen zwar wie ganz gewöhnliche Eichen oder Eiben aus, aber sie sind Setzlinge des Einen.«

»Chinby soll mir das erklären«, murmelte Brian. »Soviel ich verstehe, haben diese Bäume, die Sorodun, ganz außergewöhnliche Eigenschaften?«

»Genau«, sagte Baten. »Und ich fürchte, wir haben sie dieses Mal verärgert. Noch nie haben uns so viele Varads angegriffen. Und ich wage mir nicht auszumalen, was die Sorodun tun, wenn sie wirklich in Zorn geraten. Das ist zu unseren Zeiten zwar nie geschehen, aber ich habe sie davon reden hören.«

»Was taten sie denn?« fragte Brian und rieb sich den schmerzenden Kopf.
»Einst beschützten sie Menschensiedlungen im Heiligen Wald, und die Menschen begingen den Fehler, einen von ihnen zu fällen, weil sie mehr Platz brauchten. Als das die anderen Sorodun-Bäume sahen, war das das Ende der Siedlung. Es heißt, daß kein Mensch entkam.«
»Bist du sicher, daß sie uns freundlich gesinnt sind?«
Der Fenhorn-Elf blickte eine Weile schweigend auf die mächtigen Bäume, ehe er antwortete: »Ich würde sie nicht unbedingt als freundlich bezeichnen, aber auch nicht als unfreundlich. Sie sind eben anders als wir. Wir haben uns immer gut mit ihnen verstanden.«
»Ich verstehe nicht, wie sie uns helfen könnten.«
»Das wirst du gleich selbst sehen«, entgegnete Baten und blickte in das dunkelgrüne Blätterwerk, wo eine leichte Bewegung seine Aufmerksamkeit erregt hatte.
Brian wandte ebenfalls den Blick dorthin, und wo eben noch die Elfenstraße sichtbar gewesen war, konnte er nun einen mächtigen Baum erkennen, der den Weg versperrte.
Und ehe er Baten noch fragen konnte, was das zu bedeuten hatte, erzitterte die Luft, und ein tiefer, glockengleicher Ton war zu hören.

27. Die Sorodun-Bäume

Die Gefährten standen wie erstarrt da. Der Ton schwoll an und rollte einem Donnergrollen gleich über den Wald. Die Erde bebte, und die Elfenstraße schwankte in ihrer lichten Höhe hin und her. Das Geräusch dröhnte derart in den Ohren, daß sich niemand mehr konzentrieren konnte.
Brian überkam ein überwältigendes Bedürfnis nach Schlaf, das er mit größter Willensanstrengung niederkämpfte. Wie im Traum sah er seine Kameraden. Ihre Augen waren weit aufgerissen, dann schlossen sie sich langsam.
Dann fingen Baten und Bly an, sich zu diesen seltsamen tiefen Tö-

nen zu wiegen, und sie murmelten Unverständliches. Auch Falon, der Waldelf, war auf die Knie gesunken und sang vor sich hin, während die anderen in ihrer Erstarrung verharrten.
Und so plötzlich, wie alles begonnen hatte, hörte es wieder auf. Erneut senkte sich Schweigen über den Wald. Nur das Singen der Vögel und Summen der Bienen war zu hören.
»Wirklich gesehen habt ihr ihn wohl nicht«, sagte da Baten entschuldigend zu den Freunden. »Es ist sehr schwierig, sich eine Vorstellung von einem Sorodun-Baum zu machen, wenn man nicht richtig mit ihm reden kann.«
Brian hatte keine Ahnung, worüber der Fenhorn-Elf eigentlich sprach, er nickte nur.
»Ich habe diese Stimmen schon oft gehört«, ließ sich Falon vernehmen. »Vor langer, langer Zeit. Als ich ein Kind war, erzählte mir mein Großvater Geschichten über die alten Wälder und deren Bewohner. Doch seitdem hörte ich sie nie wieder.«
»Die Sorodun-Bäume sind so alt wie Atlanton«, erklärte Baten. »Man sagt, sie waren Freunde der ersten Ältesten und beschützten sie, als die Finstere Königin ihre Horden ausschickte, um sie zu vernichten. Auch schenkten ihnen jene Ältesten das ewige Leben, denn ein gestürzter Baum bildet sofort aus eigener Kraft einen neuen Schößling, der sogleich zu sprießen beginnt. Zwar ähneln die Sorodun anderen Bäumen, aber in ihnen wohnt die Kraft des Einen.«
Nun gesellte sich auch Pin Dray zu den anderen, nachdem er Chinby und Sigman Col versorgt hatte. Mit seiner hohen, klaren Stimme erzählte er über die Sorodun-Bäume weiter, und Baten übersetzte.
»Er sagt, er weiß, wie erstaunt ihr über die Sorodun sein müßt. Auch er brauchte lange, um sie verstehen zu lernen, und er verbrachte viele Jahre im Gespräch mit ihnen. Jetzt suchen sie den Ort ihrer Geburt wieder auf, denn nur dort können sie von dem heiligen Wasser trinken, damit sie sterben und in ihre Heimat zurückkehren. Doch sie können sich nur sehr langsam fortbewegen, und deswegen dauert ihre Reise wohl noch dreimal so lange wie das Leben eines gewöhnlichen Sterblichen, obwohl die Quelle mit dem heiligen Wasser ganz in der Nähe ist. Der Sorodun-Baum, der vorhin seine Stimme erhob, bat darum, daß einer von uns zu dieser

Quelle gehen möge und ihm das heilige Wasser bringe, damit er sterben könne. Diese Bitte ist für einen Sorodun sehr ungewöhnlich.«
»Heißt das, diese Bäume bitten uns, die geheime Quelle aufzusuchen und ihnen von dem Wasser zu bringen, damit sie sterben können?«
Pin Dray lauschte aufmerksam der Übersetzung von Brians Frage und beantwortete sie dann, wobei Baten die Antwort wieder übersetzte.
»Er sagt, daß die Anführer der Sorodun in einem anderen Wald von einer Krankheit befallen wurden. Sie schädigte ihr Kernholz und macht ihnen das Reisen fast unmöglich. Und sie finden es schrecklich, in der Nähe der heiligen Quelle einen qualvollen Tod sterben zu müssen.«
»Ich dachte, die Sorodun wären an anderen Lebewesen nicht interessiert«, sagte Crown.
»Das glaubte ich bisher auch«, entgegnete Baten. »Heute erzählt uns Pin Dray zum erstenmal etwas anderes. Es muß sich viel verändert haben.«
»Ja. So wie sich alle Dinge verändern«, stimmte Shanon zu. »Selbst diese Urwesen scheinen davon berührt zu werden.«
»Sie wollen uns helfen«, fuhr Baten fort, »wenn wir ihnen helfen.«
»Wie könnten sie uns helfen?« fragte Brian. »Sie sind doch zu schwach, um sich selbst fortzubewegen.«
»Sie helfen uns, indem sie dort bleiben, wo sie sind«, entgegnete Baten und übersetzte wieder für Pin Dray. »Sie haben uns doch schon bewiesen, wie nützlich sie sind, wenn sie einfach nur umstürzen. Außerdem haben sie noch andere schreckliche Methoden, mit ihren Feinden umzuspringen.«
»So bleibt uns wohl keine andere Wahl?« fragte Shanon.
Baten schüttelte den Kopf. »Ich glaube nicht, daß sie uns etwas antun würden, falls wir ihnen unsere Hilfe verweigerten. Aber sicher ist ihnen daran sehr gelegen.«
Noch während der Elf sprach, setzte das tiefe Grollen wieder ein, und die Erde bebte erneut.
In Brians Ohren dröhnte es. Er wünschte sich nur noch, daß dieses

schreckliche Geräusch endlich aufhören würde, denn die feingeknüpfte Elfenstraße, hoch oben, drohte zusammenzustürzen.

»Schnell, Shanon, blas auf deiner Flöte«, rief er verzweifelt, »oder wir müssen alle sterben!«

Der Elf tat, wie ihm geheißen, und Brian rief, so laut er konnte, er selbst würde sich auf die Suche nach der heiligen Quelle machen, um die Sorodun zu retten.

Er wiederholte sein Angebot, und Baten murmelte monoton etwas Unverständliches. Da endlich hörte das furchtbare Grollen auf, und die Straße schwankte nicht mehr.

»Ich habe noch nie einen derartigen Ausbruch der Sorodun erlebt«, sagte Baten. »Sie scheinen dringend unsere Hilfe zu brauchen.«

»Dann wollen wir zur Tat schreiten.«

»Das ist nicht so einfach, mein Freund«, entgegnete Baten und hob eine Hand. »Wir müssen nach unten steigen und mit dem Sorodun reden, der dort steht.«

»Dann laßt uns das tun«, beharrte Brian. »Ich habe nicht das geringste Verlangen, diese Bäume zu verärgern, wenn ich bedenke, wie sie sich benehmen. Da kämpfe ich schon lieber mit den Varads.«

Das taube Gefühl in seiner verwundeten Schulter ließ allmählich nach. Die Pfeilwunde verursachte ihm zwar immer noch Schmerzen, aber er konnte sich jetzt wieder auf den Beinen halten und wollte alles daransetzen, diese merkwürdigen Waldbewohner zu Verbündeten zu gewinnen. Pin Drays Behandlung hatte ihm sehr gutgetan, und Brian hoffte, Chinby würde sich ebenso schnell erholen, denn er vermißte den Rat seines alten Lehrers.

Die Ereignisse nahmen eine immer absonderlichere Wendung, und ohne Chinbys Ratschläge fühlte sich Brian hilflos.

»Kommt«, sagte Baten. »Wir wollen den Sorodun besuchen. Schon seit langer Zeit haben wir die Falltür nicht mehr benutzt. Hoffentlich läßt sie sich öffnen.«

Wie sich zeigte, war die Tür wirklich schwer zu öffnen, und erst, als Drub und Mathiny mit vereinten Kräften an dem rostigen Ring zogen, ging sie quietschend auf.

Brian starrte hinunter in das schwarze Loch und entdeckte eine Leiter, die sich irgendwo unten in der Dunkelheit verlor.

»Probier aus, ob die Leiter unser Gewicht noch trägt«, befahl Baten.
Darauf verschwand Wessle augenblicklich in der Tiefe. Nach einer Weile tauchte er wieder auf.
»Die Leiter ist in sehr gutem Zustand. Nur nach überstehenden Ästen müßt ihr Ausschau halten. Sie wachsen sehr dicht.«
»Steht der Sorodun noch dort?« fragte Baten.
»Ja. In der Nähe der Leiter. Aber man muß sich einen Weg durch das Dickicht bahnen, damit man zu ihm gelangt.«
»Dann wollen wir uns auf den Weg machen. Bist du bereit, Brian?« fragte Baten.
»Ja. Ich freue mich schon darauf, Chinby alles zu erzählen, wenn ich wiederkomme.«
»Seid vorsichtig«, warnte Senja.
»Ich passe schon auf, daß er keine Dummheiten macht«, beruhigte sie Shanon.
Da ertönte wieder ein leises Donnergrollen, wie aus weiter Ferne, und Brian, gefolgt von den beiden Fenhorn-Elfen, stieg eilig die Sprossen hinab.
Während sie immer tiefer kletterten, wurde es ständig dämmriger. Und am Fuße der Leiter angelangt, konnten sie kaum mehr als ein paar Schritte weit sehen; so dicht wucherten Pflanzen hier, daß kein Sonnenstrahl hindurchdrang.
Brians Herz klopfte, und er fühlte sich schwach. Seine Knie zitterten. Er war geometrisch angelegte Gänge gewohnt, nicht diesen feuchtheißen Urwald, der ihn zu ersticken drohte.
»Hier entlang«, sagte Baten. Seine Stimme wurde von dem Wildwuchs fast verschluckt. Sie klang nur wie ein Flüstern.
»Ich habe ihn entdeckt, Baten. Dahinten steht er, neben den Eiben.«
Mühsam kämpfte sich Brian durch das Unterholz. Es roch nach Moos und modrigen Blättern und Regen. Er versuchte zu verstehen, warum die Sorodun-Bäume nach diesem Wasser verlangten, das sie endgültig sterben lassen würde. Aber das ging ihn ja eigentlich nichts an, also würde er sein Bestes tun, den Bäumen zu helfen.
Brian blieb ein paar Schritte vor einem mächtigen Baum stehen.

»Ja, das ist er«, sagte Baten, der neben ihn getreten war. »Der Sorodun!«

Dann stimmte Baten einen leisen, monotonen Singsang an. Brian konnte keinen Unterschied zwischen diesem Baum und den anderen erkennen. Trotzdem betrachtete er dieses sonderbare Wesen lange und sorgfältig.

Da durchlief ein Zittern die Äste des Baums, und Baten verfiel in Schweigen.

»Was hast du ihm gesagt?«

»Daß wir, die Fenhorn-, Wasser- und Waldelfen sowie die Zwerge, ihm, dem ältesten aller Sorodun, unsere Ehrerbietung zu Füßen legen und gekommen sind, ihm zu helfen.«

Brian nickte. Dann setzte er sich ächzend auf den feuchten Waldboden. Er wünschte sehnlichst, an einem anderen Ort als in diesem stickigen, dschungelartigen Wald zu sein. Doch kaum hatte er diesen Gedanken zu Ende gedacht, als er einen flimmernden Lichtkranz rings um den Fuß des Sorodun-Stammes bemerkte. Eine leichte Brise begann zu wehen, und ein feines Donnergrollen erklang.

Zuerst hatte Brian Angst, aber dann hörte er, wie Baten dem Baum in derselben monotonen Stimme antwortete.

»Er bittet dich, näher zu kommen, Brian. Er sagte, daß er dich für das heilige Wasser reich belohnen will.«

»Was?« fragte Brian. Aber seine beiden Gefährten drängten ihn sanft nach vorn, bis er direkt vor dem dicken Stamm des Sorodun saß. Die Erde unter ihm erzitterte leicht, und die Luft schien vor Leben förmlich zu bersten.

Da durchströmte ihn plötzlich ein wundervolles Gefühl des Geborgenseins und Friedens. Ein warmer Atem schien alle seine Ängste in sich einzusaugen. Er hatte eine Vision: Er sah den Sorodun in seiner vollen Größe, in ein goldenes Licht getaucht, so daß der ganze Wald um ihn herum golden leuchtete. Eine liebliche Musik ertönte – Glockenklang, untermalt vom Spiel der Flöten.

Brian verlor jedes Gefühl für Zeit und Raum. Ein seltsames Prickeln durchströmte seinen Körper, stieg von seinen Füßen bis in den Kopf. Zuerst glaubte er, das wäre der Tod, denn das Prickeln verging und machte völliger Schwärze und Stille Platz.

Aber dann fühlte er – zuerst ganz schwach, dann immer stärker werdend – das kräftige, rhythmische Klopfen eines fremden Herzens, das ihn seltsamerweise mit tiefster innerer Ruhe erfüllte.
Er sah die Gestalt eines alten, graubärtigen Mannes. Irgendwie wurde er bei dem Anblick an Chinby erinnert, und er spürte, daß seine Wunden durch die Kraft dieses fremden Herzens geheilt waren.
Dann mußte er an Wasser denken, an seltsames Wasser, das nur aus den tiefsten Quellen hervorsprudelte und alle Wesen frei machte.
Irgend etwas bedrängte ihn nun. Er fühlte sich unwohl und erkannte dann große Varad-Horden, die Elfen- und Zwergensiedlungen überfielen. Verzweifelt kämpften sie gegen die Übermacht der Halblinge an . . .
Das Bild verschwand. Wieder fühlte er den pulsierenden Schlag des fremden kraftspendenden Herzens und wußte intuitiv, daß er jederzeit dieses Gefühl in sich hervorrufen könne, damit es ihn heile oder Licht in die Wirrnis seiner Gedanken bringe.
Ganz intensiv hatte er jetzt den Eindruck, der große magische Baum rede mit ihm, und er sah deutlich die Quelle, wo das heilige Wasser entsprang, vor sich. Es war ein runder Brunnen, mit der Statue eines Elfen in der Mitte. In einer Hand hielt er einen Bogen, und Wasser sprudelte aus seinem geöffneten Mund hervor.
Überwältigt von der Erkenntnis rief er laut: »Schnell! Holt mir ein paar Flaschen mit dem Wasser des Brunnens aus Falen Rin!«
Er sprang auf, stieß die beiden Elfen zur Seite und kletterte schnell die Leiter zur Elfenstraße empor, wo die anderen ungeduldig warteten. Sie hatten ihn rufen hören und glaubten, es sei ein Unglück geschehen.
»Ich weiß, wie wir den Bäumen helfen können«, platzte Brian heraus. »Sie brauchen das Wasser des Brunnens von Falen Rin. Der Sorodun hat es mir gesagt.«
»Wir haben noch davon«, riefen Senja und auch die anderen.
»Welch ein Glück! Bringt es mir.«
Da berührte Pin Dray Brians verletzte Schulter und murmelte etwas in seiner unverständlichen Sprache vor sich hin. Auch ohne ihn zu verstehen, wußte Brian, daß er zutiefst verwundert über die plötzliche Heilung war.

»Ich weiß es, mein Alter. Der Sorodun heilte mich. Ich wurde mit ihm eins, und er schenkte mir seine Kraft. Und als Gegengeschenk muß ich ihm das Brunnenwasser aus Falen Rin bringen.«
Die Gefährten sammelten alle Gefäße, die sie noch mit diesem Wasser übrig hatten, taten sie in einen Sack, und Brian machte sich sofort auf den Rückweg.
Die beiden Elfen erwarteten ihn am Fuß des großen Baums.
»Hast du gefunden, was du brauchst, Brian? Du bist in solcher Eile davongelaufen, daß wir nicht einmal wissen, was passiert ist.«
Brian erklärte seinen Freunden, um was der Sorodun gebeten hatte, und schloß mit den Worten: »Dann wollen wir ihm jetzt das heilige Wasser geben.«
Er ging zu dem großen Baum und verneigte sich vor ihm. Dann legte er den Sack zu Boden und fragte sich, wie der Sorodun die Gefäße wohl öffnen würde. Aber seine Frage wurde sofort beantwortet. Die Erde öffnete sich vor ihm, und ein dicker, wurzelgleicher Arm ergriff den Sack und zog ihn zu sich in die Tiefe.
Noch stand Brian verwundert da, als der schrille Ton eines Warnrufs ertönte und sich ein übler Brandgeruch im Wald bemerkbar machte.
Ohne ein weiteres Wort stürmten die Gefährten die Leiter empor. Und noch während Brian Hals über Kopf floh, hatte er eine letzte Vision ihrer Völker, wie sie sicher über die Elfenstraße marschierten, hin zur Unendlichkeit eines tiefblauen Meeres. Hinter ihnen jedoch stand ein dichter Schutzwall aus unüberwindlichen Bäumen.
Die Sorodun würden ihnen die Flucht ermöglichen und auf diese Weise ihre Freiheit erlangen.
Brian warf einen letzten kurzen Blick zurück auf den von goldenem Licht umstrahlten Baum und hob die Hand zu einem stummen Gruß. Dann folgte er den anderen.
In Null Komma nichts waren die Gefährten und ihre neuen Verbündeten, die Fenhorn-Elfen, zum Abmarsch bereit. Und so zogen sie in einer langen Reihe dahin, auf der alten Elfenstraße, dem Meer zu, das Kriegsgeschrei der Varad-Horden hinter sich lassend.
Denn noch war die Stunde der Vergeltung nicht gekommen.

28. Am Ufer des Tosenden Meeres

Lange nach ihrer Flucht aus dem Heiligen Wald erreichten die Gefährten das Tosende Meer.
Die Armeen Brian Brandigores wuchsen an. Nicht nur Überlebende aus den alten Zwergensiedlungen gesellten sich zu ihm, auch Wasser-, Wald- und Fenhorn-Elfen waren unter seinen Gefolgsleuten.
Zwar waren sie während ihrer gefahrvollen Reise vereinzelt von Varad-Banden und anderen Bestien angegriffen worden, doch hatte es sich bei diesen Überfällen mehr um kleinere Scharmützel gehandelt, obwohl während dieser Kämpfe Sigman Col, Mathiny und auch Baten gefallen waren. Besonders der Elf war den Gefährten ans Herz gewachsen, und sie trauerten um ihn.
Erst im Laufe der Zeit lernte Brian den Wert des Geschenks, das der Sorodun ihm gemacht hatte, schätzen. Allein, wenn er nur an den großen magischen Baum dachte, fühlte er Kraft in sich aufsteigen. Und diese innere Kraft machte ihn zu einem weisen und ausdauernden Führer, der rastlos kämpfen konnte und immer Gerechtigkeit walten ließ. Und während die Zeit des Wartens am Tosenden Meer verging, wurde sein Ruhm immer größer, wie auch der Shanons, der nie von seiner Seite wich, denn beide hatten es verstanden, ihre Völker wieder zu vereinen.
In dem großen Kriegslager, das Brian hatte errichten lassen, geschahen noch zwei bemerkenswerte Dinge. Zum einen genas Chinby, der Meister der Alten Lehre, vollständig von seinen Verletzungen. Und zum anderen vermählte sich nun Brian mit Senja.
Doch er hatte seine Aufgabe noch nicht erledigt, das wußte Brian, und so bereitete er sich auf die kommenden Ereignisse vor – auf jenen Tag, wo die Schiffe kommen würden und sie alle – Menschen, Tiere, Zwerge, Elfen – zu den Friedlichen Inseln bringen würden. Chinby hatte gesagt, sie sollten Ausschau halten nach einem Bären namens Borim Bruinthor und Trianion, dem Sucher der Sterne, und dem König der Otter, Olthlinden. Sie alle seien mächtige Führer ihres Volkes und Träger des Lichts.
Unter dem Aufgebot dieser Streitmächte trat die Finstere Königin

den Rückzug in ihre Eiswüsten an, jedoch nur, um ihre schrecklichen Soldaten zu einem letzten, vernichtenden Schlag zu sammeln. Jeden Tag ging Brian Brandigore am Meer spazieren, den Blick in die unendliche Ferne gerichtet, wo er jene Mächte erwartete, mit denen er gemeinsam über die Finsternis den Sieg davontragen würde.

Und dieser Tag war nahe, das wußte er.

Knaur

Taschenbücher

Bd. 1

ISBN 3-426-01230-8

Bd. 2

ISBN 3-426-01231-6

Bd. 3

ISBN 3-426-01232-4

Bd. 4

ISBN 3-426-01233-2

Dieser insgesamt 4 Bände umfassende Romanzyklus spielt in der wunderbaren Welt Windameirs und seiner Reiche Cypher und Atlanton. Er erzählt die Geschichte von Broko, dem Zwergenfürsten, und seiner Gefährtin, dem Bären Bruinlen und dem Otter namens Olther, wie sie ausziehen und die Krone Windameirs retten.